Der Flug des Adlers ist das fulminante Finale
der spannenden Animox-Reihe.

Bisher erschienen:

Animox – Das Heulen der Wölfe
Animox – Das Auge der Schlange
Animox – Die Stadt der Haie
Animox – Der Biss der Schwarzen Witwe
Animox – Der Flug des Adlers

Weitere Informationen unter www.animox-buch.de.

Aimée Carter machte ihren Abschluss an der Universität
von Michigan und schreibt leidenschaftlich gern Bücher
für Kinder und Jugendliche. *Animox* ist ihre erste Reihe
für Kinder.

AIMÉE CARTER

DER FLUG
DES ADLERS

Aus dem Englischen
von Maren Illinger

Verlag Friedrich Oetinger · Hamburg

© 2018 Verlag Friedrich Oetinger GmbH,
Poppenbütteler Chaussee 53, 22397 Hamburg
Alle Rechte für die deutschsprachige Ausgabe vorbehalten
© Aimée Carter
Dieses Werk wurde vermittelt durch die Literarische Agentur
Thomas Schlück GmbH, 30161 Hannover
Aus dem Englischen von Maren Illinger
Umschlaggestaltung und Vignetten von Frauke Schneider
Satz: Dörlemann Satz, Lemförde
Druck und Bindung: CPI books GmbH,
Birkstraße 10, 25917 Leck, Deutschland
Printed 2019
ISBN 978-3-7891-0920-1

www.oetinger.de

Für dich, lieber Leser.
Es war mir eine Ehre,
Simons Geschichte für dich zu schreiben.
Danke.

ERSTES KAPITEL

Träge Taube

Pock pock. Pock pock pock.

Simon Thorn schlug die Augen auf. Er lag in einem Schlafsack auf dem Boden, atmete schwer und blinzelte ins erste Morgenlicht. Gerade noch war er mitten im Traum gewesen, und je mehr er sich bemühte, ihn zurückzuholen, desto schneller entglitt er ihm. Dabei schien der Traum wichtig gewesen zu sein. Er konnte das Gefühl nicht abschütteln, dass er etwas Dringendes erledigen musste, bevor es zu spät war.

Pock. Pock pock pock.

»Kannst du deinen blöden Tauben bitte ausrichten, dass sie uns um sechs Uhr morgens in Ruhe lassen sollen?«, knurrte Winter im Bett auf der anderen Seite des vollgestopften Raums, der eigentlich Simons Zimmer war. Besser gesagt, *gewesen* war, als er noch mit seinem

Onkel Darryl in dieser Wohnung gewohnt hatte, damals, im September. Doch jetzt war Mai, und seitdem hatte sich weit mehr verändert als nur die Jahreszeit.

Pock. Pock pock. Pock pock pock.

Winter stöhnte und zog sich das Kissen über den Kopf.

»Wenn du sie nicht sofort wegschickst, schnappe ich sie mir und verwandle sie in –«

»Taubenpfannkuchen?«, schlug Simon vor und rappelte sich auf. Winter spähte unter ihrem Kissen hervor und rümpfte die Nase.

»Igitt, nein! Pfannkuchen mit Taube?«

»Vergiss es«, murmelte Simon. Er wankte zum Fenster und öffnete es einen Spalt. Auf dem Fensterbrett vor der Feuerleiter scharten sich bereits mehr als ein Dutzend Tauben und drängten eifrig nach vorn.

»Futter?«, gurrte eine etwas träge Taube, die, da war Simon sicher, jeden Morgen kam. Seufzend holte er ein paar Scheiben Brot aus einer Dose auf seinem Tisch, warf sie auf den Vorsprung und schaute missmutig zu, wie sich die Tauben gierig darüber hermachten.

»Du musst da nicht hingehen, weißt du«, sagte Winter mit vom Kissen gedämpfter Stimme. »Es wird nichts da sein. Genauso wenig wie gestern etwas da war oder morgen etwas da sein wird.«

»Kann schon sein«, sagte Simon. »Trotzdem.«

Winter knurrte in ihr Kissen. »Na schön. Wenn du

unbedingt gehen willst, dann geh. Aber ich rieche Kaffee, irgendjemand ist also schon wach, und diesmal gebe ich dir keine Rückendeckung.«

Natürlich würde sie ihm Rückendeckung geben – das tat sie immer, jeden Morgen, an dem sie in der Wohnung erwachten, von der er eigentlich geglaubt hatte, dass er sie nie wieder betreten würde. Simon nickte. Er schloss die Augen, stellte sich eine Taube vor, und sein Körper begann zu schrumpfen.

Das ging mittlerweile so schnell, dass er kaum noch merkte, wie die Federn aus seiner Haut wuchsen und wie sich seine Arme in Flügel und seine Füße in Krallen verwandelten. Nicht einmal die Veränderung seines Sehsinns, der ihm nun eine Rundumsicht gewährte, versetzte ihn mehr in Staunen, und kaum hatte sich sein menschlicher Körper in den einer Taube verwandelt, hüpfte er raus und mischte sich ins Gedränge. Alle bis auf die träge Taube unterbrachen ihre Fressorgie kurz und wichen ein Stück zurück. Kein Wunder. Wäre Simon Zeuge geworden, wie sich eine Taube plötzlich in einen Menschen verwandelte, wäre er wohl auch einen Schritt zurückgetreten. Doch nach Wochen der immer gleichen Routine hatten sich die meisten Tauben daran gewöhnt und wandten sich schnell wieder dem Brot zu.

»Pass auf, dass du nicht stirbst!«, sagte Winter, beugte sich vor und schloss energisch das Fenster. Simon konnte durch die Scheibe sehen, wie sie sich wieder ins Bett kuschelte. Erst als die träge Taube sich beim Fressen an ihn lehnte, wandte er den Blick ab. »Du könntest mal etwas schneller fressen«, sagte er. Die Taube gurrte. »Futter?«, fragte sie. Simon musste sich auf die Zunge beißen, um nicht unhöflich zu werden.

»Nun mach schon, damit wir endlich loskönnen«, sagte er nur. Die Taube pickte weiter an einem Stück Rinde herum. Obwohl er selbst hungrig war, rührte Simon das Brot nicht an. Er war zwar ein Animox und gehörte damit einer geheimen Menschengruppe an, die sich in Tiere verwandeln konnte, doch ans Essen hatte er sich bisher in keiner seiner vielen nicht menschlichen Gestalten gewöhnen können.

Und es waren wirklich viele – so viele er wollte. Er konnte eine Taube, ein Wolf oder ein Delfin sein oder jedes andere erdenkliche Tier. Die allermeisten Animox konnten sich nur in ein bestimmtes Tier verwandeln – doch Simon war etwas Besonderes. Er war der Nachfahre des Bestienkönigs, eines tyrannischen Herrschers, der vor fünfhundert Jahren gelebt und eine besondere Waffe besessen hatte, mit der er anderen Animox ihre Verwandlungskräfte rauben konnte – Kräfte, die dann von ihm von Generation zu Generation bis hin zu Simon weitergegeben worden waren. Die wenigen Animox, die von Simons Fähigkeit wussten, hielten sie für cool oder praktisch oder für etwas, womit man angeben konnte, doch Simon war sich der Wahrheit schmerzlich bewusst. Seine Kräfte waren in der Tat etwas Besonderes – sie konnten alle fünf Animox-Reiche in den Krieg treiben.

Kein Wunder, dass er auch in dieser Nacht wieder einen Albtraum gehabt hatte. Immerzu musste er an den drohenden Krieg denken. Nicht einmal die frische Morgenluft half ihm dabei, den Kopf freizukriegen. Überhaupt konnte ihn im Augenblick nichts ablenken, sosehr sich Winter, sein Onkel Malcolm und seine Freunde auch bemühten. Er wusste, was auf ihn zukam, und es würde sich nicht aufhalten lassen, selbst wenn er sich vor der restlichen Welt der Animox versteckte.

»Komm jetzt«, sagte er ungeduldig, während die Taube ungerührt weiterschmauste. Winter hatte recht – ihm blieb nicht viel Zeit, bis sein Onkel nach ihm suchen würde. Wenn er herausfand, dass Simon trotz seines strengen Verbots schon wieder ausgeflogen war, würde er ihn garantiert einen ganzen Monat lang das Klo schrubben lassen.

Deshalb tat Simon aus lauter Verzweiflung genau das, was er nicht hätte tun sollen: Er flog auf den nächsten Treppenabsatz, animagierte in einen kleinen Hund und kläffte so laut, dass die Tauben erschrocken aufflogen. Es war dumm, aber in der Gasse war niemand zu sehen, und wenn es ihm einen weiteren Streit mit Malcolm ersparte, war es das Risiko wert. Während die Tauben in die Höhe flatterten, verwandelte Simon sich zurück und mischte sich unter sie. Nach dem täglichen Training der letzten Wochen gelang ihm das mühelos.

Zu seiner Erleichterung ließen die Tauben die restlichen Brotkrumen liegen und flogen über die Straße auf die üppigen grünen Baumkronen im Central Park zu.

Bevor Simon von der Welt der Animox erfahren hatte, bevor er Winter und Malcolm kennengelernt hatte, bevor er überhaupt gewusst hatte, dass etwas an ihm *besonders* war, hatte er jeden Morgen auf dem Schulweg die Abkürzung durch die nordwestliche Ecke des Central Parks genommen. Als er jetzt über das frische Grün flog, konnte er den Pfad sehen, den er so viele Male gegangen war. Es war zu früh, als dass seine ehemaligen Mitschüler schon unterwegs gewesen wären, aber er stellte sich vor, wie Colin Hartwood, der sein bester Freund gewesen war, und Bryan Barker, der ihn jeden Tag herumgeschubst hatte, mit ihren Ranzen voll schwerer Schulbücher gemeinsam den Weg entlangstapften. Obwohl Simon nicht die besten Erinnerungen an seine alte Schule hatte, hätte er alles darum gegeben, in diese Zeit zurückkehren zu können – eine Zeit, in der nicht das Schicksal der ganzen Welt der Animox auf seinen Schultern gelastet hatte.

Eine Zeit, in der alles noch einfach gewesen war und Darryl noch am Leben.

Sein Onkel Darryl, Malcolms Bruder, war vom Herrscher des Vogelreichs getötet worden – Orion, dem Vogelherrn, der Simons Großvater war. Simons Onkel Malcolm und seine Freunde hatten Simon wieder und wieder versichert, dass es nicht seine Schuld gewesen war, doch er wusste es besser. Darryl war Simon aufs Dach des Sky Towers gefolgt, einem Hochhaus in der Nähe des Central Parks, in dem sich Orions Hauptquartier befand. Bei dem Versuch, Simon zu beschützen, hatte sein Onkel das Leben verloren, und Simon hatte mitansehen müssen, wie er starb.

Dies war das erste in einer Reihe schrecklicher Ereignisse gewesen, die in dem Augenblick begonnen hatten, als Simon von der Welt der Animox erfahren hatte. Jetzt, Monate später, hatte er das Gefühl, als bestünde sein Leben aus zwei Teilen – *Vorher* und *Nachher*. Im Augenblick befand er sich eindeutig im *Nachher*, zumindest war es so gewesen, bis Malcolm auf die Idee gekommen war, als Versteck Darryls alte Wohnung zu nutzen, in der Simon die ersten zwölf Jahre seines Lebens verbracht hatte. Nun umgab ihn also plötzlich wieder sein Leben von *Vorher*, und er war sich nicht mehr sicher, ob die Zeit vorwärts oder rückwärts lief.

Die Tauben machten eine unerwartete Rechtskurve

und steuerten auf den nördlichen Teil des Central Parks zu, der an Harlem grenzte. Simon war so überrascht, dass er ihnen nicht folgte, und so war er mit einem Mal allein am Himmel, gerade als die Sonne über den Horizont kletterte. Zusammen mit den anderen war er sicherer unterwegs – wenn jemand ihm folgte, würde er Schwierigkeiten haben, ihn unter den vielen Tauben zu erkennen. Allein dagegen war er leichte Beute für Orions Vogelarmee, den Schwarm.

Doch Orion wusste nicht, dass Simon sich in jedes beliebige Tier verwandeln konnte. Hätte er es gewusst, so hätte er mit Sicherheit längst alles darangesetzt, um ihn zu finden. Aber bis jetzt hatte Simon nicht das geringste Anzeichen des Schwarms gesehen. Er konnte also hoffen, dass das Vogelreich noch immer glaubte, er könne sich nur in einen Goldadler verwandeln – so wie sein Großvater Orion. Wenn der Schwarm nicht ausgerechnet heute hinter sein Geheimnis gekommen war, war er in Sicherheit. Er holte tief Luft, warf alle Vorsicht in den Wind, machte eine scharfe Linkskurve und flog mit hoher Geschwindigkeit auf die Südspitze des Central Parks zu. Er hatte heute Morgen ohnehin wenig Zeit, und die wollte er nicht an die Tauben verschwenden.

Seine Haut kribbelte, als er über das Reservoir flog. Er hätte schwören können, dass er einen Habicht durch die Baumkronen fliegen gesehen hatte, doch bevor er sich vergewissern konnte, war er verschwunden. Mit zusammengepresstem Schnabel flog er eilig über das Bootshaus und die Statuen hinweg, über Jogger und Spaziergänger mit ihren Hunden, die den Tag früh begonnen hatten, bis er endlich den Central Park Zoo erblickte. Doch es war nicht der Zoo, der ihn interessierte – es war die geheime Schule, die darunter verborgen lag.

Die Leitende Animox-Gesellschaft für Exzellenz und Relevanz, kurz L. A. G. E. R., war die beste Animox-Schule des Landes. Die begabtesten Schüler aus dem Säugerreich, dem Reptilienreich, dem Insekten- und Arachnidenreich und dem Unterwasserreich wurden hier ausgebildet. Zu Beginn des Schuljahrs hatte Simon selbst im L. A. G. E. R. angefangen. Dort hatte er seinen Onkel Malcolm kennengelernt und, zu seiner großen Überraschung, seinen Zwillingsbruder Nolan, von dem er nichts gewusst hatte. Auch Nolan hatte nicht gewusst, dass es Simon gab, und ihre Beziehung war eine weitere schwierige Angelegenheit, die Simon im Augenblick aus zahlreichen Gründen am liebsten vergessen hätte.

Schweren Herzens landete er auf dem Zaun vor dem Robbengehege in der Mitte des Zoos. So früh am Morgen war im Zoo noch niemand, und beim Anblick der leeren Wege lief Simon ein Schauder den Rücken hinunter. Während der Stunden, in denen der Zoo geschlossen war, patrouillierte hier sonst immer das Wolfsrudel. Es fühlte sich seltsam an, hier zu sein, ohne dem Rudel ausweichen zu müssen.

Der Schrei eines Habichts drang in Simons Ohr, und er drehte hastig den Kopf. Dass er keinen Verfolger entdecken konnte, hieß noch lange nicht, dass nicht irgendwo einer war.

Wusste Orions Schwarm doch Bescheid? Hatte einer von ihnen gesehen, wie er in eine Taube animagierte, oder ihn beobachtet, als er sich in einen Hund verwandelt hatte? Simon war alles andere als vorsichtig gewesen. Orion hatte schon früher Tauben als Spione eingesetzt. Jede von ihnen konnte den Vogelherrn informiert haben.

Simon wartete mehrere Minuten lang. Worauf, wusste er selbst nicht so genau. Auf einen weiteren Schrei vielleicht. Einen verdächtigen Vogelruf. Auf irgendein Anzeichen von Orions Schwarm, der aus den gefährlichsten Raubvögeln am Himmel bestand. Aber da war nichts – nur das übliche Rauschen der Großstadt und die Laute der wenigen Tiere im Zoo, die schon wach waren. Wenn er es in die Wohnung zurück schaffen wollte, bevor Malcolm seine Abwesenheit bemerkte, musste er sich beeilen.

Mit entschlossenem Flügelschlag flog er zu dem kleinen Rondell in der Nähe des Eingangs, wo Seite an Seite zwei Wolfsstatuen standen. Es waren nicht irgendwelche Statuen – es waren die Grabmäler von seinem Vater und seinem Onkel Darryl. Simon landete vor dem steinernen Wolf, der stumm den gerade nicht sichtbaren Mond anheulte, und nachdem er sich vergewissert hatte, dass niemand ihn beobachtete, verwandelte er sich in menschliche Gestalt. Er wusste, dass es riskant war, aber er kam schon seit Wochen hierher, und bis jetzt hatte ihn noch nie jemand erwischt.

»Es ist komisch, ohne dich in der alten Wohnung zu sein«, sagte er leise zu dem heulenden Wolf, der eine lange Narbe im Gesicht hatte – genau wie sein Onkel Darryl. »Manchmal komme ich aus meinem Zimmer, sehe Malcolm von hinten und denke, du bist es.«

Diese Augenblicke waren die schlimmsten. Seine Enttäuschung war unfair Malcolm gegenüber, das wusste er, doch trotz der vielen Abenteuer, die er im Laufe des letzten Jahres erlebt hatte, war die Trauer um Darryl beinahe so frisch wie kurz nach seinem Tod. Er war für Simon das einzige wirkliche Elternteil, das er je gehabt hatte. Es spielte keine Rolle, dass Darryl eigentlich sein Onkel gewesen war – seine Mutter war nur selten zu Besuch gekommen, wenn überhaupt, und nie länger als ein paar Stunden geblieben. Regelmäßig waren nur die Postkarten gekommen, die sie jeden Monat schickte, während sie durchs Land reiste. Darryl war immer für ihn da gewesen, quasi Mutter und Vater zugleich.

Simon wandte sich der zweiten Statue zu. Dieser Wolf hielt den Kopf gesenkt, und obwohl er unverletzt war und jünger als sein Gefährte, trug sein Gesicht einen wehmütigen Ausdruck, als wüsste er, dass er nie das Leben hatte leben dürfen, das ihm zustand. Simon hatte seinen Vater nie kennengelernt. Auch er war von Orion getötet worden, noch vor Simons Geburt. Doch Luke Thorn hatte die Kräfte des Bestienkönigs an Simon und seinen Bruder weitergegeben, und Simon spürte eine Verbundenheit zu seinem Vater, die er nicht in Worte fassen konnte.

»Ich weiß nicht, was ich tun soll«, murmelte er leise, mehr an sich selbst gerichtet als an die stummen Steinfiguren. »Sie sind schon seit Wochen auf der Suche, und Malcolm hat immer noch keine Spur von Nolan und Celeste. Das ganze Rudel sucht nach ihnen. Wenn wir sie nicht bald finden ...«

Er warf einen schuldbewussten Blick auf Darryls Statue. Sein Onkel war gestorben, weil er versucht hatte, Simon zu beschützen, aber er war auch gestorben, weil er verhindern wollte, dass Orion den Greifstab in die Hände bekam – die Waffe, die es dem Bestienkönig vor Jahrhunderten erlaubt hatte, die Kräfte zahlloser Animox zu rauben. Nachdem die fünf Reiche sich zusammengetan und den Bestienkönig besiegt hatten, war die sternförmige, tödliche Spitze des Greifstabs in fünf Teile zerbrochen worden, und jedes der fünf Reiche hatte eines dieser Teile versteckt, um sicherzustellen, dass die Waffe nie wieder zusammengesetzt würde. Endgültig zerstören ließ sich die Waffe jedoch nur, wenn sie komplett war. So bestand also immer die Gefahr, dass irgendjemand die Teile fand und die Waffe für seine Zwecke missbrauchte. Darum war es die geheime Mission von Simons Mutter gewesen, die Verstecke zu finden, um den Greifstab ein für alle Mal unschädlich zu machen. Orion, ihr eigener Vater, hatte davon Wind bekommen und sie entführt, weil er hoffte, mit ihrer Hilfe an die Teile zu gelangen. Die Postkarten, die Simons Mutter Simon im Laufe seines Lebens geschickt hatte, enthielten, wie sich herausgestellt hatte, verschlüsselte Hinweise auf die Verstecke. Zwei Teile hatte Orion, die anderen drei hatte Simon mithilfe der Postkarten finden können.

Doch Orion war nicht der Einzige, der hinter den Teilen her war. Auch Celeste, Malcolms Mutter und die ehemalige Alpha des Säugerreichs, wollte sie unbedingt haben. Celeste hatte Simons Vater adoptiert und wie einen eigenen Sohn großgezogen. Sie war also in gewisser Weise Simons Großmutter, auch wenn er es nicht über sich brachte, sie so zu sehen. Nolan dagegen war bei ihr aufgewachsen. Er liebte sie, und irgendwie war es Celeste gelungen, Nolan dazu zu bringen, die drei Teile zu stehlen, die Simon bereits gefunden hatte, mit ihr zu fliehen und den Rest der Familie zurückzulassen. Auch Simon. Alles, worauf er in den letzten Monaten hingearbeitet hatte – alles, was er herausgefunden hatte, jeder Schritt, den er getan hatte, alles, wofür Darryl gestorben war –, war umsonst gewesen. Wenn es Celeste gelang, Orion die beiden letzten Teile zu stehlen, würde sie die Waffe zusammensetzen. Nolan vertraute ihr blind, doch Simon wusste ohne jeden Zweifel, dass sie seinen Zwillingsbruder mit dem Greifstab töten und ihm damit seine Kräfte stehlen würde, um alle fünf Reiche mit eiserner Hand zu regieren.

Die Turmuhr am anderen Ende des Zoos schlug sieben, und Simon zuckte zusammen. Mittlerweile war Malcolm mit Sicherheit wach. Trotzdem brachte Simon es nicht über sich, in das Geheimversteck unter dem losen Stein zu Füßen von Darryls Statue zu schauen. Sooft er auch nachsah, so inständig er auch hoffte, nie lag dort eine Karte für ihn. Nolan hatte ihn im Stich gelassen. Seine Mutter hatte ihn im Stich lassen. Er war erst zwölf Jahre alt, viel zu jung für eine solche Verantwortung, und doch wusste Simon, dass er, wenn er sich weiter versteckt hielt, die ganze Welt der Animox im Stich ließ.

Heute war er zum letzten Mal gekommen, das schwor er sich. Es war zu riskant, allein herumzufliegen und unter freiem Himmel zu animagieren. Wenn er mit Malcolm redete, konnten sie vielleicht gemeinsam den nächsten Schritt überlegen. Sie könnten irgendetwas *tun*, anstatt den ganzen Tag herumzusitzen und darauf zu warten, dass jemand den Greifstab zusammensetzte. Ob es Simon gefiel oder nicht, früher oder später würde irgendjemand die fünf Teile finden. Er konnte nur hoffen, dass er selbst die Chance dazu hatte, bevor ihm jemand zuvorkam.

»Simon!«, gurrte es eindringlich, und Simon zuckte zusammen. Die sonst so träge Taube von seinem Fensterbrett hockte auf einem Zweig und richtete aufmerksam ihre schwarzen Äuglein auf ihn.

»Was machst du denn hier?«, fragte Simon gereizt. »Du kriegst kein Futter mehr von mir. Heute nicht, morgen nicht und auch sonst nicht mehr ...«

»Simon«, wiederholte die Taube und plusterte sich auf. »Schau doch mal!«

Simon runzelte die Stirn und reckte den Hals, konnte aber nichts entdecken. »Was meinst du?«, fragte er. »Vogelbeeren interessieren mich nicht. Müll auch nicht. Oder was hast du –«

»Schau!« Die Taube deutete mit dem Kopf auf Darryls Statue. Unwillkürlich blickte Simon nach unten auf den losen Stein.

Sein Puls begann zu rasen. War das möglich? Nach der langen Zeit hatte er selbst nicht mehr damit gerechnet. Aber da war etwas – die Ecke einer Postkarte, die unter dem Stein hervorlugte!

Mit zitternden Fingern hob er sie auf. Es war eine Postkarte mit der Skyline von New York, im Vordergrund hockten drei Tauben, die in die Kamera linsten. Der Anblick war seltsam vertraut. Auf Simons Stirn bildete sich eine steile Falte.

Die Aufnahme war vom Dach des Sky Towers aus gemacht worden. Auf der Rückseite stand in kleinen Buchstaben, die von einer alten Schreibmaschine zu stammen schienen:

`Heute Abend, 20 Uhr. Sei pünktlich.`

ZWEITES KAPITEL

Eingepfercht

Wenige Minuten später landete Simon auf der Feuertreppe vor seinem Fenster. Seine Federn waren zerzaust, und sein Blick war wild, doch wenn er hätte grinsen können, hätte er es getan.

»Mach auf!«, rief er und klopfte ungeduldig mit dem Schnabel ans Fenster. Die Sonne spiegelte sich in der Scheibe, sodass er nicht ins Zimmer schauen konnte. »Winter, du wirst mir nicht glauben, was ich im –«

Das Fenster öffnete sich ruckartig. Simon taumelte nach hinten und hätte beinahe die Postkarte fallen lassen, aber er war zu aufgeregt, um es Winter zu verübeln.

Doch am Fenster stand nicht Winter.

Sondern Malcolm. Er schaute auf ihn herab, und seine Augen im Schatten seiner dunklen Haare und der gerunzelten Stirn blickten düster.

»Im was?«, knurrte er. »Sprich ruhig weiter!«

Simon schluckte. Am liebsten wäre er einfach weggeflogen, aber er wusste, dass er damit alles nur noch schlimmer machen würde. Also hüpfte er aufs Fensterbrett und flatterte ins Zimmer, wobei er einen möglichst großen Bogen um seinen Onkel machte. Winter saß mit verwuschelten Haaren und noch halb geschlossenen Augen im Bett, und Simon verwandelte sich in menschliche Gestalt zurück und setzte sich neben sie.

»Ich war im Zoo«, gestand er. »Ich wollte Darryl und meinen Dad besuchen. Und dann«, fügte er schnell hinzu, bevor Malcolm ihm vorwerfen konnte, wie unvorsichtig er gewesen war, »habe ich das hier gefunden.«

Er reichte die Karte Malcolm, der seine Stirn in noch tiefere Falten legte. »Von wem ist die?«, fragte er und drehte sie um.

»Ich weiß es nicht«, erwiderte Simon. »Mom schreibt ihre Karten immer mit der Hand. Aber vielleicht ... Ich weiß auch nicht. Vielleicht hatte sie keinen Stift.«

»Aber rein zufällig eine alte Schreibmaschine?« Malcolms Stimme war so tief, dass sie grollte. »Dass du die Karte im Zoo gefunden hast, heißt noch lange nicht, dass sie für dich bestimmt war, Simon.«

»Aber sie war genau an der Stelle, an der Mom immer ihre Karten versteckt hat«, widersprach Simon. »Und schau doch – das Foto wurde auf dem Sky Tower gemacht.«

Malcolm betrachtete das Bild noch einmal genauer. Dabei hielt er die Karte so fest, dass sie einen Knick bekam. »Das hat nichts zu bedeuten. Und selbst wenn du recht hast und sie für dich ist, könnte sie schon seit Wochen da liegen.«

Simon machte ein schuldbewusstes Gesicht. »Ich ...«, begann er.

»Er war gestern auch da«, erklärte Winter rundheraus. »Er fliegt jeden Morgen mit ein paar Tauben hin und schaut nach Post, bevor der Zoo aufmacht.«

»Ich bin noch nie erwischt worden«, fügte Simon schnell hinzu. »Es ist überhaupt nicht gefährlich.«

Langsam ließ Malcolm die Karte sinken. Simon konnte die Ader an seiner Stirn bedrohlich pulsieren sehen. Das geschah immer, bevor Malcolm losbrüllte, und Simon zog unwillkürlich den Kopf ein.

»Es tut mir leid«, beteuerte er so hastig, dass er fast über seine Worte stolperte. »Aber ich kann nicht die ganze Zeit hier rumsitzen. Ich hab die Nase voll vom Lernen. Ich hab die Nase voll vom Fernsehen. Ich hab die Nase voll vom Warten, und ich ertrage die Vorstellung nicht mehr, was gerade da draußen passiert. Nolan könnte ... Er könnte überall sein. Er könnte sogar ...«

Er verstummte, doch die düstere Miene seines Onkels sagte ihm, dass Malcolm genau wusste, was ihm auf der Zunge lag. Mit einem tiefen Seufzer steckte Malcolm die Karte in die Hosentasche und raufte sich die Haare. Diese Geste erinnerte Simon immer an Darryl.

»Wenn ihm etwas passiert wäre, hätten wir davon gehört«, sagte sein Onkel. »Meine Mutter ist zwar ein richtiges Biest, aber wenigstens können wir uns darauf verlassen, dass sie Nolan nichts antut, jedenfalls bis …«

»Bis sie den Greifstab hat und ihn umbringt«, beendete Simon den Satz. Malcolm nickte steif.

»Aber es muss doch irgendetwas geben, was wir tun können, und wenn es nur … wenn es nur etwas so Blödsinniges ist, wie heute Abend zum Sky Tower zu gehen.«

Malcolm fluchte und verließ ohne eine Antwort das Zimmer. Simon und Winter wechselten einen Blick, dann eilten sie ihm nach.

Im Wohnzimmer lief der Fernseher, und eine kleine braune Maus hockte zufrieden auf der Sofalehne. Simon wusste nur zu gut, dass man Felix bei den Morgennachrichten lieber nicht stören sollte – oder bei den Nachmittagsnachrichten, den Abendnachrichten oder einer der vielen kitschigen Serien, nach denen er süchtig war –, aber jetzt ging es nicht anders. Er griff nach der Fernbedienung und stellte den Fernseher aus.

»He!«, schrie Felix empört und drehte sich so schnell um, dass er fast vom Sofa gefallen wäre.

»Du kannst später weitergucken«, sagte Simon und nahm die kleine Maus auf die Hand. »Ich habe eine Postkarte bekommen.«

»Eine Postkarte? Von deiner Mom?«, fragte Felix aufgeregt. Die Nachrichten waren vergessen.

»Wir wissen es nicht«, erwiderte Simon und folgte Winter in die Küche, wo eine Frau mit roten Haaren, die zu einem losen Knoten gebunden waren, Malcolm eine Tasse Kaffee einschenkte. Als sie Simon sah, grinste sie.

»Du scheinst ja einen aufregenden Ausflug hinter dir zu haben.«

Zia war Simons Tante, die leibliche Schwester seines Vaters, also nicht verwandt mit Darryl oder Malcolm. Simon hatte sie erst im vergangenen November kennengelernt, als er und seine Freunde nach Arizona gereist waren. In den Monaten darauf hatte sie alles darangesetzt, ein Teil seines Lebens zu werden, als wäre sie schon immer da gewesen, und mittlerweile war Simon beinahe froh darüber – auch wenn er die Küsse, mit denen sich Malcolm und Zia begrüßten, nicht unbedingt sehen wollte.

»Ich dachte, du bist im Hotel bei Jam und Ariana«, sagte er und setzte Felix auf den Tisch.

»War ich auch. Aber dein Onkel hat gestern vergessen, Müsli zu kaufen, deshalb bin ich schon ein bisschen früher gekommen.« Sie sah stirnrunzelnd zu, wie Malcolm seinen heißen Kaffee hinunterstürzte, ohne sich die Zeit zu nehmen, Milch und Zucker hineinzugeben. »Anscheinend ist etwas passiert«, sagte sie langsam.

Malcolm antwortete erst, als er die leere Tasse abgestellt hatte. »Simon schleicht sich jeden Morgen aus der Wohnung«, sagte er und warf Simon einen vorwurfsvollen Blick zu. »Obwohl ich es ihm ausdrücklich verboten habe.«

»Überrascht dich das etwa?« Zia lehnte sich an die Arbeitsplatte und rührte in ihrer Tasse. Winter streckte beiläufig die Hand nach der Kaffeekanne aus, doch Zia zog sie schnell außer Reichweite. »Das würdest du an Simons Stelle doch auch tun. Außerdem«, fügte sie hinzu, bevor Malcolm widersprechen konnte, »kann er sich von uns allen am besten verteidigen.«

Sein Onkel grummelte weiter, und Simon versteckte sich vorsichtshalber hinter der Kühlschranktür, während er Milch und Orangensaft herausholte. Nach der ganzen Fliegerei hatte er einen Bärenhunger.

»Ich habe eine Postkarte gefunden«, sagte er zu Zia. »Irgendjemand will mich heute Abend auf dem Dach des Sky Towers treffen.«

»Sky Tower?« Zia stellte klirrend ihre Tasse ab. »Wer?«

»Das wissen wir nicht«, sagte Malcolm grimmig und zeigte Zia die Karte. Sie studierte sie eingehend und drehte sie mehrmals um, als suche sie nach versteckten Hinweisen.

»Ihr müsst doch einen Verdacht haben«, sagte sie, während Winter eine Schale randvoll mit den Cornflakes füllte, die Zia mitgebracht hatte. So hungrig Simon auch war, sein knurrender Magen musste vorerst warten.

»Jeder könnte es gewesen sein«, sagte Malcolm und ließ sich auf einen Stuhl an dem winzigen Küchentisch sinken. »Isabel. Orion.«

»Nolan«, ergänzte Simon. Sein Onkel und seine Tante sahen ihn verwundert an.

»Ich glaube, dass er es war.«

»Warum?«, fragte Malcolm sofort. »Hast du etwas von ihm gehört?«

Seine hoffnungsvolle Stimme tat Simon im Herzen weh. Er schüttelte den Kopf. »Ich habe … nur so ein Gefühl«, sagte er zögernd. Das stimmte wirklich. Obwohl er nach wie vor unglaublich wütend und enttäuscht war, dass sich sein Zwillingsbruder heimlich mit den Teilen des Greifstabs davongemacht hatte, hegte er einen Funken Hoffnung, dass das zu irgendeinem genialen Plan gehörte, in den Nolan ihn nicht eingeweiht hatte. Je mehr Zeit verging, desto unwahrscheinlicher wurde das, doch

Simon wusste, dass auch Nolan mehr als alles andere ihre Mutter befreien wollte. Vielleicht hatte er ja endlich einen Weg gefunden.

»Ein Gefühl allein reicht nicht«, sagte Malcolm schroff. »Es könnte eine Falle sein.«

»Aber warum?«, fragte Simon. »Warum sollte sich irgendjemand die Mühe machen, mir eine Falle zu stellen? Ich bin nicht mehr interessant. Ich habe die Teile nicht mehr. Und Orion weiß nicht, dass ich die Kräfte des Bestienkönigs –«

»Psst!« Zia hob warnend die Hand, und Simon verstummte. »Man kann nie wissen, wer zuhört.«

»Wenn jemand zuhört, dann hat er auch Augen«, murmelte Simon. »Und dann weiß er es sowieso.«

»Trotzdem«, erwiderte sie. »Wir sind hier, um dich zu schützen. Lass uns das Schicksal nicht herausfordern.«

Simon setzte sich neben Winter an den Tisch. »Warum dann?«, fragte er. »Warum sollte Orion mich in eine Falle locken?«

Malcolm kratzte sich am Kopf und starrte in seine leere Kaffeetasse, als läge dort die Antwort. »Dass uns kein Grund einfällt, heißt nicht, dass er nicht doch einen haben könnte«, sagte er. »Wenn er es auf dich abgesehen hat –«

»Er wird mich nicht kriegen«, erklärte Simon entschieden. »Ich bin ihm schon mehrmals entkommen, und ich werde es wieder schaffen.«

Sein Onkel zog eine Grimasse. In den vergangenen Monaten hatte er nicht die leiseste Ahnung gehabt, dass Simon die Teile des Greifstabs zusammensuchte. Vor einigen Wochen hatte Simon ihm dann seine geheimen Fähigkeiten offenbaren müssen, und den Rest hatte Malcolm sich zusammengereimt. »Mir gefällt das nicht«, sagte er. »Auf dem Dach des Sky Towers kann ich dich nicht beschützen. Keiner von uns kann das.«

»Bitte keine Verallgemeinerungen!«, quiekte Felix, der über den Tisch gekrabbelt war, um sich an den Cornflakes zu bedienen, die aus Winters randvoller Schale gefallen waren. Malcolms Gesicht verdüsterte sich nur noch mehr.

Simon schüttelte den Kopf. »Du hast selbst gesagt, nachdem ich allein so weit gekommen bin, hättest du kein Recht, mich aufzuhalten. Ich weiß ja, dass du mich schützen willst, aber ...« Er schwieg frustriert. »Ich kann selbst auf mich aufpassen. Ich habe schon Schlimmeres überlebt.«

»Wie deine Narben beweisen«, murrte sein Onkel.

»Er kommt eben nach dir«, bemerkte Zia und musterte Malcolm von Kopf bis Fuß. Sie hatte nicht unrecht – Simon hatte tatsächlich ein paar Narben von seinen Kämpfen gegen einige der gefährlichsten Raubtiere unter den Animox davongetragen, doch auch Malcolms gesamter Körper zeugte von den zahlreichen Schlachten, die er ausgetragen hatte. Als Alpha des Säugerreichs und Anführer des Wolfsrudels hatte er bei mehr als nur ein paar Kämpfen mitgemacht, um sein Volk zu beschützen. Und Simon tat nichts anderes. Er war noch ein Kind, aber das hieß nicht, dass er es nicht schaffen konnte, die Welt der Animox zu retten – vorausgesetzt, dass sein Onkel ihn je aus dieser Wohnung ließ.

»Ich gehe hin«, erklärte Simon entschieden und griff nach der Cornflakespackung. »Es ist mir egal, wenn du sauer auf mich bist. Du kannst mich nicht ewig hier einsperren. Das ist vielleicht unsere einzige Chance, die lasse ich mir nicht entgehen.«

In der Küche wurde es still. Malcolm starrte finster in seine leere Tasse. Niemand sprach ein Wort.

»Irgendjemand sollte auch Jam und Ariana Bescheid geben«, sagte Winter schließlich, nachdem sie ihre Cornflakes gegessen hatte. »Sie werden mitkommen wollen.«

Malcolm fuhr sich über die Stirn und schenkte sich noch einen Kaffee ein.

»Habt ihr überhaupt irgendeine Vorstellung, wie schwierig es ist, in den Sky Tower hineinzukommen?«, fragte Ariana am Nachmittag, als sie alle zusammen in einem

Café in Manhattan einen Imbiss aßen. Sie saß zwischen Jam und Dev, ihrem Freund und Bodyguard, und beide Jungs schielten gierig auf ihren Teller mit Schokopfannkuchen. »Niemand aus meinem Reich will da noch einen Auftrag übernehmen, nachdem unsere letzten vier Spione von Vögeln gefressen wurden.«

»Wir brauchen auch keine Spione im Sky Tower«, sagte Simon und biss in sein überbackenes Käse-Sandwich. »Ich will nur Nolan treffen –«

»Oder wer auch immer es ist«, warf Malcolm ein.

»Und zwar auf dem Dach«, ergänzte Simon, ohne auf seinen Onkel einzugehen. »Ich brauche keine Spinnen oder Fliegen oder welche Agenten auch immer du hinter mir herschicken wolltest.«

Ariana rümpfte die Nase, und ihre dunklen Haare fielen ihr vor die Augen. Simon vermutete, dass dies ihre natürliche Haarfarbe war. Unter der oberen Haarschicht blitzten allerdings alle Farben des Regenbogens hervor, wann immer sie den Kopf bewegte. »Ich beschäftige doch keine *Fliegen*. So laut, wie die summen, werden die garantiert bemerkt. Vermutlich würden sie das Gespräch zum Erliegen bringen, das sie belauschen sollen. Aber wenn du mir etwas Zeit gibst«, fügte sie hinzu, »könnte ich bestimmt jemanden finden.«

Simon unterdrückte ein Seufzen. Nach dem Tod ihrer Mutter im vergangenen Monat war Ariana die neue

Schwarze Witwenkönigin und Herrscherin über das Insekten- und Arachnidenreich. Damit war sie auch die Chefin des gewaltigen Spionagenetzwerks, das zu ihrem Reich gehörte – und hatte längst zahlreiche Spione beauftragt, Nolan zu finden. Er war ihr dankbar, dass sie ihm helfen wollte, doch bis jetzt war noch keine vielversprechende Spur dabei herausgekommen. »Solange sie nicht wissen, wo Celeste sich versteckt hält oder wo Orion die beiden fehlenden Teile aufbewahrt, ist das hier unsere einzige Chance«, sagte er.

»Ich finde, Simon hat recht«, erklärte Jam zwischen zwei Happen von seinem Thunfisch-Sandwich. Seine Brille rutschte ihm die Nase hinunter, und er konnte sie gerade noch stoppen, bevor sie auf seinen Teller fiel. »Wenn es jemand Gefährliches ist, kann Simon sich wehren. Und wir sind ja auch noch da.«

»Ja, aber am Boden«, erinnerte Ariana ihn. »Dazwischen liegen vierzig Stockwerke.«

»Ich glaube, ich weiß, wie wir in den Sky Tower hineinkommen«, sagte Winter plötzlich. Sie saß am anderen Ende des Tischs und hatte bisher kaum etwas zum Gespräch beigetragen. So, wie sie in ihrem Salat herumstocherte, konnte Simon sich denken, warum. Winter war bei Orion aufgewachsen, er hatte sie als seine Enkelin adoptiert, doch als er herausgefunden hatte, dass sie in eine Schlange animagierte wie ihre Mutter und nicht in einen Vogel wie ihr Vater, hatte er sie verstoßen. Seither war sie nicht mehr im Sky Tower gewesen.

»Hört zu«, sagte Simon und wartete, bis alle acht Augenpaare auf ihn gerichtet waren. »Klar, es ist riskant, jemanden auf dem Dach zu treffen, vor allem, weil wir nicht wissen, wer es ist. Damit komme ich schon zurecht. Aber in den Turm einzubrechen oder Spione reinzuschicken … Dabei kann leicht jemand umkommen. Und meinetwegen soll niemand mehr sterben, verstanden? Schon gar nicht einer von euch.«

Einen Augenblick lang sagte niemand etwas. Dann räusperte Malcolm sich. »Na schön«, brummte er. »Sag uns, was wir tun sollen, und wir tun es. Notfalls vierzig Stockwerke weiter unten.«

Simon warf ihm einen dankbaren Blick zu. Er hatte zwar seine Zweifel, ob es überhaupt etwas gab, was sie tun konnten, trotzdem sagte er: »Gut. Dann lasst uns einen Plan machen.«

Um 19:55 Uhr an diesem Abend, ganz in der Nähe des Eingangs zum Central Park Zoo, animagierte Simon in einen Goldadler und machte sich auf den Weg zum Sky Tower. Während er zwischen den spiegelnden Fassaden der Hochhäuser hindurchsegelte, hielt er nach seinen Freunden Ausschau, die am Fuß des Sky Towers ihre Posten beziehen sollten, jeder an einer Stelle, die von Jam ausgewählt worden war. Obwohl er wusste, dass sie ihn nicht aus den Augen lassen würden, fühlte Simon sich schrecklich allein, während er sich zum Dach hinaufschwang und auf der rutschigen Glasfläche neben der großen Kuppel landete. Früher war der Sky Tower der geschäftige Hauptsitz des Vogelreichs in New York gewesen, doch als Simon jetzt durch die Scheiben spähte, war im Penthouse niemand zu sehen. Und nach der dicken Staubschicht zu urteilen, die auf den Möbeln lag, war auch seit Monaten niemand mehr hier gewesen.

Simon ließ den Blick über das Dach schweifen und blieb unwillkürlich an der Stelle hängen, an der Darryl gestorben war. Er schluckte und wandte sich schnell ab. Regen und Wind hatten das Blut längst abgewaschen, trotzdem brachte er es nicht über sich, dorthin zu gehen. Vielleicht war es doch keine gute Idee gewesen hierherzukommen, dachte er, während die untergehende Sonne die Skyline von New York in rosa-goldenes Licht tauchte. Ganz gleich, wie viele Notfallpläne sie am Nachmittag gemacht hatten, sie wussten alle: Wenn Simon auf dem Dach etwas zustieß, konnte ihm keiner der anderen zu Hilfe kommen. Zumindest nicht so schnell, wie es nötig sein würde. Er war hier oben ganz auf sich gestellt. Sollte ihn ein Schwarm Krähen angreifen, so wie sie über Darryl hergefallen waren, würde er nicht viel tun können.

Doch bevor er sich zum Rückzug entschließen konnte, hörte er in der Ferne die Glocken am Central Park Zoo – dieselben Glocken, die er am Morgen gehört hatte. 20 Uhr. Jetzt war es zu spät, um einen Rückzieher zu machen. Er schluckte seine Furcht hinunter und blickte sich wachsam um.

Eine Minute verging, dann eine weitere, doch niemand kam. Nervös suchte Simon die andere Seite des Dachs ab und fragte sich, ob er sich in der Uhrzeit geirrt hatte oder ob die Karte für gestern bestimmt gewesen war. Vielleicht war das Foto auch gar nicht auf dem Sky Tower gemacht worden?

Noch eine Minute verging. Wie lange sollte er warten? Auf der Karte hatte doch gestanden, dass er pünktlich sein sollte. Und was, wenn überhaupt niemand kam? Was, wenn Malcolm recht hatte und es wirklich eine Falle war?

Simon breitete die Flügel aus und wollte gerade losfliegen, als er hinter sich das Rascheln von Federn hörte. Er drehte sich so schnell um, dass er beinahe rückwärts vom Dach gestürzt wäre.

»Hallo, Simon.«

Ein zerzauster Goldadler stand zwischen ihm und der gläsernen Kuppel und musterte Simon mit seinem einzigen Auge. Obwohl die untergehende Sonne seine Federn in ungewohnten Farben glänzen ließ, erkannte Simon ihn sofort.

Orion.

DRITTES KAPITEL

Ohne Federlesen

Ich hätte nicht gedacht, dass du kommst.«
Der Vogelherr hinkte an die Dachkante und ließ sich
nur wenige Zentimeter von Simon entfernt nieder. Simon starrte seinen Großvater an. Er spürte Abscheu und
Entsetzen. Alle Pläne, die seine Freunde und er gemacht
hatten, waren wie weggeblasen, aber eins wusste er mit
Sicherheit: Ihm blieb nicht viel Zeit, bis die anderen versuchen würden, ihm zu Hilfe zu kommen.

»Was willst du?«, erwiderte er.

Orion schwieg eine Weile und betrachtete den prachtvollen Sonnenuntergang. Das Farbenspiel zwischen Tiefblau und Zartrosé war wirklich beeindruckend, doch
Simon war zu angespannt, um es zu bewundern. Wachsam verfolgte er jede kleine Bewegung seines Großvaters,
bereit, sofort wegzufliegen.

»Du musst keine Angst vor mir haben«, sagte Orion ruhig, das gesunde Auge gen Himmel gerichtet. »Ich bin nicht hier, um dir zu schaden, Simon.«

»Das hast du schon einmal gesagt«, entgegnete Simon. »Damals hast du gelogen.«

Orion richtete den Blick auf ihn. Simon kam es so vor, als wolle er ihn einschätzen. »Habe ich dir je auch nur eine Feder gekrümmt?«

»Der Schwarm schon«, erinnerte Simon ihn. »In Arizona hast du mich eingesperrt. Und in Kalifornien hast du einen Hai auf mich gehetzt.«

»Das waren unglückliche Missverständnisse«, erwiderte Orion mit einer wegwerfenden Geste. »Es geht mir nur um deine Sicherheit.«

»Dann hast du eine ziemlich komische Art, es zu zeigen«, knurrte Simon mit zusammengebissenen Zähnen und schielte hinunter zur Straße. Malcolm sollte eigentlich vor dem Eingang Wache stehen, doch da war er nicht mehr. Bei der Vorstellung, dass sein Onkel gerade die Treppe hinaufhastete, wurde Simon ganz schlecht. »Sag mir, was du willst, oder ich gehe.«

Der Goldadler seufzte und wandte sich vom Sonnenuntergang ab. »Ich wollte dir mein Mitgefühl aussprechen und dir meine Unterstützung anbieten. Mir ist zu Ohren gekommen, dass Celeste deinen Bruder entführt hat.«

Simon musste sich auf die Zunge beißen, um nicht zu verraten, dass Nolan nicht entführt worden war – sondern dass er Celeste aus freien Stücken gefolgt war, um Orion die beiden letzten Teile des Greifstabs zu stehlen. »Warum kümmert dich das?«, fragte er. »Abgesehen davon, dass du Nolan lebendig brauchst, damit du ihm seine Kräfte rauben kannst.«

»Er ist mein Enkel, genau wie du«, sagte Orion und plusterte seine Federn auf. »So schlecht kannst du doch nicht von mir denken, dass du glaubst, ich würde euch beide nicht lieben.«

»Auch das zeigst du auf eine merkwürdige Art«, murmelte Simon. Er drehte ruckartig das Kinn zur Seite. »Darryl ist da drüben gestorben, schon vergessen? Oder weißt du nicht mehr, dass du meinen Onkel getötet hast?«

»Das war eine ... bedauerliche Notwendigkeit. Ich musste mich gegen das Rudel verteidigen. Es hatte nichts damit zu tun, was du mir bedeutest«, sagte Orion.

»Du hast mich also nicht von diesem Dach gestoßen, bevor ich animagieren konnte?«

Orion schnalzte ungeduldig mit der Zunge. »Simon, Simon. Wir können noch den ganzen Abend der Vergangenheit nachhängen, wenn du willst. Du kannst meine unzähligen Missetaten gegen dich und deine Familie auflisten, und ich kann mich für jede einzelne von ihnen entschuldigen. Es wird nicht ändern, was passiert ist, und es wird dir nicht helfen, darüber hinwegzukommen. Lass uns lieber nach vorne schauen, in eine Zukunft, in der wir beide einander helfen.«

»Du willst, dass ich mich mit dir verbünde?«, fragte Simon bitter. »Du hast meinen Onkel getötet. Du hast meinen Vater getötet. Du hast meine Mutter entführt und willst meinen Bruder umbringen, damit du die gesamte Welt der Animox unterwerfen kannst –«

»Ich habe dir schon hundert Mal gesagt, dass ich niemanden unterwerfen will«, unterbrach Orion ihn. »Ich will lediglich Celeste davon abhalten.«

Simon schnaubte verächtlich. »Tja, das Gleiche behauptet sie von dir. Wenn es wirklich das wäre, was ihr wollt, könntet ihr mir einfach die Teile geben, damit ich den Greifstab zerstören kann.«

»Vielleicht können wir dieses Abkommen treffen, wenn Celeste dazu bereit ist«, erwiderte Orion und neigte den Kopf. Simon glaubte ihm kein Wort. »Aber ich bin gar nicht hier, um dir nahezulegen, dich mit mir zu verbünden. Du bist bei diesem Spiel längst ausgeschieden, Simon, das wissen wir doch beide.«

»Ach ja?«, erwiderte Simon bissig. »Mein Eindruck ist eher, dass du überhaupt nichts weißt.«

»Ich weiß, dass Celeste dir die Teile gestohlen hat«, sagte Orion. »Ich weiß, dass Malcolm dich seit Wochen in Darryls schäbiger Bruchbude einsperrt. Ich weiß, dass du auf eine Nachricht von deiner Mutter hoffst – vielleicht auch von deinem Bruder. Du wartest, Simon. Du sitzt fest, weil du keine Optionen mehr hast.«

Simon wandte den Blick zum Horizont und gab sich alle Mühe, sich nicht anmerken zu lassen, wie richtig Orion mit seiner Einschätzung lag. »Du aber wohl auch nicht, wenn du dich mit mir triffst.«

Anders, als Simon erwartet hatte, wurde Orion nicht wütend, sondern gluckste nur. »Scharfsinnig warst du schon immer. Kein Wunder, dass Isabel dich für ihre Mission ausgewählt hat. Wenn Celeste dich nicht reingelegt hätte, hättest du den Greifstab vermutlich längst zerstört.«

»Tja, *wenn*«, murmelte Simon. »Also, was ist jetzt? Warum bist du hier? Was willst du?«

»Ich will meinen Thronfolger«, erklärte Orion fest.

Simon schnappte nach Luft. Warum war er nicht selbst darauf gekommen? Orion wusste nicht, dass Simon die Kräfte des Bestienkönigs geerbt hatte. Er glaubte, Simon sei ein Goldadler wie er und der Thronfolger des Vogelreichs. Außerdem war es nicht das erste Mal, dass Orion ihn auf seine Seite ziehen wollte.

»Warum sollte ich dir folgen?«, fragte er schließlich. »Ich bin glücklich bei meiner Familie. Ich will nirgendwo mit dir hingehen.«

»Nein, das habe ich auch nicht erwartet«, sagte Orion

langsam. »Aber ich kann dir etwas anbieten, was du dir schon die ganze Zeit wünschst: die Freiheit deiner Mutter.«

Simon erstarrte und drehte sich ungläubig zu seinem Großvater um. »Was?«

»Du kannst mir nicht vormachen, dass es dir bei diesem ganzen aussichtslosen Unternehmen je um den Greifstab gegangen ist«, sagte Orion. »Wenn ich deine Mutter nicht zu mir genommen hätte, hättest du dich nie eingemischt.«

»Das ist nicht wahr«, widersprach Simon heftig. »Nicht jeder ist so egoistisch wie du!«

»Vielleicht. Vielleicht auch nicht. So oder so solltest du mit mir nach Hawk Mountain kommen und deinen Platz an meiner Seite einnehmen. Dann schenke ich deiner Mutter gerne die Freiheit. Sie kann mir nicht mehr helfen. Jetzt weiß ich ja, wo die anderen drei Teile sind.«

Simons Herz hämmerte so heftig, dass es wehtat. »Du ... du weißt, wo Celeste ist?«

Orion neigte den Kopf. »Diese Information teile ich nur mit meinen engsten Vertrauten. Und da du kein Interesse an deinem eigenen Reich zu haben scheinst ...«

Die Zeit schien stillzustehen, und Simon wurde schwindlig. Er hatte sich solche Sorgen gemacht, dass Celeste Orions Teile fand, aber nie daran gedacht, dass auch der umgekehrte Fall möglich war.

»Du kannst mir wenigstens verraten, ob du es weißt«, sagte er und hoffte, dass Orion das Zittern seiner Stimme nicht bemerkte. »Du musst mir ja nicht sagen, wo sie sind.«

»Das könnte ich«, antwortete Orion bedächtig, »aber selbst das wäre zu viel für jemanden, der monatelang gegen seinen eigenen Großvater gearbeitet hat.« Er breitete die Flügel aus, und kurz dachte Simon, er würde davonfliegen. Doch dann ließ er sich wieder sinken und wandte sich erneut dem Sonnenuntergang zu. »Ich bin voller Zuversicht hergekommen, Simon, dass du die richtige Entscheidung treffen und mir folgen würdest. Aber wenn du nicht willst –«

»Wer sagt, dass ich nicht will?« Die Worte rutschten Simon heraus, bevor er sie aufhalten konnte. Er kannte seinen Großvater gut genug, um zu wissen, wie riskant dieses Spiel sein würde – so zu tun, als würde er Orions Wunsch nachgeben und sich mit dem Vogelreich verbünden. Orion musste noch einen anderen Grund für sein Angebot haben, den Simon nicht kannte.

Trotzdem war es verlockend. Außerdem war es der erste Hinweis seit Wochen. Wenn Orion wirklich wusste, wo Celeste und Nolan waren … Und wenn er Wort hielt und seine Mutter freiließ …

»Nun?«, fragte Orion und musterte ihn mit seinem gesunden Auge. »Folgst du mir, Simon, und vergisst endlich diesen albernen Streit? Oder versteckst du dich für den Rest deines Lebens in einem winzigen Apartment, ohne etwas zu erreichen und ohne deine Mutter und deinen Bruder je wiederzusehen?«

Simon kniff die Augen zusammen und ließ den Blick nach unten zur Straße sinken. Malcolm konnte jede Sekunde das Dach erreichen. »Ich ... ich muss darüber nachdenken«, murmelte er. »Oder willst du etwa, dass ich jetzt gleich mitkomme, ohne mich zu verabschieden?«

»Das würde mir nie in den Sinn kommen«, sagte Orion und neigte spöttisch den Kopf, sodass Simon vermutete, dass genau das sein Plan gewesen war. »Bei Sonnenaufgang reise ich ab. Solltest du mir folgen wollen, erwarte ich dich am Eingang des Sky Towers.«

»Du fliegst?«, fragte Simon. Orion gluckste wieder. »In meinem Alter? Mein lieber Junge, leider sind auch meine Kräfte nicht unerschöpflich.« Er hüpfte an die Dachkante. »Ich hoffe sehr, dich morgen zu sehen, Simon. Ich bin sicher, deine Mutter wäre überglücklich, dich wieder bei sich zu haben. Aber wenn du dich dagegen entscheidest, nun ja ...« Er klackte mit dem Schnabel. »Ich fürchte, dann wirst du sie nie wiedersehen.«

Damit schraubte er sich in den Himmel. Simon starrte ihm entsetzt nach.

»Was soll das heißen?«, rief er. »Wovon redest du?«

Er breitete die Flügel aus, um Orion zu folgen, doch

im selben Moment erhoben sich von den Dächern der umstehenden Hochhäuser zehn oder zwölf Falken und bildeten einen schützenden Kreis um ihren Herrn. Simon war sich zwar ziemlich sicher, dass er Orion im Zweikampf überlegen war, nicht aber im Kampf gegen den Schwarm, Hunderte Meter über den Straßen von New York.

Wütend und voller Sorge raste er im Sturzflug vom Sky Tower hinunter, so schnell, dass Tränen in seinen Augen brannten. Der Bürgersteig näherte sich besorgniserregend schnell. Er hörte den ängstlichen Schrei einer vertrauten Stimme, trotzdem steuerte er erst wieder aufwärts, als er nur noch Zentimeter von Winters Kopf entfernt war.

»Was zum Teufel machst du da?«, schrie sie wütend. Mehrere Passanten warfen ihr einen erstaunten Blick zu, setzten jedoch ihren Weg fort. Simon landete keuchend auf dem Dach eines Kiosks.

»Er will, dass ich mit ihm gehe«, schnaufte er. »Wenn nicht, dann ... Ich glaube, dann tötet er meine Mom ...«

Die Worte schwollen in seiner Kehle an, bis er nicht mehr sprechen konnte. Winters erschrockener Blick gab ihm den Rest. Er breitete die Flügel aus und hob sich blindlings in den Himmel. Er wollte nur noch weg.

VIERTES KAPITEL

Wie die Rohrspatzen

Als die Sonne längst untergegangen war und sich der Himmel tintenschwarz und sternenlos über ihm wölbte, landete Simon erschöpft auf dem Rattenfelsen, dem Ort, wo er vergangenen September zum ersten Mal vom L. A. G. E. R. gehört hatte.

Beim Anblick des Goldadlers zogen sich die Mäuse und Ratten schnell unter den klobigen Felsen zurück. Das war Simon nur recht. Die Federn unterhalb seiner Augen waren nass. Er starrte auf den verlassenen Weg und versuchte, die schrecklichen Gedanken auszublenden, die durch seinen Kopf wirbelten.

Wenn er nicht mit nach Hawk Mountain kam, würde Orion seine Mutter töten. Orion hatte es selbst gesagt – er hatte keine Verwendung mehr für sie, außer sie als Köder für Simon zu benutzen.

Und was hatte Orion mit ihm vor, wenn er ihn erst einmal bei sich hatte? Wollte er ihn überreden, bei ihm zu bleiben? Ihn weiter mit dem Leben seiner Mutter erpressen, sodass er nie mehr von ihm wegkam? Oder würde er ihn einfach einsperren?

So oder so, er hatte keine andere Wahl. So ungern er es sich selbst eingestand, Orion hatte recht. Es war Simon von Anfang an nur darum gegangen, seine Mutter zu retten. Dazu war es notwendig, den Greifstab zu zerstören, doch Simons Antrieb war die Sorge um seine Mutter und sein Wunsch, seine Familie zu schützen – zumindest das, was davon noch übrig war.

Er hörte ein leises Rascheln von Flügeln, und eine Taube landete einige Meter neben ihm auf dem Felsen. Simon würdigte sie keines Blickes, doch als sie auf ihn zuschlurfte, merkte er, dass es die träge Taube von seinem Fensterbrett war.

»Hau ab. Ich habe kein Futter für dich«, knurrte er und wandte ihr den Rücken zu.

»Ich haue nicht ab, Simon.«

Simon war so verdutzt, dass er beinahe vom Felsen gerutscht wäre. Anstatt einfältig zu gurren wie sonst, sprach die Taube mit einer trockenen Stimme, die Simon nur zu gut kannte. »Leo?«, fragte er ungläubig. »Was machst du denn hier?«

»Das, was ich schon die ganzen letzten Wochen gemacht habe«, erwiderte die Taube. »Ich passe auf dich auf.«

Leo Thorn war Simons Großvater väterlicherseits. Auch er besaß die Kräfte des Bestienkönigs. Ihre erste Begegnung im vergangenen Winter war etwas holprig verlaufen, doch Simon kannte so viele Menschen, die Leo vertrauten, dass er langsam selbst Vertrauen zu ihm fasste. Überraschungen wie diese waren dabei allerdings nicht gerade hilfreich.

»Du beobachtest mich seit Wochen, ohne mir was davon zu sagen?«, zischte er wütend, obwohl er genau wusste, dass Leo ihm nur helfen wollte. »Ich dachte, du vertraust mir.«

»Natürlich vertraue ich dir«, erwiderte Leo. »Das habe ich doch oft genug unter Beweis gestellt, oder etwa nicht? Aber Orion und der Rest der Welt machen mir Sorgen.« Er rückte näher. »Es tut mir leid, Simon. Ich hätte mich zu erkennen geben sollen. Es war nicht fair, mich zu verstellen. Aber ich hatte Angst, dass du versuchen würdest, mich abzuschütteln, und … Zia und ich fanden die Idee gut, dass jemand auf dich aufpasst.«

»Zia wusste davon?« Simons Stimme wurde schrill vor Empörung. Dabei war es eigentlich nicht überraschend. Leo war schließlich Zias Vater, und die beiden schienen keine Geheimnisse voreinander zu haben. »Ich dachte, du suchst nach Celeste.«

»Das tue ich ja auch«, sagte Leo. »An allen Orten, die mir einfallen. Heute Abend wollte ich in einem Säugerdorf in Maine Ausschau nach ihr halten, aber dann hat Zia mir erzählt, was passiert ist, und da Malcolm und deine Freunde nicht mit dir aufs Dach konnten ...«

»Du hast gehört, was Orion gesagt hat?«

»Ja. Ich dachte, du willst vielleicht darüber reden.«

Das war das Letzte, was Simon wollte, aber er wusste, dass es unvermeidlich war. Er konnte nicht die ganze Nacht im Central Park verbringen, und irgendwann würde er mit jemandem darüber sprechen müssen. Warum also nicht mit Leo?

»Es bringt doch sowieso nichts«, murmelte er niedergeschlagen. »Malcolm wird mich nicht gehen lassen.«

»Soweit ich mich erinnere, war es nicht Malcolm, der die drei Teile des Greifstabs gefunden hat«, entgegnete Leo unerwartet sanft. »Sage mir – wenn du Orion nicht folgst, was willst du dann tun? Welche Optionen hast du?«

»Ich ... ich weiß es nicht«, gab Simon zu. »Wahrscheinlich warten, bis jemand Celeste und Nolan gefunden hat. Und wenn wir sie finden ...« Er verstummte ratlos. »Nolan würde nicht mit mir kommen. Celeste hat ihn um den Finger gewickelt, mir und Malcolm vertraut er nicht mehr. Vielleicht könnte ich irgendwie die Teile zurückholen, aber …« Aber das würde sein Bruder ihm nie verzeihen.

Doch hatte er eine andere Wahl? Zwillingsbruder hin oder her, es ging um das Schicksal der gesamten Welt der Animox. Er wünschte, es gäbe einen anderen Weg.

Leo hüpfte noch näher heran. Sie mussten einen seltsamen Anblick bieten, der junge Goldadler und die betagte Taube. Doch Leos Nähe tat gut. Wenn irgendjemand verstehen konnte, was Simon gerade durchmachte, dann er.

»Und wenn wir Nolan und Celeste nicht finden?«, fragte Leo leise. »Wenn Orion uns zuvorkommt?«

Dann wäre alles umsonst gewesen. Simon sog die kühle Nachtluft ein. »Was glaubst *du*, was ich tun sollte?«

»Du weißt es selbst«, sagte Leo. »Was auch immer seine Gründe sein mögen, Orion liefert dir eine Möglichkeit auf dem Silbertablett. Wir wissen, dass er zwei Teile hat, ohne die der Greifstab nicht zerstört werden kann. Wir müssen davon ausgehen, dass diese Teile strengstens bewacht werden, da Celeste die anderen drei hat. Und das bedeutet –«

»Dass sie höchstwahrscheinlich in Hawk Mountain sind.« Simon spürte einen Funken Hoffnung – den ersten seit Wochen – und sah die Taube eindringlich an. »Aber er denkt sich bestimmt, dass ich danach suchen werde.«

»Natürlich. Aber du hast einen Vorteil, von dem er nichts weiß – ein Ass im Ärmel. Solange du das geheim hältst, kannst du ihn überlisten, egal welche Pläne er hat.«

Simon klackte mit dem Schnabel. Es war tollkühn, geradewegs in Orions Falle zu tappen, ohne zu wissen, was ihn erwartete. Aber wann hatte er je gewusst, was ihn erwartete? Auf seiner Suche nach den Teilen des Greifstabs hatte er sich ein ums andere Mal blind und ohne den kleinsten Anhaltspunkt vorangetastet. Diesmal kannte er wenigstens seinen Gegner. Und er wusste, wozu er fähig war.

»Aber was, wenn wir uns irren?«, fragte Simon schließlich. »Was, wenn Orion doch von meinen Kräften weiß und genau das der Grund ist, warum er mich zu sich locken will?«

Leo schwieg mehrere Sekunden. Ein Grillenorchester stimmte sein fröhliches Abendkonzert an. »Dann kämpfst du«, sagte er schließlich. »Du kämpfst mit aller Kraft und denkst daran, dass du nicht allein bist. Wenn der Bestienkönig die gesamte Welt der Animox unterwerfen konnte, kannst du auch Orion besiegen.«

Simon schluckte. Er war sich da nicht so sicher. Er brauchte Zeit, um sich an jede neue Tiergestalt zu gewöhnen, und musste sich erst mit den verschiedenen Instinkten vertraut machen. Und egal wie viele Klauen oder Krallen oder Zähne er hatte, er war nur einer gegen eine ganze Armee.

»Du solltest jetzt nach Hause fliegen«, sagte Leo. »Sie machen sich bestimmt schon Sorgen.«

»Ich weiß«, erwiderte Simon leise. »Aber dann muss ich es ihnen sagen. Und sie werden mitkommen wollen.«

»Lass sie«, erwiderte Leo ruhig. »Deine Kräfte sind nicht deine einzige Stärke, Simon. Wie gesagt, du bist nicht allein. Du warst es nie und wirst es niemals sein. Ganz gleich, wie entschlossen Orion ist, seine Untertanen sind nicht so loyal wie deine.«

Simon wusste nicht, was er darauf antworten sollte. Verlegen hob er die Flügel. »Du suchst weiter nach Celeste, ja?«, sagte er schließlich. »Wenn wir an Orions Teile kommen und Celeste vor ihm finden, haben wir vielleicht doch noch eine Chance.«

»Das wollen wir hoffen.« Tauben konnten zwar nicht die Stirn runzeln, trotzdem sah es bei Leo jetzt stark danach aus. »Du kümmerst dich um Orion. Celeste und Nolan übernehme ich. Und was auch immer du tust, Simon«, Leo sah ihm fest in die Augen, »vergiss niemals, wofür du kämpfst.«

Die Taube begleitete ihn bis zur Feuertreppe. Simon nickte ihr in der Dunkelheit zum Abschied zu, und als sie weg war, schlüpfte er durch den offenen Fensterspalt in sein Zimmer und verwandelte sich zurück in menschliche Gestalt. Nach Stunden als Adler fühlte es sich komisch an, wieder auf seinen Menschenfüßen zu stehen. Er dehnte sich und war froh, seine Hände wiederzuhaben.

»Simon!« Winter stürzte ihm entgegen. Ihre langen schwarzen Haare steckten unter einem Handtuchturban. »Da bist du ja!«, rief sie. Und dann über ihre Schulter: »Er ist hier. In seinem Zimmer!« Sie drehte sich wieder zu ihm und fügte hinzu: »Das wurde aber auch Zeit. Zia musste das Telefon verstecken, damit Malcolm nicht die Polizei ruft.«

»Was hätte die Polizei denn tun sollen? Jedes einzelne Tier in der Stadt beschatten?«, erwiderte Simon, während laute Schritte über den Flur polterten. Bevor Winter etwas erwidern konnte, kam Malcolm mit wildem Blick ins Zimmer gestürmt.

Simon rechnete damit, ausgeschimpft zu werden wie am Morgen, doch stattdessen empfing Malcolm ihn mit einer festen Umarmung. Während sein Onkel ihn an sich drückte, konnte Simon spüren, wie dessen Herz raste, und plötzlich hatte er ein rabenschwarzes Gewissen, dass er nicht schon früher nach Hause gekommen war.

»Alles in Ordnung mit dir?« Malcolm umklammerte seine Schultern, hielt ihn auf Armlänge vor sich und musterte ihn vom Kopf bis zu den Zehen. »Hat Orion dir etwas getan? Hat der Schwarm dich angegriffen?«

»Alles okay«, sagte Simon und trat unruhig von einem Bein aufs andere. »Ich bin nur müde.«

Malcolm drückte ihn noch einmal an sich, diesmal so fest, dass Simon Angst bekam, er würde ihm die Rippen brechen. An der Tür ertönte ein Räuspern.

»Du zerquetschst ihn noch«, sagte Zia, und endlich ließ Malcolm ihn zögernd los. Als er wieder atmen konnte, spähte Simon unter Malcolms Arm hindurch. Ariana, Jam und Dev steckten neben Zia die Köpfe durch die Tür. Das waren eindeutig zu viele Menschen für den winzigen Raum.

»Können wir ins Wohnzimmer gehen?«, bat Simon. »Wir müssen reden.«

»Oh-oh. Dieser Satz hat selten etwas Gutes zu bedeuten«, sagte Zia. »Na, kommt. Ich mache heiße Schokolade, und Simon erzählt uns, was passiert ist.« Obwohl ihre Stimme ganz ruhig klang, merkte Simon an ihrem Blick, dass Leo sie schon auf den neuesten Stand gebracht hatte. Während er hinter Malcolm her ins Wohnzimmer trottete, hoffte Simon inständig, dass sie ihn in diesem nahezu aussichtslosen Kampf unterstützen würde.

Als Zia das Tablett mit den sieben großen Bechern voll heißer Schokolade hereinbrachte, war Simon gerade mit seinem Bericht über die Ereignisse auf dem Dach des Sky Towers fertig geworden. Auf den Gesichtern seiner

Freunde breitete sich Entsetzen aus. Malcolm dagegen blickte grimmig drein.

»Wenn Orion weiß, wo wir sind, müssen wir uns ein anderes Versteck suchen«, sagte er. »Sobald ihm klar wird, dass du nicht mit ihm gehst, wird er den Schwarm auf dich hetzen und –«

»Aber ich gehe ja mit ihm«, unterbrach Simon ihn mit so viel Entschiedenheit, wie er aufbringen konnte. Was nicht gerade viel war angesichts der entgeisterten Blicke der anderen. Sogar Felix, der freiwillig die Wiederholung einer seiner liebsten Seifenopern abgeschaltet hatte, sah verstört aus.

»Aber … Simon«, stammelte Jam. »Ich habe genug Geschichten über Hawk Mountain gehört. Wer da hingeht, kommt nie mehr zurück.«

»Ach, das sind nur alberne Märchen, mit denen man im Unterwasserreich die kleinen Kinder erschreckt«, bemerkte Winter, die neben Simon auf dem Sofa saß. »Kommt vermutlich daher, dass Vögel gerne Fisch essen.«

Simon drehte sich hastig zu ihr um, ihm war plötzlich etwas klar geworden. »Du warst schon in Hawk Mountain! Du bist ja bei Orion aufgewachsen.«

Winter zuckte die Schultern. »Klar war ich da. Warum spielt das eine Rolle?«

»Weil … Orion zwei Teile des Greifstabs hat, das vom Vogelreich und das von den Säugern«, erklärte Simon schnell, bevor jemand ihn unterbrechen konnte. »Ariana, habt ihr Spione in Hawk Mountain?«

»Nicht viele«, antwortete sie. »Es ist das gleiche Problem wie im Sky Tower. Mit Vögeln ist nicht zu spaßen. Die fressen die Spinne in der Ecke schneller, als sie sich abseilen kann.«

»Aber vielleicht können wir mit deiner und Winters Hilfe herausfinden, wo Orion die Teile versteckt hat«, sagte Simon aufgeregt. Der Hoffnungsfunke war zur Flamme geworden. »Wenn wir sie finden –«

»Nein!«, riefen Malcolm und Dev gleichzeitig. Sie wechselten einen überraschten Blick, dann fuhr Dev fort: »Ihre Majestät reist nicht nach Hawk Mountain. Ich verbiete es.«

»Du sollst mich nicht so nennen«, knurrte Ariana mit zusammengebissenen Zähnen. »Und außerdem kannst du mir gar nichts verbieten.«

»Aber ich kann es dem Spionagemeister sagen«, drohte Dev. »Der wird schon dafür sorgen, dass du da nicht hingehst.«

»Das traust du dich nicht.« Sie sah ihn aus schmalen Augen herausfordernd an.

»Da wäre ich mir nicht so sicher.«

Während Ariana und Dev ihr Kräftemessen fortsetzten, beugte Malcolm sich zu Simon. »Ich weiß, was du vorhast«, sagte er langsam. »Aber es ist zu gefährlich.«

»Es ist unsere einzige Chance«, entgegnete Simon hitzig. »Hier tun wir überhaupt nichts. Wir sitzen nur rum, und ich habe dir schon gesagt, dass ich es leid bin. Das ist die Gelegenheit. Vielleicht ist es nicht das, was wir erwartet haben, aber es ist eine Chance, und wenn ich sie nicht nutze –«

»Es ist meine Aufgabe, dich zu beschützen«, unterbrach ihn sein Onkel mit einem Knurren in der Stimme.

»Es ist deine Aufgabe, dein Reich zu beschützen«, gab Simon so heftig zurück, dass etwas Kakao aus seiner Tasse schwappte. »Wenn Orion oder Celeste den Greifstab zusammensetzen, haben wir ein viel größeres Problem als Hawk Mountain.«

Zia räusperte sich. »Nur eine Frage«, sagte sie. »Simon, wenn wir dir die ganze Nacht lang einschärfen, dass du nicht gehen darfst und dass wir alles tun werden, um dich aufzuhalten, was wirst du tun, wenn die Sonne aufgeht?«

»Trotzdem gehen«, sagte Simon und straffte die Schultern.

»Das habe ich mir gedacht.« Sie sah Malcolm an. »Wir sollten die wertvollen Stunden, die uns bleiben, nicht verschwenden. Wenn Simon entschlossen ist, Orion zu folgen, werden wir ihn nicht davon abbringen können. Wir sollten uns also lieber überlegen, wie wir das Ganze am besten angehen.«

»Sie hat recht«, sagte Jam und runzelte nachdenklich die Stirn. »Wenn die Lage brenzlig wird, kann Simon entkommen. Aber er hat eine Einladung direkt in Orions Hauptquartier. Wir wären verrückt, wenn wir eine solche Gelegenheit nicht nutzen würden.«

»Es gibt ein paar Leute, die mir noch einen Gefallen schulden«, sagte Ariana, nachdem Jam ihr einen auffordernden Blick zugeworfen hatte. »Ich kann für alle Fälle ein paar Agenten nach Hawk Mountain schicken.«

»Du selbst gehst aber nicht hin«, warf Dev ein, und sie seufzte. »Okay, meinetwegen. Aber ich bleibe in der Nähe«, sagte sie. »Das sollten wir alle tun.«

Simon lächelte erschöpft. Er war für ihre Unterstützung dankbarer, als er in Worte fassen konnte. Doch dann fiel sein Blick auf Winter, die ihre perfekt lackierten Fingernägel begutachtete.

»Ich weiß, dass du nicht dahin zurückwillst«, sagte er leise. »Aber ich brauche deine Hilfe.«

Winter schob das Kinn vor. »Sie würden mich sowieso nicht reinlassen«, murmelte sie kaum hörbar. »Alle wissen doch, dass ich ...« Sie verzog angewidert das Gesicht. Obwohl sie nun schon seit fast einem Jahr animagierte, hatte sie sich immer noch nicht damit abfinden können, dass sie eine Schlange war und kein Vogel. Simon wusste, dass er es ihr nur noch schwerer machen würde, wenn er von ihr verlangte, ihn ins Vogelreich zu begleiten.

Trotzdem sagte er: »Es wird ihnen nichts anderes übrig bleiben, wenn Orion wirklich will, dass ich mitkomme. Ich werde schon dafür sorgen, dass sie nett zu dir sind. Und außerdem …« Er zögerte und hatte ein schlechtes Gewissen, noch bevor er den Gedanken ausgesprochen hatte – aber ohne Winter würde er die ganze Zeit planlos umherstolpern, und dafür hatten sie keine Zeit. »Außerdem ist Rowan bestimmt auch da.«

Sie warf ihm einen flackernden Blick zu. Ihre grünen Augen weiteten sich und füllten sich mit Tränen. Rowan, der Sohn von Orions engstem Berater, war für Winter wie ein großer Bruder gewesen, und Simon wusste genau, wie sehr sie ihn vermisste. Es fühlte sich schrecklich an, sie so zu ködern, aber er war verzweifelt. Er brauchte sie. Und außerdem stimmte es wirklich.

»Also gut«, sagte sie schließlich kaum hörbar. »Ich komme mit.«

»Danke«, erwiderte Simon. Während sie aufstand und ohne ein weiteres Wort aus dem Zimmer ging, schluckte er mühsam und kämpfte gegen das Gefühl an, etwas Unverzeihliches getan zu haben.

Jetzt hing es nur noch an Malcolm. Dessen Gesichtsausdruck war halb ablehnend, halb resigniert. Simon hätte am liebsten noch eine Menge weiterer Argumente vorgebracht, doch er wusste, dass das nichts bringen würde. Also zwang er sich, eine gefühlte Ewigkeit zu warten, bis Malcolm sich endlich fluchend die Haare raufte.

»Wenn dir irgendetwas passiert, werde ich mir das nie verzeihen«, sagte er. »Ich hoffe, das weißt du.«

»Ich weiß«, sagte Simon. »Aber mir wird nichts passieren.«

Malcolm grummelte. »Gib keine Versprechen, die du nicht halten kannst.«

Und dann begannen sie zu planen. Während die Nacht langsam zum Morgen wurde und der tintenschwarze Himmel sich blau färbte, bekam Simon endlich das Gefühl, auf dem richtigen Weg zu sein. Doch als er den Blick über die Gesichter seiner Freunde schweifen ließ, die alle bereit waren, ihm auf jede erdenkliche Weise dabei zu helfen, den Greifstab zu zerstören und seine Mom zu retten, konnte er die Frage nicht unterdrücken, ob sie alle diese Mission heil überstehen würden.

FÜNFTES KAPITEL

Auf schnellstem Wege

Viel Schlaf bekam in dieser Nacht keiner von ihnen. Doch als sie sich in dem winzigen Flur von Darryls Wohnung voneinander verabschiedeten, spürte Simon Zuversicht. Sie hatten geplant, was sie planen konnten. Mehr war im Augenblick nicht möglich, solange sie die Lage in Hawk Mountain nicht genauer einschätzen konnten. Sie hatten sich vorbereitet, so gut es ging, und sie hatten endlich einen Weg gefunden, etwas zu tun.

»Wir werden ganz in der Nähe sein«, sagte Zia und drückte Simon an sich. »Du kannst jederzeit zu uns kommen, wenn etwas schiefgeht.«

»Es wird schon alles gut gehen«, erwiderte Simon. Er zog Felix aus der Tasche seines Kapuzenpullis, ohne auf dessen Protest zu achten. »Pass gut auf, dass Felix keine Dummheiten macht.«

»Dummheiten?« Felix rieb sich die Augen mit den Pfötchen. »Du marschierst freiwillig ins Vogelreich und behauptest, *ich* würde Dummheiten machen?«

»Du bist eine Maus«, gab Simon zurück. »Vögel fressen Mäuse.«

»Schlangen auch, trotzdem hast du mich ins Reptilienreich mitgenommen«, knurrte Felix und verschränkte trotzig die Vorderbeine.

»Ich habe dich nicht mitgenommen. Du hast dich in meinem Rucksack versteckt!« Simon ließ die kleine Maus in Zias ausgestreckte Hände plumpsen. »Tut mir leid, aber ich werde auch so genug Probleme haben. Da will ich mir nicht noch die ganze Zeit Sorgen machen müssen, dass du auf einem Vorspeisenteller landest.«

Schimpfend sprang Felix auf das Bücherregal und verschwand hinter einer Reihe dicker Romane. Simon fühlte sich schrecklich, aber was sollte er tun? Orion würde Felix gegenüber keine Gnade walten lassen, und er wollte seinen kleinen Freund nicht schon wieder in Lebensgefahr bringen.

»Keine Sorge«, sagte Zia. »Ich werde mich gut um ihn kümmern.«

Simon nickte und biss sich auf die Wange, dann wandte er sich an Jam. »Bist du sicher, dass der General dir die Truppen zur Verfügung stellen wird?«

»Wir haben im Atlantik mehrere Reservearmeen«,

sagte Jam schulterzuckend. »Und mindestens eine Kompanie in jedem größeren Gewässer in den Vereinigten Staaten. Im Lake Michigan ist ein ganzes Bataillon.«

»Du willst also sagen, ihr habt mehr als genug«, warf Dev ein, dem seine dunklen Haare in die Augen gefallen waren. »Gut zu wissen. Mit dem Unterwasserreich ist nicht zu spaßen.«

»Das wussten wir schon«, sagte Ariana und umarmte Simon fest. Ihre dünnen Arme waren stärker, als sie aussahen, und Simons Wangen wurden heiß, als er ihren Duft einatmete. »Ich werde meine besten Agenten zusammenrufen. Wenn Orion Unruhe stiftet, schicke ich unendlich viele Insekten nach Hawk Mountain. Dann wird er nur noch damit beschäftigt sein, sich die Flöhe aus dem Gefieder zu picken.«

»Danke«, murmelte Simon und hoffte, dass sein Gesicht nicht allzu rot war, als sie ihn wieder losließ. »Hoffentlich brauchen wir sie nicht.«

»Es wird nichts schiefgehen«, sagte Malcolm fest, während er Simon und Winter zur Tür begleitete. Simon hätte ihm gerne geglaubt, doch mittlerweile wusste er, dass immer irgendetwas schiefging.

Zu dieser frühen Stunde waren die Straßen von New York geradezu unheimlich leer. Während der Himmel langsam heller wurde, lehnte Simon den Kopf an das Fenster des

Taxis und bemühte sich, nicht darüber nachzudenken, wie verrückt die ganze Aktion war. Seine Mutter würde außer sich sein, wenn sie erfuhr, welches Risiko er einging. Aber wie er schon mehrmals festgestellt hatte – er hatte keine andere Wahl.

Die Fahrt verlief schweigsam. Erst als sie den Sky Tower erreichten, wandte Simon sich an Malcolm. »Du solltest nicht mitkommen«, sprach er endlich den Gedanken aus, der schon die ganze Nacht an ihm nagte. »Ich weiß, du willst unbedingt, aber –«

»Simon«, unterbrach Malcolm ihn sanft. »Ich weiß, was du denkst. Ich weiß, dass du dir Sorgen machst. Aber ich bin nicht Darryl, und ich bin auch nicht Luke. Mir wird nichts passieren.«

»Gib keine Versprechen, die du nicht halten kannst«, wiederholte Simon die Worte seines Onkels. Es brachte ihn etwas aus der Fassung, dass sein Onkel ihn so leicht durchschaut hatte. Orion hatte Malcolms Brüder umgebracht, und Simon machte der Gedanke ganz krank, wie leicht er auch Malcolm umbringen konnte, sobald sie sich im Vogelrevier befanden. »Ich kann von dort entkommen, aber du und Winter …«

»Wir kriegen das schon hin«, versicherte Winter. Nach ihrem anfänglichen Widerwillen sprühte sie nun vor Entschlossenheit. »Sollte es brenzlig werden, bringe ich ihn von dort weg.«

»Siehst du? Ich bin in besten Händen«, sagte Malcolm und grinste. Doch Simon wusste, dass er das nur ihm zuliebe tat. Obwohl er sich bemühte, optimistisch zu bleiben, kamen ihm immer mehr Zweifel. Was auch passierte, es würde ganz allein seine Schuld sein.

Als das Taxi vor dem Portal des Sky Towers hielt, war niemand zu sehen. Panik machte sich in ihm breit, als er aus dem Wagen stieg und durch die hohen Glastüren in die dunkle Lobby spähte. Auch dort war niemand. War es eine Falle? Oder hatte Orion es sich anders überlegt?

Hinter ihm räusperte sich jemand. »Wie ich sehe, kommst du nicht allein, Simon.«

Simon wirbelte herum. Orion saß auf dem Rücksitz einer schwarzen Limousine und sah ihn über eine halb heruntergelassene, getönte Fensterscheibe an. Erleichtert blickte Simon zu seinem Onkel und Winter, die ein paar Meter weiter auf dem Bürgersteig standen. Winter hatte die Arme verschränkt und starrte zu Boden, Malcolm machte ein grimmiges Gesicht.

»Wenn du willst, dass ich dich begleite, kommen die beiden auch mit«, sagte Simon. »Und zwar nicht als Gefangene oder Geiseln – du wirst sie wie Gäste behandeln.«

»Ich verstehe«, sagte Orion langsam. »Und wie lange werden die Gäste bei uns bleiben?«

»Bis Simon sich sicher genug fühlt, um allein zu bleiben«, sagte Malcolm.

67

»Wenn dir das nicht passt …«, Simon holte tief Luft, »… begleite ich dich eben nicht nach Hawk Mountain. Und auch sonst nirgendwohin.«

In den folgenden Sekunden wusste Simon nicht so recht, was er erwartete. Vielleicht, dass der Schwarm herabstoßen und ihn in den Wagen drängen würde oder dass Orion den Fahrer anwies, ohne ihn abzufahren. Doch ganz sicher hatte er nicht erwartet, dass Orion grinsen und mit einem ergebenen Schulterzucken die Hände heben würde. »Na schön. Ich fürchte, es wird auf der Fahrt etwas eng werden, aber wenn ihr so fest entschlossen seid, bleibt mir wohl nichts anderes übrig.«

Simon traute ihm nicht. Dennoch setzten sich seine Füße wie von selbst in Bewegung, als der Fahrer ausstieg, um ihnen die Tür zu öffnen.

»Noch kannst du einen Rückzieher machen«, flüsterte Winter ihm ins Ohr. Doch Simon schüttelte den Kopf. Sie hatten immer gewusst, dass sie irgendwann Orions Teile suchen mussten. Er hätte allerdings nicht gedacht, dass sie freiwillig in die Falle laufen würden, die er für sie aufgestellt hatte. Ganz zu schweigen davon, dass er seinen Onkel mitnahm.

Malcolm setzte sich auf den Beifahrersitz, sodass genug Platz für sie alle war. Keiner von ihnen sagte etwas, während sie durch die Stadt fuhren und den Lincoln-Tunnel durchquerten. Als sie den Tunnel in New Jersey wieder verließen, lugte gerade die Sonne über den Horizont.

Obwohl es bis nach Hawk Mountain in Pennsylvania nur zweieinhalb Stunden Fahrtzeit waren, war es die unangenehmste Fahrt, die Simon je unternommen hatte. Malcolm warf Orion ständig finstere Blicke zu, und Winter tat so, als wäre der Vogelherr gar nicht da. Die Anspannung war einfach unerträglich. Als dicht bebaute Vororte und Schnellstraßen der offenen Landschaft wichen, versuchte Orion, das unbehagliche Schweigen zu brechen.

»Ich glaube, Hawk Mountain wird dir gefallen«, sagte er an Simon gerichtet. »Jede Menge Platz, um die Flügel auszubreiten – nicht so wie in Manhattan, wo man bei jedem Windstoß Angst haben muss, gegen ein Hochhaus zu prallen.«

Aus reiner Höflichkeit zwang Simon sich zu einer Antwort. »Ich mag New York.«

»Ich ja auch, mein Lieber«, sagte Orion beschwichtigend. »Aber die Vogelstadt ist einfach unvergleichlich. Einer unserer Vorfahren hat sie vor langer Zeit gegründet«, fügte er hinzu. »Er hat das Land gekauft, nachdem die Habichte und Falken in dem Gebiet von ein paar übereifrigen Jägern beinahe ausgerottet worden wären. Wenn es je ein Paradies für unser Königreich gegeben hat, dann Hawk Mountain.«

»Und was ist mit Leuten aus anderen Reichen?«, fragte Simon und konnte sich einen Seitenblick auf Winter nicht verkneifen. Ihre Nase steckte in einem Buch, doch sie hatte in den letzten zehn Minuten kein einziges Mal umgeblättert. »Haben sie Zutritt?«

»Selbstverständlich«, sagte Orion. »Wir empfangen Gäste, aber wir müssen natürlich einige Schutzvorkehrungen treffen«, fügte er hinzu, als Simon die Stirn runzelte. »Der Alpha und Winter werden während ihres Aufenthalts wie königliche Gäste behandelt werden, das versichere ich dir.«

Auf Orions Versicherungen gab Simon schon lange nichts mehr. »Was ist mit Menschen?«, fragte er. »Leben auch Menschen dort?«

»Hawk Mountain ist sehr abgelegen, und wir achten streng darauf, dass sich keine Wanderer zu uns verirren«, sagte Orion. »Wie wir alle wissen, ist es eins unserer drei Grundgesetze, uns vor den Menschen verborgen zu halten. Du kennst doch sicher die anderen beiden Gesetze, oder?«

»Respektiere die Natur und die natürliche Ordnung der Welt, und töte niemals andere Animox«, erwiderte Simon bissig.

»Sehr gut«, sagte Orion. »Besonders für einen, der gar nicht in unserer Welt aufgewachsen ist.«

»Ich bin seit fast einem Jahr im L. A. G. E. R.«

»Gewiss, trotzdem gibt es sicherlich einige Wissenslücken in Anbetracht deiner zahlreichen … Reisen«, sagte sein Großvater. »Außerdem genießt das L. A. G. E. R. nicht gerade den besten Ruf. Wie es sich immer noch halten kann, ist mir schleierhaft. In erster Linie bringt es die begabtesten Schüler unserer Welt um fünf Jahre Ausbildung in ihren eigenen Reichen. Und zu welchem Zweck? Diplomatie?« Orion schüttelte bedauernd den Kopf. »Die fünf Reiche bekriegen sich immer weiter, ganz gleich, wie lange die Klügsten und Besten gemeinsam auf der Schulbank gesessen haben.«

»Du meinst wohl, *unsere* Klügsten und Besten«, meldete sich Malcolm auf dem Beifahrersitz zu Wort. »Wenn ich mich recht erinnere, bist du selbst schuld daran, dass Schüler aus dem Vogelreich nicht mehr zugelassen sind.«

»Ich hätte sie ohnehin nicht mehr dorthin geschickt, nachdem die Säuger die Leitung an sich gerissen haben«, sagte Orion verächtlich. Seine gekünstelte gute Laune schwand sichtlich. »Was verstehst du schon von Bildung? In deinem Reich spielt sie ja kaum eine Rolle.«

»Dafür scheint Diplomatie in deinem Reich keine zu spielen«, gab Malcolm zurück.

Orions Miene wurde eisig, doch bevor er etwas erwidern konnte, schaltete sich Simon ein. »Wann lässt du Mom frei?«

Der Vogelherr straffte die Schultern und löste den Blick

von Malcolm. »Sobald du dich eingerichtet hast«, sagte er. »Allerdings wage ich zu behaupten, dass sie bleiben wollen wird, um an deiner Ausbildung mitzuwirken.«

Für Simon war es unwichtig, ob sie bleiben wollte oder nicht. Hauptsache, sie bekam ihre Freiheit. »Ausbildung?«, fragte er und bemühte sich, nicht allzu wissbegierig in Bezug auf die Freilassung seiner Mutter zu erscheinen.

»Du wirst Privatunterricht bekommen, bis du den Stoff der anderen Schüler aufgeholt hast«, erklärte Orion. »Zwölf vergeudete Jahre werden allerdings selbst für den besten Lehrer eine Herausforderung sein.«

»Ich bin sechs Jahre zur Schule gegangen«, sagte Simon empört. »Ich weiß eine ganze Menge.«

»Aber nichts über das Reich, über das du eines Tages herrschen sollst«, sagte Orion. »Mathe und Chemie kannst du vergessen. Bei unserer Ausbildung – die ich als Kind bekommen habe und die morgen für dich anfängt – geht es um Führungsfähigkeiten, Gerechtigkeit und, am wichtigsten, das Gesetz. Das sind die drei Pfeiler, auf denen jede gute Herrschaft aufbaut. Meint Ihr nicht auch, Alpha?«

»Da fehlen noch ein paar Pfeiler«, knurrte Malcolm. »Zum Beispiel Mut, Selbstlosigkeit und Mitgefühl.«

»Ein guter Herrscher braucht das alles nicht, solange er sich von den ersten Prinzipien leiten lässt«, sagte

Orion. »Vielleicht ist das der Grund, warum das Rudel gerade durchdreht und Euer Reich im Chaos versinkt.«

»*Mein* Reich? Schau dir doch mal deins an, alter Mann. Schau dir an, was passiert, während du herumreist und versuchst, die Welt zu zerstören.«

Während Malcolm sprach, bemerkte Simon vor dem Fenster etwas Sonderbares. Unter dem blauen Himmel versammelten sich Vögel. Zuerst nur eine Handvoll, doch dann wurden es mehr und mehr, beunruhigend viele, bis sie von einer Wolke aus Habichten, Falken und Krähen umringt waren. Simon entdeckte sogar ein paar Enten und Gänse. Als der Schwarm so dicht war, dass kaum noch Sonnenlicht zu ihnen hindurchdrang, wurde es im Auto still.

»Was ist los?«, fragte er mit vor Angst schriller Stimme. »Was machen die da?«

Er hatte kaum die Worte herausgebracht, als ein ohrenbetäubender Lärm ertönte. Alle Vögel schienen gleichzeitig die Schnäbel zu öffnen und zu schreien. Malcolm fluchte und hielt sich die Ohren zu, und sogar Winter zog eine Grimasse.

Orion dagegen gluckste. »Sie begrüßen dich, ihren lange verschollenen Prinzen«, sagte er und breitete die Arme aus. »Willkommen daheim, Simon. Willkommen in Hawk Mountain!«

SECHSTES KAPITEL

Hawk Mountain

Am Fuß eines Berges kam die Limousine rumpelnd zum Stehen. Während der Fahrer den Motor abschaltete, ließen sich die unzähligen Vögel, die ihnen gefolgt waren, auf den umstehenden Bäumen nieder. Vorsichtig öffnete Simon die Tür. Er hatte das Gefühl, jeden einzelnen Blick auf sich zu spüren, während er sich zögernd ein paar Schritte vom Auto entfernte.

»Das ist Hawk Mountain?«, fragte er verblüfft. Er sah Bäume, so weit das Auge reichte, aber keine Spur von einem Dorf oder einer Stadt.

»Geduld, mein Junge«, erwiderte Orion, während der Fahrer ihm aus dem Wagen half. »Das ist der Besuchereingang. Winter, meine Liebe, du erinnerst dich doch sicher an den Weg?«

Es war das erste Mal, dass Orion Winters Namen

nannte und sie direkt ansprach. Sie war so überrumpelt, dass sie beinahe ihre Handtasche fallen ließ, doch sie fing sich schnell wieder. »Natürlich«, sagte sie spitz und ging ohne ein weiteres Wort auf die Bäume zu.

»Kommst du, Simon?«, fragte Malcolm und stellte sich neben ihn. Simon wollte losgehen, doch Orion legte ihm eine Hand auf die Schulter. Es war keine freundliche Geste – Simon hatte das Gefühl, Orion wolle seine Besitzansprüche deutlich machen.

»Ich gebe meinem Enkel eine Führung«, sagte Orion. »Vom Himmel aus.«

Simon wand die Schulter aus Orions Griff. »Das kann warten. Erst mal will ich sehen, wo wir untergebracht sind.«

»Das war keine Frage, Simon«, sagte Orion warnend. »Mein Enkel nimmt doch nicht den Besuchereingang wie irgendein dahergelaufener –«

»Dahergelaufener was?«, unterbrach Simon ihn scharf und verschränkte die Arme. »Dahergelaufener Wolf?« Mit unverhohlener Verachtung schüttelte er den Kopf. »Du hast mich gebeten, dich hierher zu begleiten, und das habe ich getan. Aber ich traue dir nicht und gehe nicht ohne meine Familie, damit du mich vorführen kannst wie eine Trophäe.«

Er stellte sich neben Malcolm und Winter und ließ Orion allein auf der Lichtung. Die Vögel in den Bäumen zwitscherten nervös, und der Vogelherr verengte drohend die Augen. »Nun gut«, sagte er schließlich mit einem abschätzigen Schnauben. »Da ich den Weg nicht mehr zu Fuß schaffe, sehen wir uns zu Mittag beim Festessen im Speisesaal. Ich werde dich den neun noblen Familien unseres Reichs vorstellen, und vielleicht haben wir im Anschluss Zeit für unsere Führung.« Orion nickte seinem Fahrer zu und animagierte in einen Goldadler – mit einer Leichtigkeit, als schlüpfe er in einen bequemen Pullover. Für den Bruchteil einer Sekunde fing Simon seinen Blick auf, und obwohl sein Großvater äußerst beherrscht war, konnte er dessen eisigen Zorn spüren.

Mit rauschenden Federn erhob sich Orion in den Himmel und ließ Simon allein mit Malcolm und Winter zurück. So allein jedenfalls, wie man umgeben von Hunderten Vögeln sein konnte, die jeden ihrer Schritte genau verfolgten. Simon schauderte.

»Die neun noblen Familien?«, fragte er mit gedämpfter Stimme. »Wer ist das?«

Winter verdrehte die Augen. »Ich vergesse immer wieder, wie wenig du weißt. Die neun noblen Familien bilden Orions Hofstaat. Sie tun nicht viel anderes, als übereinander herzuziehen und um Orions Gunst zu wetteifern, aber manchmal machen sie auch Ärger. Vor ein paar Jahren hat die Familie Lonan versucht, Orion vom Thron zu stürzen, als er durch eine schwere Grippe geschwächt war. Er hat sie nur deshalb nicht allesamt wegen Hochverrats hinrichten lassen, weil sie sich gegen das Familienoberhaupt gestellt haben. Sie haben behauptet, er habe eigenmächtig gehandelt und der Rest der Familie sei Orion treu ergeben.« Sie schüttelte den Kopf und kräuselte abfällig die Lippen. »Stiefellecker, alle miteinander. Wahrscheinlich küssen sie dir die Füße, sobald Orion dich als seinen Thronfolger vorgestellt hat.«

»Na toll«, murmelte Simon. Einen Haufen Schleimer, die ihn genau beobachteten, konnte er überhaupt nicht gebrauchen. »Sobald wir da sind, musst du mir einen Lageplan zeichnen.«

»Du suchst aber nicht ohne mich nach den Teilen«, raunte Winter mit kaum sichtbaren Lippenbewegungen.

»Natürlich nicht. Ich will nur wissen, wo sie sein könnten – zum Planen.«

Malcolms Schatten fiel auf sie, und Simon räusperte sich. »Winter, wenn du uns noch irgendetwas Wichtiges über das Vogelreich sagen kannst, dann ist jetzt der richtige Zeitpunkt.«

Winter seufzte. »Ihr müsst davon ausgehen, dass jeder versucht, euch auszutricksen und zu überflügeln. Besserwisserei ist hier eine Art Sport. Wenn ihr jemanden für euch gewinnen wollt, müsst ihr ihn gewinnen lassen.

Aber lasst es euch nicht anmerken«, fügte sie hinzu. »Wenn ihr ihnen das Gefühl gebt, dass sie euch etwas beibringen können, werden sie jede Menge Zeit mit euch verbringen wollen.«

»Möglichst dumm stellen. Alles klar«, sagte Simon.

»Nein, nicht dumm. Tu so, als ob du etwas lernst«, sagte Winter. »Und du …« Sie blieb stehen und drehte sich zu Malcolm. »Gib ihnen keinen Grund, dich zu verhaften.«

»Verhaften?« Malcolm zog die Augenbrauen zusammen. »Wenn sie das versuchen, rennt ihnen das gesamte Säugerreich die Bude ein.«

»Und wie viele Animox müssen dann sterben, nur weil du dich nicht unter Kontrolle hast?«, entgegnete sie hitzig. »Orion hasst dich. Ihm wird jeder Vorwand recht sein, um dich hinter Gitter zu bringen.«

»Ach ja?«, schnaubte Malcolm. »Das soll er ruhig versuchen. Ich bin doch kein Zootier!«

»Trotzdem kann es nicht schaden, vorsichtig zu sein«, gab Winter zurück. »Wenigstens Simon zuliebe.«

Malcolm knurrte. »Na schön«, grummelte er. »Wie weit ist es überhaupt noch? Ist ja mal wieder typisch, dass Orion uns keinen Führer geschickt hat.«

»Ihr habt mich. Und da sind wir auch schon«, sagte Winter. »Schaut nach oben.«

Gehorsam legte Simon den Kopf in den Nacken. Zuerst sah er nur saftige, frühlingsgrüne Baumkronen, doch dann entdeckte er noch etwas.

»Warum ist da eine Hängebrücke?«, fragte er. Winter grinste.

»Da ist nicht nur *eine* Hängebrücke. Kommt.«

Sie verschwand hinter einer dicken Eiche. Simon blickte noch einmal nach oben und versuchte, weitere Einzelheiten zu erkennen. Doch die Zweige versperrten ihm die Sicht. Zögernd folgte er Winter.

»Das waren echt viele Vögel«, sagte er, während er um den Baum herumging. »Wohin sind sie –«

Er blieb wie angewurzelt stehen. Winter war nicht mehr da. Stirnrunzelnd ging er noch einmal um den Baum herum. »Winter, das ist nicht lustig«, rief er. »Wo bist du?«

»Simon.« Sein Onkel stand einige Meter hinter ihm, deutlich blasser als noch vor einer Minute. »Da ist sie doch.«

»Wo?«, fragte Simon wieder. »Ich kann sie nicht –«

Plock.

Etwas Kleines, Hartes traf ihn an der Stirn. Eine Eichel. Verblüfft zog er den Kopf ein und wich nur knapp dem nächsten Geschoss aus. »Was ...«

Eine dritte Eichel traf seine Schulter, und er wirbelte verärgert herum. »Winter, wenn das ein Spiel sein soll, dann ...«

Leises Gelächter ertönte über ihm, und schließlich blickte Simon nach oben. Winter saß etwa zehn Meter höher auf einem Ast, so unbeschwert, als hätte sie ihr Leben lang nichts anderes getan, als auf Bäume zu klettern. »Das hat aber gedauert. Du weißt schon, dass du in einem Reich bist, in dem alle fliegen können, ja?«

»Ich …« Simon starrte sie finster an. »Du hättest was sagen können.«

»Das wäre nur halb so witzig gewesen. Und jetzt kommt hoch, bevor mir hier langweilig wird.«

Simon umrundete den Baum ein weiteres Mal und entdeckte am Stamm mehrere Griffe. Ein ganzes Stück über seinem Kopf befanden sich auch Leitersprossen, doch sie waren zu weit oben, um sie zu erreichen.

Er drehte sich zu seinem Onkel, dessen Gesicht noch eine Spur blasser geworden war. »Ich fliege. Kommst du da hoch?«

Malcolm schluckte mühsam. »Ich bin mir nicht sicher, ob die Sprossen mich halten.«

»Klar halten die!«, rief Winter und ließ eine weitere Eichel herabsausen, die neben Simons Füßen landete. »Und jetzt kommt endlich hoch, ihr Angsthasen.«

Malcolm verzog das Gesicht und legte die Hände auf die Haltegriffe. »Schwirr ab, ich komm schon zurecht«, sagte er zu Simon, doch auf seiner Stirn hatten sich dicke Schweißperlen gebildet.

»Es muss doch noch einen anderen Weg geben«, sagte Simon und schaute sich um, als könnte mitten im Wald ein Aufzug auftauchen. »Seile oder so.«

»Simon, hör auf. Du machst mich ganz nervös.« Malcolm wischte sich die Stirn mit dem Handrücken. »Lenk mich nicht ab.«

»Du schaffst das!«, rief Winter ihm zu, und fluchend machte Malcolm sich an den Aufstieg.

Simon beobachtete ihn vom Boden aus. Schon nach kurzer Zeit begannen Malcolms Hände zu zittern, wenn sie nach der nächsten Sprosse griffen, und Simon hätte ihn am liebsten gebeten, wieder herunterzukommen. Doch Malcolm schob sich Sprosse um Sprosse weiter am Stamm hinauf, bis er schließlich hinter den Blättern verschwand. Simon wartete noch einen Moment und lauschte auf Signale, dass sein Onkel Hilfe brauchte, dann schloss er die Augen und animagierte in einen Goldadler.

»Malcolm?«, rief er, während er flügelschlagend am Stamm emporflog, haarscharf an dem Ast vorbei, auf dem Winter es sich bequem gemacht hatte. »Wo bist du?«

Er durchstieß das Blätterdach, und mit einem Mal war die Welt vor seinen Augen wie verwandelt. Verborgen hinter dem hellgrünen Blättermeer war eine ganze Stadt aus Baumhäusern. Doch es waren keine zusammengezimmerten Bretterbuden, wie man sie in Gärten oder Hinterhöfen finden konnte. Jedes Haus wirkte so solide wie ein Haus am Boden, mit Tür, Dach und bunten Blumen vor den Fenstern. Starke Hängebrücken führten zwischen den dicken Baumstämmen von einer Plattform zur nächsten. Und die Vögel …

Auf jedem Ast saßen Hunderte Vögel. Blauhäher, Rotkehlchen, Spatzen, Finken – Simon meinte sogar, etwas weiter hinten einige Falken und Habichte zu erkennen.

»Ah, da seid ihr ja!« Ein junges Mädchen, sicher nicht älter als sechzehn, hüpfte ihnen über eine der Hängebrücken entgegen. Bunte Federn hingen in ihren langen blonden Haaren, und sie trug ein blaues Gewand mit langen, flatternden Zipfeln, das anders aussah als jedes Kleidungsstück, das Simon je gesehen hatte. »Eure Königliche Hoheit, es ist mir ein Vergnügen, Euch kennenzulernen. Mein Name ist Portia Gale, und ich werde Euch und Eure Besucher zum Palast geleiten.«

»Ich bin keine Besucherin«, sagte Winter, die auf der nächsten Plattform aufgetaucht war. Malcolm stand zittrig neben ihr und klammerte sich am Geländer fest. »Ich habe länger hier gelebt als du.«

Portia musterte Winter von oben bis unten. Simon meinte, einen Hauch Ablehnung in ihrem Gesicht aufblitzen zu sehen, doch dann lächelte sie strahlend. »Winter! Wie schön, dich wiederzusehen. Deine Cousins haben dich schrecklich vermisst.«

»So schrecklich, dass sie mir nicht mal schreiben konnten?« Winter verschränkte die Arme und sah das blonde Mädchen feindselig an. »Ich kann ihre Sehnsucht regelrecht fühlen.«

Simon räusperte sich. Er war immer noch in der Gestalt des Goldadlers. »Hier in den Bäumen ist ein Palast?«, fragte er. »Ich dachte, Hawk Mountain wäre nur … ein Bergdorf oder so.«

»Es ist ein ganzes Netz aus Dörfern am Fuß und am Hang des Berges, Hoheit«, sagte Portia und wandte sich von Winter ab, um Simon anzusehen. »Manche befinden sich in den Bäumen, so wie hier. Viele Familien mit kleinen Kindern leben aber auch am Fuß des Berges in Häusern am Boden.«

»Oh. Verstehe. Und, äh … bitte nenn mich Simon. Einfach nur Simon.«

»Ich fürchte, das wäre ein Verstoß gegen die höfischen Sitten, Hoheit«, sagte Portia und senkte anmutig den Kopf. »Ihr werdet Euch schon an Euren Titel gewöhnen und ihn eines Tages vielleicht sogar schätzen. Wenn Ihr mir nun folgen würdet.«

Simon warf seinem Onkel, dessen Gesicht eine grünliche Färbung angenommen hatte, einen unsicheren Blick zu. »Die Wege hier oben sind doch sicher, oder?«, fragte er, während er auf eine Plattform sprang und sich zurück in menschliche Gestalt verwandelte. »Man kann doch nicht runterfallen?«

»Natürlich nicht«, sagte Portia, und Grübchen erschienen in ihren Wangen, während sie ihn musterte. »Der Vogelherr würde seine Gäste niemals in Gefahr bringen. Seid ganz beruhigt, Hoheit.«

Simon war alles andere als beruhigt. Nur widerstrebend folgte er Portia, die sich mit einer bewundernswerten Selbstverständlichkeit über die schwankenden Hängebrücken bewegte.

Nachdem sie eine scheinbar endlose Zahl weiterer Plattformen hinter sich gelassen hatten und an zahlreichen Baumhäusern vorbeigekommen waren – manche von beeindruckender Größe –, merkte er, dass Portia sich an sein Tempo hielt, nicht an Malcolms oder Winters. Als sein Onkel das nächste Mal langsam über eine Hängebrücke tappte, die unter seinem Gewicht bedrohlich schwankte, ging Simon langsamer und tat so, als würde auch ihm die Höhe zusetzen. Ohne Flügel war das nicht besonders schwer. Er hatte zwar keine Höhenangst, doch immer, wenn er nach unten sah, griff er unwillkürlich nach dem Geländer.

Sie waren nicht allein in dem Labyrinth aus Brücken und Leitern. Am Anfang hatte Simon nur gelegentlich ein Gesicht hinter den Fenstern gesehen, doch nach und nach kamen sie in belebtere Teile von Hawk Mountain, bis die Brücken so voll waren, dass sie sich an Männern und Frauen vorbeidrängen mussten, die ebenso farbenfrohe Gewänder trugen wie Portia. Die häufigste Farbe war ein goldenes Gelb, daneben gab es auch Orange- und mehrere Grüntöne.

»Hat das etwas zu bedeuten?«, fragte Simon, als sie über eine der zahlreichen Leitern kletterten. Je weiter sie sich den Berg hinaufarbeiteten, desto dicker und höher wurden die Bäume. Sie mussten Jahrhunderte alt sein, dachte Simon, um so viel tragen zu können. »Die Farben der Kleidung, meine ich.«

»Sie stehen für den Rang, Hoheit«, sagte Portia, und wieder wurden ihre Grübchen sichtbar. »Ihr als Mitglied der Königsfamilie bekommt eine königsblaue Robe. Ich trage Himmelblau, weil ich zu den neun noblen Familien gehöre.« Sie zeigte stolz auf ihr Gewand. »Die Mitglieder des Schwarms tragen Grün, und die Bürgerlichen tragen Goldgelb. Wie alle Außenstehenden und Angehörige fremder Reiche werden Eure Freunde während ihres Aufenthalts Orange tragen.«

»*Orange?*«, explodierte Winter einige Schritte hinter Simon. »Ich mache mich doch nicht lächerlich!«

»Soweit ich weiß, bist du ein Mitglied des Reptilienreichs«, erwiderte Portia zuckersüß. »Wenn mir eine falsche Information vorliegt, muss ich das sofort dem Parlament melden.«

»Ich animagiere vielleicht nicht in einen Vogel, aber immerhin bin ich hier geboren und aufgewachsen«, fauchte Winter. »Im Gegensatz zu dir!«

Simon blieb mitten auf der Brücke stehen und wich einen Schritt vor ihr zurück. Er hatte sie selten so gehässig erlebt. Portia dagegen schien völlig unbeeindruckt. »Deine Zeit bei den Säugern scheint dir nicht gut bekommen zu sein«, sagte sie ruhig. »Vielleicht kann es nicht schaden, wenn du an einem Benimmkurs teilnimmst, während du hier bist. Wir haben einige Lehrmeister, die sich auf Mischblüter spezialisiert haben, wie du sicherlich weißt.«

Mischblüter. Es war zwar kein richtiges Schimpfwort, doch die Art, wie Portia es aussprach, ließ keinen Zweifel daran, wie sie es meinte, und Winter riss den Mund auf. »Wie kannst du es wagen?«, sagte sie mit messerscharfer Stimme. »Wie kannst du es wagen, du … du …«

Während Winter stammelnd nach einer passenden Beleidigung suchte, riss Simon der Geduldsfaden. »Meine Eltern stammen auch aus unterschiedlichen Reichen«, sagte er kühl. »Und bis September hatte ich keine Ahnung, dass es Animox überhaupt gibt. Meinst du, ich sollte auch einen *Lehrmeister* aufsuchen, der sich auf Mischblüter spezialisiert hat?«

Portias Augen weiteten sich einen Millimeter, doch sie verbarg ihre Überraschung schnell hinter ihrem Grübchenlächeln. »Wenn Eure Hoheit es wünscht«, erwiderte sie ruhig. »Hier in Hawk Mountain streben wir immer nach neuen Erkenntnissen und Fähigkeiten, in jeder erdenklichen Form. Es war sicher nicht leicht, so aufzuwachsen wie Ihr und auf einmal in unserer Welt zu landen. Es wäre mir eine Ehre, Euch einige Kurse zu empfehlen, die Euch interessieren könnten. Damit Euch der Übergang leichter fällt.«

»Gibt es vielleicht auch einen Kurs in Mitgefühl, den man belegen könnte?«, fragte Simon. »Oder in Freundlichkeit? Oder in Anstand?«

»Ich …« Portia holte tief Luft und rang sich ein Lächeln ab. Ihre Grübchen zeigten sich diesmal nicht. »Ich bin sicher, dass wir Euch alles zur Verfügung stellen können, was Ihr wünscht, Hoheit. Wenn wir jetzt unseren Weg fortsetzen könnten?«

Sie waren mittlerweile auf der dritten Etage angekommen, und das Gewimmel der unteren Ebenen war verschwunden. Bis auf einige Männer und Frauen in grünen und blauen Roben waren die Brücken zwischen den einzelnen Baumhäusern leer, und Simon runzelte die Stirn. Hier oben sah alles noch beeindruckender aus als auf den unteren Ebenen – größer und aufwendiger. Es gab sogar eine Ansammlung mehrerer großer Häuser, die durch

Brücken miteinander verbunden waren, die direkt aus Ästen gebaut zu sein schienen.

»Der Palast«, erklärte Portia stolz. »Euer neues Heim, Hoheit.«

Ein grün gewandeter Wächter nickte ihnen zu, während sie über eine der Brücken schritten. Simon musterte das vor ihnen liegende Bauwerk verblüfft. »Das ist der Palast?«, fragte er zweifelnd. Das Ganze sah eher wie ein sehr großes, sehr besonderes, aber doch rustikales Baumhaus aus. Es fehlte nur noch das Schild ZUTRITT AUF EIGENE GEFAHR.

Portia nickte. »Von außen ist er so gestaltet, dass er sich in unsere natürliche Umgebung einfügt. Das Innere wird wohl eher Eurem gewohnten Standard entsprechen.«

»Gewohnter Standard?«, fragte Simon verwirrt.

»Die war wohl noch nie in einer Wohnung in Manhattan«, raunte Winter ihm zu. Hinter ihnen stieß Malcolm leise ein warnendes Knurren aus.

Doch dann hörte Simon ein anderes Geräusch, weich und melodisch, es war schwach, aber seltsam vertraut, und rührte etwas in seinem Gedächtnis an, das von der Zeit fast verschüttet worden war. »Was ist das?«, fragte er und blieb auf der nächsten Plattform stehen, um zu lauschen.

»Was meint Ihr?«, fragte Portia etwas zu schnell.

»Das Geräusch«, erwiderte Simon. »Singt da jemand?«

Sie senkte den Blick. »Ich höre leider nichts«, sagte sie. Simon runzelte die Stirn. Ohne auf Portias Protest zu achten, lief er eine Brücke entlang, die näher an das Geräusch heranzuführen schien. Sie eilte ihm nach, ihre Schuhe klapperten auf dem festen Holz.

»Hoheit, es tut mir leid, aber wir werden erwartet«, rief sie. »Wenn wir nicht pünktlich eintreffen, wird der Vogelherr ...«

»Das ist mir egal«, erwiderte Simon und sprang auf eine weitere Plattform. Dass sie in dreißig Meter Höhe waren und ein falscher Schritt ihn in die Tiefe stürzen konnte, war ihm egal. Außerdem hatte er Flügel, und plötzlich erschien ihm sein Gleichgewicht nicht mehr so wichtig.

Je weiter er sich durch das Labyrinth aus Brücken vorarbeitete, desto lauter wurde das Geräusch. Endlich entdeckte er ein kleines Häuschen im Schatten der großen Gebäude, das nur über eine einzige Hängebrücke erreichbar war. Zwei grün gekleidete Männer standen vor der Tür, doch das Fenster war weit geöffnet und bot Simon freie Sicht auf die Frau, die einen alten Rock 'n' Roll-Song sang, den Simon seit Jahren nicht gehört hatte. Ihre hellen Haare waren geflochten und um ihren Kopf geschlungen wie eine Krone. Selbst aus

der Ferne konnte Simon erkennen, dass sie sehr abge-
magert war, aber er hätte sie in jedem Zustand wieder-
erkannt.

»Mom?«

SIEBTES KAPITEL

Das Schloss im Himmel

Simons Ruf hallte durch die Bäume, und seine Mutter verstummte abrupt. Obwohl mehrere Meter zwischen ihnen lagen, sah sie ihm direkt in die Augen. Große Sorge lag in ihrem Blick. »Simon?« Sie beugte sich aus dem Fenster, sodass er ihre königsblaue Robe sehen konnte. »Was machst du hier? Was ist passiert?«

»Genug!« Eine scharfe Stimme übertönte die Worte seiner Mutter, und ein großer, schlaksiger Mann mit schlammfarbenem Haar erschien neben Simon. Es war Perrin, Orions Offizier und enger Vertrauter. Simon wich augenblicklich einen Schritt zurück.

»Ich will meine Mom sehen«, sagte er hitzig. Doch noch während er sprach, verschwand sie im Haus, und einer der grün gekleideten Wächter schloss die Fensterläden.

Perrin rümpfte die Nase. »Du kannst deine Mutter sehen, wenn der Vogelherr es erlaubt.«

»Ich lasse mir von ihm nichts sagen«, fauchte Simon. »Und von Ihnen schon gar nicht.«

»Simon.« Die Stimme seines Onkels drang durch die Baumwipfel zu ihm herüber. »Du hast noch Zeit genug, um sie zu sehen. Nun lass uns doch erst mal ankommen.«

Einen Augenblick lang konnte Simon kaum glauben, dass Malcolm Perrin zustimmte. Doch als er sich umdrehte und den eindringlichen Blick seines Onkels sah, lockerte er seine geballten Fäuste ein wenig. Malcolm hatte recht. Sie waren nicht hier, um zu streiten, und egal wie wütend Simon wegen all der schrecklichen Dinge war, die Orion seiner Familie angetan hatte, es würde wesentlich schwieriger werden, Hawk Mountain nach den Teilen des Greifstabs zu durchsuchen, wenn er in einem Vogelkäfig saß.

»Na schön«, murmelte er und warf Perrin einen giftigen Blick zu, bevor er wieder zu den anderen trottete. Es zerriss ihn förmlich, seine Mom hier zurückzulassen, doch wenn er die Chance bekommen wollte, sie zu befreien, musste er gute Miene zum bösen Spiel machen. »Ich habe sowieso einen Riesenhunger.«

»Ihr habt Glück, denn wir haben die erlesenste Küche in der Welt der Animox«, zwitscherte Portia, sichtlich erleichtert, dass er keinen Aufstand gemacht hatte.

»Vielleicht die beste in eurem Reich«, bemerkte Malcolm trocken. »Aber richtig gut gegessen hat man erst, wenn man meine Spezialitäten vom Grill probiert hat.«

Während Portia weiterplapperte und sie zum Palast trieb, schaute Simon über die Schulter und fing Perrins feindseligen Blick auf. Orion behauptete zwar, er wolle die alten Streitigkeiten beilegen, doch offensichtlich teilte nicht jeder in Hawk Mountain die Wünsche des Vogelherrn – es war also nicht unwahrscheinlich, dass Simon sogar stärker unter Beobachtung stehen würde als erwartet. Noch dazu, da man seine Mutter wenige Hundert Meter entfernt als Geisel hielt.

Simon war so in Gedanken, dass er kaum merkte, wie sie in den Palast eintraten. Die Luft veränderte sich, und das Rauschen der Blätter verstummte. Simon blieb in der großen Flügeltür stehen und riss den Mund auf.

Im Gegensatz zu dem rustikalen Äußeren, das sich perfekt in den Wald einfügte, war das Gebäude von innen genau so, wie sich Simon einen Palast vorstellte. Glänzend weißer Boden, Kronleuchter an der Decke – bereits die Eingangshalle ließ vermuten, was von den anderen Teilen des Palasts zu erwarten war. Durch die hohen Fenster fiel das Sonnenlicht herein, und an den Wänden mit den goldenen Zierleisten hingen große Porträts, von denen einige so aussahen, als wären sie mehrere Hundert Jahre alt.

»Das kommt mir alles gar nicht echt vor«, murmelte Simon und drehte sich um sich selbst, als erwarte er, die Illusion würde sich in Luft auflösen. Aber es war echt. Er schüttelte den Kopf, verlegen, dass ihn der Anblick so aus der Fassung brachte. »Sieht es hier überall so aus?«

»Im Palast schon«, sagte Portia und schritt durch die Halle. Ihre Absätze klapperten geschäftig auf dem glänzenden Boden. Malcolm folgte ihr, sichtlich erleichtert, endlich wieder feste Wände um sich zu haben. Simon dagegen rührte sich nicht vom Fleck.

»Ich hatte ganz vergessen, wie beeindruckend der Palast ist«, sagte Winter, die neben ihm stand und den Hals reckte. »Ich bin Millionen Male durch diese Tür gekommen, irgendwann habe ich es wohl einfach nicht mehr gesehen.«

Ihre Stimme klang wehmütig, und Simon löste den Blick von der prunkvollen Halle und sah sie an. Für sie musste das alles noch viel schwieriger sein. Schwieriger, als er geahnt hatte.

»Alles okay?«, fragte er. Sie holte tief Luft und nickte.

»Ja. Ich wünschte nur, sie hätten nicht ausgerechnet Portia geschickt«, knurrte sie. »Die Gales sind alle so eingebildet wie Pfauen.«

»*Ähem.*«

Portia stand vor einer Tür am anderen Ende der Halle und trommelte ungeduldig mit der Fußspitze auf den Boden, ihrem Grübchenlächeln zum Trotz. »Für eine Führung ist später noch Zeit, Euer Hoheit. Wenn Ihr mir jetzt bitte folgen würdet.«

Hinter der Tür lagen mehrere Flure und Treppenaufgänge, und während sie Portia hinterherliefen, plapperte sie in einem fort über die Geschichte des Palasts. Welcher Herrscher welchen Anbau gemacht hatte, welcher Aufstand welchen Bereich zerstört hatte und welcher Teil danach noch großartiger wiederaufgebaut worden war. Als sie endlich vor einer weißen Tür anhielten, war Simon schon vom Zuhören ganz atemlos.

»Königliche Hoheit«, sagte sie und neigte den Kopf. »Eure Wohnung.«

»Wohnung?«, fragte Simon und zog die Augenbrauen hoch.

»Ungefähr so wie die Wohnungen in Manhattan«, murmelte Winter. »Nur die Küche fehlt.«

»Es ist alles da, was Ihr während Eures Aufenthalts brauchen werdet«, sagte Portia fröhlich, zog einen Schlüssel aus der Tasche und schloss die Tür auf. Sie quietschte, als wäre sie lange nicht benutzt worden, und Portia verzog das Gesicht. »Ich werde sofort jemanden schicken, der sich darum kümmert, Hoheit.«

Simon spähte vorsichtig hinein. Er sah ein großes, helles Wohnzimmer, das ganz in Weiß und Königsblau gehalten war, von dem mehrere Türen abgingen. Die

Wohnung musste mindestens doppelt so groß sein wie Darryls Wohnung in Manhattan.

»Malcolm und Winter sind auch hier untergebracht, nicht wahr?«, fragte er, als er eintrat. Portia räusperte sich, doch bevor sie etwas erwidern konnte, drehte er sich zu ihr um. »*Nicht wahr?*«

»Wenn Eure Hoheit das wünscht«, sagte sie zögernd. »Ich möchte aber nicht unerwähnt lassen, dass wir die Suite im Gästeflügel für sie hergerichtet haben –«

»Du meinst den Schuhkarton neben den Dienstbotenräumen? Nein, danke.« Winter ließ sich aufs Sofa plumpsen. »Wir werden hier schon zurechtkommen. Allerdings könnten wir eine Erfrischung gebrauchen.«

»Ich …« Portia biss die Zähne zusammen, gerade lang genug, dass Simon es bemerkte. »Gewiss, Miss Sky. Ich werde sofort etwas bringen lassen.«

Sie zog die Tür hinter sich zu und ließ Simon, Winter und Malcolm allein zurück. Einen Moment lang sagte niemand etwas, dann machte es in Simons Kopf *Klick*.

»Warte mal … Miss *Sky?*« Er drehte sich zu Winter um. »Dein Nachname ist doch Rivera.«

Winter begutachtete aufmerksam ihre Fingernägel. »Nicht … offiziell«, gab sie zu. »Rivera ist der Mädchenname meiner Mutter, der Name meines Großvaters. Als sie meinen Vater geheiratet hat, hat sie seinen Namen angenommen – Halcyon. Auch eine der neun noblen Familien.«

»Du heißt also Winter Halcyon?«, fragte Simon verwirrt.

Winter schwieg.

»Ich vermute, Orion hat ihr seinen Namen gegeben, als er sie adoptiert hat«, sagte Malcolm. Sein Gesicht hatte endlich wieder eine gesunde Farbe angenommen. »Sie heißt also Winter Sky.« Er grinste.

Simon blinzelte und schaute ungläubig zwischen Winter und seinem Onkel hin und her. Sie widersprach nicht, und nach einer Weile konnte er sich nicht mehr beherrschen. »Dein Name ist *Winter Sky – Winterhimmel*?«

»Winter Halcyon Sky«, verbesserte sie ihn und verschränkte trotzig die Arme. »Schau mich nicht so an. Meine Eltern wussten doch nicht, dass sie sterben würden und ich so einen bescheuerten Namen bekomme.«

Simon musste sich zusammenreißen, um nicht zu lachen. Dabei konnte er nur zu gut verstehen, dass sie ihren Namen geheim gehalten hatte, nachdem sie im L. A. G. E. R. schon genug gehänselt worden war.

»Es tut mir leid!«, rief er, als er Winters Gesicht sah. »Das ist ein schöner Name. Ein wirklich toller Name. Nur …«

»Nur nicht für ein Mitglied des Reptilienreichs.« Sie

sah ihn finster an. »Ich gehe jetzt auf mein Zimmer. Sag Bescheid, wenn du fertig gelacht hast, ich bin nämlich am Verhungern.«

»Dein Zimmer?«, fragte Simon, während sie auf eine der Türen zusteuerte.

»Ja, mein Zimmer«, sagte sie bitter. »Das hier ist meine alte Wohnung. Glaubst du, Portia würde sich die Gelegenheit entgehen lassen, mir so richtig eins reinzuwürgen?«

Sie knallte die Tür so fest zu, dass die Glühbirnen klirrten. Simon sah seinen Onkel ratlos an, und Malcolm seufzte.

»Wir haben alle gewusst, dass es nicht leicht für sie werden würde«, sagte er. »Lass ihr Zeit.«

»Ich weiß nicht, wie viel wir davon haben«, sagte Simon und ließ sich aufs Sofa sinken, das Winter gerade geräumt hatte. »Wie lange will Orion wohl glückliche Familie spielen?«

»So lange, wie du nach seiner Pfeife tanzt, hoffe ich«, sagte Malcolm und seufzte tief. »Hör zu, Simon, ich weiß, dass du absolut keine Lust dazu hast, aber du musst mitspielen.«

»Tue ich doch.« Simon zog die Nase kraus. »Immerhin bin ich hier. Und lasse mich *Königliche Hoheit* nennen.«

»Das reicht nicht«, sagte Malcolm. »Du musst Orion

davon überzeugen, dass du ihm treu ergeben bist und sonst niemandem. Nicht mir. Nicht mal deiner Mutter.«

Simon riss verblüfft die Augen auf. »Ich soll so tun, als wäre ich auf seiner Seite?«

»Du sollst so tun, als hätte dein Aufenthalt hier dir die Augen geöffnet. Du sollst so tun, als würdest du ihn verstehen – mit ihm fühlen. Ein Mann wie Orion, mit seinem Ego … Weißt du noch, was Winter gesagt hat? Wenn du so tust, als würdest du etwas lernen, stehen die Chancen gut, dass er dir glaubt. Tu es nicht zu offensichtlich. Gib ihm keinen Anlass zu glauben, dass du dich über ihn lustig machst. Aber stell dich auf seine Seite statt auf meine, wenn es darauf ankommt.«

Simon starrte düster auf die aufwendige Stickerei eines Zierkissens. Er verstand, was sein Onkel sagte, aber es erschien ihm so weit hergeholt, so absolut *unmöglich*, dass er es sich einfach nicht vorstellen konnte. »Orion hat meinen Dad umgebracht. Er hat *Darryl* umgebracht«, sagte er leise. »Ich kann nicht einfach so tun … als würde ich ihn mögen.«

»Das musst du auch nicht«, sagte Malcolm. »Du musst nur so tun, als würdest du ihn respektieren. Solange er dir das nicht glaubt, wirst du nichts Bedeutsames aus ihm herausholen.«

Simon sank der Mut. Er wusste, dass sein Onkel recht hatte – er misstraute Orion, aber Orion misstraute zwei-

99

fellos auch ihm. Trotzdem, es gab ein paar Grenzen, die er nicht überschreiten würde.

»Und was macht ihr, solange ihr hier seid?«, fragte er. »Wenn sie euch auf der Suche nach den Teilen erwischen …«

»Ich werde nicht danach suchen«, sagte Malcolm. »Ich spiele die Rolle eines ausländischen Würdenträgers. Und Winter –«

»Winter sitzt jetzt so richtig in der Patsche«, sagte eine leise Stimme hinter ihnen. Simon wirbelte so schnell herum, dass er fast vom Sofa gefallen wäre. In dem großen Fenster, das, wie er jetzt erst merkte, einen Spalt breit geöffnet war, stand ein Wanderfalke und richtete seine schwarz glänzenden Augen auf ihn.

ACHTES KAPITEL

Die neun noblen Familien

Simon konnte nicht sprechen.

Sein Mund öffnete und schloss sich, um alle möglichen Entschuldigungen zu äußern, die ihm durch den Kopf schwirrten, doch es kam nichts heraus. Malcolm war aufgesprungen und eilte auf den lauschenden Vogel zu, als wollte er ihn erwürgen. Simon wusste, dass die Lage schlimm war – richtig schlimm –, doch wenn sein Onkel einen von Orions Getreuen tötete, würde sie noch viel, viel schlimmer werden.

»Malcolm, nicht –«, begann er, wurde jedoch von einem Schrei unterbrochen.

»*Rowan!*«

Winter kam so schnell aus ihrem Zimmer geschossen, dass Simon sie nur verschwommen wahrnahm. Der Wanderfalke verwandelte sich, bis ein junger Mann mit blonden Haaren und Dreitagebart vor ihnen stand und Winter fest umarmte.

»Ich habe dich so vermisst!«, sagte sie mit gedämpfter Stimme an seiner Brust. »Warum bist du nicht gekommen, um uns in Empfang zu nehmen? Sie haben Portia Gale geschickt.«

»Portia Gale?« Rowan ließ sie los. »Und ihr habt euch nicht gegenseitig den Hals umgedreht? Unglaublich. Oder hast du etwa ihre Leiche hier irgendwo versteckt?« Er schaute sich suchend im Zimmer um, und Winter versetzte ihm kichernd einen Stoß mit dem Ellbogen.

»Wenn das der Fall wäre, würdest du sie niemals finden«, sagte sie.

Malcolm, der zwischen den beiden und dem Sofa stand, räusperte sich. Sein Körper war immer noch angespannt und bereit, jeden Moment vorzuspringen. Rowan drehte sich auf dem Absatz zu ihm um und sah ihn strahlend an.

»Alpha«, sagte er mit einer respektvollen Verbeugung. »Es ist mir ein Vergnügen, Euch unter freundschaftlichen Vorzeichen kennenzulernen. Ich bin Rowan Perrin, der Sohn von –«

»Ich weiß, wer dein Vater ist«, sagte Malcolm drohend. »Und ich weiß auch, dass du ein Mitglied von Orions Schwarm bist. Ein hochrangiges Mitglied, das zufällig versucht hat, meinen Neffen und seine Freunde auf dem Weg von New York nach Arizona zu entführen.«

»Aber nur, um uns zu beschützen«, sagte Winter schnell und stellte sich vor Rowan.

»Das ist richtig«, bestätigte Rowan und versuchte, Winter zur Seite zu schieben. Doch sie wich nicht von der Stelle.

»Willst du etwa behaupten, wenn du Simon erwischt hättest, hättest du ihn nicht geradewegs zu Orion gebracht?«, fragte Malcolm herausfordernd.

Rowan verlagerte nervös das Gewicht von einem Fuß auf den anderen. »Wenn es so weit gekommen wäre, hätte ich Eurem Neffen bei der ersten Gelegenheit zur Flucht verholfen. Meine einzige Absicht war, ihn und seine Freunde in Sicherheit zu bringen.«

»Das sagst du jetzt.« Malcolm machte einen weiteren drohenden Schritt nach vorn. »Aber wer garantiert mir, dass du nicht gleich zu Orion gehst und –«

»Es stimmt«, fuhr Simon dazwischen. Sein Onkel sah ihn finster an, doch er sprach weiter: »Rowan sagt die Wahrheit.«

»Wie kannst du das wissen?«, fragte Malcolm. »Hat er dir geholfen?«

»Ich …« Simon wusste, dass er niemandem trauen durfte, aber er wusste auch, dass Rowan als Spion für Leo arbeitete – der einzige Spion, den Leo im Schwarm hatte. Das konnte er Malcolm aber nicht sagen, da sein Onkel nicht wusste, dass Leo noch am Leben war. Deshalb musste er es anders versuchen. »Er … ist ein Freund von Zia«, sagte Simon. »Du kannst sie fragen. Sie wird für ihn bürgen.«

Malcolm musterte Rowan misstrauisch. Er hatte noch immer die Fäuste geballt. Simon stellte sich vorsichtshalber neben Winter und versperrte seinem Onkel den Weg.

»Er hilft meiner Mom schon seit langer Zeit«, sagte er dann leise. »Er beschützt sie, und er hat mir geholfen. Er weiß, was wir vorhaben. Ich verspreche dir, Malcolm, er wird Orion nichts sagen.«

»Orion weiß es schon«, schaltete sich Rowan ein. »Er weiß, dass Simon nach den versteckten Teilen suchen wird. Er weiß auch, dass Ihr und Winter hier seid, um ihm dabei zu helfen. Und er vermutet, dass der Sohn des Generals und die junge Schwarze Witwenkönigin in der Nähe sind. Ich bin gekommen, um euch zu warnen«, fügte er hinzu. »Wohin auch immer Simon geht, jemand wird ihn beobachten. Er darf nicht nach den Teilen suchen. Jedenfalls nicht ohne Hilfe.«

»Und du willst diese Hilfe sein?«, fragte Malcolm misstrauisch. Rowan nickte.

»Ich bin für Simons Sicherheit zuständig. Ich weiß, wer ihn wann und wo bewacht . Wenn ihr mir etwas Zeit lasst, kann ich ein paar Lücken einarbeiten. Gelegenheiten, bei denen er unbeobachtet ist.«

Malcolm schnaubte. »Warum sollten wir dir glauben?«

»Weil ihr ohne mich keine Chance habt«, sagte Rowan und straffte die Schultern. »Ihr vertraut mir vielleicht nicht, aber ich hoffe, die vielen Male, die ich Simon und seiner Mutter meine Treue bewiesen habe, sprechen für sich.«

Stille legte sich über den Raum. Simons Blick sprang zwischen seinem Onkel und Rowan hin und her. Er war nicht ganz sicher, was jetzt passieren würde. Mit einer schnellen Bewegung sprang Malcolm vor und zog Rowan an seiner grünen Robe zu sich heran.

»Hör mir gut zu«, knurrte er so leise, dass Simon ihn kaum hören konnte. »Wenn meinem Neffen irgendetwas zustößt, mache ich dich dafür verantwortlich, und meine Rache ist blutig. Ist das klar?«

Rowan nickte mit beeindruckender Gelassenheit. Zögernd ließ Malcolm ihn los, und bevor Simon etwas sagen konnte, durchquerte sein Onkel das Zimmer und verschwand durch eine Tür, die er fest hinter sich zuzog.

»Puh.« Rowan räusperte sich. »Das war … interessant. Winter, ich weiß die Geste zu schätzen, aber du kannst dich wieder zurückverwandeln.«

Jetzt erst bemerkte Simon die Schlange zu Rowans

Füßen, die drohend ihre Giftzähne zeigte. Mit einem Zischen, das sehr an ein Fluchen erinnerte, verwandelte sie sich, bis Winter wieder vor ihnen stand.

»Wolltest du Malcolm beißen?«, fragte Simon ungläubig.

»Nur wenn er versucht hätte, Rowan etwas zu tun«, zischte sie. »Malcolm könnte ihn zu Hackfleisch machen, das weißt du.«

»He!«, sagte Rowan mit einem Lachen, das seine Nervosität der letzten Minuten hinauszulassen schien. »Ich habe vielleicht nicht ganz so viele Muskeln wie der Alpha, aber wehren kann ich mich schon. Und jetzt macht euch schick, damit wir endlich zum Festessen gehen können.«

Winter verzog augenblicklich das Gesicht. »Ich trage aber kein Orange!«

Rowans Lächeln schwand. »Winter, du kennst die Gesetze so gut wie ich.«

»Ich bin immer noch ein Mitglied der Königsfamilie«, erwiderte sie stur. »Ich bin immer noch eine Sky, und wenn Orion mich nicht mehr anerkennt, bin ich immer noch eine Halcyon und hier aufgewachsen. Das kann er mir nicht wegnehmen.«

»Nein, das kann er nicht«, sagte Rowan mit einer Sanftheit, die Simon das Gefühl gab, bei einem sehr privaten Gespräch zuzuhören. »Das ist ein komplizierter

Fall, und ich bin sicher, dass sich die Gelehrten in den nächsten Jahren damit beschäftigen werden –«

»So lange kann ich nicht warten«, sagte Winter hitzig. »Wenn Orion mich nicht Königsblau tragen lässt, trage ich eben Himmelblau. Das ist mein Geburtsrecht, ob es ihm passt oder nicht.«

»Und was, wenn er dich festnehmen lässt?«, fragte Rowan. »Willst du das für deinen Stolz riskieren?«

Sie sah ihn herausfordernd an. »Was glaubst du denn?«

Simon runzelte die Stirn. »Ist es wirklich so wichtig, welche Farbe du trägst, Winter?«

Doch ein Blick auf ihre geröteten Wangen und feuchten Augen gab ihm die Antwort. Es ging nicht nur um ihre Sturheit – es ging um ein Gefühl von Respekt und Zugehörigkeit, das er nicht einmal ansatzweise nachempfinden konnte. Also drehte er sich seufzend zu Rowan um.

»Du kannst doch bestimmt so ein blaues … Blusending für sie auftreiben, oder?«, fragte er.

»Robe«, korrigierte Rowan ihn so behutsam, wie er mit Winter gesprochen hatte. »Ja, kann ich. Aber es wird den Mitgliedern der neun noblen Familien nicht gefallen, da Winter nun mal …« Er räusperte sich. »Da Winter anders ist.«

»Das ist nicht unser Problem«, sagte Simon entschlossen. »Und wenn Orion will, dass ich hierbleibe, muss er eben dafür sorgen, dass sie damit leben können.«

Eine knappe Stunde später kam Portia Gale mit einer kleinen Armee grün gewandeter Wachen zurück. Als Simon die Tür öffnete, fürchtete er einen schrecklichen Augenblick lang, dass dies wieder eins von Orions Spielchen war und sie ihn festnehmen wollte. Doch sie hielt keine Handschellen für ihn bereit, sondern nur ein strahlendes Lächeln.

»Königliche Hoheit! Es freut mich zu sehen, dass Ihr Eure Robe gefunden habt.«

Simon blickte an seinem leuchtend blauen Gewand hinab. Es fühlte sich ungewohnt lang an, doch als er nun Portia und die Wächter musterte, stellte er fest, dass auch ihre Roben bis an die Knie reichten und sein Gewand also genau die richtige Länge hatte. »Müsst ihr das immer tragen?«

»Nur außerhalb des Palasts und bei offiziellen Anlässen«, erwiderte Portia. »Ich würde Euch aber raten, es vorerst anzulassen, bis alle Euch kennen. War der Vormittagsimbiss ausreichend, den die Küche geschickt hat?«

»Er war, äh …« Simon warf einen Blick auf den Tisch in der Mitte des Raums, auf dem ein schweigsamer Diener einen üppigen Turm aus Törtchen, Keksen, Waffeln und weiteren Backwaren, die er nicht benennen konnte, aufgebaut hatte. »Mehr als ausreichend. Sie werden doch nicht weggeworfen, oder?«

Bevor Portia etwas erwidern konnte, erschien Malcolm neben ihm. Seine orangefarbene Robe spannte an den Schultern, und er zupfte unbeholfen daran herum. »Rowan hat gesagt, dass er gleich mit Winter nachkommt«, sagte er. »Wir können also schon los.«

Portias heitere Miene verdüsterte sich etwas. »Aber natürlich, Alpha«, sagte sie und nickte kurz. »Bitte folgt mir.«

Der Weg zum Speisesaal war überraschend weit, aber wenigstens hielt Portia diesmal keine langen Vorträge darüber, wann welches Türmchen angebaut worden war. Stattdessen ging es in ihrem unversiegbaren Geplauder um Tischetikette und gutes Benehmen. Anfangs hörte Simon noch zu, doch als sie mit der Erklärung ansetzte, welche Gabel wann zu benutzen war, schaltete er ab.

Stattdessen begann er, im Kopf einen Lageplan des Palasts zu erstellen. Wenn man von seiner Wohnung aus zweimal nach rechts bog, kam man in eine lange Galerie voller Gemälde, wenn man sich danach links hielt, gelangte man in einen Salon mit vergoldeten Möbeln und großen Fenstern. Doch nach ein paar weiteren Abbiegungen verlor Simon den Faden. Endlich blieb Portia vor zwei mit Pfeil und Bogen bewaffneten Wachen stehen.

»Der Speisesaal, Königliche Hoheit«, sagte sie und strich Simons Robe glatt. »Solltet Ihr einen Wunsch haben, den die Diener Euch nicht erfüllen können, wendet Euch einfach an mich. Und was auch immer Ihr tut«, fügte sie hinzu und sah ihn mit großen Augen ernst an, »widersprecht Seiner Majestät nicht. Zumindest nicht in Anwesenheit der neun noblen Familien.«

Das konnte Simon ihr nicht versprechen. Doch als sich die Tür öffnete und er einen Blick auf den riesigen Speisesaal erhaschte, musste er schlucken. Er wusste selbst nicht, was er erwartet hatte – vielleicht eine kleine Feier mit ein paar Cousins und Großtanten, von denen er noch nie gehört hatte. Aber ganz sicher keine lange Tafel mit über hundert Gästen in blauen Roben, die einzig und allein auf sein Erscheinen warteten.

Er hörte Malcolm hinter sich leise fluchen und spürte seine große Pranke auf der Schulter. Es war zwar gut zu wissen, dass er da war, doch hier musste er allein durch. Er durfte bei seinem ersten Auftritt am Hof des Vogelherrn nicht als ein Junge erscheinen, der so ängstlich und verschüchtert war, dass er den Schutz des Alphas benötigte.

Er nickte Malcolm dankbar zu, wand sich aus seinem Griff und folgte Portia in den Saal. Wie die anderen Räume, die sie durchquert hatten, hatte er einen glänzenden Boden, goldene Verzierungen, Spiegel an den

Wänden und eine Decke ganz aus Glas. Aber diese Einzelheiten bemerkte Simon kaum – seine Aufmerksamkeit galt den Gästen, an denen er vorbeikam, und er war verblüfft, wie steif sie alle dasaßen und wie grimmig sie dreinblickten.

Doch erst als er einen glatzköpfigen Mann sah, der ihn wütend anstarrte, wurde ihm klar, dass alle im Saal ihn hassten.

»Simon, mein Junge!« Orions dröhnende Stimme schallte durch den Raum. Sein Großvater stand am Kopf der Tafel und breitete die Arme aus. »Wie schön, dass du da bist. Ich habe mir schon Sorgen gemacht, du hättest dich verlaufen.«

»Meine aufrichtigsten Entschuldigungen, Euer Majestät«, sagte Portia mit einer tiefen Verneigung. »Es wird nicht wieder vorkommen.«

»Das will ich hoffen, Miss Gale«, sagte Orion barsch, bevor er sich wieder Simon zuwandte. »So«, sagte er dann deutlich herzlicher, »komm, mein Lieber, setz dich zu mir. Ich habe mir lange genug das Geschwätz dieser alten Nebelkrähen angehört.«

Die beiden blau gekleideten Männer, die rechts und links von Orion saßen, erhoben sich wortlos, doch die Blicke, die sie Simon zuwarfen, waren scharf wie Messer. Simons Gesicht wurde warm, und er schüttelte abwehrend den Kopf.

»Ist schon in Ordnung«, sagte er schnell. »Da hinten ist auch noch etwas frei.«

»Unsinn.« Orion winkte ab. »Du bist unser Ehrengast, da werde ich dich doch nicht Frieda Swifts Geschnatter aussetzen.«

Simon hatte keine Ahnung, wer Frieda Swift war, doch eine elegante ältere Dame, die in der Mitte der Tafel saß, schaffte es nicht ganz, ihren beleidigten Aufschrei hinter einem Husten zu verbergen.

Zögernd setzte Simon sich rechts neben Orion, damit sein Großvater ihn mit seinem gesunden Auge sehen konnte. Malcolm, der mit seinen langen Haaren und seiner mächtigen Statur inmitten der hageren Gestalten völlig fehl am Platz wirkte, setzte sich auf Orions blinde Seite.

»Und nun«, sagte Orion beinahe aufgekratzt, »lasst uns zu Ehren meines Enkels und lange verschollenen Thronfolgers das Festmahl beginnen!«

Er klatschte in die Hände, und wie aus dem Nichts erschienen Dutzende Diener mit riesigen Platten voller Speisen. Gebratene Hühner, ein ganzer gedünsteter Fischschwarm, Bratkartoffeln, die so köstlich dufteten, dass Simon das Wasser im Mund zusammenlief, bunte Obstteller, so perfekt arrangiert, dass sie wie Kunstwerke aussahen, und so appetitlich angerichtetes Gemüse, dass Simon es tatsächlich essen wollte – es gab zwar keine

Pizza oder Burger, aber Simons knurrenden Magen schien das nicht zu stören.

Doch als er die Hand nach einer Schüssel Bratkartoffeln ausstreckte, stieß ihm Portia, die neben ihm Platz genommen hatte, den Ellbogen in die Rippen. »Nicht!«, flüsterte sie. Schnell zog er die Hand zurück und schaute sich um. Niemand sonst nahm sich etwas, und mehrere Gäste starrten ihn an oder verbargen ein spöttisches Grinsen hinter ihren Servietten.

Vielleicht hätte er Portia doch zuhören sollen, dachte er, als die Diener herantraten, um die Speisen aufzugeben.

Als sein Teller schließlich voll war und Orion zu essen begonnen hatte, konnte er endlich loslegen. Er aß so schnell, dass Orion gluckste. »Hat dein Onkel dich hungern lassen?«, fragte er mit einem Seitenblick auf Malcolm.

Simons Gabel voll Hühnchen stoppte auf halber Strecke. »Ich hab heute nicht gefrühstückt«, murmelte er verlegen. Er konnte sehen, wie Malcolm seine Gabel fester umfasste.

»Nun ja, wir wissen ja alle, wie viel Jungen im Wachstum essen können.« Etwas an Orions spöttischem Lächeln verursachte Simon Unbehagen. Vielleicht waren es aber auch nur die vielen Kartoffeln, die er hinuntergeschlungen hatte.

»Hat Perrin dir erzählt, dass ich Mom gesehen habe?«

Orion blinzelte. »Das hat er nicht. Aber es überrascht mich nicht. Es ist kein Geheimnis, wo deine Mutter untergebracht ist.«

»Du meinst, wo du sie gefangen hältst«, sagte Simon. Wieder spürte er Portias Ellbogen in den Rippen, diesmal fester, doch er ruderte nicht zurück. »Du hast gesagt, du lässt sie frei, wenn ich herkomme. Wo ist sie?« Er tat so, als suche er die Tafel nach ihr ab. »Ich sehe sie nicht.«

»Ich werde sie so bald wie möglich freilassen«, sagte Orion. »Ich versichere dir, Simon, dass sie es sehr komfortabel hat.«

»Der komfortabelste Käfig der Welt ist immer noch ein Käfig«, gab Simon scharf zurück. Portias Ellbogen schien immer spitzer zu werden. »Du hättest sie zum Essen einladen können.«

»Ich fürchte, sie isst lieber allein. Kann ich ihr auch nicht verdenken, bei dieser langweiligen Bande hier.« Er zeigte mit der Gabel ringsum. »Die Gales und die Halcyons natürlich ausgenommen.« Er nickte Portia zu, deren Grübchen augenblicklich auftauchten. »Aber die Alouettes, die Merles, die Swifts und die Altairs ...« Er schüttelte den Kopf. »Und mit den Kirkes und den Lonans fangen wir lieber gar nicht erst an.«

»Wenn Ihr die Frage gestattet«, sagte Portia geziert, »wird Seine Königliche Hoheit nun Simon Sky heißen?«

Zapp.

Malcolms Messer bohrte sich eine Haaresbreite vor Orions Teller in den Tisch. »Sein Name ist Simon Thorn! Er wurde als Thorn geboren, und du wirst ihm nicht auch noch seinen Namen wegnehmen«, sagte er mit donnernder Stimme.

Die Tischgesellschaft erstarrte, sodass alle wie lauschende Statuen aussahen. Doch wenn Orion eingeschüchtert war, so zeigte er es nicht. Ohne mit der Wimper zu zucken, tupfte er sich die Mundwinkel mit seiner Serviette ab. »Ich habe nicht vor, Simons Namen zu ändern. Aber sollte er eines Tages wünschen, den Namen seiner Mutter anzunehmen, würde ich das begrüßen. Der Name seines Vaters wird ja sicherlich mit seinem Zwillingsbruder fortbestehen, nicht war?« Er schwieg kurz. »Nun ja, ganz sicher ist das nicht.«

Malcolms Gesicht wurde gefährlich rot. Bevor Simon etwas sagen konnte, machte sein Onkel einen Satz nach vorn und streckte die Hand nach seinem Messer aus, das noch immer in der Tischplatte steckte. Zweifellos, um es zu benutzen.

Doch zu Simons Entsetzen war sein Großvater schneller. Obwohl Malcolm auf seiner blinden Seite saß, schlossen sich die Finger des Vogelherrn in Sekundenschnelle um den Griff und zogen das Messer aus dem Holz. Den Kopf Simon zugewandt, als führten sie gerade ein anre-

gendes Gespräch, richtete er das Messer auf Malcolms
Hals.

»Ich lasse Drohungen nicht ungestraft, Alpha«, sagte
er leise.

Der ganze Saal schwieg, jeder schien den Atem anzu-
halten. Der Anblick mehrerer hoffnungsvoller Gesichter
verriet Simon, dass nicht alle auf der Seite ihres Herrschers waren.

»Aber was denn für eine Drohung?« Malcolm hob beschwichtigend die Hände. »Ich wollte doch nur meinen
Fisch schneiden.«

Orion verzog spöttisch den Mund und gab Malcolm
mit einer eleganten Bewegung sein Messer zurück, ohne
ihn dabei anzusehen. »Wenn das so ist. Mein Fehler.«

Während er sprach, schien sein gesundes Auge in der
Ferne etwas zu suchen. Simon drehte sich um, um herauszufinden, wohin Orion sah. Die Spiegel, wurde ihm
klar – Orion konnte Malcolm in den Spiegeln an den
Wänden sehen. Deshalb hatte er so schnell reagiert.

In diesem Moment öffnete sich die Flügeltür am anderen Ende des Saals, wo augenblicklich Getuschel ent-
stand. Simons Herz begann zu hämmern, und er schaute
zwischen Orion und seinem Onkel hin und her. Hatte
der Vogelherr vorgesorgt und für einen solchen Fall Malcolms Verhaftung befohlen? Stand der Schwarm schon
bereit, um seinen Onkel in Handschellen abzuführen?

Doch dann fiel Simons Blick auf einen dunklen Zopf und ein himmelblaues Gewand. Winter schritt an der Tafel entlang, gefolgt von Rowan. Sie hielt erst an, als sie direkt vor Orion stand.

»Majestät«, sagte sie und machte einen tiefen Knicks. »Ich danke für die Einladung.«

»Was soll das?« Portia sprang auf. »Verzeiht, Majestät, ich habe ihr gesagt, dass sie Orange tragen muss. Ich habe ihr eine orangefarbene Robe zukommen lassen …«

»Ich bin eine Halcyon«, sagte Winter und sah Portia abfällig an. »Halcyons tragen kein Orange.«

Orion musterte die beiden Mädchen mit einer belustigten Miene. »Da hat Winter nicht unrecht«, sagte er. »Und Himmelblau ist ja auch schon eine Herabstufung, nicht wahr? Vielleicht nicht die Demütigung, auf die Sie gehofft haben, Miss Gale, aber wir müssen die Abstammung der neun noblen Familien ungeachtet ihrer Fortpflanzungsentscheidungen respektieren.«

Portias Gesicht war knallrot geworden, sie kochte sichtlich vor Wut, doch sie nickte nur steif und setzte sich wieder auf ihren Platz neben Simon. Diejenigen, die so nah saßen, dass sie alles mitbekommen hatte, gaben die Einzelheiten an die weiter Entfernten weiter, und in Windeseile verbreitete sich der Bericht durch den Speisesaal. Winter schien sich daran jedoch nicht zu stören. Während das Getuschel zunahm, setzte sie sich auf den freien Platz neben Malcolm.

»Servieren, bitte«, sagte sie zu einem Diener, der schnell herbeieilte. »Es ist eine Ewigkeit her, dass ich das letzte Mal anständig gegessen habe.«

»Werter Alpha«, sagte Orion schmunzelnd, »der Appetit dieser Kinder sollte Euch zu denken geben.«

Simon sah, dass Malcolms Hand mit dem Messer zuckte, und er unterbrach Orion hastig. »Du hast mir auf dem Sky Tower ein paar Versprechen gegeben«, sagte er und erwähnte absichtlich nichts Genaues, nachdem er gesehen hatte, wie schnell sich Neuigkeiten um den Tisch herum verbreiteten. »Ich würde gerne wissen, ob du sie auch hältst.«

»Selbstverständlich«, sagte sein Großvater. »Heute Abend, wenn du dich ausgeruht hast, gebe ich dir eine Führung. Die Sonnenuntergänge in New York sind ja ganz nett, aber du wirst nicht glauben, wie überwältigend sie hier in den Bergen sind.«

Simon hatte zwar nicht die geringste Lust, Sonnenuntergänge zu bestaunen, jedenfalls nicht mit Orion, doch er nickte und griff wieder nach seiner Gabel. Malcolms scharfen Blick ignorierte er absichtlich. Mit seinem Großvater allein zu sein, war gefährlich – gefährlicher, als es mit Haien oder Schlangen oder einem Rudel knurrender Wölfe aufzunehmen. Doch je schneller sie die Teile des

Greifstabs fanden, desto schneller würden Malcolm und Winter von hier verschwinden können, außer Reichweite von Orion und seinem bedrohlich großen Schwarm. Jetzt, da Simon wusste, was sein Großvater von ihm erwartete, gab es vielleicht einen Weg, dieses Wissen zu seinem Vorteil zu nutzen und endlich – *endlich* – Orions Spiel gegen ihn zu wenden.

NEUNTES KAPITEL

Gipfeltreffen

An diesem Abend, nach einem langen Nickerchen, aus dem er wie gerädert erwachte, folgte Simon Portia ein weiteres Mal durch das Labyrinth des Palastes. Diesmal hatte er keine Ahnung, wohin sie gingen, und Portia war ungewohnt schweigsam.

»Ist Orion sauer?«, fragte Simon, als er ihr Schweigen nicht mehr ertrug. Sie schüttelte den Kopf.

»Im Gegenteil, er ist froh, dass Ihr da seid«, sagte sie mit gequälter Stimme. »Seit Eurer Ankunft ist er in besserer Stimmung, als ich ihn je erlebt habe.«

Simon war nicht sicher, was er davon halten sollte. Einerseits war es natürlich möglich, dass sein Großvater wirklich glücklich war, seinen lange verschollenen Enkel bei sich zu haben. Andererseits kannte er das wahre Gesicht des Vogelherrn und konnte sich nicht vorstellen, dass Orion etwas anderes glücklich machte als die Gewissheit, zu bekommen, was er wollte. Und das konnte nicht nur Simon sein – es musste mehr dahinterstecken.

»Das mit Winter tut mir leid«, sagte er nach einer Weile. »Nicht dass sie … Ich meine, ich finde, sie hat das Recht, Blau zu tragen. Sogar Königsblau«, fügte er hinzu und zeigte auf seine Robe, die anzuziehen er beinahe vergessen hätte. »Aber sie kann manchmal … ein bisschen gemein sein.«

»Das stört mich nicht«, erwiderte Portia mit einem kleinen Lächeln. »Nicht wirklich. Die Gales und die Halcyons konnten noch nie viel miteinander anfangen. Ich kenne Winter schon lange. Sie ist immer ehrlich, nicht wahr?«

»Jedenfalls sagt sie immer ihre Meinung«, erwiderte Simon. Portia lachte leise.

»Das bewundere ich. Ehrlichkeit, Aufrichtigkeit. Wenn es einem egal ist, was die anderen denken.«

»Es ist ihr nicht egal«, sagte Simon und schüttelte den Kopf. »Überhaupt nicht. Sie will es nur nicht zugeben, glaube ich. Es ist nur so …« Er verstummte. Es fühlte sich wie ein Verrat an, mit jemandem über Winter zu sprechen, den sie offensichtlich nicht mochte.

Portia seufzte. »Es ist nur so, dass sich keiner von uns mehr für sie interessiert, also warum soll sie ihre Energie verschwenden, um uns zu gefallen?«

Simon erlaubte sich ein winziges Nicken. Portia blieb unvermittelt stehen und drehte sich zu ihm um.

»Ihr seid ein freundlicher, anständiger Mensch«, sagte sie leise und musterte ihn forschend mit ihren blauen Augen. »Ich habe einen guten Instinkt, was das angeht. Meine Mutter nennt es Intuition. Ich bin mir nicht immer so sicher, aber bei Euch schon. Eines Tages werdet Ihr ein guter Herrscher sein.«

»Vielleicht«, murmelte Simon verlegen und wich ihrem Blick aus. Portia biss sich auf die Lippe und vergewisserte sich, dass sie allein waren.

»Hört zu ... Ab morgen werden Eure Tage ziemlich voll sein. Nachhilfe, Zeit mit Orion, Treffen mit den neun noblen Familien und so weiter. Ihr werdet keine Zeit haben, um Freundschaften zu schließen, und alle, die Ihr kennenlernt, werden etwas von Euch wollen.«

Simon war drauf und dran zu fragen, warum sie sich selbst da ausnahm, doch er verkniff es sich. Portia redete weiter.

»Auf dieser Ebene gibt es nicht viele junge Leute«, sagte sie. »Die wenigen, die es gibt, gehören den neun noblen Familien an, und ihre Eltern schicken sie auf die besten Internate unseres Reichs. Aber ein paar von uns leben aus unterschiedlichen Gründen hier. Manchmal treffen wir uns zum Kartenspielen.«

»Ich …« Simon zögerte. »Ich bin nicht besonders gut im Kartenspielen.« Zumindest nicht in den Spielen, die sie vermutlich spielten.

»Das macht nichts. Wir zeigen es Euch«, sagte Portia. Sie redete jetzt schneller, die Idee schien ihr zu gefallen. »Wir treffen uns heute Abend. Wenn Ihr nicht zu müde seid, kommt doch auch. Das Abendessen ist bei uns nicht so eine große Sache wie in den anderen Reichen, die meisten Leute lesen oder lernen beim Essen. Aber es wird eine Kleinigkeit geben.«

Obwohl das üppige Mittagessen nun schon Stunden her war, war Simon nicht sicher, ob er an diesem Tag überhaupt noch etwas hinunterbringen würde. »Ich überlege es mir«, versprach er. »Kann Winter auch mit-kommen?«

Portia zog die Augenbrauen zusammen. »Sie kann mich wirklich nicht leiden.«

»Vielleicht ändert sich das ja, wenn du nett zu ihr bist«, sagte Simon. »Ich will sie nicht allein lassen. Ich werde schon aufpassen, dass sie nicht beißt.«

Die sonst so beherrschte Portia schnaubte. »Wir wissen beide, dass Ihr das nicht versprechen könnt. Aber meinetwegen. Sie bekommt eine Chance. Wenn sie fies zu uns ist, haben wir das Recht, sie rauszuschmeißen.«

»Und wenn ich fies zu euch bin, habt ihr das Recht, mich rauszuschmeißen«, sagte Simon. Sie grinste.

»Ich glaube nicht, dass Ihr zu irgendjemandem fies sein könnt, es sei denn, er hat es wirklich verdient.«

Als sie eine schwere Eichentür erreichten, die von zwei Mitgliedern des Schwarms bewacht wurde, verabschiedete Portia sich schnell, und Simon trat zögerlich ein. Das Vorzimmer, in das er kam, war dunkel – wäre das Licht nicht gewesen, das unter dem Türspalt hindurchfiel, hätte Simon nichts erkennen können. Vorsichtig ging er durch den Raum und klopfte zaghaft an die glatte Holztür. Sie öffnete sich ohne Vorwarnung, wobei ihre alten Angeln sogar noch lauter quietschten als die an Simons Tür.

»Da bist du ja! Gerade zur rechten Zeit«, rief Orion.

Simon trat auf einen breiten Balkon, der über der leuchtend grünen Berglandschaft thronte. Von hier oben konnte man meilenweit sehen – über den dichten Wald hinweg, der unter ihnen ins Tal abfiel, bis zu den kleinen Dörfern in der Ferne und den dahinterliegenden Bergen. In den vergangenen Monaten war Simon weit herumgekommen, doch er glaubte nicht, dass er schon so eine schöne Landschaft gesehen hatte.

»Wow.« Er beugte sich über das Geländer und schloss die Finger darum. »Ist das dein Aussichtspunkt?«

Orion nickte. »Machen wir einen Rundflug?«

Trotz der Beklommenheit, die Simon immer in der Gegenwart seines Großvaters überkam, nickte er. »Nur wir zwei, oder kommt der Schwarm auch mit?«, fragte er bissiger, als er wohl hätte sein sollen.

»Nur wir zwei, mein Junge«, sagte Orion. »Etwas so Schönes gebührt nur den Augen von Königen.«

Er animagierte in einen lädierten Goldadler, und Simon folgte ihm. Gemeinsam erhoben sie sich vom Balkongeländer und glitten durch den Himmel auf die untergehende Sonne zu. Seit seiner Reise nach Michigan war Simon nicht mehr über eine so weite Landschaft geflogen, und er genoss die warmen Winde, die ihn hoch hinauftrugen.

»Nichts auf der Welt ist besser als Fliegen, nicht wahr?«, rief Orion ihm zu, bevor er kreisend in Richtung des Berges zurücksteuerte. Der Hawk Mountain erhob sich groß und mächtig vor dem tiefroten Himmel, stolz wie das Vogelreich. Es war nicht der höchste Berg der Welt, bei Weitem nicht, aber er war imposanter, als Simon von unten angenommen hatte.

»Nein, nichts«, stimmte Simon aufrichtig zu. Ihm wurde klar, dass er mit seinen Freunden noch nie übers Fliegen gesprochen hatte. Wie auch, wenn sie es nicht konnten? Und Nolan stellte sich in der Luft so tollpatschig an, dass Simon sich vorkam wie ein Angeber, wenn er mit ihm darüber redete.

Orion flog auf den Gipfel zu, und sie ließen sich auf einem großen Felsen mit glatten Wänden nieder. Gemeinsam schauten sie zu, wie die Sonne im endlosen Horizont versank, und Simon fühlte sich mit einem Mal sonderbar wohl.

Doch davon durfte er sich nicht ablenken lassen. Simon wusste, dass er nach diesem Abend wenig oder gar keine Gelegenheit mehr haben würde, Orion allein zu sprechen, deshalb stellte er ihm die Frage, die ihn seit dem Vorabend auf dem Sky Tower beschäftigte. »Weißt du wirklich, wo Celeste ist?«

Orion lachte leise. »Du redest nie lange um den heißen Brei herum, was?« Einen Moment lang dachte Simon, sein Großvater würde ihm nicht antworten, doch dann seufzte er. »Nein. Noch nicht. Aber meine besten Männer suchen nach ihr. Es gibt nicht unendlich viele Orte, an die sie deinen Bruder gebracht haben kann. Wir werden ihn finden, Simon«, fügte er hinzu und drehte sich um, sodass er ihn mit seinem gesunden Auge sehen konnte. »Darauf gebe ich dir mein Wort.«

Diese Versicherung aus Orions Mund beeindruckte Simon wenig. »Und wenn du sie findest, wirst du ihr das Geschäft anbieten?«

»Was für ein Geschäft?«, fragte Orion und blickte wieder in den Sonnenuntergang. Die leuchtenden Rosa- und Orangetöne wichen nach und nach einem dunklen Violett, und Simon konnte bereits die ersten Sterne erkennen.

»Na, das Geschäft, über das wir gesprochen haben«, sagte Simon. »Wenn sie mir ihre Teile gibt, gibst du mir deine, und ich zerstöre den Greifstab, damit keiner mehr Schaden damit anrichten kann.«

Schweigen. Simon bemühte sich, seine Ungeduld zu verbergen. Einige Minuten vergingen, und die Sonne im Westen verschwand. Endlich, als sich die Dämmerung ausgebreitet hatte, sah Orion ihn an.

»Ich will diesen Krieg ebenso wenig wie du«, sagte sein Großvater. »Wir haben schon zu viele gute Leute verloren. Wenn ich irgendetwas tun kann, damit er nicht weitergeht, werde ich es tun. Wenn wir Celeste finden und du sie überzeugen kannst, dir ihre Teile zu geben, gebe ich dir meine. Unter der Bedingung, dass sie sofort zerstört werden«, fügte er hinzu.

Simon nickte. Das war genau das, was er wollte. Er schöpfte Hoffnung. Es gab keine Garantie, dass sie Celeste finden würden, keine Garantie, dass sie ihnen die Teile übergeben würde, und keine Garantie, dass Orion sein Wort halten würde. Aber vielleicht, möglicherweise, bestand tatsächlich die Chance, ihren Kampf ohne weiteres Blutvergießen zu beenden.

»Aber genug davon«, sagte Orion, plötzlich beschwingt. »Sag mir, Simon, wie findest du Portia?«

»Portia?« Simon zog verblüfft die Augenbrauen hoch. Hatte jemand sie heimlich im Flur beobachtet? Wusste

Orion, dass er vorhatte, sich später mit Portia und ihren Freunden zu treffen? Spielte das überhaupt eine Rolle? Er durfte doch wohl ein Privatleben haben, oder? »Äh … sie ist ganz nett, glaube ich«, sagte er langsam. »Wenn alles nach ihrer Nase läuft.«

Orion warf den Kopf in den Nacken und lachte. »Das, mein Lieber, ist die treffendste Beschreibung der Gales, die ich je gehört habe. Freut mich. Ich hatte gehofft, dass sie deine Privatsekretärin werden könnte, wenn du dich bei uns eingelebt hast.«

»Meine … *was*?«

»Deine Privatsekretärin. Die sich um deine Termine kümmert, alltägliche Pflichten für dich übernimmt, während du dich auf deine Studien konzentrierst. Solche Dinge. Und ich hätte nichts dagegen einzuwenden, wenn ihr zwei Freunde würdet«, fügte er hinzu. »Vielleicht sogar mehr als das. Eine Verbindung mit den Gales wäre sehr vorteilhaft. Jetzt, da du hier bist, ist es höchste Zeit, dass ich die Einzelheiten dieses Bündnisses regle.«

»Was für ein Bündnis?«

Diesmal lachte Orion so laut, dass es vom Berg widerhallte. »Darüber unterhalten wir uns wohl besser ein anderes Mal«, sagte er. »Lass uns zum Palast zurückfliegen, Simon, bevor es zu dunkel wird. Die Dämmerung ist alles andere als angenehm, wenn man nur ein Auge hat.«

Orion breitete die Flügel aus, und Simon folgte ihm verwirrt. Er wollte lieber nicht genauer darüber nachdenken, was Orion mit dem Wort *Bündnis* gemeint hatte.

»Er will, dass du Portia *heiratest*?«

Winters Gelächter schallte durch das Apartment. Im Gegensatz zu Simon war sie nicht besorgt, sondern kugelte sich vor Lachen regelrecht auf dem Sofa herum und hielt sich den Bauch. Simon verschränkte die Arme und wartete darauf, dass der Anfall vorbei war.

»Wie schön, dass wenigstens du das witzig findest«, knurrte er. »Aber das kann er doch nicht ernst gemeint haben, oder? Das war doch ein Scherz?«

»Ich bezweifle, dass es ein Scherz war«, sagte Malcolm, der im Schlafanzug aus dem Badezimmer kam und sich mit einem Handtuch die Haare trocknete. »Das Vogelreich praktiziert seit Jahrhunderten arrangierte Ehen, vor allem unter den noblen Familien. Wenn deine Mutter nicht von zu Hause ausgerissen wäre, um deinen Vater zu heiraten, hätte Orion sie zweifellos mit einem dieser Adligen verheiratet, die du heute Mittag gesehen hast.«

Simon zog die Nase kraus. »Wirklich?«

»Wirklich.« Malcolm setzte sich auf das andere Ende des Sofas und schob die noch immer zappelnde Winter sanft zur Seite, um nicht getreten zu werden. »Ich weiß noch, dass dein Vater Angst hatte, ihre Heirat würde einen Keil zwischen Isabel und Orion treiben.«

»Ich bin ziemlich sicher, dass Orion das allein geschafft hat«, murmelte Simon, doch dann dachte er ernsthaft darüber nach. War der Umstand, dass seine Mutter sich einer arrangierten Ehe verweigert und einen Mann aus einem anderen Reich geheiratet hatte, der wahre Grund, warum Orion gegen die Familie Thorn in den Krieg gezogen war?

»Er wird doch nicht versuchen, mich zu zwingen, oder?«

»Du hast ja … keine Ahnung … wie sehr er sich … diese Verbindung wünscht.« Winter rang nach Luft, während sie versuchte, sich wieder aufrecht hinzusetzen. »Er würde Portia sogar selbst heiraten, wenn er die Gales so auf seine Seite ziehen könnte.«

Simon verzog das Gesicht. »Arme Portia.«

»Das würde ihre Mutter sowieso nicht zulassen«, beruhigte ihn Winter. »Die Gales sind eine der wohlhabendsten Familien im Reich, bis vor ein paar Jahren waren sie die größten Konkurrenten der Familie Sky. Aber als Portias Vater gestorben ist …«

»Ihr Vater ist gestorben?«, fragte Simon.

»In derselben Schlacht, in der mein Vater gestorben ist. Hör doch mal zu«, sagte Winter ungeduldig. »Also, Portia wurde zur Erbin der Familie, und es gibt nichts

Spannenderes für die anderen acht Familien als eine un-verheiratete Erbin. Deshalb behält ihre Mutter sie hier bei sich«, fügte sie hinzu. »Damit niemand ungebeten ihr Herz erobert.«

Simon schüttelte entsetzt den Kopf. »Das klingt ja alles wie aus dem Mittelalter!«

»Ist es auch«, sagte Malcolm. »Wenn du dich je gefragt hast, warum alle im Vogelreich so unglücklich aussehen – tja, das kommt daher, dass das Leben hier von dummen, überkommenen Regeln bestimmt wird, die sie gegeneinander aufbringen und dazu führen, dass sie ihren Herrscher hassen.«

»So schlimm ist es nun auch wieder nicht«, sagte Winter schulterzuckend. »Eine Zeit lang fand ich die Vorstellung sogar ganz nett, nie auf ein peinliches erstes Date gehen zu müssen oder so …« Sie wurde rot. »Aber bei meinem Glück hätte ich einen Typen wie Nash Alouette oder Cosmos Merle abbekommen, und das wäre schrecklich gewesen.«

»Jetzt kann es dir egal sein«, sagte Malcolm und rubbelte sich noch einmal die Haare, bevor er das nasse Handtuch beiseitelegte. »Du bist kein Mitglied des Vogelreichs mehr, und Simon wird nicht lange genug hier sein, um irgendwelche arrangierten Ehen einzugehen.«

»Das will ich hoffen«, knurrte Simon. Vielleicht bildete er es sich ein, aber es sah ganz so aus, als würde

Winter zufrieden grinsen. »Oh, da fällt mir etwas ein. Portia hat mich gefragt, ob ich heute Abend was mit ihr und ihren Freunden unternehmen will. Ist das okay?«

»Welche Freunde?«, fragte Malcolm, und zur gleichen Zeit rief Winter: »*Was?*«

»Äh … ich weiß es nicht«, beantwortete Simon Malcolms Frage. »Du bist auch eingeladen, Winter.«

Winter schnaubte. »Ich weiß genau, welche Freunde das sind. Und –«

»Und du kannst sie nicht ausstehen?«, fiel Simon ihr ins Wort. »Komm schon. Portia hat versprochen, nett zu dir zu sein. Außerdem kennst du sie. Sie könnten mir etwas vorlügen oder … was weiß ich, sich über mich lustig machen oder so.«

»Das werden sie vermutlich auch«, knurrte sie. »Es sind richtige Idioten.«

»Dann braucht Simon umso mehr deinen Beistand«, sagte Malcolm. »Außerdem kann man nie wissen. Vielleicht bekommt ihr zufällig einen Hinweis, wo die Teile versteckt sind.«

Winter schnalzte abfällig mit der Zunge. »Als ob die Grünschnäbel irgendwas wüssten.«

»Du hast es selbst gesagt – Orion mag Portia«, sagte Simon. »Vielleicht hat er ihr gegenüber etwas erwähnt. Oder sie hat sich selbst ein paar Gedanken gemacht. Einen Versuch ist es wert, oder nicht?«

Winter boxte in das nächstbeste Zierkissen. »Na schön. Aber wenn sie irgendeinen Mist machen, verschwinde ich.«

»Und du auch, Simon«, sagte Malcolm. »Es spielt keine Rolle, dass sie in eurem Alter sind. Man kann nie wissen, was die Leute vorhaben, und ich will nicht, dass du zwischen irgendwelche Fronten gerätst.«

Simon grinste ironisch. »Wann bin ich je zwischen irgendwelche Fronten geraten?«

»Spar dir deine Witze. Die sind sowieso nicht gut«, murrte Winter und stand auf. »Ich gehe mich umziehen. Ich werde Portia bestimmt nicht im Schlafanzug vor die Augen treten. Damit würde sie mich für den Rest meines Lebens aufziehen.«

Mit diesen Worten verschwand sie in ihrem Zimmer und knallte die Tür hinter sich zu.

Zwanzig Minuten später nahm Portia sie strahlend in Empfang.

»Winter! Du bist wirklich gekommen«, flötete sie und hauchte ihr Luftküsschen auf die Wangen. Winter spielte mit, doch Simon entging nicht, dass sie dabei die Fingernägel in ihre Handtasche bohrte. »Wunderbar. Ohne dich wäre es nur halb so schön!«

Winter behielt ihr angespanntes Lächeln bei, bis Portia sich umdrehte. Dann war es wie weggeblasen. »Wollen wir hoffen, dass es das wert ist«, raunte sie Simon zu, während sie einen langen Gang entlangliefen.

Portia schien in besserer Laune zu sein als am Nachmittag. Sie führte sie durch von Fackeln erleuchtete Gänge, an unheimlichen Schatten vorbei, die über die Spiegel und Gemälde huschten. Ohne das helle Sonnenlicht wirkte der Palast wie ein dunkler, gefährlicher Ort, und Simon meinte es ernst, als er sich zu Winter lehnte und ihr ins Ohr flüsterte: »Danke, dass du mitgekommen bist.«

»Sag Bescheid, wenn ihr unter euch sein wollt«, gab sie neckend zurück. »Ich will eure Zweisamkeit nicht stören.«

Simon kniff sie in den Arm, und Winter schrie auf.

»Was ist los?« Portia drehte sich so schnell um, dass Simon beinahe gegen sie geprallt wäre. »Ist alles in Ordnung?«

»Ich ... ja, alles okay«, brummte Winter und warf Simon einen wütenden Blick zu. »Er ist mir nur auf den Fuß getreten.«

»Tut mir leid«, flunkerte Simon. Aber seine kleine Rache zeigte Wirkung. Auf dem Rest des Wegs hielt Winter den Mund.

Sie kamen in den Teil des Palasts, in dem sich die Räume der Dienstboten befanden. Sie stiegen mehrere Treppen hinauf, die mit jeder Etage klappriger wurden, und gelangten schließlich in eine Sackgasse. Verwirrt schaute Simon sich um, als erwartete er, dass plötzlich eine Zaubertür vor ihnen auftauchte.

»Hier?«, fragte er skeptisch und überlegte schon, ob Portia vorhatte, ihn die Treppe hinunterzuschubsen. Vorsichtshalber hielt er sich gut am Geländer fest.

»Noch nicht ganz«, erwiderte Portia mit einem geheimnisvollen Grinsen. Sie ballte die Faust und klopfte dreimal an die Wand.

Zunächst passierte gar nichts. Doch dann erschien ein schmaler Lichtstreifen an der Decke. »Wer da?«, rief eine Stimme, die so klang, als spräche ihr Besitzer absichtlich tief.

»Ich bin's, Nash«, sagte Portia seufzend. »Musst du das wirklich jedes Mal machen? Wer bitte kommt sonst noch hier hoch?«

»Piraten«, erwiderte die Stimme. »Diebe. Tunichtgute. Nur die Reinsten der Reinen kennen das geheime Passwort.«

Portia verdrehte die Augen und warf Simon einen entschuldigenden Blick zu. »Fünf flaumige Finken flattern mit flinken Flügeln«, sagte sie mit einer Grimasse. »Und zwing mich nicht, es noch mal zu sagen. Du weißt doch, dass ich mich immer verhaspele.«

Über ihnen klapperte etwas, und endlich wurde eine Strickleiter heruntergelassen. Simon erhaschte einen Blick auf einen dunkelhaarigen Jungen mit einem sonderbaren Hut, doch er war weg, bevor er ihn sich genauer ansehen konnte. Portia kletterte geschickt die Leiter hinauf, Winter folgte ihr, und Simon zog sich langsam als Letzter nach oben. Jeder Schritt fühlte sich wacklig und unsicher an, aber schließlich hatte er es geschafft.

»Ist das hier ein Dachboden oder –«, begann er und blinzelte im Zwielicht. Doch bevor er ausreden konnte, spürte er etwas Kaltes, Scharfes an seinem Hals.

Ein Messer.

ZEHNTES KAPITEL

Freund oder Feind

Simon brach der kalte Schweiß aus. Er konnte nicht sehen, wer ihm das Messer an den Hals hielt, doch als er versuchte, zurückzuweichen, spürte er eine zweite Klinge im Nacken.

»Was ... was soll das?«, fragte er und wagte kaum zu atmen. »Portia?«

Er hörte sie stöhnen. »Nash! Wenn du ihn nicht sofort loslässt, dann ...«

»Wie ist dein Name, Pirat?«, flüsterte eine Stimme in sein Ohr. Es war die Stimme von eben. »Freund oder Feind?«

»Freund«, sagte Simon mit hämmerndem Herzen. »Ich bin ein Freund. Von ... Portia.«

»Das ist Simon«, sagte sie. »Simon Thorn. Orions Enkel.«

Die Klingen verschwanden, und Simon stolperte so hastig zurück, dass er beinahe durch die Luke gefallen wäre. Er konnte gerade noch rechtzeitig stoppen, dann richtete er sich auf und drehte sich um. Vor ihm stand der Typ mit dem seltsamen Hut und starrte ihn an. »War nur Spaß. Stimmt's?«, sagte er. »Auch wenn Portia uns fast nie Spaß haben lässt.«

»Es tut mir so leid, Hoheit«, sagte Portia schnell und trat zwischen sie. »Nash ist ... ein bisschen wirr im Kopf. Er liest zu viele Romane.«

Simon war unsicher, ob sie Witze machte oder nicht. »Ist ... äh ... ist schon in Ordnung«, sagte er und rieb sich den Hals. Die Klingen hatte sich zwar sehr echt angefühlt, doch Simon war ziemlich sicher, dass es ein Spielzeugsäbel war, mit dem Nash da herumfuchtelte. »Als was bist du denn verkleidet?«

»Erkennt man das nicht?«, fragte Nash und hob mit der anderen Hand einen Haken. Einen stumpfen, hoffte Simon. »Ich bin ein Piratenspion der britischen Kolonialflotte!«

»Oh. Klar, sieht man sofort.«

Nash strahlte und nahm seinen Hut ab, unter dem eine Flut von Locken hervorkam, die in alle Richtungen wogten. »Es ist mir ein Vergnügen, Hoheit. Ich stehe Euch stets zu Diensten.«

»Danke. Das werde ich mir merken«, sagte Simon. Er

konnte endlich wieder ruhiger atmen und schaute sich um. Die tiefe Decke und die offenen Holzbalken erinnerten ihn an ein ganz normales Baumhaus.

Winter machte es sich schon auf dem Sofa bequem, das an einem niedrigen, runden Tisch stand. Auf dem Tisch lagen Karten und verschiedene Spielsteine aus Holz. Neben Winter saß ein etwa vierzehnjähriger Junge mit dunklen Haaren und markanten Wangenknochen. Sie war ihm zwar nicht gerade um den Hals gefallen, schien ihn aber besser zu kennen als Nash oder Portia. Auf einem alten Sessel lümmelte ein Mädchen mit wilden Locken, das etwa Portias Alter haben musste.

»Hallo zusammen, das ist der neue Prinz – Simon«, sagte Portia und schob ihn vorwärts. »Hoheit, das hier sind Cordelia Alouette, Nashs Schwester, und Rigel Halcyon, Winters Cousin.«

Jetzt wusste Simon, warum die beiden so vertraut wirkten. »Hallo«, sagte er, während Nash sich auf einen alten Sitzsack warf.

»Du kommst zum Kartenspielen?«, fragte Rigel. Er machte ein ernstes Gesicht, und Simon nickte.

»Ich bin aber nicht sehr gut«, gestand er und musterte den Tisch. »Ist das … Poker oder so?«

»Poker macht keinen Spaß, wenn alle Karten zählen können«, sagte das Mädchen – Cordelia. »Dieses Spiel habe ich mir ausgedacht. Es heißt Hotchpotch.«

Hotchpotch also. Simon ließ sich auf einem großen Sitzkissen neben dem Sofa nieder. »Ist es schwer?«

»Kommt drauf an, wie schlau du bist«, sagte Nash und lehnte seinen Säbel an den Tisch. »Auf jeden Fall ist es unmöglich, zu schummeln.«

Simon sah Winter an, die sich irgendwie bereits ins Spiel eingeklinkt hatte. »Ich bin nicht besonders schlau«, sagte Simon. »Vielleicht schaue ich lieber erst mal zu.«

»Kein Problem«, sagte Cordelia, und Portia, die sich neben Simon setzte, lächelte ihm aufmunternd zu. »Du wirst den Dreh ganz schnell raushaben«, versicherte sie.

Doch nach vier Runden hatte Simon immer noch keinen blassen Schimmer, wie das Spiel funktionierte. Er konnte nicht sagen, ob Asse eine hohe oder eine niedrige Punktzahl hatten und ob es das Ziel war, die Anzahl der Spielsteine in der Mitte zu vergrößern oder zu verringern. Nach einer Weile hörte er auf, das Spiel zu verfolgen, und konzentrierte sich auf die Spieler.

Winter kannte das Spiel nicht nur, sie war auch noch gut darin – so gut, dass bei jedem ihrer Züge irgendjemand aufstöhnte. Während sie schnell und gnadenlos zu spielen schien, wirkte Portia bedächtig und bereit, ihren Mitspielern zu helfen. Nashs Spielweise wirkte ziemlich chaotisch, er schien hauptsächlich Unruhe stiften zu wollen. Rigel dagegen war kühl und konzentriert und lächelte kaum. Cordelia schließlich war in erster Linie damit beschäftigt, Simon zu beobachten, und verpasste mehrmals ihren Einsatz.

»Stimmt es, dass du den Großteil deines Lebens in der Menschenwelt verbracht hast?«, platzte sie nach einer weiteren Runde heraus, in der Winter alle Spielsteine abgeräumt hatte. Plötzlich starrten alle vier ihn an, als hätten sie nur darauf gewartet, dass das Verhör begann.

»Ja«, sagte Simon und rutschte verlegen auf seinem Kissen hin und her. »Ich habe mit meinem Onkel in Manhattan gelebt. Ich wusste nicht mal, dass es die Welt der Animox überhaupt gibt.«

»Faszinierend«, sagte Nash und spähte unter seinen Locken hindurch. Cordelia dagegen verzog das Gesicht. »Ich kann mir nicht vorstellen, so zu leben«, sagte sie naserümpfend, als hätte Simon erklärt, er sei in einem Schweinestall aufgewachsen. »Für eine solche Grausamkeit sollte dein Onkel verhaftet werden.«

Simon war im Nu auf Hundertachtzig. »Tja, leider nicht möglich, er ist nämlich tot.«

Cordelia erstarrte, und ihr Gesicht färbte sich dunkelrot. »Das tut mir leid«, sagte sie steif. »War nicht so gemeint …«

»Natürlich hast du es so gemeint«, sagte Portia eisig. »Jetzt kannst du es nicht mehr zurücknehmen. Du sprichst von Darryl Thorn, oder?«, fügte sie an Simon gewandt hinzu. »Dem Bruder des Alpha?«

Simon nickte und starrte stumm die Spielsteine auf dem Tisch an. »Wollt ihr sonst noch was wissen?«, fragte er. Hauptsache, er musste nicht über seinen Onkel reden. Er wusste, wie die meisten Mitglieder des Vogelreichs über das Säugerreich dachten, und er fürchtete, dass er sich nicht würde beherrschen können, wenn Cordelia weiter nachbohrte. »Heute Abend beantworte ich euch alle eure Fragen. Aber nur heute Abend.«

Winter warf ihm einen warnenden Blick zu, doch er ignorierte ihn. So hasserfüllt, wie die Mitglieder der neun noblen Familien ihn beim Festessen angestarrt hatten, wusste er, dass er unbedingt Verbündete brauchte. Wenn er ehrlich mit ihnen war, waren sie es im Gegenzug vielleicht auch mit ihm.

Die vier schienen darüber nachzudenken. Schließlich stellte Rigel die erste Frage. »Hat Seine Majestät wirklich Darryl Thorn umgebracht?«

Damit hatte Simon nicht gerechnet. »Ja«, brachte er mühsam heraus. »Auf dem Dach des Sky Towers in New York.«

»Aber –«, wandte Cordelia stirnrunzelnd ein.

»Ich war dabei«, unterbrach Simon sie scharf. »Ich habe es mit eigenen Augen gesehen. Und ich will nicht mehr darüber sprechen.«

Rigel und Cordelia wechselten einen verstohlenen Blick. Was auch immer er zu bedeuten hatte, Simon spürte, dass ein Fuß unterm Tisch hindurchgeschoben wurde, und sah, dass Rigel zusammenzuckte.

»Das ist nur verständlich«, sagte Portia und strich Simon über den Arm. Winters Augenbrauen schossen in die Höhe, und Simon musste sich zusammenreißen, um ruhig sitzen zu bleiben.

»Wie ist das L. A. G. E. R.?«, fragte sie.

»Einfach super!«, antwortete Winter für ihn. »Das könnt ihr euch nicht vorstellen. Der Unterricht ist viel umfassender und komplexer als hier. Außerdem lernen wir, uns gegen alle Animox-Arten zu verteidigen. Stimmt's, Simon?«

Simon blinzelte verwirrt. »Äh … ja«, sagte er, nicht ganz sicher, welches Spiel sie spielte. Winter verabscheute das L. A. G. E. R. etwa ebenso sehr wie den Umstand, dass sie nicht fliegen konnte.

Aber das wussten die anderen nicht. Und da Mitglieder des Vogelreichs nicht im L. A. G. E. R. zugelassen waren, war dies wohl der einzige Trumpf, den sie vor ihnen ausspielen konnte.

»Winter ist die Beste in der Klasse«, sagte er aufs Geratewohl. Das konnte sogar stimmen – Simon achtete nicht auf Noten. »Die Einzige, die sie nicht bezwingen kann, ist Ariana Webster.«

»Ariana Webster?« Nash machte große Augen. »Du meinst die Schwarze Witwenkönigin?«

Winter nickte und straffte stolz die Schultern. »Aber nur, weil ihre Leibwächter es nicht zulassen.«

»Das hätte sie wohl gern«, ertönte ein leises Stimmchen in Simons Ohr. Simon fuhr herum und erwartete schon halb, Ariana hinter sich stehen zu sehen. Doch es war niemand da.

»Alles in Ordnung?«, fragte Portia und zog besorgt die Augenbrauen hoch.

»Würdest du bitte aufhören, mich zu verraten?« Die Stimme klang jetzt wütend, und Simon holte zittrig Luft. Ariana musste auf seiner Schulter sitzen! Wie sie dort hingekommen war – und wie sie Dev ausgetrickst hatte –, war ihm allerdings schleierhaft.

»Ja, alles okay«, sagte er schnell. »Ich dachte gerade, ich hätte etwas gehört. Es spukt hier doch nicht, oder?«

Nash ließ die Faust auf den Tisch knallen. »Ich hab's doch gesagt!«, krähte er und sah die anderen triumphierend an. »Ich hab doch gesagt, dass es hier spukt!«

»Es gibt keine Gespenster«, sagte Portia genervt. »Das weißt du doch.«

»Ach ja?« Nash beugte sich zu ihr. »*Weiß ich das?*«

»Hör auf, dich wie ein Idiot zu benehmen«, sagte das Stimmchen in Simons Ohr. »Frag sie lieber, ob sie irgendwas über die Teile wissen.«

»Das kann ich nicht –«, begann Simon und brach abrupt ab. Er konnte sich schlecht mit Ariana unterhalten, wenn alle zuhörten.

»Was kannst du nicht?«, fragte Portia, deren Hand noch immer auf seinem Arm lag.

»Ich kann nicht … glauben, dass du meinst, es gäbe keine Gespenster«, stammelte er. »Im L. A. G. E. R. spukt es, wisst ihr.«

»Wirklich?« Nash krabbelte beinahe über den Tisch, um näher bei Simon und Winter zu sein. »Das ist ja cool! Ich wünschte, ich könnte auch ins L. A. G. E. R.«

»Tja, kannst du aber nicht«, sagte Cordelia und zog ihren Bruder zurück auf seinen Platz. »Das kann keiner von uns, schönen Dank an den Vogelherrn.«

Sie sprach die Worte bitter aus, und Simon sah sie verblüfft an. »Hassen alle aus den neun noblen Familien Orion und mich?«, fragte er rundheraus.

Portia zögerte. »Nicht alle …«

»Alle«, widersprach Rigel, legte seine Karten ab und starrte Simon an. »Einschließlich Portia, auch wenn sie es nicht zugibt.«

»Ich hasse Simon nicht!«, rief sie. »Und … seine Majestät hasse ich auch nicht.«

Cordelia schnaubte. »Natürlich hasst du ihn. Er ist ein Widerling. Niemand hasst *dich*«, sagte sie an Simon gerichtet. »Aber niemandem gefällt die Vorstellung, dass ein Nachfahre von Orion auf den Thron steigt. Wir leben seit Jahrhunderten unter der Herrschaft der Skys. Es ist Zeit für einen Wechsel.«

»Wir brauchen eine Revolution«, sagte Rigel düster. »Mir ist egal, wer auf dem Thron sitzt, solange er uns nicht in den nächsten sinnlosen Krieg zieht.«

»Und unser furchtloser Herrscher tut nichts anderes«, fügte Cordelia sarkastisch hinzu. »Alle Erwachsenen hassen den Zustand, aber keiner tut etwas dagegen. Wir schon.«

Unbehagliches Schweigen machte sich breit, und die Anspannung im Raum vervielfachte sich. »Cordelia ...«, sagte Portia langsam. »Das gehört sich nicht.«

»Er ist nicht auf der Seite seines Großvaters«, sagte Cordelia und zeigte auf Simon. »Der Vogelherr hat seinen Onkel getötet, und alle wissen, dass er auch Luke Thorn getötet hat. So hat das ganze Chaos ja überhaupt angefangen. Wir können in der Welt der Animox nirgendwo hingehen, ohne als Bedrohung angesehen zu werden. Es ist, als lebten wir in einem Hitchcock-Film oder so.«

»Gib's schon zu, Portia«, sagte Rigel. »Jeder wäre besser als Seine Majestät.«

Portia biss sich auf die Lippe und senkte den Blick auf ihre Hände. »Ich werde mich bestimmt nicht des Hochverrats schuldig machen«, sagte sie. Doch der Blick, den sie Simon aus dem Augenwinkel zuwarf, gab ihm zu verstehen, dass sie es nur deshalb nicht tat, weil er hier war.

Simon räusperte sich. »Ich …«

»Sag nichts, Simon!«, zischte das Stimmchen in seinem Ohr. Gleichzeitig spürte er Winters Fuß an seinem Schienbein, und er jaulte leise auf.

»Warum sollte Simon etwas dazu sagen?«, fragte Winter, während er sich die schmerzende Stelle rieb. »Er ist derjenige, der eine Krone zu verlieren hat, nicht ihr.«

»Er sollte besser gar nichts sagen«, erwiderte Portia. »Und wir auch nicht. Vielleicht werden wir belauscht.«

»Wir haben diesen Raum ausgewählt, weil er isoliert und schalldicht ist«, sagte Rigel, faltete die Hände und beugte sich über den Tisch zu Simon. »Du musst nichts sagen. Portia hat recht. Du solltest überhaupt nichts sagen, was deinem Ansehen beim Vogelherrn schaden könnte. Aber du sollst wissen, dass dir nur deshalb Misstrauen entgegengebracht wird, weil du für die Fortsetzung der Sky-Herrschaft und ihre barbarischen Vorstellungen stehst. Solltest du deutlich machen, dass du nicht wie Orion bist … dass du ein gütiger und gerechter Herrscher sein wirst …«

»Ich …« Simon zögerte. »Ich will überhaupt kein Herrscher werden.«

»Und genau das wird dich eines Tages zu einem wunderbaren Herrscher machen«, sagte Portia und schenkte ihm ein weiteres Grübchenlächeln. Es verschwand, als sie sich den anderen zuwandte. »Er ist heute Morgen erst angekommen, Rigel. Gib ihm ein bisschen Zeit, um sich einzuleben. Später kannst du immer noch den Revolutionär spielen. Nicht jetzt. Er steht unter strenger Beobachtung.«

»Na schön«, sagte Rigel mit steinerner Miene. »Aber irgendwann tun wir es, Portia, ob es dir gefällt oder nicht.«

»Was tut ihr?«, fragte Simon. Am liebsten wollte er es gar nicht wissen.

»Nichts«, sagte Portia und warf Rigel einen finsteren Blick zu. »Das ist nur Fantasie. Eine Spinnerei.«

»Für dich vielleicht, aber nicht für uns«, sagte Cordelia. »Er wird uns in einen Krieg mit den anderen vier Reichen stürzen, weißt du das denn nicht? Und wenn das passiert, ist kein Baum hoch genug, damit wir uns darauf verstecken können. Wir werden getötet werden, unsere Familien werden getötet werden, und das nur, weil Seine Majestät keinen Funken Diplomatie im Leib hat.«

»Er braucht keine Diplomatie …«, setzte Portia an, doch Rigel unterbrach sie.

»Ich hätte eigentlich erwartet, dass du ganz vorne mit dabei bist, so wie dein Vater gestorben ist. In einer sinnlosen Schlacht wegen eines Verbrechens, das der Vogelherr begangen hat.«

Portia wurde blass. Sie schob ihren Stuhl zurück und stand auf. »Entschuldigt mich bitte«, sagte sie leise.

»Weglaufen wird nichts ändern«, sagte Rigel eindringlich. »Nur durch Taten können wir etwas ändern.«

»Und welche Tat genau meinst du?«, fragte sie. Ihre Augen waren gerötet. »Denn das, was du vorschlägst, macht dich nicht besser als ihn. Es zieht dich nur auf sein Niveau herab, und was dann? Wo bist du dann? Wo ist Simon dann?«

»Er muss ja nicht mitmachen, wenn er zu feige ist«, sagte Cordelia schulterzuckend.

»Mitmachen wobei?«, fragte Simon, zunehmend gereizt. »Ich kann euch nicht helfen, wenn ich nicht weiß, worum es geht.«

Portia drehte sich um und sah ihn an. »Es geht um Königsmord, Hoheit«, sagte sie mit tränenüberströmtem Gesicht. »Sie wollen den Vogelherrn töten.«

ELFTES KAPITEL

Nestbeschmutzer

Kannst du mir bitte mal erklären, warum wir so schnell verschwinden mussten?«, fragte Winter, während Simon sie in ihr Apartment schob. »Ich war kurz vorm Gewinnen!«

Simon schloss die Tür und verzog das Gesicht bei ihrem schrillen Quietschen. »Ist dir völlig egal, was sie gesagt haben?«

»Was haben sie denn gesagt?«

Malcolm saß mit einem dicken Buch in der Hand auf dem gemütlichen Sofa. Er musterte die beiden mit unverhohlener Neugierde. Und mit Argwohn.

»Oh, hallo, Malcolm«, sagte Simon überrumpelt. »Sie haben nur, äh …«

»Einige Mitglieder der neun noblen Familien planen ein Attentat auf Orion«, platzte Winter heraus und ließ sich neben Malcolm aufs Sofa plumpsen. »Und sie wollen, dass Simon ihnen hilft.«

Malcolm zog die Augenbrauen hoch, doch bevor er etwas sagen konnte, erhob sich ein leises Stimmchen auf Simons Schulter. »Wir müssen wirklich dringend an euren Spionagefähigkeiten arbeiten!«

Unter Simons Hemdkragen krabbelte eine glänzende Schwarze Witwe hervor und streckte ihre acht Beine. »Ihr habt das Zimmer noch nicht mal auf Wanzen untersucht!«

»Wanzen?«, fragte Simon. »Müsstest du es nicht wissen, wenn jemand aus deinem Reich hier wäre?«

»Doch nicht solche Wanzen«, erwiderte die Spinne genervt, während Winter sich zu ihr vorbeugte. »Mensch, Ariana! Das wurde aber auch Zeit. Ich warte schon den ganzen Tag auf dich.«

Die Spinne sprang von Simons Schulter und hatte sich bei ihrer Landung auf dem Boden bereits in Ariana zurückverwandelt. »Ich war auf der Suche nach eurer Wohnung, aber dann ist Simon mir über den Weg gelaufen, und ich habe mich an ihn gehängt – gerade rechtzeitig, um Zeuge zu werden, dass das Vogelreich völlig unfähig in Spionage ist«, erklärte sie.

»Du solltest gar nicht hier sein«, sagte Malcolm und erhob sich, als wollte er sie umgehend nach draußen bringen. »Wenn dich jemand entdeckt …«

»Du könntest mir ruhig ein bisschen mehr zutrauen«, entgegnete Ariana und steuerte geradewegs auf den Turm aus frischen Törtchen und Gebäck zu, der auf dem Tisch stand. Jemand aus der Küche musste den Kuchen vom Nachmittag abgeholt und durch neuen ersetzt haben. »Schließlich bin ich von den besten Lehrern unterrichtet worden.«

»Rowan sorgt dafür, dass das Apartment nicht überwacht wird«, bemerkte Winter. »Reich mir mal ein Törtchen rüber.«

»Ein einziger Fehler genügt«, sagte Malcolm stirnrunzelnd. »Weiß Zia, dass du hier bist?«

»Natürlich. Ohne ihre Hilfe hätte ich mich gar nicht an Dev vorbeischleichen können.« Ariana brachte Winter ein Erdbeertörtchen, dann nahm sie sich selbst ein Croissant und biss herzhaft hinein. »Mmmh, noch warm!«

Simon blickte verwirrt zwischen ihnen hin und her. »Bin ich als Einziger überrascht, dass ein Komplott gegen Orion im Gange ist?«

Winter seufzte und schleckte an dem rosa Zuckerguss auf ihrem Törtchen. »Irgendein Komplott ist immer im Gange. Deshalb hat Orion ja auch so ein strenges Sicherheitssystem. Die neun noblen Familien versuchen eigentlich ständig, sich gegenseitig umzubringen. Das ist sozusagen Tradition.«

»Und wie oft sind sie erfolgreich?«, fragte Malcolm trocken.

»Nicht so oft, dass man sich Sorgen machen müsste.« Während Ariana ihr Croissant mampfte, untersuchte sie die Lampen, das Bücherregal und die Ecken der hohen Zimmerdecke. »Simon, du weißt doch bestimmt noch, was deine Mom gesagt hat: Orion darf nicht sterben, solange wir nicht wissen, wo seine Teile sind.«

Simon biss sich auf die Lippe. Letztes Jahr hätte Ariana Orion am Strand von Avalon beinahe umgebracht. Es wäre ihr auch gelungen, hätte Simons Mutter nicht verlangt, dass sie ihm das Gegengift gab.

»Die Teile sind bestimmt hier in Hawk Mountain. Orion würde nicht das Risiko eingehen, sie an einem anderen Ort aufzubewahren.« Noch während Simon sprach, fiel ihm etwas ein: Seine Taschenuhr war noch nicht heiß geworden.

Die silberne Uhr hatte seinem Vater gehört. Seine Mutter hatte sie ihm gegeben und darauf bestanden, dass er sie immer bei sich trug. Bei seiner Suche nach den anderen Teilen des Greifstabs hatte er schnell gemerkt, dass es nicht nur ein altes Erbstück war – wann immer er in die Nähe eines der Teile gekommen war, hatte sich die Uhr erwärmt. Heute jedoch war sie den ganzen Tag kalt geblieben. Das bedeutete, dass die beiden fehlenden Teile zumindest nicht in der näheren Umgebung sein konnten.

»Orion ist schlau«, sagte Malcolm langsam. »Und unvorhersehbar. Es ist nahezu unmöglich, zu sagen, was er getan hat.«

»Was sollen wir dann tun?«, fragte Simon frustriert. »Jeden Stein am Hawk Mountain umdrehen? Jeden Baum absuchen?«

»Du vergisst, dass jemand hier ist, der besser einschätzen kann als wir, wo er etwas verstecken würde«, sagte Ariana, während sie die Vorhänge abklopfte. »Warst du überhaupt schon bei deiner Mom?«

»Ich …« Simons Miene verdüsterte sich. »Ich habe sie bei unserer Ankunft kurz gesehen. Orion will mich nicht in ihre Nähe lassen.«

»Warum wohl?« Sie sah ihn vielsagend an. »Endlich hast du ein Druckmittel, Simon. Orion will, dass du hierbleibst, und er hat dir versprochen, deine Mom freizulassen. Wenn er das noch nicht getan hat, kannst du es zu deinem Vorteil nutzen. Drohe ihm.«

»Aber nicht so, dass er dich verhaften lässt«, sagte Malcolm schnell.

»Das kannst du Rigel und Cordelia überlassen«, murmelte Winter.

»Ich meine diplomatische Drohungen«, sagte Ariana und kroch unter den Tisch, um ihn von unten zu inspizieren. »Orion will seinen Erben. Du willst deine Mom. Ihr habt beide die Mittel, einander zu helfen.«

»Ich hab es ja schon versucht«, erwiderte Simon mutlos.

»Ach ja? Warum bist du dann noch hier? Wenn du es ernst gemeint hättest, wärst du längst weg, und das weiß er auch.« Ariana animagierte wieder in eine Spinne und krabbelte unter das Sofa. Einige Sekunden vergingen. Als sie endlich wieder darunter hervorkam, verwandelte sie sich zurück in menschliche Gestalt. »Die Luft ist rein.«

»Morgen«, sagte Simon entschlossen und zupfte eine kleine Feder aus ihrem Haar. »Morgen sage ich es ihm. Aber du musst von hier verschwinden. Es ist zu gefährlich für dich.«

»Nur, wenn Orion erfährt, dass ich hier bin«, sagte Ariana. »Außerdem wäre sonst Felix gekommen. Ich musste es ihm mit allen Mitteln ausreden.«

Bei der Vorstellung, dass Felix in die Nähe des Schwarms kam, wurde Simon ganz schlecht. »Wo wohnt ihr?«

»Im Hotel *Zum fliegenden Straußen*, eine halbe Meile westlich vom Berg«, sagte Ariana. »Orion wird uns sicher bald finden, wenn er es nicht längst getan hat, und dann behält er uns zweifellos genau im Auge.« Als sie Malcolms besorgtes Gesicht sah, fügte sie schnell hinzu: »Wir sind nicht allein. Der Spionagemeister hat uns eine halbe Armee an Leibwächtern geschickt. Die meisten sind im Moment in ihrer Animox-Gestalt, einige haben sich aber auch als Urlauber getarnt.« Sie grinste. »Ein paar von ihnen wollen sogar in der Gegend wandern gehen.«

»Wie schön, dass sie ihren Spaß haben«, sagte Malcolm grimmig. »Würdest du Zia bitte ausrichten, dass ich sie im Moment nicht besuchen kann, weil wir beobachtet werden?«

»Klar. Und ich komme jeden Abend zur Lagebesprechung her«, versprach Ariana.

»Das könnte doch auch Dev machen«, sagte Simon und warf ihr einen vielsagenden Blick zu. »Oder ein anderer von deinen Bodyguard-Käfern.«

Sie zuckte die Schultern. »Die haben nicht so gute Ideen. Aber meinetwegen«, fügte sie hinzu. »Ich denk drüber nach.«

Simon kannte sie gut genug, um zu wissen, dass sie trotzdem jeden Abend kommen würde. Es brachte nichts, sie umstimmen zu wollen, wenn sie fest entschlossen war. Er konnte nur hoffen, dass sie nicht erwischt wurde – und wenn doch, dass Orion klug genug war, sich nicht mit dem gesamten Insekten- und Arachnidenreich anzulegen. Wenn er Ariana etwas tat, würde ein Riesenschwarm wütender Insekten über ihn und die anderen Einwohner von Hawk Mountain herfallen.

Genau das war es, was Rigel und Cordelia verhindern wollten, wurde ihm plötzlich klar. Sie lebten jeden einzelnen Tag mit dieser Gefahr – wenn ihr Herrscher einen Fehltritt machte und jemanden gegen sich aufbrachte, würden sie darunter leiden müssen. Und Simon war sich ganz sicher, dass Orion eher die Auslöschung seines Reichs zulassen würde, als sein Leben für seine Untertanen zu opfern. Je schneller Simon die Teile fand, desto besser.

Am nächsten Morgen erwachte Simon früh von der Morgensonne, die durch die riesigen Fenster in sein Zimmer schien. Als er nach dem Duschen ins Wohnzimmer kam, erwartete Portia ihn dort schon mit einem Klemmbrett in der Hand. Sie sah wesentlich besser aus als am Abend zuvor, und ihr leuchtend pinker Lippenstift ließ ihre Augen noch blauer strahlen.

»Schläfst du irgendwann auch mal?«, fragte er.

»Nur, wenn es unbedingt sein muss. Wollt Ihr beim Frühstück hören, was heute auf Eurem Tagesplan steht, Königliche Hoheit?«

Wo am Vortag der Kuchenturm gethront hatte, standen nun unzählige Schüsseln und Schälchen mit gebratenen Eiern mit Speck, Müsli, Früchten in jeder Farbe und Marmeladen, von denen Simon noch nicht mal gehört hatte, außerdem ein Stapel Toast, der fast so groß war wie er selbst. Gerade als Simon den Mund öffnete, um zu sagen, dass er auch später frühstücken könnte, ließ sein Magen ein lautes Knurren vernehmen. Verlegen machte er den Mund wieder zu, griff nach einem Teller, der tatsächlich vorgewärmt war, ging langsam um den Tisch herum und nahm sich hier ein bisschen und da ein bisschen. Wenn das Mittagessen auch nur halb so üppig war wie gestern, wollte er sich jetzt den Bauch nicht allzu vollschlagen.

»Sind Malcolm und Winter schon auf?«, fragte er.

Portia schüttelte den Kopf. »Ich habe verschiedene Unternehmungen für sie vorbereitet, mit denen sie sich heute beschäftigen können. Eine Führung durch die unteren Ebenen, einen Vortrag über die Geschichte von Hawk Mountain –«

»Oh, das ist bestimmt nichts für Malcolm«, sagte Simon. »Vielleicht fallen dir ein paar Sachen ein, die nichts mit Kletterpartien oder langweiligen Vorträgen zu tun haben?«

Portia zögerte. »Gewiss, Hoheit«, sagte sie dann und kritzelte eilig etwas auf ihr Klemmbrett. »Und nun zu Eurem Tagesprogramm. Um neun Uhr steht ein Treffen mit Eurem Tutor an, der Euren Lehrplan für die nächsten Monate zusammenstellen wird, im Anschluss –«

»Wenn nicht ›Treffen mit Mom‹ auf der Liste steht, will ich mit Orion reden«, sagte Simon und strich Butter auf einen Toast.

»Ich fürchte, das wird nicht möglich sein, Hoheit«, erwiderte Portia. »Seine Majestät hat so kurz nach seiner Rückkehr einen sehr vollen Terminkalender. Ich –«

»Das ist mir egal«, sagte Simon. »Ich brauche nur fünf Minuten. Wenn er die nicht hat, dann sag ihm, dass ich heute Morgen zu meiner Mom gehe und er mich nicht daran hindern kann.«

Portia biss die Zähne zusammen. »Königliche Hoheit –«

»Simon«, korrigierte er sie. »Einfach nur Simon. Orion und ich haben eine Abmachung. Ich halte mich an meinen Teil. Das sollte er auch tun, wenn er nicht will, dass ich abreise.«

Portia drückte ihr Klemmbrett an die Brust. »Also gut«, sagte sie angespannt. »Ich werde sehen, was ich tun kann.«

»Danke«, sagte Simon und meinte es auch so. Als sie schon mit klappernden Absätzen zur Tür ging, rief er ihr nach: »Portia?«

»Ja, Hoheit?«, sagte sie und drehte sich zu ihm um. Trotz ihres leuchtenden Make-ups sah sie plötzlich erschöpft aus, und er bekam ein schlechtes Gewissen.

»Wegen gestern Abend …« Simon schaute sich vorsichtig um. »Ich werde nichts sagen.«

Sie lächelte, allerdings ohne die Grübchen. »Ich habe

nicht die leiseste Ahnung, wovon Ihr sprecht«, sagte sie kühl, drehte sich auf dem Absatz um und ließ Simon mit dem übervollen Frühstückstisch allein.

ZWÖLFTES KAPITEL

Ein goldener Käfig

Eine halbe Stunde später stand Simon auf der Plattform vor dem kleinen Haus seiner Mutter.

Die beiden Wachen vor der Tür griffen nach ihren Bögen. Simon hielt den Kopf gesenkt, um jeglichen Blickkontakt zu vermeiden. Glücklicherweise stand Portia neben ihm. Sie war es, die die Hand hob und entschlossen an die Tür klopfte.

Simons Magen schlug einen Purzelbaum, als er Schritte näher kommen hörte. Abgesehen von ihrer kurzen Begegnung am Tag zuvor hatte er seit fünf Monaten nicht mehr mit seiner Mutter gesprochen. Es hatte zwar Zeiten gegeben, in denen er sie noch länger nicht gesehen hatte – einmal war sie fast zwei Jahre lang nicht zu Besuch gekommen –, doch damals hatte er noch seinen Onkel Darryl gehabt. Ohne Darryl hatten sich die vergangenen Monate wie eine halbe Ewigkeit angefühlt.

Bevor Simon richtig vorbereitet war, öffnete sich die Tür, und seine Mutter stand vor ihm. Sie erstarrte.

»Hallo, Mom«, sagte er nervös und presste die Hände hinterm Rücken zusammen. Ihre blonden Haare waren zu einem komplizierten Zopf geflochten, der ihr über die Schulter fiel, und sie trug Shorts und ein ausgeblichenes lila Sweatshirt, das aussah, als wäre es älter als er selbst. »Tut mir leid, dass ich ohne Anmeldung komme, aber ich wollte dich unbedingt sehen …«

Sie trat über die Schwelle, umarmte ihn fest und drückte die Nase in seine Haare. Vor lauter Überraschung stand er einen Moment lang bewegungslos da, bevor er die Arme um sie schlang. Sie wirkte irgendwie kleiner, so wie jedes Mal, wenn er sie sah. Er konnte nicht sagen, ob es daran lag, dass sie so viel abgenommen hatte, oder ob er selbst seit Dezember so viel gewachsen war.

»Ich lasse Euch jetzt allein«, sagte Portia und trat einige Schritte von der Tür zurück. »Simon, Ihr habt fünfzehn Minuten.«

Fünfzehn Minuten. Das war nicht gerade viel und doch mehr, als sie gehabt hatten, seit dieses ganze Chaos angefangen hatte. Er drückte seine Mutter an sich und atmete ihren Duft ein. Laub und Herbst, auch im Frühjahr. »Ich hab dich vermisst«, murmelte er in ihre Schulter.

Sie fuhr ihm mit den Fingern durchs Haar. »Ich dich auch«, flüsterte sie. »Komm, lass uns reingehen.«

Zögernd ließ er sie los und folgte ihr ins Haus. Es gab nur ein Schlafzimmer, ein Bad und einen Raum, der Küche und Wohnzimmer in einem war. Doch wo Simon auch hinsah, überall entdeckte er die persönliche Note seiner Mutter. Ein übervolles Bücherregal, das sich unter seiner Last bog. Eine Staffelei und ein Stapel getrockneter Bilder. Am meisten überraschten ihn mehrere gerahmte Fotos von ihnen beiden neben dem Fenster.

»Wann wurden diese Aufnahmen gemacht?«, fragte er und betrachtete sie. Auf den Fotos waren sie beide jünger – auf einigen war er noch ein Kleinkind, und seine Mutter sah glücklich und sorglos aus. Eins, das ihm besonders gut gefiel, zeigte sie beide auf einer Picknickdecke auf einem grünen Hügel. Seine Mutter lachte über den Erdnussbutterbart, den er sich selbst verpasst hatte.

Aber seine Mutter und er hatten nie gemeinsam gepicknickt. Bei ihren seltenen Besuchen hatten sie fast nie die Wohnung verlassen, und wenn, dann im Schutz der Nacht. Er runzelte die Stirn und trat näher an das Bild heran. Da erst bemerkte er ein weiteres vertrautes Gesicht im Hintergrund. Celeste.

Er war nicht der Junge auf den Fotos. Es war Nolan.

»Simon …«, sagte seine Mutter sanft. Mit einem Mal

war er schrecklich niedergeschlagen und trat von der Fotowand zurück. Es war dumm, sich davon herunterziehen zu lassen, das wusste er. Seine Mutter hatte nicht mehr Zeit mit ihm verbringen können. Es war zu gefährlich gewesen – immer hatte sie fürchten müssen, dass sie Orion oder Celeste zu ihm zu führen würde. Doch Logik linderte nicht das Brennen in seinen Augen. Er holte tief Luft und wandte den Blick ab.

»Ich wusste gar nicht, dass du malst«, sagte er und zeigte auf die Staffelei. Seine Stimme war heiser, und er räusperte sich, doch es half nicht viel.

»Orion lässt mich kaum nach draußen, daher sind meine Möglichkeiten begrenzt«, erwiderte sie und legte die Hand auf seine Schulter. »Dein Vater war besser als ich.«

»Oh.« Er blinzelte, um wieder klar sehen zu können. Das Bild, an dem sie gerade arbeitete, bestand aus vielen Gold- und Grüntönen mit einzelnen blauen Sprenkeln. Obwohl es noch nicht fertig war, fand Simon, dass es wie der Strand von Avalon aussah. »Du bist wirklich gut.«

»Danke.« Sie ging zu der kleinen Küchenzeile. »Möchtest du einen Tee?«

»Okay.« Er mochte Tee nicht wirklich, aber das spielte jetzt keine Rolle. Er setzte sich an den kleinen Tisch und sah zu, wie seine Mutter zwei Tassen mit dampfendem Tee füllte. Ohne zu fragen, rührte sie einen Löffel Zucker und etwas Milch in seine Tasse. Erst als Simon einen Schluck genommen hatte, begann sie zu sprechen.

»Warum bist du hergekommen?«, fragte sie leise. »Du weißt doch, dass es gefährlich ist.«

»Diese ganze Mission ist gefährlich«, gab Simon zurück und bemühte sich, beim Geschmack des schwarzen Tees nicht das Gesicht zu verziehen. Selbst mit Milch und Zucker schmeckte er bitter.

Sie senkte den Blick und starrte in ihre Tasse. »Das stimmt«, gab sie zu. »Allerdings hatte ich immer gehofft, du wärst dann –«

»Älter. Ich weiß.« Simon nippte wieder an seinem Tee, in der Hoffnung, dass der zweite Schluck besser war. War er nicht. »Aber du hättest mich warnen können. Oder mir wenigstens von der Welt der Animox erzählen sollen.«

»Es gibt vieles, was ich hätte tun können, und einiges davon hätte ich auch wirklich tun sollen«, sagte sie. »Ich bereue meine Fehler mehr, als du dir vorstellen kannst. Vor allem diejenigen, mit denen ich dich verletzt habe.«

Simon wusste nicht, was er darauf antworten sollte, deshalb starrte er an ihr vorbei aus dem Küchenfenster. In einiger Entfernung sah er einen grün gekleideten Mann, der das Haus beobachtete, und Simon schauderte. Er war sicher nicht der Einzige, der sie im Auge behielt.

»Seit wann bist du hier?«, fragte sie schließlich.

»Wir sind gestern angekommen«, erwiderte er. »Kurz bevor ich dich gesehen habe.«

Ihre Tasse blieb auf halber Strecke zwischen Tisch und Mund stehen. » *Wir?* «

»Malcolm und Winter sind auch da«, erklärte er. »Winter ist eine Freundin von mir …«

»Ich weiß, wer Winter ist«, unterbrach sie ihn. »Ich bin meinem Vater zwar jahrelang aus dem Weg gegangen, habe aber immer das Geschehen in Hawk Mountain verfolgt. Ich habe gehört, dass er sie nach dem Tod ihres Vaters adoptiert hat. Hilft sie dir?«

»Ja.« Simon runzelte die Stirn. »Sie hasst Orion. Er hat sie verstoßen, als sie das erste Mal animagiert hat – in eine Schlange anstatt in einen Vogel.«

Seine Mutter verzog das Gesicht. »Armes Mädchen. Ich wünschte, ich könnte behaupten, ich wäre überrascht, aber er war Mitgliedern anderer Reiche gegenüber schon immer sehr misstrauisch. Vor allem Mischblütern.«

»Ich wünschte, die Leute würden aufhören, ›Mischblüter‹ wie ein Schimpfwort zu benutzen«, murmelte Simon. »Alle fünf Reiche tun so, als wäre es das Schlimmste, was einem passieren kann.«

»Das ist die Angst«, sagte seine Mutter sanft. »Die meisten Menschen fürchten, was sie nicht kennen und verstehen. Und für diejenigen, die in dem Reich geboren und aufgewachsen sind, in dem sie später auch leben,

166

wirkt es … unsagbar grausam, ein Kind nicht in seinem eigenen Reich groß werden zu lassen. Mich dagegen haben schon als junges Mädchen die anderen Reiche fasziniert. Und ich bin der festen Überzeugung, dass Mischblüter die besten Diplomaten abgeben.« Sie schwieg kurz. »Darüber sollte man ernsthaft nachdenken, wenn diese ganze Sache hier endlich vorbei ist.«

Unsicher, was er erwidern sollte, trank Simon noch einen Schluck Tee. Diesmal kam er ihm nicht mehr ganz so bitter vor. »Genau darüber wollte ich mit dir sprechen«, sagte er dann mit gesenkter Stimme. »Kannst du mir einen Tipp geben, wo …«

»Psst.« Das Geräusch war leise, aber scharf. Er verstummte und sah sie verwirrt an, bis sie auf das Fenster hinter der Staffelei zeigte. Der kleine Vogel hinter dem Blumentopf wäre kaum zu sehen gewesen, wenn seine lange Schwanzfeder ihn nicht verraten hätte.

Simon biss sich auf die Lippe. Wie sollte er irgendetwas Bedeutsames mit ihr besprechen, wenn jedes ihrer Worte belauscht wurde? Seine Mutter schien das jedoch nicht zu stören. Sie stand auf und trat an ihr überquellendes Bücherregal.

»Von Zeit zu Zeit durchsuchen sie auch meine Sachen«, sagte sie gelassen und fuhr mit dem Finger über alte Buchrücken, bis sie gefunden hatte, was sie suchte. Sie zog das schmale Buch zwischen zwei größeren Bänden hervor, nahm es mit an den Tisch und schlug es dort auf, wo ein Lesezeichen zwischen den Seiten steckte. »Man könnte fast denken, sie trauen mir nicht.«

»Ich habe Orion gesagt, dass er dich freilassen muss«, sagte Simon. »Das ist ein Teil unseres Abkommens.«

»Er weiß, dass ich nicht hier weggehen werde, solange du da bist«, sagte seine Mutter. »Ich bin sicher, dass auch das zu seinem Plan gehört.«

Während sie sprach, fuhr sie mit dem Finger über die Seite und ließ ihn unter einem bestimmten Wort verweilen. Simon achtete zunächst nicht darauf, doch als sie ihn auffordernd ansah und dann den Blick auf die Seite richtete, folgte er instinktiv.

Nest.

Simon runzelte die Stirn. Nest? Ging es noch ungenauer? Hier musste es Hunderte Nester in den Bäumen geben!

Doch dann bewegte sich ihr Finger weiter und verweilte unter *Gipfel*. Gipfel. Auch das war keine große Hilfe. Mit zusammengezogenen Augenbrauen versuchte er, etwas an ihrem Gesicht abzulesen, aber ihre Miene blieb ausdruckslos. Sie klappte das Buch wieder zu – vorher jedoch nahm sie das Lesezeichen heraus und legte es zwischen zwei andere Seiten. Was auch immer sie ihm hatte sagen wollen, niemand anders sollte davon erfahren.

Als sie aufstand, um das Buch wieder an seinen Platz

zu stellen, erhob sich auch Simon und inspizierte jedes Fenster, um zu sehen, wie viele Wachen sie belauschten. Er zählte sieben. Doch keiner war nah genug, als dass er hätte sehen können, was sie gerade getan hatte. »Kommt Orion manchmal zu dir?«

»Ja«, sagte sie und griff nach ihrer Tasse. »Einmal in der Woche kommt er zum Tee.«

»Hat er etwas über Celeste und Nolan gesagt?«, fragte Simon. »Mir gegenüber hat er behauptet, dass er nicht weiß, wo sie sind, aber vielleicht lügt er. Ich –«

»Celeste und Nolan?« Seine Mutter drehte sich so schnell um, dass der Tee aus ihrer Tasse schwappte. Ihr Gesicht war plötzlich besorgt. »Wovon sprichst du?«

Er öffnete den Mund, doch es kam nichts heraus. Sie wusste es nicht, wurde ihm klar. Sie hatte keine Ahnung, dass Nolan entführt worden war – besser gesagt, dass er Celeste freiwillig gefolgt war.

»Orion hat dir nichts gesagt?«, stieß er hervor. »Celeste … ist ins L. A. G. E. R. eingebrochen und hat … meine Teile gestohlen. Und sie hat Nolan entführt.«

Klirr.

Die Tasse seiner Mutter landete auf dem glatten Holzboden und zersprang in mehrere Stücke. Simon wich gerade noch rechtzeitig zurück, um sich nicht zu verbrühen. Seine Mutter dagegen schien das heiße Wasser an ihren Beinen gar nicht zu spüren.

169

»Sie … sie hat Nolan?«, fragte seine Mutter entsetzt. »Und drei Kristalle?«

Simon lief zur Küchenzeile, nahm ein sauberes Geschirrtuch und befeuchtete es mit kaltem Wasser. »Ja«, sagte er finster und reichte seiner Mutter das Tuch. Sie nahm es automatisch entgegen, Simon konnte ihr aber ansehen, dass das heiße Wasser an ihren Beinen im Augenblick ihre geringste Sorge war. Er hätte ihr gern gesagt, dass Nolan die Teile gestohlen hatte, nicht Celeste, und dass er seiner Großmutter aus freien Stücken gefolgt war, doch dann hätte auch Orion davon erfahren. Irgendwo in ihrem Bücherregal waren sicher die richtigen Worte, aber er hatte keine Ahnung, in welchem Buch.

Seine Mutter ließ sich erschöpft auf ihren Stuhl sinken und tupfte gedankenverloren mit dem feuchten Tuch auf ihren Beinen herum. »Gibt es irgendeine Spur?«

»Malcolm lässt sie suchen«, sagte Simon und wünschte, er könnte auch Leo erwähnen, um sie zu beruhigen. »Aber bis jetzt hat das Rudel kein Glück gehabt.«

»Celeste kann sich meisterhaft versteckt halten, wenn es darauf ankommt«, sagte sie gedankenverloren. »Aber Nolan … ist sehr erfinderisch. Wenn er die Chance bekommt, wird er fliehen.«

Sie sah Simon in die Augen. Er brachte es nicht über sich, ihr zuzustimmen. Er starrte sie eindringlich an, um ihr zu verstehen zu geben, dass Nolan nicht fliehen würde, doch sie wandte den Blick ab, bevor er ihr etwas mitteilen konnte.

»Wir werden ihn finden«, sagte er schließlich. »Ich werde dafür sorgen, dass ihm nichts passiert.«

»Das sollte nicht an dir hängen, Simon«, sagte sie leise. »Es tut mir unendlich leid, dass ich dir diese Aufgabe aufgebürdet habe. Ich habe dir deine Kindheit gestohlen.«

»Hast du nicht«, widersprach er. »Ich wollte ja helfen. Ich wollte *dir* helfen.«

Sie lächelte schwach, doch es lag keine wahre Freude darin. Sie kniete sich auf den Boden und sammelte die einzelnen Teile der zersprungenen Tasse auf. Sie warf sie jedoch nicht weg, sondern legte sie behutsam auf den Tisch. »Ich kann sie wieder zusammenkleben«, sagte sie. »Aber ich fürchte, sie wird nicht mehr wie vorher sein.«

»Das heißt aber nicht, dass sie nutzlos ist«, sagte Simon. »Solange alle Teile noch da sind.«

Seine Mutter stand auf, ging durchs Zimmer und blieb vor der Fotowand stehen. »Ich habe die Bilder in meinen ersten Tagen hier aufgehängt«, sagte sie. »Ich hatte sie immer in meiner Tasche. Du und dein Bruder – ihr wart immer bei mir.«

»Aber die sind doch alle von Nolan«, sagte Simon und stellte sich neben sie. Er hatte keine große Lust dazu, sich das Leben anzusehen, das er mit seiner Mom hätte haben können, oder die Zeit vor Augen geführt zu bekommen, die er mit seinem Bruder verpasst hatte. Trotzdem hatten die Bilder auch etwas Tröstliches. Sie waren ein Zeichen, dass das Leben, das er sich für sie alle wünschte, tatsächlich möglich war.

Seine Mutter legte den Finger auf das Foto in der Mitte – es zeigte eine Nahaufnahme von ihr und Nolan, als er etwa fünf gewesen sein musste. Der Hintergrund war zu dunkel, um sagen zu können, wo sie waren, doch auf diesem Bild war Nolans Lächeln am strahlendsten.

»Nicht alle«, sagte sie. »Das hier sind wir zwei.«

Simon kniff die Augen zusammen und musterte das Foto genauer. Doch selbst dann fand er keinen Anhaltspunkt, dass es von ihm war. Er und Nolan waren wirklich identisch.

»Dein Onkel fand Fotos immer zu gefährlich – er hatte Angst, dass Celeste sie finden oder dass jemand in seine Wohnung einbrechen und eins stehlen könnte, als Beweis, dass es dich gibt«, sagte sie, während sie den Rahmen von der Wand nahm. »Aber zu diesem Bild konnte ich ihn überreden. Es war dein fünfter Geburtstag. Wir haben den ganzen Tag zusammen gemalt und gespielt. Ich habe immer noch das Bild, das du für mich gemacht hast«, fügte sie hinzu und löste die Rückseite des Rahmens. Hinter dem Foto klemmte ein gelbes Blatt Papier. Sie legte den Rahmen auf den Tisch und faltete das Blatt so vorsichtig auseinander, als könnte es jeden Moment zu Staub zerfallen.

Die Zeichnung wurde von einem großen Rechteck gerahmt, das von mehreren Querstrichen in die Etagen eines Wohnhauses geteilt wurde. In der Mitte des Bildes waren drei Figuren.

»Das bist du«, sagte seine Mutter und zeigte auf die kleinste von ihnen. »Und das bin ich, und das ist dein Onkel Darryl.«

Simon berührte das Papier, als läge eine lang vergessene Erinnerung darin verborgen, die er zurückrufen könnte, wenn er sich nur genug anstrengte. Er erinnerte sich an die meisten seiner Geburtstage und die Besuche seiner Mutter, aber er konnte sich nicht daran erinnern, dieses Bild gezeichnet zu haben.

»Ich habe dich nicht vergessen, Simon«, flüsterte sie. »Ich weiß, dass es sich manchmal so angefühlt haben muss, aber jeden Tag, jede Stunde, jede Minute warst du bei mir. Ich werde mein Leben lang bereuen, dass ich nicht mehr Zeit mit dir verbringen konnte.«

Simon schluckte mühsam gegen den Kloß in seinem Hals an. »Wir werden wieder zusammen sein können, wenn das alles hier vorbei ist«, murmelte er. »Du, ich, Nolan, Malcolm, Winter – wir alle.«

»Das ist das Einzige, was ich je gewollt habe«, sagte sie leise und legte ihm den Arm um die Schultern. »Alles, was wir opfern mussten, jeder Augenblick, den wir verpasst haben – es war der einzige Weg in eine gemeinsame friedliche Zukunft. Ich werde mir nie verzeihen, dass ich das alles auf dich geladen habe, aber ich verspreche dir, Simon – ich werde auch nie aufhören, es wiedergutzumachen. Und ich werde nie, nie, nie aufhören, dich zu lieben.«

Er legte den Kopf an ihre Schulter und starrte das Bild an, das er vor mehr als der Hälfte seines Lebens gemalt hatte. Ganz gleich, wie viel Angst er hatte und was die Zukunft bringen würde, er wusste, dass wenigstens dieser Augenblick echt war.

Der Herr der Vögel erwartete ihn bereits auf der Plattform vor dem Haus seiner Mutter. Simon schloss die Tür hinter sich und ging langsam auf ihn zu. Er war nicht sicher, wie er Orions ernste Miene deuten sollte.

»Wie ich höre, hast du deiner Mutter erzählt, was mit Celeste und Nolan passiert ist«, sagte sein Großvater. »Das hatte ich schon befürchtet.«

»Sie kann sowieso nichts tun«, sagte Simon und schob die Hände in die Hosentaschen. »Sie kann ja schlecht losfliegen und nach den beiden suchen.«

»Jedenfalls nicht, solange du bei mir bist«, sagte Orion langsam. »Habt ihr zwei sonst noch etwas Interessantes besprochen?«

Simon dachte an die beiden Wörter, die seine Mutter ihm in dem Buch gezeigt hatte, *Gipfel* und *Nest*. Ihm sagten sie zwar nichts, Orion würden sie aber sicherlich eine ganze Menge sagen. »Sie hat mir die Fotos gezeigt, die sie von Nolan und mir hat, und ein paar ihrer Lieblingsbücher«, sagte er schulterzuckend. »Und sie hat eine Tasse kaputt gemacht.«

»Sie war schon als Kind ungeschickt.« Orion lächelte und hinkte aufs Haus zu. »Also dann. Deine Lehrer erwarten dich schon. Wenn du mich jetzt entschuldigen würdest, ich habe etwas mit deiner Mutter zu besprechen.«

»Wegen ihrer Freilassung?«, fragte Simon. »Denn sonst verschwendest du nur deine Zeit.«

Orion blieb stehen. »Reicht es denn nicht, dass sie wie die Königstochter behandelt wird, die sie ist?«

»Du weißt, dass es nicht reicht«, entgegnete Simon gereizt. »Du hast es selbst gesagt – sie nützt dir nichts mehr. Zwei der Kristalle hast du, und wenn du Celeste gefunden hast, hast du ihre auch noch. Du hältst sie nur hier fest, weil du Angst davor hast, was sie tut, wenn du sie gehen lässt.«

Auf Orions Gesicht breitete sich ein langsames Lächeln aus. »Scharfsinnig«, murmelte er. »Sehr scharfsinnig. Aber ich habe keine Angst vor deiner Mutter, Simon, und auch vor dir nicht. Ich versuche nur, sie zu schützen, verstehst du? Genau wie ich versuche, dich zu schützen.«

»Vor wem denn?«, fragte Simon. »Soweit ich weiß, mussten wir in unserem Leben nur vor einem beschützt werden – vor dir.«

Auf der Plattform wurde es ganz still. Die Wachen starrten nervös geradeaus, ohne einen Muskel zu rühren. Simon konnte das gut verstehen. Orions Miene war unbewegt, doch seine geballten Fäuste zitterten.

»Falls du dir Sorgen machst, dass sie sich auf Celestes Seite schlägt – das wird sie nicht tun«, fuhr Simon fort. »Meine Mutter spielt bei diesem Spiel nicht mehr mit, genauso wenig wie ich. Wenn du sie gehen lässt, ist sie vielleicht in Zukunft bereit, dir zu helfen, wenn du es wirklich brauchst.«

Orion biss die Zähne zusammen, doch seine Hände entspannten sich langsam. »Ich werde darüber nachdenken«, sagte er steif. »Aber nur, wenn du auch über etwas nachdenkst, Junge: Du hast bei mir nur eine einzige Chance. So gnädig ich mit meiner Familie umgehen will – ich kann nicht guten Gewissens das Wohl meines Reichs aufs Spiel setzen. Und sollte ich auch nur das Gerücht hören, dass du weiter gegen mich arbeitest, dann …« Er ließ die Drohung in der Schwebe, aber Simon verstand auch so. Solange Malcolm und Winter im Palast waren, hatte er ihn in der Hand.

»Wir sehen uns beim Mittagessen«, sagte Orion ruhig. Er drehte sich auf dem Absatz um, hinkte ins Haus und zog die Tür hinter sich zu.

DREIZEHNTES KAPITEL

Stammbaum

Der Vormittag zog sich endlos dahin. Lehrmeister um Lehrmeister kam in den kleinen, fensterlosen Raum marschiert, der für Simons Studien vorgesehen war, und redete auf ihn ein. Anfangs bemühte er sich noch, zuzuhören, doch nach dem vierten ermüdenden Vortrag, diesmal über die Unterschiede zwischen der Östlichen und der Westlichen Weymouth-Kiefer, gab er es auf.

Wieder und wieder drehte er die Hinweise seiner Mutter im Kopf herum. Nest – das war nicht schwer. Irgendwo war ein Nest – auf irgendeinem Gipfel? Dem Gipfel von Hawk Mountain? Es konnte zumindest nicht schaden, sich dort einmal umzusehen, sollte er jemals den Fängen seiner Lehrer entkommen können.

Als Simon sich schon damit abgefunden hatte, demnächst an Langeweile zu sterben, holte Portia ihn zum Mittagessen ab. Während sie mit klackernden Schritten vor ihm den Gang entlangeilte, warf sie einen Blick auf ihr Klemmbrett.

»Um 14 Uhr seid Ihr bei Meister Arvid, und um 16 Uhr habt ihr Benimmunterricht«, verkündete sie. »Aber der Abend ist frei, und Cordelia hat darauf bestanden, dass ich Euch zu einer neuen Runde Hotchpotch einlade.«

So, wie Portia seinem Blick auswich, plante Cordelia wohl mehr als einen Spieleabend.

»Okay«, sagte er. Orions Warnung hallte zwar in seinem Kopf nach, doch da er sie gestern Abend nicht erwischt hatte, standen die Chancen nicht schlecht, dass er sie auch heute nicht erwischen würde. Es war ein Risiko, aber Simon wollte Portia und ihren Freunden keinen Grund zur Annahme geben, dass er sie verraten würde.

Als sie in den Speisesaal kamen, empfing sie aufgeregtes Getuschel. Die Mitglieder der neun noblen Familien saßen an der langen Tafel, flüsterten miteinander und spähten verstohlen zum anderen Ende des Raums. Verwirrt drehte Simon sich zu Portia um. »Was ist da los?«

»Keine Ahnung«, erwiderte sie ratlos. Im Weitergehen jedoch erhaschte Simon einen Blick auf die Person, die links neben Orion saß, auf seiner blinden Seite, und wäre beinahe über seine eigenen Füße gestolpert.

Seine Mutter.

Sie trug ein blaues Kleid und darüber die königsblaue Robe. Nichts erinnerte an das abgetragene Sweatshirt vom Morgen. Wie tags zuvor waren ihre geflochtenen Haare zu einer Krone um ihren Kopf geschlungen, und sie sah, vor allem neben Malcolm, in der Tat ziemlich königlich aus, wie sie dort in untadeliger Haltung mit den Adligen plauderte.

Simon wankte auf seinen Stuhl zu. Er traute seinen Augen kaum. »Du bist ja hier«, sagte er fassungslos. »Aber ich dachte –«

»Seine Königliche Hoheit und ich sind zu einer Übereinkunft gekommen«, erwiderte seine Mutter ruhig. »Wir sind beide der Meinung, dass du dich leichter eingewöhnen wirst, wenn ich dich praktisch unterstütze.«

Simon hatte zwar keinen blassen Schimmer, wie sie ihn *praktisch unterstützen* wollte, aber er hatte nicht vor, sich zu beschweren. Lächelnd setzte er sich ihr gegenüber. Seine Erschöpfung vom langweiligen Unterricht war wie weggeblasen. »Super, dann kannst du mir ja beim Lernen helfen. Wenn ich nicht bald die Unterschiede zwischen den zehn Millionen Kiefernarten auswendig kann, die Meister Weaver mir heute gezeigt hat, wird wahrscheinlich sein Kopf explodieren.«

»Und das wollen wir ja nicht, oder?«, warf Orion ein.

Trotz der alles überschattenden Anwesenheit des Vogelherrn fühlte Simon sich leichter als seit Langem. Er konnte sich nicht erinnern, wann seine Mutter und er zuletzt zusammen gegessen hatten. Als sie im September das letzte Mal in Darryls Wohnung vorbeigekommen war, hatte die Rattenarmee sie vom Essen abgehalten, und davor hatte er sie zwei Jahre lang nicht gesehen. Doch jetzt saß sie hier, als wäre sie immer da gewesen, und als Winter und Rowan wenige Minuten später erschienen, tat ihm vom vielen Lächeln schon das Gesicht weh.

»Was ist los?«, fragte Winter und setzte sich schwungvoll neben ihn. Dann fiel ihr Blick auf seine Mutter, und sie zog die Augenbrauen zusammen. »Oh.«

»Du musst Winter sein«, sagte seine Mutter. »Simon hat mir schon viel von dir erzählt.«

»Und von Ihnen redet er ständig«, gab sie kühl zurück. »Sie machen hier jetzt also auch mit, ja?«

Simon war nicht sicher, was genau sie damit meinte, doch seine Mutter nickte. »Seine Majestät hat beschlossen, mir die Freiheit zu schenken, und dafür bin ich unendlich dankbar. Ich hoffe, wir werden uns in den nächsten Wochen noch besser kennenlernen, Winter.«

»Das werden wir sicher«, knurrte Winter und rammte ihre Gabel in ein Stück Rumpsteak.

»Es ist schön, dich wieder bei uns zu haben, Isabel«, sagte Malcolm leise.

Sie schenkte ihm ein etwas gequältes Lächeln. »Es ist schön, dich endlich wiederzusehen, Alpha.«

Simon verstand nicht, warum sie so förmlich mit ihm sprach. Nachdem er sie eine Weile beobachtet hatte, fiel ihm auf, dass sie über jeden Witz lachte, sich mit allen höflich unterhielt und keine Sekunde die Beherrschung verlor. Dies war nicht seine Mutter, wurde ihm klar. Dies war Isabel Sky, die Tochter des Vogelherrn und seine Thronfolgerin, und ihr Auftreten war eine Botschaft. Welche Botschaft genau, konnte er allerdings nicht sagen.

Den Rest der Mahlzeit verbrachte er schweigend. Auch Winter wirkte ungewöhnlich still. Da konnte etwas nicht stimmen.

»Wir sehen uns später, ja?«, sagte er zu seiner Mutter, die sich gemeinsam mit Orion erhoben hatte.

»Aber natürlich. Ich komme zum Abendessen«, versprach sie und gab ihm einen Kuss auf die Stirn. »Viel Spaß beim Unterricht, mein Liebling.«

Aber Simon hatte nicht vor, zum Unterricht zu gehen – erst musste er herausfinden, was mit Winter los war. Doch als er sich zu ihr umdrehen wollte, war sie nicht mehr da. Stirnrunzelnd stellte er sich auf die Zehenspitzen und ließ den Blick über die Menge schweifen, bis er sie schließlich in der Nähe der Tür entdeckte.

»Königliche Hoheit«, rief Portia ihm nach, doch er schlängelte sich bereits so schnell zwischen den verblüfften Mitgliedern der neun noblen Familien hindurch, dass mehrere von ihnen erschrocken zurückwichen. »Königliche Hoheit!«

Er ignorierte sie und flitzte aus dem Speisesaal, den Blick fest auf Winters dunklen Zopf gerichtet. Sie schien genau zu wissen, wo sie hinwollte, und als sie hinter einer Ecke verschwand, verfiel er in einen Laufschritt, um sie in dem Gewirr aus Gängen nicht zu verlieren.

Wenn sie wusste, dass er ihr folgte, so ließ sie es sich nicht anmerken. Sie bog um zahlreiche Ecken und bewegte sich ohne erkennbares Muster durch den Palast. Eine Treppe hoch, quer durch einen Raum voll alter Waffen, an einem Nebeneingang zu den Dienstbotenräumen vorbei – er hatte keine Ahnung, wo genau sie waren, aber wenigstens verlor er sie nicht aus den Augen.

Schließlich blieb sie auf einer kleinen, über und über mit Efeu bewachsenen Terrasse stehen. Sie setzte sich in einen Korbstuhl, zog die Knie an die Brust und blickte über die Baumwipfel ins Tal.

»Hey«, sagte er und lehnte sich ans Geländer, um zu verschnaufen. »Ich muss mit dir reden.«

»Das hab ich gemerkt«, erwiderte sie. »Deshalb hab ich ja alle Verfolger abgeschüttelt.«

»Oh.« Er wischte sich über die Stirn. »Ach so – gut gemacht.«

Sie zuckte lustlos mit den Schultern. »Herzlichen Glückwunsch, dass du deine Mom zurückgeholt hast.«

»Danke.« Simon biss sich auf die Unterlippe. »Sonst ist sie nicht so. Nicht so … förmlich.«

»Sie weiß, wie sehr die neun noblen Familien Orion hassen«, erwiderte Winter leise. »Sie versucht nur, Verbündete zu finden. Wenn sie sie mögen, bringen sie sie vielleicht doch nicht um, nur um eins ihrer eigenen Familienmitglieder auf den Thron zu setzen.«

Simon zog die Augenbrauen hoch. Das war einleuchtend, sosehr ihm die Vorstellung missfiel, dass jemand seiner Mutter etwas antat. »Und macht sie es gut?«, fragte er. »Verbündete gewinnen, meine ich?«

»Sie haben ihr aus der Hand gefressen, als hätte sie darauf Vogelfutter aus Gold«, murmelte Winter. Simon zog einen zweiten Korbstuhl neben sie und ließ sich hineinplumpsen.

»Was ist los?«, fragte er. »Hat sie was Blödes gesagt oder … was weiß ich, dir irgendwas getan?«

Winter verzog das Gesicht und sagte eine ganze Weile lang nichts. Simon wollte schon aufgeben, als es endlich aus ihr herausbrach.

»Du hast deine Mom zurück, Simon. Weißt du eigentlich, was für ein Glück du hast?« Sie drehte sich zu ihm um, und er sah bestürzt die Tränen in ihren Augen.

»Ja«, sagte er leise. »Ja, das weiß ich.«

»Hast du gesehen, wie Orion mich anschaut? Als wäre ich eine Taube. Oder … etwas noch Schlimmeres, als Taube wäre ich ja immerhin ein Vogel.« Sie schniefte und wischte sich mit dem Handrücken über die Nase. Diese Geste passte so wenig zu Winter, dass Simon das Gesicht verzog und in seiner Tasche nach einem Taschentuch suchte. Sie nahm es und putzte sich lautstark die Nase, wobei sie eher wie eine Gans als ein Mädchen klang.

»Du kannst nicht wirklich wollen, dass Orion dich mag«, sagte Simon. »Er ist ein schlechter Mensch. Das weißt du.«

»Aber früher mochte er mich. Er hat mich sogar geliebt. Er war lange Zeit der Einzige, der mich geliebt hat«, sagte sie leise. »Und jetzt … liebt mich niemand mehr. Nicht, wie deine Mom dich liebt oder du deine Mom.«

Simons Kehle wurde eng. »Das ist nicht wahr. Für mich bist du ein Teil meiner Familie.«

Sie schnaubte. »Nicht wirklich. Mit mir hängst du rum, bis jemand Besseres daherkommt – jemand, den du *wirklich* liebst. Wie deine Mom.«

»Winter.« Er nahm ihre Hand zwischen seine, ohne sich darum zu kümmern, dass seine Hände verschwitzt waren. »Orion hat dich doch adoptiert, oder? Offiziell?«

Sie nickte. Die Tränen auf ihren Wangen schienen immer mehr zu werden.

185

»Dann bist du meine ... äh, ich weiß nicht«, gab er zu. »Cousine ... oder Tante? Nein, nicht Tante«, sagte er schnell. »Das wäre echt komisch. Egal, auf jeden Fall sind wir verwandt. Es spielt keine Rolle, was Orion sagt oder tut, selbst wenn er die Adoptionsunterlagen zerreißt, gehörst du noch zur Familie. Also auch zur Familie meiner Mom. Ich weiß, du kennst sie noch nicht so gut, aber du wirst sie kennenlernen. Wenn das alles hier vorbei ist, bekommen wir unsere Familie zurück. Nur vielleicht nicht so ... wie wir es uns vorgestellt haben. Trotzdem wird es gut werden«, versprach er. »Richtig gut.«

Winter schwieg, dann schlang sie schluchzend die Arme um ihn. Er spürte, wie ihre Tränen sein T-Shirt durchnässten, doch er drückte sie fest an sich.

»Glaubst du wirklich, dass sie mich mögen wird?«, fragte Winter schließlich schniefend. »Obwohl ich eine Wassermokassinotter bin?«

»Das ist ihr völlig egal«, sagte Simon fest. »Aber ich wette, sie findet es ziemlich cool.« Ihm kam ein Gedanke, und er fügte hinzu: »He, dann bist du ja auch mit Zia verwandt!«

»Was?« Winter setzte sich aufrechter hin und wischte sich die Augen mit dem Ärmel ab. »Echt?«

»Klar, sie ist doch die Schwester meines Vaters«, sagte er. »Deshalb ist sie quasi mit meiner Mom verwandt und also auch mit dir.«

Winters Gesicht war noch immer feucht von Tränen, doch sie lächelte zaghaft. Simon lächelte zurück.

Winter fasste sich langsam wieder, und die beiden lehnten sich in ihren Korbsesseln zurück und beobachteten die vielen bunten Vögel, die von Baum zu Baum flatterten. Wenn Spione unter ihnen waren, dann machten sie ihre Sache hervorragend – keinem von ihnen war etwas anzumerken. Zum ersten Mal seit seiner Ankunft in Hawk Mountain fühlte Simon sich ungezwungen. »Ich war heute Morgen bei meiner Mom«, berichtete er. »Sie hat ein Foto von mir, als ich klein war.«

»Klar hat sie das. Haben das nicht alle Eltern?«, erwiderte Winter, und Simon war erleichtert, ihre gewohnt schnippische Stimme wieder zu hören.

»Meine Mom nicht. Sie und Darryl haben kaum Fotos von mir gemacht. Sie hatten Angst, jemand könnte sie finden. Aber eins hatte sie, und das hat sie immer bei sich gehabt.«

»Das ist ja schön«, sagte Winter, klang jedoch nicht wirklich überzeugt. Was auch nicht verwunderlich war. Vermutlich würde niemand nachempfinden können, was ihm das bedeutete.

»Sie hat mir einen Tipp gegeben«, fügte er mit gesenkter Stimme hinzu. »Sie konnte es nicht laut sagen, weil wir belauscht wurden, aber sie hat mir zwei Wörter in einem Buch gezeigt. *Nest* und *Gipfel*.«

Winter drehte sich stirnrunzelnd zu ihm um. »Nest und Gipfel?«, wiederholte sie. Simon nickte. »Vielleicht ist es ein Hinweis, wo Orion … du weißt schon.«

»Das ist mehr als nur ein Hinweis«, entgegnete sie und grinste. »Ich weiß genau, wo wir suchen müssen.«

VIERZEHNTES KAPITEL

Das Nest

Zwanzig Minuten später standen Simon und Winter im obersten Raum eines hohen Turms – dem höchsten des Palasts. Er war leer und wirkte auf den ersten Blick verlassen und ungenutzt, doch Simon fiel auf, dass nirgends Staub lag.

»Hier?«, fragte er zweifelnd. »Soll das ein Nest sein?«

»Blödsinn.« Winter ließ die Fingerspitzen über die kahle Mauer gleiten und drückte gegen einen Stein, der etwas heller war als die anderen. Zu Simons Überraschung gab er unter dem Druck nach. Doch bevor er einen Witz über Geheimgänge machen konnte, begannen die Wände um sie herum zu rumpeln, und er erstarrte.

»Bitte sag mir, dass wir nicht gleich sterben«, flehte er und blickte ängstlich zur Decke hinauf. Winter schnaubte.

»Kannst du mir bitte einfach mal vertrauen?«

»Dir vertraue ich ja«, entgegnete Simon. »Aber dem Turm nicht.«

In diesem Augenblick fielen zwei lose Steine von der Decke und landeten mit lautem Gepolter vor ihnen auf dem Boden. Instinktiv hob Simon die Arme über den Kopf und sprang auf Winter zu, um sie vor weiterem Steinschlag zu schützen. Die jedoch wich einen kleinen Schritt zur Seite, und er prallte gegen die Mauer.

»Bist du heute schreckhaft«, sagte sie trocken und steuerte auf die Mitte des Raums zu. Simon rieb sich die schmerzende Schulter.

»Pass auf«, warnte er sie besorgt. Doch Winter ging seelenruhig vor den beiden Steinen in die Hocke. Jetzt erst sah Simon, dass an ihnen das Ende einer Strickleiter befestigt war.

»Diesen Weg kennt kaum jemand«, erklärte Winter, während sie den Aufstieg begann. »Die meisten Einwohner von Hawk Mountain sind schließlich Vögel, und am einfachsten kommt man nach oben, indem man fliegt. Aber als kleines Kind war ich immer untröstlich, wenn Orion weg war, und habe den ganzen Palast nach ihm abgesucht.« Sie seufzte. »Da war ich wirklich noch ziemlich klein«, fügte sie dann entschuldigend hinzu. »Jedenfalls hat er mir diesen Gang hier gezeigt – den geheimen Aufgang zum Nest.«

Kurz überlegte Simon, ob er einfach animagieren und nach oben fliegen sollte, doch beim Anblick der Dunkelheit, die Winter langsam verschluckte, entschied er sich dagegen und kletterte ihr eilig hinterher. Die Strickleiter schwankte bedrohlich unter ihren Bewegungen.

»Was ist das Nest?«, fragte er, als er oben ankam. Hier hätte eigentlich das Dach sein müssen, doch sie stießen nicht gegen eine Begrenzung, sondern gelangten in einen engen, senkrechten Tunnel, der mit Haltegriffen versehen war. Als Simon die Hand ausstreckte, spürte er glattes Holz unter den Fingern.

»Orions privates Büro«, antwortete Winter. »Dorthin geht er, um allein zu sein, wenn er genug von den ganzen Schleimern hat. Dort bewahrt er auch alle wichtigen Sachen auf, die Kronjuwelen und seine geheimen Dokumente.«

Simon streckte die Hand nach dem nächsten Griff aus. »Ist es bewacht?«

»Soll das ein Witz sein? Es sind immer mindestens zehn Wachen da, meistens noch mehr. Es ist noch nie jemand eingebrochen.«

»Und du glaubst, dass Orion dort die Kristalle aufbewahrt?«

»Es ist der sicherste Ort im ganzen Reich«, erwiderte Winter. »Er wäre verrückt, ein anderes Versteck zu nehmen.«

Winter zog Simon neben sich auf eine Plattform. »Hier ist irgendwo eine Tür«, sagte sie. Ihre Stimme klang sehr nah.

»Autsch!«, sagte Simon, als sie ihm prompt auf den Fuß trat. »Du könntest ein bisschen vorsichtiger sein.«

»Und du könntest mir beim Suchen helfen.« Doch noch während sie sprach, ertönte ein Klicken, und ein blendend helles Rechteck erschien, als Winter die Tür aufstieß. »Na endlich.«

Simon hielt schützend eine Hand über die Augen und folgte Winter auf eine einsame Brücke hoch über dem Palast, die von einem Laubdach geschützt und von einem dicken Ast getragen wurde. Er blickte überrascht zum Tunnel zurück. »Wir sind in einem Baumstamm hier hochgeklettert?«

»Es ist ein künstlicher Baum«, sagte Winter. »Wir würden doch nie für einen Tunnel einen echten Baum töten.«

Aufgeregt und beklommen zugleich folgte Simon ihr über die Brücke, bis sie an ein Haus kamen, dessen Grundfläche noch kleiner war als die vom Haus seiner Mutter. Doch anders als ihr Haus hatte es drei Etagen und war damit so hoch wie der Baum, auf dem es stand. Sie waren so weit oben, dass Simon nun verstand, was seine Mutter mit dem Wort *Gipfel* gemeint hatte. Dies war zweifellos das höchste Bauwerk von Hawk Mountain, Hunderte Meter über dem Boden und weit entfernt von neugierigen Blicken.

»Und jetzt?«, flüsterte er. Wie die anderen Baumhäuser fügte sich auch dieses perfekt in den Wald ein – so perfekt, dass Simon nicht einmal eine Türklinke entdeckte. Oder ein Fenster.

»Wir klopfen an«, sagte sie, und genau das tat sie dann auch, ihre Fingerknöchel schlugen forsch gegen das Holz. Augenblicklich sprang die Tür auf, und ein strenger Wächter in grüner Robe stand vor ihnen.

»Ja?«, fragte er und blickte auf sie herab.

»Wir suchen Seine Majestät«, sagte Winter im Befehlston. »Sein Enkel, Seine Königliche Hoheit Simon Thorn, wünscht ihn zu sprechen.«

»Er ist nicht hier«, sagte der Wächter und knallte ihnen ohne ein weiteres Wort die Tür vor der Nase zu. Simon war sprachlos.

Winter zuckte die Schultern. »Das hatte ich auch nicht erwartet«, sagte sie und zog Simon zurück zur Brücke. »Merk dir, das ist der einzige Eingang zum Nest. Es gibt ein großes Dachfenster, aber im Dachzimmer im zweiten Stock sind immer mindestens vier Wachen. Und da sind vermutlich auch die Kristalle«, fügte sie hinzu. »Naja, wir haben ja gewusst, dass Orion es uns nicht leicht machen würde.«

Ja, das hatten sie gewusst. Simon animagierte in einen

Goldadler und flog zum Turm zurück. Während er auf
Winter wartete, die durch den Tunnel kletterte, hockte
er sich mit dem Rücken zur Mauer auf den Boden und
bemühte sich, nicht den Mut zu verlieren.

»Glaubst du wirklich, wir können es schaffen?«,
fragte er zweifelnd, als Winter unten angekommen war
und sich mit verschränkten Armen vor ihm aufbaute.
»Mir kommt es ziemlich unmöglich vor.«

»Mit dieser Einstellung ist es das auch«, erwiderte sie.
»Aber du vergisst, dass du einen Vorteil hast, von dem
niemand etwas weiß.«

»Trotzdem. Allein schaffe ich das nicht«, widersprach
er.

»Wer sagt denn, dass du das musst?« Sie reichte ihm
die Hand, und er nahm sie und zog sich auf die Füße.

»Ich bin vielleicht keine Kämpferin wie Ariana und
kein Stratege wie Jam, aber clever bin ich auch.«

»Richtig clever«, stimmte er zu und klopfte sich die
Hose ab. »Aber eins weiß ich: Wenn du erwischt wirst,
wird Orion dir gegenüber keine Gnade zeigen.«

»Und wenn *du* erwischt wirst, stutzt er dir die Flügel«,
gab sie zurück. »Sie können mich ruhig festnehmen. Ariana hat mir gezeigt, wie ich mit meinem Gift noch effi-
zienter bin. Ich schaffe jetzt mindestens vier Bisse, bevor
es aufgebraucht ist.«

Simon verzog das Gesicht. »Ich will nicht, dass du

jemanden beißt oder überhaupt verhaftet wirst. Ich brauche dich für mein Alibi.«

»Dein Alibi?« Sie zog eine Augenbraue hoch. »Was für ein Alibi?«

»Das weiß ich noch nicht«, gab er zu. »Aber sobald Orion merkt, dass die Teile gestohlen wurden, wissen wir beide, dass ich der Erste bin, den er sich vorknöpft.«

»Und du meinst, er glaubt mir, wenn ich dir ein Alibi gebe? Du weißt doch, dass Orion mir nicht traut«, sagte sie irritiert. »Wenn ich behaupte, dass du die ganze Zeit bei mir warst, sperrt er mich gleich in den Käfig neben dir.«

»Deshalb brauchen wir ja deine Cleverness. Damit du dir eine Geschichte ausdenkst, die er glaubt. Und meine Mom –«

Winter stöhnte. »Glaubst du, Orion würde ihr das durchgehen lassen, wenn sie dir hilft?«

Simon schüttelte den Kopf. »Genau das ist ja das Problem. Orion lässt sie vermutlich noch besser bewachen als mich. Aber sie kann den Schwarm bestimmt super ablenken.«

Winter zog die Augenbrauen zusammen und betrachtete ihn. »Und wie bitte willst du ganz allein ins Nest kommen?«

»Gar nicht«, sagte Simon. »Jedenfalls nicht allein. Aber ich weiß, wen ich um Hilfe bitten kann.«

An diesem Abend musterte Simon das versammelte Grüppchen auf dem Dachboden. Er wusste nicht viel über sie, aber einer Sache war er sich ziemlich sicher: Portia war nicht ihre Anführerin. Schon eher Cordelia. Oder Rigel. Wenn er die beiden überreden konnte, ihm zu helfen, würden Portia und Nash mitmachen.

Während die anderen eine neue Runde Hotchpotch begannen, aß Simon eins der belegten Brote, die jemand mitgebracht hatte, und ignorierte dabei Winters bohrenden Blick. Sie hatte den ganzen Nachmittag versucht, es ihm auszureden, aber wenn er auch nur den Hauch einer Chance haben wollte, ins Nest einzubrechen, brauchte er die Hilfe anderer Animox – mit Flügeln.

»Ich habe gehört, dass du heute Nachmittag den Unterricht geschwänzt hast«, sagte Cordelia. »Ganz schön frech.«

»Seine Königliche Hoheit hatte einen anstrengenden Vormittag«, verteidigte Portia ihn. Ihr Sessel stand heute auffallend dicht neben Simons, und er rutschte unauffällig ein Stück zur Seite.

»Er hat sich den freien Nachmittag verdient.«

»Ich hatte noch nie einen freien Nachmittag.« Nash, der heute ein Piratenkostüm samt Hut und Augenklappe trug und Simon an Orion erinnerte, zog einen Schmollmund. »Nicht mal, als ich mir den Ellbogen gebrochen habe.«

»Wann hast du dir den Ellbogen gebrochen?«, fragte Winter und beugte sich über den Tisch, um ihm zwei Karten zu klauen. Anscheinend war das erlaubt, denn Nash verzog nur grummelnd das Gesicht.

»Im Oktober, an Halloween. Als ich versucht habe, Meister Weavers Haus mit Klopapier einzuwickeln, bin ich vom Dach gefallen.«

Simon starrte ihn entsetzt an. »Du bist vom Dach gefallen? Von hier oben?«

»Die Lehrer wohnen auf der untersten Ebene«, sagte Rigel trocken. »Und Nash hat animagiert, bevor er am Boden aufgekommen ist. Dabei hat er es immerhin geschafft, gegen einen Ast zu stoßen.«

»Mein Flügel hing nur noch an einem Faden«, sagte Nash stolz. »Meine Mom hat gar nicht mehr aufgehört zu kreischen.«

Winter zog die Augenbrauen hoch. »Du scheinst dich erholt zu haben.«

»Aber nur, weil wir hier die besten Ärzte im ganzen Land haben«, sagte Cordelia gereizt. »Ich sage ihm immer wieder, dass er nicht unsterblich ist, aber er scheint mir einfach nicht zu glauben.«

»Nicht alle haben Höhenangst«, gab Nash spöttisch zurück und knuffte seine Schwester in die Rippen. Sie funkelte ihn so wütend an, dass Simon Zweifel an seinem Plan kamen. Aber sie würden nicht ewig Zeit haben, und er wusste nicht, ob er je eine zweite Chance bekommen würde. Vielleicht brachte Orion die Teile des Greifstabs an einen anderen Ort, wenn der Wächter ihm von ihrem Besuch berichtete. Je schneller er sie hatte, desto besser.

Er schob seine Zweifel beiseite und räusperte sich. »Ihr seid doch alle Vögel, stimmt's? Welche Art?«

»Wanderfalke«, sagte Nash stolz. »Der schnellste Vogel am Himmel. Cordelia ist ein Schwarzadler.«

»Die sind eigentlich nicht in Nordamerika heimisch, deshalb hast du vermutlich noch nie von ihnen gehört«, sagte sie so, als müsste sie das regelmäßig erklären. »Unser Vater stammt aus Thailand. Ich komme nach ihm, Nash kommt nach unserer Mutter.«

»Ich bin ein Virginia-Uhu«, erklärte Rigel.

»Aber er hatte jahrelang Panik, er könnte eine Ente sein wie seine Mom«, warf Nash grinsend ein. Rigel rutschte auf dem Sofa herum und starrte in seine Karten.

»Und ich bin ein Rubinkehlkolibri«, sagte Portia und zeigte ihre Grübchen. »Beim Kämpfen bin ich keine große Hilfe, aber dafür sehe ich ziemlich cool aus.«

Winter schnaubte spöttisch, doch Simon ignorierte sie. »Kannst du rückwärts fliegen?«

Portia nickte. »Ich habe fast einen Monat gebraucht, um es zu lernen, aber wenn man den Dreh erst mal raushat, ist es ganz leicht.«

Simon machte sich eine mentale Notiz, bei nächster

Gelegenheit in einen Kolibri zu animagieren. »Ist es euch allen immer noch ernst mit … dem, worüber wir gestern geredet haben?«

Die Stimmung am Tisch kippte abrupt, alle blickten ihn angespannt an. »Hast du darüber nachgedacht?«, fragte Rigel schließlich.

Er nickte langsam. »Aber bevor … es losgeht, brauche ich etwas von Orion. Wenn ihr mir helft, es zu bekommen, helfe ich euch auch.«

Die vier sahen sich an und schienen eine Art wortlose Beratung abzuhalten. Nash machte große Augen, während Portia hin- und hergerissen auf der Unterlippe kaute. »Du findest es nicht gut«, sagte sie plötzlich und richtete den Blick auf Winter.

»Nein, finde ich nicht«, erklärte Winter rundheraus. »Ich finde den Plan bescheuert – er legt sein Leben in eure Hände. Ihr könntet ihn jederzeit ausliefern.«

»Er uns aber auch«, sagte Cordelia und zog die Augenbrauen zusammen. »Das ist kein Spiel. Schon darüber zu reden, ist Hochverrat. Wir haben Simon nur eingeweiht, weil wir wissen, was der Herr der Vögel ihm angetan hat. Und wir wissen, was er dir angetan hat.«

»Aber was hat Orion *euch* angetan?«, fragte Winter. »Deiner Mom hat er die Herrschaft über die südlichen Appalachen übertragen. Und du«, sie sah Rigel an, »dein Vater ist Vorsitzender des Parlaments. Und Portia ist quasi sein Schoßhündchen. Er hätschelt jeden Einzelnen von euch. Ihr alle habt Vorteile davon, dass er auf dem Thron sitzt.«

»Nicht wir. Unsere Eltern«, sagte Nash, und sein fröhliches Gesicht wurde ernst. Es war das erste Mal, dass er sich zu diesem Thema zu Wort meldete – den Großteil des Gesprächs hatten seine Schwester und Rigel bestritten. »Klar, wir bekommen eine Menge Taschengeld, aber was bringt uns das, wenn die vier Königreiche unser Reich zerstören und uns töten, weil wir zu Orions Hofstaat gehören? Unsere Eltern werden nicht mal sagen können, dass sie nicht seine Verbündeten waren. Denn sie sind es ja.«

»Und wir wollen sie nicht begraben, so wie Portia ihren Vater begraben musste«, fügte Rigel hinzu.

»Das war eine hübsche kleine Rede«, sagte Winter, »aber ich weiß auch, dass du ein Lügner bist. Ihr seid alle Lügner.«

»Und was bist du?«, fragte Cordelia und sah sie scharf an.

»Eure Eltern profitieren vielleicht von Orion, aber jeder weiß, dass sie ihn trotzdem hassen«, fuhr Winter unbeirrt fort. »Was gäbe es Besseres für sie, als seinen eigenen Enkel gegen ihn aufzuhetzen?«

»Wir sind nicht unsere Eltern«, sagte Rigel. »Wir versuchen, das Richtige zu tun.«

Winter verdrehte die Augen. »Indem ihr einen Mord begeht?«

»Zum Wohle aller.« Cordelia erhob sich und legte ihre Karten verdeckt auf den Tisch. »Hör zu. Wir können noch tagelang herumreden und trotzdem nicht wissen, ob wir einander trauen können. Aber es spielt keine Rolle, ob *du* uns traust – es kommt darauf an, was Simon denkt.« Sie wandte sich zu ihm und strich sich die Locken aus der Stirn. »Egal was du von Orion brauchst – wir helfen dir, es zu bekommen, keine Frage. Wenn du hinterher entscheidest, uns zu helfen – super. Wenn nicht, haben wir es wenigstens versucht. So oder so, gib uns die Chance, dir unsere Aufrichtigkeit zu beweisen.« Niemand widersprach. Alle fünf starrten ihn an und warteten auf sein Urteil. Simon holte tief Luft.

»Gut«, sagte er. »Abgemacht.«

FÜNFZEHNTES KAPITEL

Hundeelend

Schon am nächsten Tag begannen sie mit der Umsetzung ihres Plans.

Phase eins war leicht. Simon ging zum Unterricht wie am Vortag, und während seine Lehrer über Bodenbeschaffenheiten und Wetterumschwünge schwafelten, ging er in Gedanken ihre Strategie genau durch und suchte nach Alternativen zu jedem Schritt, der schiefgehen konnte. Doch ihm fehlte Jams logischer Blick, der ihn auf die Schwächen seines Plans hinwies, und je weiter der Morgen fortschritt, desto missmutiger wurde er.

»Junger Mann, halte ich Sie von etwas Wichtigerem als Ihrer Ausbildung ab?«, fragte Meister Arvid schließlich. »Sie haben schon gestern Nachmittag Ihre erste Stunde verpasst. Ich rate Ihnen, keinen schlechten Eindruck zu hinterlassen, sonst muss ich Seiner Majestät leider berichten, dass Sie kein gelehriger Schüler sind.«

»Und dann? Sucht er sich einen anderen Thronfolger?«, murmelte Simon bissig. Als er den entsetzten Blick des Lehrers sah, seufzte er und straffte die Schultern. »Tut mir leid, das war nicht so gemeint. Worüber haben wir gerade gesprochen? Zugvögelformationen?«

Als Portia ihn zum Mittagessen abholte, war er ein richtiges Nervenbündel. »Der Plan ist viel zu riskant«, murmelte er, während sie zum Speisesaal gingen. »Wenn irgendwas schiefgeht, wenn wir auch nur eine Kleinigkeit übersehen und ihr erwischt werdet …«

»Werden wir nicht«, sagte sie nur und musterte ihn von oben bis unten. »Ich hatte dich für mutiger gehalten, Simon.«

Es war das erste Mal, dass sie ihn duzte. Er versuchte zu lächeln, brachte aber nur eine Grimasse zustande. »Ich bin nur mutig, wenn ich selbst das Risiko eingehe, nicht andere.«

»Wir passen schon auf uns auf«, sagte sie. »Nash wirkt manchmal vielleicht … nicht ganz so intelligent, aber er ist ein brillanter Flieger. Cordelia kann sich außergewöhnlich gut unsichtbar machen, und Rigel hat die Nachtsicht, die wir brauchen werden.«

»Und du kannst rückwärts fliegen«, fügte Simon hinzu.

»Ganz genau.« Sie grinste ihn an, und diesmal gelang es ihm, ihr Grinsen zu erwidern.

Im Speisesaal saß Winter bereits mit seiner Mutter und Malcolm am Tisch. Simon setzte sich neben sie und spürte sofort, wie Winter ihm eine kleine Phiole in die Hand drückte.

»Ist alles in Ordnung?«, fragte sie. »Du bist blass.«

»Ich bin nur müde«, sagte er und gab sich Mühe, erschöpft zu klingen. Vor diesem Teil ihres Plans grauste ihm am meisten. Das kleine Fläschchen in seiner Hand fühlte sich an, als wäre es hundert Kilo schwer. Aber er musste es tun, bevor Orion zu ihnen stieß, damit er nichts merkte. Mit einem Seufzen griff er nach seiner Gabel und ließ sie scheinbar versehentlich fallen.

»Ups«, sagte er, beugte sich vor und verschwand unter dem bodenlangen Tischtuch.

»Simon, lass ruhig«, sagte seine Mutter, die ihm gegenübersaß. Unter dem Tisch konnte er ihre Füße und den Saum ihres goldenen Kleids sehen. »Nach dem Essen wird sich jemand darum kümmern.«

»Gleich hab ich sie«, rief er und fummelte an der Phiole herum. Der Korken ließ sich einfach nicht herausziehen, und seine Hände wurden immer schwitziger.

Winter stöhnte. »Es ist doch nur eine Gabel«, sagte sie, und einen Moment später erschien sie neben ihm unterm Tisch. »Was machst du denn?«, flüsterte sie.

»Ich bekomme das dumme Ding nicht auf …«

Doch da hatte Winter ihm schon die Phiole aus der Hand gerissen und den Korken herausgezogen. Er beäugte zögernd die klare Flüssigkeit. »Hat Ariana wirklich gesagt, dass nichts passieren kann?«

»Ein paar Stunden wird dir hundeelend sein, aber solange du hinterher genug trinkst, kann dir nichts passieren«, flüsterte sie. »Und jetzt los, bevor Orion sieht, dass du hier herumkriechst wie eine Ratte.«

Simon holte tief Luft, kniff die Augen zu und stürzte den Inhalt der Phiole hinunter. Zu seiner Überraschung schmeckte er süßlich – wie Himbeeren. Ganz anders, als er erwartet hatte.

»Da ist sie ja«, sagte Winter laut und hob die Gabel auf. »Die nimmst du aber besser nicht mehr.«

Gemeinsam tauchten sie wieder auf, und Winter reichte die Gabel einem Diener. Während ein anderer Diener eine neue Gabel neben Simons Teller legte, ließ Simon die leere Phiole in seine Hosentasche gleiten.

»Seid ihr fertig?«, fragte Malcolm mit hochgezogenen Augenbrauen. Simon nickte verlegen.

»Tut mir leid«, murmelte er. »Ich wollte nur höflich sein.«

»Aber nicht vor hundert Leuten«, sagte Portia naserümpfend. »Schon gar nicht, wenn es Leute gibt, die dafür bezahlt werden, hier aufzuräumen, Hoheit.«

Sie schauspielerte wirklich brillant, schließlich wusste sie genau, warum er abgetaucht war. Simon wandte schnell den Blick ab.

»Was ist denn hier los?«, fragte Orion, der in der Tür am Kopfende des Saals erschienen war.

»Ich fürchte, Simon braucht noch ein paar Stunden Benimmunterricht«, sagte seine Mutter ebenso königlich wie am Vortag. Simon fragte sich, wie viel davon gespielt und wie viel wirklich seine Mutter war.

Nachdem der Herr der Vögel Platz genommen hatte, begannen die Diener, die Speisen zu servieren, darunter einige der größten gebratenen Truthähne, die Simon je gesehen hatte. Der imposanteste von allen landete zwischen ihm und seiner Mutter, und Simon stellte entsetzt fest, dass der Kopf noch dran war. In seinem Magen begann es zu grummeln, und er presste die Lippen zusammen.

»Ein herrliches Mahl an einem herrlichen Tag«, sagte Orion heiter und klatschte in die Hände, als ein Diener den Truthahn zu zerlegen begann. »Eine Keule genügt, vielen Dank. Oh, und lassen Sie die Haut bitte dran, sie sieht wunderbar knusprig aus.«

Während das Messer mit Leichtigkeit durch das Fleisch glitt, starrte Simon den Kopf des Truthahns an. Der Fleischgeruch überfuhr ihn wie ein rasender Lkw. Sein Magen geriet in Aufruhr, und schneller, als er sich abwenden konnte, übergab er sich sehr öffentlich und sehr geräuschvoll auf den wehrlosen Truthahn

»Das war … das Peinlichste … was mir in meinem ganzen Leben … passiert ist«, stöhnte Simon, während er den Kopf in die Kloschüssel hängte, nun schon zum vierten Mal in dieser Stunde.

»Genau das, was der Herr der Vogelkacke verdient hat«, sagte Ariana, die auf dem Waschbecken saß und mit den Beinen baumelte. »Für den Anblick hätte ich alles gegeben.«

»Nein, hättest du nicht«, sagte Winter naserümpfend und legte Simon einen feuchten Waschlappen in den Nacken. »Ich wusste nicht, dass das Zeug so schnell wirkt.«

»Die Dosis war ziemlich stark«, sagte Ariana schulterzuckend. »Vielleicht ein bisschen zu stark.«

»Glaubst du wirklich?«, keuchte Simon und umklammerte die Klobrille, als ginge es um sein Leben.

»Er ist ganz schön wehleidig«, sagte Ariana zu Winter. »Ich hab es auch schon mal genommen. So schlimm ist es gar nicht. Es sei denn …« Sie unterbrach sich. »Du hast es doch nicht auf leeren Magen genommen, oder?«

Simon stöhnte.

Jemand klopfte an die Tür. »Simon?«, fragte die Stimme seiner Mutter besorgt. »Ist alles in Ordnung?«

Ariana animagierte sofort in eine kleine Schwarze

Witwe und ging hinter einem Seifenspender in Deckung, während Winter die Tür öffnete. »Achtung, Ekelalarm!«

Seine Mutter kam durch die Tür. Sie hatte das goldene Kleid, das Simon vermutlich ruiniert hatte, gegen eine elegante schwarze Hose und eine blaue Bluse eingetauscht, und ihre langen Haare waren nass, als hätte sie gerade geduscht. »Oh, Winter. Ich dachte …« Sie runzelte die Stirn. »War der Arzt schon da?«

»Kurz«, antwortete Winter. »Er hat kein Fieber. Wahrscheinlich hat er nur eine verdorbene Garnele gegessen oder so.«

Schon beim Gedanken an Garnelen musste Simon wieder würgen. Seine Mutter kniete sich seufzend neben ihn und rieb ihm den Rücken. »Immer raus damit«, murmelte sie.

»Ich geh dann mal«, sagte Winter und trat kurz ans Waschbecken – vermutlich, um Ariana unbemerkt nach draußen zu schmuggeln. »Ich bin mit Malcolm unterwegs, wenn du irgendetwas brauchst.«

»Sprich lieber nicht über Simons Übelkeit«, riet seine Mutter. »Er hat einen empfindlichen Magen.«

Als sie allein waren, setzte sie sich neben ihn auf den harten Boden, obwohl neben der Badewanne ein gemütlicher Sessel stand. »Wie fühlst du dich? Möchtest du etwas Wasser?«

Simon schüttelte den Kopf. Auch das würde nur wieder hochkommen. »Tut mir leid, dass ich dein Kleid ruiniert habe.«

»Du hast überhaupt nichts ruiniert«, sagte seine Mutter. »Wenn überhaupt, hast du für Gesprächsstoff gesorgt. Nur der arme Truthahn war wohl nicht mehr zu retten.«

»Oh, bitte nicht …« Weiter kam er nicht, weil er schon wieder spucken musste. Seine Mutter drückte ihm den Waschlappen auf die Stirn.

»Das ist das erste Mal, dass ich mich um dich kümmern kann, während du krank bist«, murmelte sie. »Na gut, ich habe mich um dich gekümmert, als du ein kleines Baby warst. Aber als ich dich weggeben musste …« Sie verstummte und wandte den Blick ab. »Wenn du mal krank warst, während ich dich bei Darryl besucht habe, bist du immer ganz schnell wieder gesund geworden.«

»Ich wollte ja nicht, dass du früher abreist«, murmelte er, drückte auf die Toilettenspülung und lehnte sich gegen die glänzenden Fliesen an der Wand. »Ich war beim Nest.«

Seine Mutter blinzelte, überrascht von dem plötzlichen Themenwechsel. »Wirklich? Wann?«

»Gestern. Winter hat es mir gezeigt. Ich habe keine Ahnung, wie ich da reinkommen soll.«

»Darüber solltest du dir jetzt keine Gedanken machen«, sagte sie und strich ihm die schweißnassen Haare aus der Stirn. »Wenn es dir besser geht, ist noch genug Zeit –«

»Das hier ist mein Alibi«, unterbrach er sie. »Wir haben es mit Absicht gemacht.«

Ihre Hand hielt inne. »Du hast dich selbst krank gemacht?«

»Es dauert nur ein paar Stunden. Heute Abend, wenn es dunkel ist, suchen wir nach den Teilen.«

»Wir?«, fragte sie misstrauisch.

Simon schüttelte den Kopf. »Nicht so wichtig.«

»Da bin ich anderer Meinung«, widersprach sie und erhob sich. Simon dachte schon, sie wollte Winter hinterherlaufen und zur Rede stellen, doch sie füllte nur ein Glas mit Leitungswasser. Sie reichte es ihm und fügte hinzu: »Du darfst nicht jedem vertrauen, dem du begegnest, Simon.«

Er nahm das Glas dankbar entgegen und spülte sich den Mund aus. »Ihnen kann ich vertrauen. Und wenn sie mich wirklich verpfeifen, wird niemand ihnen glauben, weil ich dann schon wieder hier bin und mir die Seele aus dem Leib spucke.«

»Oh, Simon.« Seine Mutter seufzte und nahm ihn in den Arm. »Wie kann ich helfen?«

»Du kannst für Ablenkung sorgen«, sagte er und hatte schon jetzt ein schlechtes Gewissen. »Nicht so, dass

Orion dich wieder einsperrt, aber so, dass mindestens der halbe Schwarm im Einsatz ist. Du könntest ... Ich weiß auch nicht. Vielleicht kannst du so tun, als würdest du wegfliegen oder so ...«

»Wird gemacht«, sagte sie und strich ihm übers Haar. Es fühlte sich unglaublich gut an. Er wusste, dass er eigentlich zu alt zum Kuscheln war, doch er brachte es nicht über sich, den Kopf wegzuziehen, nur weil es nicht cool war. »Und Winter?«

»Winter wird die ganze Zeit hier sein und so tun, als wäre ich im Bad«, erklärte er. »Zwischendrin wird sie auch noch mal den Arzt rufen. Portia hat gesagt, dass das Arztzimmer auf der anderen Seite des Palasts ist. Er braucht mindestens sieben Minuten, bis er hier ist.«

»Wollt ihr das Risiko wirklich eingehen?«, fragte seine Mutter. »Was, wenn er zufällig in der Nähe ist?«

»Dann schließen wir ab«, sagte Simon. Er wollte seiner Mutter nicht sagen, dass Ariana im Bad sein und seinen Part spielen würde. Er vertraute ihr, aber je weniger sie wusste, desto besser. »Da es hier kein Fenster gibt, werde ich mich in irgendwas Kleines verwandeln und unter der Tür durchkrabbeln.«

Sie seufzte. »Klingt so, als hättet ihr alles durchdacht.«

»Diesen Teil schon. Aber alles andere nicht.« Er drehte sich zu ihr um. »Du kennst nicht zufällig einen geheimen Weg ins Nest, oder?«

»Ich fürchte, nein. Mein Vater war sehr vorsichtig, als er es bauen ließ. Es gibt keine geheimen Ein- oder Ausgänge.«

Das hatte Simon befürchtet. Er presste die Lippen zusammen, und seine Mutter nahm seine Hand. »Egal wie schwierig es dir erscheint, ich weiß, dass du einen Weg finden kannst, Simon. Es ist dir schon öfter gelungen, wieder und wieder.«

»Ich weiß«, murmelte er. »Ich werde es auf jeden Fall versuchen. Aber wenn wir erwischt werden ...«

»Werdet ihr nicht«, sagte sie fest. »Ich glaube an dich, Simon. Du musst nur noch an dich selbst glauben.«

Das war leichter gesagt als getan. Er lehnte sich noch einen Moment an sie, und die Augen fielen ihm zu. »Ich sollte mit Malcolm reden«, murmelte er. »Und ihm sagen, was los ist.«

»Ruh dich erst mal aus«, sagte seine Mutter sanft. »Malcolm ist in einer Stunde auch noch da.«

Dankbar schmiegte er sich in die Arme seiner Mutter und versuchte, nicht daran zu denken, auf wie viele Arten ihr Plan katastrophal scheitern konnte.

SECHZEHNTES KAPITEL

Wanderfalken-Sturzflug

Kurz nach Sonnenuntergang brach Simons Mutter zu einem Ausflug über die Berge auf.

Mittlerweile war die Übelkeit vergangen, doch um den Schein zu wahren, blieb Simon weiter im Bad und stöhnte inbrünstig, wann immer der Hofarzt vorbeikam, um nach ihm zu sehen. Nachdem er etwas Tee getrunken und einen Zwieback geknabbert hatte, konnte er den Arzt schließlich überzeugen, dass er auf dem Wege der Besserung war, und der Arzt begab sich zur Nacht in seine Gemächer.

»Bereit?«, fragte Ariana, die unter der Tür hindurch in das abgeschlossene Bad gekrabbelt war. Winter saß auf dem Sofa und tat so, als würde sie lesen.

»Nein«, gab Simon zu. »Aber mir bleibt nichts anderes übrig. Die anderen warten schon.«

Ariana reichte ihm ein Sandwich. »Mit Erdnussbutter. Und ich habe die Phiole für nachher. Niemand wird dich verdächtigen, wenn du immer noch kotzt.«

Er verzog das Gesicht. »Ich will da nicht noch mal durch.«

»Dann iss jetzt was«, entgegnete sie. »Mit vollem Magen ist es nicht so schlimm, versprochen.«

Zögernd wickelte er das Sandwich aus. »Wenn irgendwas schiefgeht, sieh zu, dass du verschwindest, okay? Ich komme schon allein zurecht.«

»*Hier* wird nichts schiefgehen«, sagte sie. »Sorg du dafür, dass da draußen auch nichts schiefgeht.«

Simon wünschte, er könnte auch so zuversichtlich sein. Er schlang das Erdnussbutter-Sandwich hinunter und animagierte in eine Fruchtfliege. Das war vielleicht nicht die beste Wahl, aber immerhin konnte er so unter der abgeschlossenen Tür durchkriechen und unbemerkt auf den Balkon fliegen, dessen Tür Malcolm einen Spaltbreit offen gelassen hatte. Sein Onkel war nicht gerade begeistert gewesen, als sie ihn in ihren Plan eingeweiht hatten, doch wenn irgendetwas dazwischenkam, konnte er wenigstens Winter und Ariana beistehen.

Die Nachtluft war kälter, als Simon erwartet hatte. Er flog zwischen den Bäumen hindurch und bemerkte verstört, wie groß die Blätter wirkten. Erst als er sicher war, dass niemand ihn sehen konnte, animagierte er in einen Goldadler, hockte sich auf einen versteckten Ast ganz in der Nähe des Nests und wartete auf Rigels Signal.

Er behielt das Nest genau im Auge und hoffte auf einen Hinweis, wie viele Wächter dort stationiert waren, aber von außen war nichts zu erkennen. Seine Sicht war nachts ohnehin wesentlich schlechter als am Tag, doch soweit er sehen konnte, war am Nest überhaupt keine Bewegung.

Mehrere Minuten vergingen, und langsam wurde er misstrauisch. Sollte Winter recht behalten? Hatten die anderen sich einen fiesen Spaß mit ihm erlaubt? Das Gleiche hatte er allerdings auch gedacht, als Orion ihn zum Sky Tower bestellt hatte, und es war kein Scherz gewesen. Vielleicht waren sie durch irgendetwas aufgehalten worden. Vielleicht waren sie auch schon da und warteten nur auf den richtigen Moment.

Vielleicht hatten ihn aber auch die Mitglieder des Schwarms in der Dunkelheit umzingelt und machten sich bereit zum Angriff.

Da endlich klangen drei kurze Eulenrufe durch die Nacht, und Simons Federn sträubten sich vor Angst und Erleichterung zugleich. Das war das Signal. Jetzt gab es kein Zurück mehr.

Auf leisen Flügeln flog er zum Nest und landete auf

der Dachkante. Seine Klauen kratzten über das Holz, und er zuckte zusammen, doch drinnen regte sich nichts. Unter ihm landete ein Schwarzadler – Cordelia. Von der anderen Seite stieß ein Wanderfalke zu ihnen und hüpfte nervös von einem Bein aufs andere.

»Wo ist Portia?«, flüsterte Nash. »Ich beobachte das Nest schon seit Stunden und habe sie nicht gesehen.«

»Tja, ich verstecke mich eben besser als ihr.« Ein grün-weißer Kolibri erschien in der Dunkelheit und hielt sich mit so schnellem Flügelschlag in der Luft, dass die Flügel selbst kaum zu sehen waren. »Ist Rigel in Position?«

»Er hat freie Sicht auf das Nest«, erwiderte Cordelia. »Wenn irgendjemand unerwartet auftaucht, ruft er zweimal. Wie viele Wachen sind da drin?«

»Keine Ahnung«, sagte Nash. »Aber eine ganze Menge von ihnen ist vor einer Viertelstunde rausgekommen.«

»Wahrscheinlich wegen meiner Mom. Sie sorgt für Ablenkung«, erklärte Simon.

»Gut. Je weniger Mitglieder des Schwarms in der Nähe sind, desto besser.« Cordelia schob sich zentimeterweise an das Dachfenster heran, bis sie so nah war, dass sie hineinschauen konnte. »Nur zwei Wachen im dritten Stock. Wenn wir einen Weg finden, das Ding von außen zu öffnen ...«

»Das ist Panzerglas«, sagte Portia und flatterte neben

sie. »Es lässt sich nicht zerstören. Höchstens, wenn sich ein Nilpferd draufsetzt.«

Simon machte den Mund auf – und klappte ihn schnell wieder zu. Wenn er sein Geheimnis vier weiteren Mitwissern anvertraute, erhöhte das nur die Wahrscheinlichkeit, dass Orion davon erfuhr.

»Dann müssen wir uns wohl an unseren Plan halten und die Tür nehmen«, sagte Cordelia. »Nash, bist du bereit?«

»Ich bin immer bereit«, antwortete der Wanderfalke und schob die Brust nach vorne. Er breitete die Flügel aus und schraubte sich so weit in die Höhe, dass Simon ihn vor dem Sternenhimmel nicht mehr sehen konnte. Mit klopfendem Herzen hielt er nach dem Kolibri Ausschau. Hoffentlich ging das gut …

»Hui!« Der Wanderfalke sauste im Sturzflug auf das Nest zu und schoss haarscharf am Dach vorbei. Eine Sekunde bevor er mit dem Kopf voran gegen die Plattform sauste, verwandelte er sich in einen Jungen und knallte mit einem Rums aufs Holz. Er schrie auf und hielt sich den Arm.

»Ist alles okay mit ihm?«, flüsterte Simon besorgt. Es sah ganz so aus, als wäre der vorgetäuschte Unfall ein echter gewesen.

»Alles in Ordnung«, versicherte Cordelia leise, klang jedoch selbst nicht ganz überzeugt. »Er war viel langsamer als sonst, wenn er irgendwo dagegenfliegt. Und jetzt sei still.«

Ein rechteckiges Lichtfenster erschien unter ihnen, als ein Wächter die Tür öffnete. »Wer da?«, fragte er. Simon beugte sich so weit vor, dass er den gespannten Bogen sehen konnte, den der Mann auf Nash richtete.

»Bitte ... nicht schießen«, wimmerte der. »Ich habe Sturzflug geübt und bin ... gegen die Plattform gestoßen. Ich glaube ... mein Arm ...«

Nash stöhnte so überzeugend, dass Simon die ganze Sache am liebsten abgeblasen hätte. Der Wächter näherte sich ihm langsam und ließ die Tür weit offen. »Wie heißt du?«

»Nash«, sagte Nash mit zusammengebissenen Zähnen. »Nash Alouette. Mein Mom ist ... Violet Alouette. Sie ist ...«

»Ich weiß, wer sie ist.« Der Wächter warf einen Blick zur Tür, und Simon hielt den Atem an. Nash und Cordelia waren sich absolut sicher gewesen, dass der Name ihrer Mutter ausreichen würde, damit die Hälfte der Wachen herauseilten, um sich um Nash zu kümmern, doch der Mann in der grünen Robe rief niemanden zu Hilfe. Er fluchte nur leise, schob den Pfeil zurück in den Köcher und kniete sich neben Nash, den Rücken zur Tür.

Auf diesen Moment hatten sie gewartet. Cordelia nickte Portia und Simon zu, und gemeinsam flogen sie los. Gerade als sie sich der Tür näherten, wandte der Wächter den Kopf, doch Nash stieß genau im richtigen Moment einen Schmerzensschrei aus, und der Mann drehte sich wieder zu ihm.

Simon landete in einem kleinen Vorzimmer, das bis auf den Lichtkegel einer kleinen Leuchte dunkel war. Neben der Leuchte lagen ein Kartenspiel und ein aufgeschlagenes Buch auf einem Tisch, doch zum Glück schien sonst niemand im Raum zu sein.

Portia und er hüpften zur Tür auf der gegenüberliegenden Seite des Raums. Sie war aus glänzendem Eichenholz, und Simon drückte mit seinem ganzen Vogelgewicht auf die Türklinke. Die Tür öffnete sich einen Spalt, und die beiden schlüpften hindurch.

Der dahinterliegende Raum nahm den Großteil des unteren Stockwerks ein. Soweit Simon in dem schwachen Licht erkennen konnte, war es nicht viel mehr als ein eleganter, doch etwas karg eingerichteter Empfangsraum. Er verwandelte sich in menschliche Gestalt und schloss die Tür mit einem kaum hörbaren *Klick*, sodass Portia und er allein im Dunkeln standen.

»Du schaust im ersten Stock nach Wachen, während ich hier suche«, flüsterte er. »Es wird nicht lange dauern.«

»Ich könnte dir helfen, wenn ich wüsste, weshalb wir hier sind«, erwiderte Portia, doch Simon schüttelte den

Kopf. Er vertraute ihr, doch es war besser, wenn sie nicht zu viel wusste.

Während sie die Wendeltreppe hinaufflatterte, durchsuchte Simon den einzigen Schrank im Raum. Er fand eine Menge Flaschen und Gläser, doch keinen Hinweis auf die Teile des Greifstabs.

Als er gerade den edlen Teppich zurückschlug, um nach einem Geheimfach unter den Bodendielen zu suchen, kam Portia zurück und hielt sich auf der Höhe seines Ohrs in der Luft. »Keine Wachen im ersten Stock«, berichtete sie. »Aber im zweiten Stock sind zwei.«

Simon holte tief Luft. »Dann wollen wir hoffen, dass wir nicht da hochmüssen.«

Auf Zehenspitzen schlich er in den ersten Stock. Er gelangte in einen Raum, der Orions private Bibliothek sein musste. Aus dem zweiten Stock fiel Licht herab und erhellte eine Wand, die ganz mit Bücherregalen bedeckt war. An den anderen Wänden hingen Porträts wie im Palast, darunter eins, das relativ neu zu sein schien. Es zeigte einen jüngeren Orion – mit beiden Augen –, der hinter einer sitzenden Frau stand, die Simons Mutter verblüffend ähnlich sah.

Doch Simon durfte sich nicht ablenken lassen. Mit jeder Sekunde, die verging, wuchs die Wahrscheinlichkeit, dass der Wächter zurückkam. Während Portia sich in menschliche Gestalt zurückverwandelte und in den dickeren Büchern im Regal nach Hohlräumen suchte, untersuchte er den Schreibtisch in der Mitte des Raums neben dem Ledersofa, dessen zerschlissene Sitzfläche darauf schließen ließ, dass Orion viel Zeit darauf verbrachte. Simon öffnete eine Schublade nach der anderen, fand jedoch nur Schreibutensilien und Papier.

»Die Bücher sind alle echt«, sagte Portia und schob enttäuscht einen weiteren dicken Band ins Regal zurück. »Glaubst du, was du suchst, könnte auch in ein kleineres Buch passen?«

»Vielleicht«, sagte Simon. »Aber Winter hat gesagt, dass er wichtige Sachen meist im zweiten Stock aufbewahrt.«

Sie würden nicht um den zweiten Stock herumkommen. Simon und Portia spähten die Wendeltreppe hinauf. Sie konnten die Wachen zwar nicht sehen, hörten sie aber leise miteinander reden. Es klang so, als würden sie Karten spielen.

»Versteck dich hinterm Sofa«, befahl Portia mit grimmiger Entschlossenheit. »Ich erledige das.«

»Was?«, fragte er, doch statt zu antworten, animagierte sie und flog wieder runter. Verwirrt wollte Simon ihr folgen, doch bevor er bei der Treppe war, hörte er unten die Schranktür quietschen.

Klirr.

Das Geräusch von splitterndem Glas schallte durchs Haus, und über ihm ertönte eine dröhnende Stimme: »Was ist da los?«

Ein weiteres Scheppern ertönte, noch lauter als das erste. Schritte eilten die Wendeltreppe hinunter, und mit hämmerndem Herzen gelang es Simon gerade noch, hinterm Sofa in Deckung zu gehen, bevor die Wachen auf dem Weg nach unten an ihm vorbeiliefen. Er hoffte inständig, dass Portia rechtzeitig entkommen konnte.

Dann verwandelte er sich in einen Goldadler und flog die Treppe hinauf, wobei seine Flügel beinahe gegen die Wände stießen.

Der oberste Raum nahm das gesamte Stockwerk ein. Die Wände sahen aus, als wären sie vergoldet, doch das war bei Weitem nicht das Beeindruckendste. Überall standen Vitrinen, in denen einige der wertvollsten Schätze ausgestellt waren, die Simon je gesehen hatte. Kronen, auf denen Diamanten funkelten, ein Saphir in der Größe seiner Faust, uralte Schriftrollen – und sogar ein alter Umhang mit dem Wappen des Bestienkönigs.

Simon schnappte nach Luft und wusste gar nicht, wo er anfangen sollte. Hinter jeder ausgestellten Kostbarkeit befanden sich mehrere sorgfältig etikettierte Schatullen. Er hatte nicht mehr viel Zeit – er hörte die Wachen rufen, während sie das untere Stockwerk durchsuchten. Sie würden nicht lange brauchen, bis ihnen aufging, dass sie eigentlich hier oben sein sollten. Er atmete tief ein und sah sich um.

Denk nach. Wo würde Orion die Teile verstecken?

Während er sich umschaute, fiel sein Blick auf eine unscheinbare Kiste in einer Ecke, halb versteckt hinter der juwelenbesetzten Statue eines Habichts. Anders als bei den anderen Wertsachen, deren Etiketten vergilbt waren, war dieses hier strahlend weiß.

Er stolperte darauf zu und ging in die Knie. Auf dem Etikett stand *Privat – Nicht öffnen.* Hastig untersuchte er die Kisten daneben. *Handschriftliches Manuskript, 1631* und *Megalodon-Zähne* klangen zwar interessant, waren aber nicht das, was er suchte. Simon biss sich auf die Lippe, öffnete hastig den Schnallenverschluss der Kiste und hob den Deckel an. Das war es. Deshalb war er hergekommen. Gleich würde er die beiden Kristalle in den Händen halten, und dann konnte seine Familie Hawk Mountain für immer verlassen. Sie würden Celeste finden, ihr die anderen drei Teile abluchsen, und endlich würde er den Greifstab …

Simon hielt inne. Irgendetwas stimmte nicht. Mit rasendem Puls steckte er die Hand in die Hosentasche. Seine Taschenuhr war kalt.

Die Teile waren nicht da!

In dem Kasten, sorgfältig auf schwarzen Samt gebettet, lag eine cremefarbene Karte, auf der in geschwungener Schrift sein Name stand. Er nahm sie mit zitternden Fingern und drehte sie um.

Netter Versuch – viel Glück fürs nächste Mal!

SIEBZEHNTES KAPITEL

Pechvögel

Simon wurde schwarz vor Augen.

Die Teile des Greifstabs waren nicht da. Schlimmer noch, Orion hatte erwartet, dass er hier danach suchen würde. Im besten Fall machte er sich einen Spaß mit ihm. Im schlimmsten Fall hingegen …

Er legte die Karte auf den schwarzen Samt zurück, schloss den Deckel und stellte die Kiste vorsichtig wieder dorthin, wo sie gewesen war. Er wischte sich die verschwitzten Handflächen an der Jeans ab und überlegte fieberhaft, wie er am besten aus dem Nest verschwinden konnte. Er konnte sich wieder in eine Fruchtfliege verwandeln und an den Wachen vorbeifliegen. Doch wenn jemand sich hier oben versteckt hatte und ihn beobachtete …

Tock tock tock.

Simon blickte auf. Durch das große Dachfenster sah er den Schwarzadler heftig an die Scheibe pochen. Von außen konnte man sie nicht öffnen, von innen anscheinend schon – Simons Blick fiel auf einen Fenstergriff.

Da Cordelia ihn beobachtete, hatte er keine andere Wahl. Er animagierte in einen Goldadler, flog zur Decke und betätigte den Hebel mit dem Schnabel. Er gab ohne Schwierigkeiten nach, und mit ganzer Kraft drückte er gegen das Glas.

Zu seiner Erleichterung hob sich die Scheibe einige Zentimeter – gerade genug, dass er sich hindurchzwängen konnte. Cordelia trippelte neben ihn und drängte ihn zur Dachkante.

»Wir müssen hier weg«, sagte sie. »Die Wachen haben Verstärkung angefordert.«

»Konnte Portia fliehen?«, fragte er besorgt. Cordelia nickte.

»Sie ist schon zu Hause. Da solltest du jetzt auch hin«, fügte sie hinzu. »Ich will nur hoffen, dass mein idiotischer Bruder sich nicht wirklich verletzt hat.«

Sie flog in den schwarzen Nachthimmel und war schon nach wenigen Sekunden nicht mehr zu sehen. Er presste den Schnabel zusammen und spähte hinunter zur Plattform, wo Nash nun so tat, als wäre er bewusstlos – wenigstens hoffte Simon, dass er nur so tat. Er wäre zu gern geblieben, um sich zu vergewissern, dass ihm wirklich nichts passiert war, doch er konnte bereits die Rufe mehrerer Raubvögel hören und wusste, dass ihm keine Zeit blieb. Mit halsbrecherischer Geschwindigkeit flog er durch die Nachtluft. Die ganze Zeit sah er die cremefarbene Karte vor sich. Als er endlich wieder im Bad war, war ihm so übel, dass er die Phiole eigentlich gar nicht gebraucht hätte, die Ariana ihm in die Hand drückte. Seine Panik hätte gereicht, um jeden Arzt davon zu überzeugen, dass er krank war.

Er leerte sie trotzdem, die paar Stunden Übelkeit spielten jetzt auch keine Rolle mehr. Nachdem Ariana die Phiole wieder eingesteckt hatte, musterte sie ihn besorgt. »Du hast sie nicht gefunden, oder?«

Er schüttelte den Kopf. »Orion hat gewusst, dass ich kommen würde«, sagte er, während schon die erste Welle der Übelkeit anrollte. »Er hat eine Nachricht für mich hinterlegt.«

»Du hast sie doch nicht mitgenommen?«, fragte sie alarmiert. Er schüttelte den Kopf.

»Ich habe sie zurückgelegt.«

»Genau so, wie sie vorher war?«

»Ich …« Er zögerte. Hatte er?

Doch ihm blieb keine Zeit, um darüber nachzudenken. Der Inhalt der Phiole tat seine Wirkung, und er beugte sich mit einem Stöhnen über die Toilette, während der letzte Hoffnungsschimmer in ihm verlosch.

Den Rest der Nacht ging es ihm miserabel. Frustriert und kraftlos ließ Simon nur den Arzt zu sich, der diesmal darauf bestand, bei ihm zu bleiben.

Nur die Stimme seiner Mutter und die Gewissheit, dass es ihr gut ging, trösteten ihn etwas. Gegen Mitternacht hörte er, dass sie leise mit Malcolm sprach, konnte jedoch nicht verstehen, was sie sagten, und er brachte es nicht über sich, ihnen nach dieser Niederlage gegenüberzutreten.

Nur mit einem Handtuch als Kissen schlief er irgendwann auf den kalten Fliesen ein. Als er am nächsten Morgen erwachte, war sein Hals ganz steif, und er fühlte sich so matt wie lange nicht mehr, aber wenigstens musste er sich nicht mehr übergeben.

»Guten Morgen, Sonnenschein«, begrüßte ihn Winter, die mit einem Buch in der Hand auf dem Sessel saß. »Bevor du irgendetwas sagst, putz dir die Zähne.«

Simon stand folgsam auf und kam ihrem Befehl nach. Als sein Mund nach frischer Minze schmeckte, nahm er das Glas Wasser, das Winter ihm reichte, und trank gierig.

»Ariana hat mir erzählt, was passiert ist«, sagte sie. »Das muss aber nicht heißen, dass die Teile nicht irgendwo im Palast oder sogar an einer anderen Stelle im Nest versteckt sind. Orion ist schlau. Wahrscheinlich sind sie in der Kiste direkt daneben oder in einem

Geheimfach. Wenn wir es das nächste Mal versuchen –«

»Es wird kein nächstes Mal geben«, unterbrach Simon sie heiser. »Ich bin nur deshalb ins Nest gekommen, weil Orion es so wollte. Es waren nur drei Wachen da.«

Sie runzelte die Stirn. »Drei? Aber sonst sind es immer vier allein schon im obersten Stock.«

»Eben«, erwiderte er. »Orion wusste, was wir vorhatten, und hat es geschehen lassen.«

Ein Augenblick verging, in dem sie ihn scharf ansah. »Du meinst, jemand hat uns verraten?«

»Ich …« Simon biss die Zähne zusammen. »Ich weiß es nicht. Vielleicht. Vielleicht auch nicht. Nash ist gegen die Plattform geflogen, um die Wachen rauszulocken. Vielleicht hat er sich ernsthaft verletzt. Ich glaube nicht, dass er es war, und ich glaube auch nicht, dass Cordelia ihn so viel riskieren lassen würde, nur damit Orion mir einen Streich spielen kann.« Er ließ sich auf den Badewannenrand sinken. »Wahrscheinlich hat das Ablenkungsmanöver meiner Mom ihn stutzig gemacht, und dann hat er beschlossen … einfach mitzuspielen.«

Winter zog die Knie an die Brust. »Kann schon sein«, grummelte sie. »Aber deshalb müssen wir noch lange nicht aufgeben.«

Simon schüttelte den Kopf. »Wir müssen einen anderen Weg finden, an die Teile heranzukommen.«

229

Jemand klopfte an die Tür, und Malcolm schob den Kopf herein. »Wie geht es dir? Etwas besser?«

Simon nickte. »Ich hab Hunger.«

»Du hast Glück, im Wohnzimmer wartet ein ganzes Festmahl auf dich«, antwortete Malcolm. »Aber vielleicht solltest du es langsam angehen lassen.«

»Ist Ariana noch da?«, fragte Simon. »Ich will den anderen eine Nachricht schicken. Vielleicht haben sie eine Idee, wie wir Orion dazu bringen können, uns zu den Teilen zu führen.«

»Sie ist schon weg«, erwiderte Malcolm, »aber sie hat gesagt, dass sie heute Abend wiederkommt. Dann besprechen wir das, in Ordnung?«

Simon nickte. Heute Abend würde er immerhin etwas im Magen haben, und vielleicht würde ihm die Lage dann nicht mehr ganz so aussichtslos vorkommen wie im Augenblick.

Nachdem er geduscht und sich angezogen hatte, ging er ins Wohnzimmer, wo Malcolm und Winter sich bereits an dem reichhaltigen Frühstücksangebot bedienten. Simon nahm sich nur einen Toast und ein Glas Saft, um seinen Magen nicht unnötig aufzuregen. Außerdem konnte es nicht schaden, das Theater noch etwas weiterzuführen – zumal ihm beim Gedanken an das Mittagessen im Kreise der neun noblen Familien fast schon wieder übel wurde.

Während Simon seinen Toast knabberte, kam ein junger Mann mit pechschwarzen Haaren ins Zimmer. »Königliche Hoheit«, sagte er nervös und verbeugte sich so tief, dass er fast vornübergekippt wäre. »Bitte verzeiht die Verspätung. Ich war noch nie in diesem Teil des Palasts und habe Eure Gemächer nicht gleich gefunden.«

»Schon in Ordnung«, sagte Simon und runzelte die Stirn, als er das Klemmbrett in seiner Hand bemerkte. »Brauchen Sie etwas?«

»Ich ...« Er räusperte sich. »Ich bin Cosmos Merle, Hoheit. Euer neuer Privatsekretär. Ich wollte mich vergewissern, ob Ihr wieder genesen seid und Euren Unterricht besuchen könnt.«

Simon wäre fast der Toast aus der Hand gefallen. »Wo ist Portia?«

»Miss Gale wurde vorübergehend von ihren Pflichten entbunden«, sagte Cosmos und schaute zwischen Simon und seinem Klemmbrett hin und her. »Wenn ... also, wenn Ihr euch gesund genug fühlt, Euer erster Kurs beginnt in ...«

Doch Simon stürmte bereits an ihm vorbei zur Tür hinaus. Er hörte Winter rufen, er solle auf sie warten, und blieb kurz stehen, bis sie bei ihm war. Cosmos rief ihnen etwas nach, doch zum Glück folgte er ihnen nicht.

»Vielleicht ist sie krank. Oder sie hat verschlafen«,

keuchte Winter, während sie hinter ihm herhastete. »Es muss nicht heißen, dass …«

»Du musst sofort Rowan finden«, sagte er. »Er weiß bestimmt, was los ist.«

»Und was machst du solange?«, fragte sie. »Rennst in den Kerker und forderst ihre Freilassung?«

»So ungefähr«, sagte Simon grimmig. »Ich gehe zu Orion.«

Als Simon auf Orions Balkon trat, saß der Herr der Vögel in seinem Korbstuhl, hielt eine Tasse Tee in der Hand und richtete das gesunde Auge auf ein tanzendes Rotkehlchenpaar. Es war ein herrlicher Morgen mit pludrigen Schäfchenwolken am strahlend blauen Himmel, doch dafür hatte Simon im Moment keinen Blick.

»Was hast du mit Portia gemacht?«, fragte er ohne eine Begrüßung und ballte die Fäuste.

Orion nippte an seinem Tee und stellte die Tasse dann auf die Untertasse. »Setz dich, Simon. Genieß den Morgen.«

»Ich werde gar nichts tun, solange du mir nicht sagst, wo Portia ist.«

»Sie ist bei ihren Freunden, da, wo sie hingehört«, sagte Orion. »Und jetzt setz dich, bevor es für sie noch schlimmer wird.«

Zitternd vor Zorn zwang Simon sich dazu, auf der

äußersten Kante des Korbstuhls neben Orion Platz zu nehmen. »Bevor *was* noch schlimmer wird?«

»Das weißt du so gut wie ich.« Orion schwieg einen Augenblick, und eine warme Brise strich über den Balkon. »Mich fasziniert, wie du es gemacht hast.«

»*Was* gemacht?«, fragte Simon und bemühte sich, seinen Zorn nicht von Vorsicht überwältigen zu lassen. Damit hätte er sich selbst verraten.

Orion seufzte theatralisch. »Es ist wirklich eine Schande, dass du versuchst, deinen eigenen Großvater zu bestehlen.«

»Ich habe nicht –« Simon biss die Zähne zusammen. »Ich weiß nicht, wovon du sprichst.«

»Willst du mir etwa erzählen, Portia Gale, Nash und Cordelia Alouette und Rigel Halcyon wären ins Nest eingebrochen und hätten versucht, die Teile des Greifstabs zu stehlen, ohne dass du etwas damit zu tun hättest?«

In diesem Moment schien es um sie herum ganz still zu werden, und das Entsetzen überkam Simon so heftig, dass er beinahe alles gestanden hätte. Doch dann holte er tief Luft und sagte nur: »Ich weiß immer noch nicht, was du meinst.«

Orions Gesicht versteinerte. »Nun gut. Wenn du dabei bleibst, dann erlaube, dass ich dich über die Ereignisse informiere: Die genannten jungen Mitglieder meines Reichs haben gestern Abend einen koordinierten Angriff durchgeführt, um das Nest zu plündern. Der Schwarm ist der Ansicht, dass bei dem Einbruch nur randaliert wurde, doch ich habe mir persönlich ein Bild gemacht und festgestellt, dass nicht nur mehrere teure Weinflaschen zerstört wurden, sondern dass das vormalige Versteck der Teile des Greifstabs, die weiterhin in meinem Besitz sind, durchsucht wurde.«

Er hatte die Karte also doch nicht richtig zurückgelegt. Oder er hatte die Kiste falsch rum zurückgestellt. »Und du glaubst, dass ich etwas damit zu tun habe?«

»Alle anderen Gegenstände im Raum waren unberührt«, erwiderte Orion. »Jeder einzelne von ihnen ist ein Vermögen wert. Wer auch immer ins Nest eingebrochen ist, wusste genau, wonach er suchte.«

Orion bedachte ihn mit einem langen Blick, doch Simon zuckte nicht mit der Wimper. Noch war er nicht in Handschellen abgeführt worden, und das bedeutete, dass Orion keinen Beweis gegen ihn hatte. Die anderen hatten ihn nicht verraten. »Wenn du wirklich einen Raum mit so vielen wertvollen Sachen hast, warum ist er dann nicht besser gesichert?«

»Die Wachen waren anderweitig beschäftigt«, sagte Orion. »Mit einer Sache, die ich mittlerweile für ein kluges Ablenkungsmanöver halte.«

»Und zwar?«, fragte Simon.

»Deine Mutter hat einen kleinen Abendflug ins Gebirge gemacht«, erwiderte der Vogelherr. »Da sie erst kürzlich entlassen wurde, hielt ich es für besser, ihr Geleitschutz zu geben.«

»Aus so vielen Mitgliedern des Schwarms, dass deine wertvollsten Besitztümer unbewacht waren?«

Stille. Orion sah ihn mit seinem gesunden Auge so bohrend an, dass Simon sich unter seinem Blick beinahe gewunden hätte. »Wie hast du es gemacht?«, fragte sein Großvater mit tödlich ruhiger Stimme. »Du warst zum Zeitpunkt des Angriffs unübersehbar krank und unter Aufsicht meines Leibarztes.«

»Ich habe gar nichts gemacht«, sagte Simon und kämpfte gegen das Zittern in seiner Stimme an – ob sie aus Angst oder vor Zorn zitterte, konnte er nicht sagen. Vielleicht ein bisschen von beidem. »Ich mag Portia. Sie ist wirklich nett. Wenn sie wirklich etwas mit dieser Sache zu tun haben sollte, war es bestimmt ein … ein …«

»Missverständnis?«, fragte Orion mit hochgezogener Augenbraue. »Fehltritt?«

Simon schwieg. Alles, was er sagte, würde verdreht und gegen die anderen verwendet werden. Er wandte sich vom starren Blick seines Großvaters ab, schaute den Rotkehlchen zu und wünschte mit aller Kraft, er hätte Portia und ihre Freunde nicht um Hilfe gebeten. Irgendwie hätte er es auch allein geschafft. Und selbst wenn er gescheitert wäre und Orion herausgefunden hätte, dass er die Kräfte des Bestienkönigs besaß, wäre das immer noch unendlich viel besser gewesen, als zu wissen, dass seine neuen Freunde bestraft wurden, weil sie ihm einen Gefallen getan hatten.

»Was passiert jetzt mit ihnen?«, fragte er, obwohl er nicht wusste, ob er die Antwort wirklich hören wollte.

»Sie müssen sich vor dem Parlament verantworten«, sagte Orion. »Sollten sie schuldig gesprochen werden, bekommen sie die gerechte Strafe. Normalerweise gilt für Hochverrat die Todesstrafe, aber da ich den Angeklagten wohlgesonnen bin, werde ich das Parlament um Nachsicht bitten. Zwanzig Jahre wären angemessen, denke ich.«

Zwanzig *Jahre*? »Aber … sie … sind doch noch nicht erwachsen!«, stammelte Simon, der gerade noch so die Fassung behielt. »Wenn sie nichts gestohlen haben, war es doch vielleicht nur … ein dummer Streich.«

»Und zu welchem Zweck? Vielleicht war es ein Testlauf für den Ernstfall.«

»Vielleicht aber auch nicht«, gab Simon heftig zurück. »Vielleicht siehst du einfach Gespenster.«

Orion schüttelte den Kopf und griff nach seiner Tasse. »Vielleicht haben sie ihrem zukünftigen Herrscher geholfen«, murmelte er. »Um seine Gunst zu erwerben. Oder um ihm ihre Loyalität zu beweisen.«

»Ich bin gerade mal zwei Tage hier. Sie haben noch Jahre, um mir ihre Loyalität zu beweisen.«

»Haben sie das?« Orions drohende Stimme ließ Simon schaudern. »Nun, die Zeit wird die Wahrheit ans Licht bringen. Bis dahin wird das Parlament entscheiden.« Er nahm noch einen Schluck Tee und blickte wieder über die Bäume. »Wenn du mir nichts zu gestehen hast, Simon, bist du entlassen.«

Simon öffnete den Mund und schloss ihn wieder. Es war eine dumme Frage – das wusste er, doch es sah ganz so aus, als würde sein Gewissen den Kampf gegen seinen Selbsterhaltungstrieb gewinnen. »Wenn ich gestehen würde«, sagte er, »was würde dann mit ihnen passieren?«

Orion neigte den Kopf, sah ihn jedoch nicht an. »Sollte sich dein Geständnis als wahr erweisen, wäre ich gewillt, über den Vorfall hinwegzusehen und sie zu begnadigen.«

»Und was würde mit mir passieren?«, fragte Simon, der es eigentlich besser wusste, als Orions Worte für bare Münze zu nehmen.

»Da nichts entwendet wurde, wäre es zum Wohle des Reichs wohl das Beste, die Sache zu vergessen, sofern du bereit wärst, dein Verhalten zu bereuen. Und mir genau zu erklären, wie du es gemacht hast.«

Simons Herz wurde schwer. Er konnte kein Geständnis ablegen, ohne sein Geheimnis zu enthüllen. Also fragte er nur: »Wann gehst du vors Parlament?«

»Heute Nachmittag. Da die Erben von drei der neun noblen Familien betroffen sind, habe ich beschlossen, nicht an unserem formellen Mittagessen teilzunehmen, bis die Angelegenheit geregelt ist«, sagte Orion. »Ich würde empfehlen, dass auch du dich fernhältst.«

Simon nickte zerstreut. »Ich muss wieder ins Bett«, murmelte er. »Ich bin noch nicht wieder fit.«

Orion schwieg, und Simon ging mit durcheinanderwirbelnden Gedanken zurück. Es musste einen Weg geben, wie er seinen Freunden helfen konnte. Selbst wenn es bedeutete, dass er dabei ins Gefängnis kam und die letzte Chance verpasste, an Orions Teile zu kommen, wusste er, dass er es tun musste.

ACHTZEHNTES KAPITEL

Das Eulenparlament

Du bist so ein Idiot«, sagte Winter. »Ein richtiger Idiot.« Sie saß auf ihrem Lieblingssofa in der Gästewohnung und war so aufgebracht, dass sie einen Faden aus einem aufwendig bestickten Zierkissen zupfte. Auch Malcolm sah nicht gerade glücklich aus, wie er vornübergebeugt neben ihr saß und Simon durch die Haare musterte, die ihm vor die Augen fielen.

»Warum sollte Orion sein Wort halten?«, fragte sein Onkel. »Wenn du gestehst, könnte er dich ebenso leicht einsperren, wie er es mit Isabel getan hat.«

»Nicht ganz«, widersprach Simons Mutter, die nervös im Zimmer auf und ab lief. »Simon kann fliehen.«

»Aber wozu das Ganze?«, fragte Malcolm. »Wir sind einzig und allein hergekommen, weil Simon Orions Vertrauen gewinnen und die Teile finden sollte.«

»Tja, das hat er versucht, aber es hat nicht geklappt.« Rowan stand vor dem großen Fenster, hatte die Hände hinterm Rücken verschränkt und spähte in die Bäume, um sich zu vergewissern, dass niemand sie ausspionierte. »Wir müssen uns etwas anderes überlegen.«

Simon saß im Schneidersitz auf dem zweiten Sofa und hatte das Gefühl, nicht wirklich am Gespräch teilzunehmen. Alle um ihn herum redeten – ohne Pause, so schien es, seit er ihnen seinen Standpunkt mitgeteilt hatte –, und er wünschte, Ariana und Jam wären da. Vielleicht würde einer von ihnen für ihn Partei ergreifen.

»Wir haben keinen einzigen Anhaltspunkt, wo Orion die Teile versteckt hat«, sagte er. »Wir könnten noch hundert Jahre suchen.«

»So viel Zeit haben wir leider nicht«, sagte seine Mutter und senkte die Stimme. »Es ist sehr ehrenwert, dass du die Schuld auf dich nehmen willst, Simon. Aber wir wissen doch alle, was jetzt passieren muss.«

»Was denn?«, fragte Simon verwirrt. »Was muss passieren?«

Die anderen schwiegen. Malcolm wandte den Blick ab und presste die Lippen zusammen, während Winter eingehend das Kissen betrachtete und Rowan aus dem Fenster schaute. Als seine Mutter wieder an ihm vorbeitigerte, griff Simon nach ihrem Arm, damit sie ihn ansah. Sie blieb stehen und nahm seine Hand.

»Simon«, sagte sie sanft. »Ich weiß, wie viel deine Freunde dir bedeuten, auch wenn du sie noch nicht lange kennst. Ich weiß auch, wie wichtig es dir ist, dass es auf der Welt gerecht zugeht. Aber im Augenblick steht mehr auf dem Spiel als das Schicksal dieser jungen Leute. Wenn dir irgendetwas zustößt, kann es gut sein, dass wir diesen Krieg verlieren.«

Simons Gesicht wurde eine Spur finsterer. »Was willst du damit sagen?«, frage er schneidend. »Dass mein Leben wichtiger ist als ihrs?«

»Ich …« Sie zögerte. »Im Augenblick schon, ja. Genau das will ich sagen. Du hast in weniger als einem Jahr das Unmögliche erreicht, Simon. Du bist ganz kurz davor, den Greifstab zu zerstören –«

»Bin ich nicht«, unterbrach er sie wütend. »Dazu brauchen wir alle Teile – und im Augenblick haben wir kein einziges!«

»Aber mit deinen Fähigkeiten werden wir sie finden«, entgegnete sie und setzte sich neben ihn. »Und das müssen wir, Simon, egal was es uns kostet. Das weißt du. Orion ist schon jetzt ein schrecklicher Tyrann. Stell dir mal vor, wie es wäre, wenn er die Kräfte des Bestienkönigs hätte.«

Simon schwieg und starrte auf seine Hände. »Wenn ich sie für mich den Kopf hinhalten lasse, bin ich keinen Deut besser als Orion.«

»Es ist gut möglich, dass Orion blufft«, sagte seine Mutter. »Es wäre schon ziemlich kühn, vier Mitglieder der neun noblen Familien für etwas zu verurteilen, das er nicht beweisen kann –«

»Aber was, wenn er nicht blufft?«, fiel Simon ihr ins Wort. »Was, wenn sie wirklich zwanzig Jahre ins Gefängnis müssen?«

»Das Parlament würde nie eine solche Strafe bei einem reinen Verdacht verhängen«, sagte sie, doch Rowan räusperte sich. »Dies ist nicht mehr das Reich, das du vor über zehn Jahren verlassen hast, Isabel«, sagte er leise. »Das Parlament wird weitgehend von Orion kontrolliert. Sie werden ihm geben, was er will.«

»Aber … ist nicht Rigels Vater Präsident des Parlaments?«, fragte Simon. »Er wird doch nicht zulassen, dass sein eigener Sohn einen unfairen Prozess bekommt.«

»Er wird sich wegen Befangenheit aus der Verhandlung zurückziehen müssen«, sagte Rowan. »So wie die anderen Halcyons, Gales und Alouettes. Und die übrigen Parlamentsmitglieder werden sich freuen.«

Simons Gedanken wirbelten so schnell in seinem Kopf herum, dass ihm beinahe schwindlig wurde. Er vergrub das Gesicht in den Händen, holte tief Luft und versuchte, das Summen in seinen Ohren zu ignorieren, während die anderen weiterstritten. Es spielte sowieso keine Rolle, was sie sagten. Entweder ließ Simon seine neuen Freunde die Strafe für seinen dummen Plan ausbaden, oder er gestand und gab Orion das, was er wollte: die Möglichkeit, mit Simon machen zu können, was er wollte.

»Ich tu's«, sagte er leise. Als die anderen einfach weiterredeten, wurde er lauter – so laut, dass er beinahe brüllte. »*Ich gestehe!*«

Stille. Er konnte ihre bohrenden Blicke spüren, doch er starrte weiter auf seine Hände.

»Es ist das einzig Richtige«, murmelte er. »Es war mein bescheuerter Plan. Ich bin der Idiot, der geradewegs in Orions Falle getappt ist. Niemand anders soll dafür büßen.«

»Aber Simon«, wandte Winter ein, »wenn sie verurteilt werden, können wir immer noch einen Weg finden, ihnen zur Flucht zu verhelfen.«

»Vielleicht, aber dann können sie nie wieder nach Hause zurück«, entgegnete Simon. »So wie du. So wie ich. Willst du ihnen das wirklich antun?«

Winter schüttelte den Kopf und starrte zu Boden. Sie kaute auf ihrer Unterlippe herum, und Simon glaubte schon, dass sie nichts mehr sagen würde, doch dann platzte sie heraus: »Sie haben es getan, damit Simon ihnen bei einem Attentat auf Orion hilft!«

»Was?«, fragte seine Mutter geschockt. Sie sah ihn an. »Simon?«

»Es ist wahr«, sagte Winter, bevor er es abstreiten

konnte. »Es war ein Tauschhandel. Die vier sind keine unschuldigen Kinder, die ein bisschen Blödsinn gemacht haben. Sie wollten blutige Rache, und ich würde jede Wette eingehen, dass sie einen Weg gefunden hätten, es Simon in die Schuhe zu schieben.«

Alle Augenpaare richteten sich auf Simon. Der schüttelte den Kopf. »Das kann Winter gar nicht wissen«, sagte er. »Das vermutet sie nur.«

»Ich kenne sie quasi mein Leben lang«, fauchte sie. »Du kennst sie erst seit zwei Tagen. Ich weiß, wozu sie fähig sind. Ich weiß, was sie wirklich wollen. Wenn es ihnen gelänge, Orion zu töten und dir die Schuld dafür zu geben, könnten sie jemanden aus ihrer Familie auf den Thron setzen.«

»Das ist nicht ganz aus der Luft gegriffen«, gab Simons Mutter zu. »Die neun noblen Familien waren schon immer sehr ehrgeizig, haben intrigiert und versucht, einen der ihren zum Herrscher über das Vogelreich zu machen – oder selbst Herrscher zu werden.«

»Das heißt aber nicht, dass Portia und ihre Freunde es genauso machen«, sagte Simon. »Nur weil *manche* Leute so sind, heißt das nicht, dass *alle* so sind.«

»Du hast recht«, sagte Malcolm. Er hatte sich während des ganzen Streits kaum zu Wort gemeldet, doch nun stützte er sich auf die Ellbogen und sah Simon unverwandt an. »Du hast völlig recht. Nur weil jemand an einem bestimmten Ort lebt oder aus einer bestimmten Familie stammt, heißt das nicht, dass er sich genauso verhält wie die anderen, und niemand hat das Recht, es ihm zu unterstellen. Du siehst gerne das Gute im Menschen, und das ist eine der Eigenschaften, die ich am meisten an dir schätze. Trotzdem müssen wir jetzt vorsichtig sein – vorsichtiger denn je. Selbst wenn deine Freunde keine schlechten Absichten hatten, müssen wir daran denken, dass wir es nicht ohne dich schaffen werden. Wir werden einen Weg finden, ihnen zu helfen, das verspreche ich dir. Aber bis dahin *müssen* wir deine Sicherheit an oberste Stelle setzen.«

Simon biss sich auf die Lippe. »Aber ich muss mit dieser Entscheidung klarkommen – wie soll ich das machen?«, murmelte er.

»Indem du die Sache zu Ende bringst, Orion vertreibst und dafür sorgst, dass deine Freunde für ihren Einsatz geehrt werden«, sagte Malcolm. »Damit erreichst du mehr. Deine Freunde werden so oder so bestraft werden, ganz egal, was du sagst.«

Alle beobachteten ihn angespannt, und schließlich nickte Simon schweren Herzens. »Ich werde nichts sagen«, murmelte er, obwohl er sich selbst dafür hasste.

Winter atmete hörbar aus, als hätte sie die ganze Zeit die Luft angehalten, während seine Mutter ihm den Arm um die Schultern legte und ihn auf die Stirn küsste. »Du tust das Richtige«, flüsterte sie ihm zu. Doch Simon war anderer Meinung. Es war nicht richtig, das wusste er. Er tat es, um seine eigenen Interessen zu schützen, und er wusste, dass er sich das niemals verzeihen würde.

An diesem Nachmittag begaben sich Simon, seine Mutter, Winter und Malcolm in den Zuschauerraum des Parlaments. Es war ein großer Saal mit einem Kuppeldach in der Mitte des Palasts. Die im Halbkreis angeordneten, abgestuften Sitzreihen standen einem einzelnen Tisch gegenüber – der Anklagebank.

Orion nahm in seiner Loge oberhalb des Zuschauerraums Platz, von wo aus er freie Sicht auf alle Geschehnisse im Saal hatte. Simon stützte die Hände auf das Geländer vor ihm und umklammerte das geschwungene Holz so fest, dass er das Gefühl hatte, er könnte es entzweibrechen. Seine Mutter stand ein kleines Stück entfernt, was Simon ganz recht war – er brauchte etwas Raum für sich.

Ein Mitglied des Schwarms kündigte die Ankunft der Gefangenen an, und Simons Herzschlag setzte kurz aus. Portia, Rigel, Cordelia und Nash kamen in roten Roben herein. Sie sahen übernächtigt aus. Nashs Arm steckte in einer Schlinge, und es kam Simon so vor, als würde er humpeln.

»Gefangene müssen immer Rot tragen«, flüsterte Winter ihm ins Ohr. Die vier setzten sich hinter den Tisch. Als Simon sah, wie Cordelia für ihren Bruder den Stuhl hervorzog, biss er die Zähne zusammen. Er fühlte sich immer elender.

»Erhebt euch«, sagte der Mann, der sie auch hereingerufen hatte. Die vier standen wieder auf, und zu Simons Überraschung kamen über zwei Dutzend Eulen in den Raum geflogen – Schleiereulen, Schnee-Eulen, Fleckenkauze und andere Arten, die Simon nicht kannte. Sie umkreisten die Anklagebank, dann landeten sie gegenüber auf der untersten Stufe der Tribüne. Nacheinander verwandelten sie sich in Menschen mit schwarzen Gewändern unter himmelblauen Roben.

»Sie wollen sie einschüchtern«, raunte seine Mutter.

So bleich, wie Portia war, schien es zu funktionieren. Simon beugte sich vor und richtete den Blick starr auf die Anklagebank. Während der Anhörung blendete er einen Großteil der monoton vorgetragenen Reden aus. Er achtete kaum auf die Mitglieder des Parlaments, von denen sich über ein Drittel wegen Befangenheit zurückziehen musste. Auch die Wachen, die als Zeugen einberufen worden waren und haarsträubend logen, würdigte er kaum eines Blickes. Stattdessen konzentrierte er sich auf Portia und ihre Freunde und suchte nach Anzeichen für die hinterhältigen Absichten, die Winter ihnen unterstellte.

Er sah, wie Cordelia unterm Tisch Nashs Hand nahm. Er sah, wie Portia kurz den Kopf an Rigels hängende Schulter lehnte, als sein Vater an ihm vorbeiging und ihn keines Blickes würdigte. Er sah, wie Nash schützend den gesunden Arm um den verletzten legte, wie Cordelia nervös an ihren Locken zupfte, wie Rigel die Fragen des Parlaments mit Tränen in den Augen beantwortete und wie Portias Hände zitterten, als sie versuchte, ein mutiges Gesicht zu machen. Mehr als alles andere aber sprach für sie, dass keiner von ihnen Simon verriet, weder mit Worten noch mit Blicken. Sie schoben die Schuld nicht auf ihn. Sie schauten nicht in seine Richtung, als sie abstritten, sich gegen Orion verschworen zu haben. Sie schützten Simon, wie er sie hätte schützen sollen.

Schließlich gaben die Parlamentsmitglieder ihre Stimme ab. Eine Gerichtshelferin mit angegrauten Haaren erhob sich mit dem Ergebnis. »Cordelia und Nash Alouette«, sagte sie. »Portia Gale. Rigel Halcyon. Ihr seid des versuchten Diebstahls und des Hochverrats für schuldig befunden worden.«

Simon überlief es eiskalt, und er riss entsetzt den Mund auf. Nicht einmal jetzt blickte einer seiner Freunde zu ihm nach oben. Seine Mutter legte ihm sanft die Hand auf die Schulter, als könnte sie die Schuldgefühle spüren, die ihn zerrissen. Es war nicht fair. Einfach nicht fair.

Der Herr der Vögel erhob sich. Seine königsblaue

Robe schimmerte im Sonnenlicht, das durch die gläserne Kuppel hereinfiel. »Vielen Dank, verehrte Mitglieder des Parlaments«, sagte er und neigte den Kopf. »Ich nehme das Urteil an. Wie alle wissen, steht auf Hochverrat die Höchststrafe. Sosehr es mir widerstrebt, vier junge Leben zu beenden, muss ich doch die Sicherheit meines Reichs an oberste Stelle setzen. Wäre es ihnen gelungen, die Gegenstände zu entwenden, die sie gesucht haben, wäre die gesamte Welt der Animox davon betroffen, und unzählige Leben wären verloren gewesen.«

Auf der Anklagebank beugte sich Portia zu Rigel und flüsterte ihm etwas ins Ohr. Er schüttelte den Kopf und gab die Frage an Cordelia und Nash weiter. Keiner von ihnen nickte. Simon konnte sich nur allzu gut vorstellen, wie die Frage gelautet hatte: Wusste einer von ihnen überhaupt, was sie zu stehlen versucht hatten?

»So habe ich keine andere Wahl«, fuhr Orion fort, »als ein Zeichen zu setzen. Ich bin leider gezwungen …« – er zog die Worte quälend in die Länge –, »diese vier jungen Leute zum Tode zu verurteilen.«

NEUNZEHNTES KAPITEL

Auf der Schlachtbank

ie zum Tode zu verurteilen.

Erst glaubte Simon, er hätte nicht richtig gehört. Orion hatte ihm doch versprochen, sich gnädig zu zeigen. Als die Worte endlich in sein Bewusstsein gedrungen waren, drehte er ruckartig den Kopf und starrte seinen Großvater an. Er war nicht überrascht, dass sein Großvater zurückstarrte.

Das war es dann wohl. Obwohl es keine Beweise gab und Simon ein wasserdichtes Alibi hatte, war das von Anfang an Orions Plan gewesen. In dem Augenblick, in dem Portia und ihre Freunde verhaftet worden waren, war Simons Zukunft besiegelt worden. Er war derjenige, der keine Wahl hatte. Dies war Orions Spiel, und ihm blieb nichts anderes übrig, als mitzuspielen.

»Ich war's«, rief Simon laut und deutlich. Neben ihm

unterdrückte seine Mutter einen Schrei, doch jetzt gab es kein Zurück mehr.

»Mein Junge«, sagte Orion mit gespielter Überraschung, »was bitte meinst du damit?«

»Du weißt, was ich meine«, sagte Simon, der keine Geduld mehr hatte. Er wandte sich an das Parlament. »Ich bin ins Nest eingebrochen, nicht sie. Aber ich habe es nur getan, weil es sein musste. Orion versucht seit Monaten, an die fünf Teile des Greifstabs zu kommen. Zusätzlich zum Teil des Vogelreichs hat er bereits das des Säugerreichs.«

»Genug!«, fauchte Orion, doch es ging bereits ein Raunen durch den Saal. Die Mitglieder des Parlaments hoben die Köpfe und sahen Simon verwirrt an.

»Wovon um alles in der Welt sprecht Ihr, Königliche Hoheit?«, fragte eine Frau mit kurzen schwarzen Haaren, während der Protokollant eifrig jedes Wort mitschrieb.

Simon hob das Kinn. »Ich bin ihm gefolgt und habe versucht, ihm zuvorzukommen und die Teile vor ihm zu finden. Ich werde den Greifstab zusammensetzen und zerstören«, fügte er mit einem Seitenblick auf seinen wütenden Großvater hinzu. »Deshalb bin ich hergekommen – um seine Teile zu finden und zu verhindern, dass er die Waffe zusammensetzt. Er will sich die Kräfte des Bestienkönigs aneignen – das ist schon die ganze Zeit sein Ziel. Ihm ist egal, wer dafür sterben muss – und wenn es Sie alle trifft.«

Beklommenes Schweigen breitete sich aus, und ein Mann mit einem stahlgrauen Bart räusperte sich. »Euer Majestät«, sagte er langsam, »ist das wahr?«

Orion umklammerte das Geländer der Loge mit seinen klauenartigen Händen. »Ich habe dabei nur an mein Reich gedacht«, sagte er mit äußerster Beherrschung. »Leider hast du vergessen zu erwähnen, Simon, dass Celeste Thorn, die ehemalige Alpha des Säugerreichs, dank dir nun die anderen drei Teile in ihrem Besitz hat. Sollte sie es sein, die den Greifstab zuerst zusammensetzt, wird es unser Reich nicht mehr lange geben.«

»Sie soll ihn auch nicht haben«, sagte Simon. »Niemand sollte ihn haben!«

»Das ist nicht deine Entscheidung«, entgegnete Orion. »Ich versichere dem Parlament, dass ich nichts Böses im Schilde führe. Mein einziges Ziel ist es, zu verhindern, dass das Säugerreich die gesamte Welt der Animox unterwirft, wie es das unter der Führung der ehemaligen Alpha jahrelang versucht hat.«

»Meine Mutter arbeitet allein«, warf Malcolm grollend ein, der hinter Simon stand. »Mein Reich unterstützt ihr Vorhaben nicht. Im Gegenteil, wir tun, was wir können, um sie aufzuhalten. Wir wollen nur Frieden. Ihr, Orion, wollt Krieg.«

»Ist das so?«, fragte der Herr der Vögel, und seine Lippen wurden schmal. »Warum habt Ihr Euren Neffen dann hierherbegleitet? Warum habt Ihr Euch in mein Reich eingeschlichen? Nur mit friedlichen Absichten? Oder helft Ihr Eurer Mutter, den Greifstab zusammenzusetzen, damit sich Euer Reich über uns erheben kann?«

»Meine Mutter hat mein Reich verraten. Und sie wird wie eine Verräterin behandelt.«

»Und doch läuft sie frei herum, noch dazu mit drei Teilen des Greifstabs.« Orion schüttelte den Kopf. »Ich fürchte, Alpha, dass wir Euren Worten und Eurem Urteil nicht trauen können. Einen Zwölfjährigen in mein Reich zu bringen, damit er Hochverrat gegen seine eigene Familie begeht … Ihn wissentlich zu decken und zu erlauben, dass stattdessen vier unschuldige Kinder für seine Taten büßen müssen …« Er deutete mit ausgestrecktem Arm auf die Zuschauertribüne. »Verhaftet ihn!«

»*Was?*« Simon wirbelte herum. Ohne dass er es bemerkt hatte, hatten zahlreiche Mitglieder des Schwarms den einzigen Ausgang blockiert und marschierten mit gespannten Pfeilen auf Malcolm zu. Obwohl Malcolm wesentlich größer und stärker als die einzelnen Mitglieder des Schwarms war, stand er ganz still und leistete keinen Widerstand, als einer von Orions Lakaien ihm Handschellen anlegte.

»Nein – nicht!« Simon warf sich nach vorn, nur um von zwei Paar Händen zurückgerissen zu werden – von seiner Mom und Winter. »*Malcolm!*« Sein Herz raste, und der Knoten in seiner Brust schmerzte, während er zog und zerrte, um seine Arme zu befreien. Er konnte in einen Löwen animagieren und die Wachen bedrohen, bis sie Malcolm freiließen. Er konnte sich in einen Bären verwandeln und sie alle in Stücke reißen. Er konnte jedem Mitglied des Parlaments die wahre Macht des Bestienkönigs zeigen und dafür sorgen, dass sie wussten, was für ein Monster ihr Herrscher sein würde, wenn er den Greifstab in seinen Besitz bekam.

Doch Malcolm schüttelte den Kopf. Es war eine winzige Bewegung, kaum wahrnehmbar, aber Simon wusste genau, was sie zu bedeuten hatte.

»Mach dir keine Sorgen«, sagte sein Onkel ruhig, als ein weiteres Mitglied des Schwarms ihn in Richtung Ausgang drängte. »Wir regeln das schon. Vergiss nicht, was ich gesagt habe.«

Simons Mutter schlang die Arme um ihn, und er konnte seinem Onkel nur wortlos hinterherstarren, als er durch die Tür verschwand.

Über ein Dutzend Wachen begleitete Simon, Winter und Simons Mutter zurück in die Wohnung, wo sie umgehend eingeschlossen wurden.

»Schon wieder Hausarrest«, sagte seine Mutter trocken. »Aber wenigstens ist es hier ein bisschen komfortabler.«

Simon war nicht in Stimmung für Witze. Er hatte kein Wort gesagt, seit sie aus dem Zuschauerraum geführt worden waren, doch jetzt, allein ohne Malcolm in der königlichen Gästewohnung, hielt er es nicht mehr aus.

»Orion wird ihn umbringen.« Er stürmte quer durchs Wohnzimmer und presste dabei die Fingernägel in seine Handflächen. »Er wird ihn hinrichten lassen, sobald er die Chance dazu hat, und –«

»Und einen Krieg mit dem Säugerreich anfangen?«, unterbrach ihn seine Mutter sanft. »Dazu wird es nicht kommen, Simon.«

»Doch, wird es.« Er wirbelte herum. Sein Gesicht war heiß, und in seinen Augen brannten Tränen der Verbitterung, des Zorns oder der Angst. Vielleicht war es auch alles zugleich. »Er hat Darryl getötet. Er hat meinen Dad getötet. Er wird auch Malcolm töten, wenn wir ihn nicht aufhalten!«

»Ach, wirklich?«, erklang eine belustigte Stimme im Türrahmen.

Simons Körper versteifte sich. Er brauchte jedes Fünkchen Selbstbeherrschung, um nicht in ein wildes Tier zu animagieren und Orion zu zerreißen. »Was machst du hier?«, fragte er tonlos.

Orion sah ganz besonders selbstzufrieden aus. Ein Grinsen lag auf seinem Gesicht, während er sich schwer auf seinen Stock stützte. »In erster Linie amüsiere ich mich«, sagte er. »Aber ich wollte dir auch danken, Simon.«

»Wofür?«, fauchte er. Winter tauchte neben ihm auf, und er war nicht sicher, ob ihre Hand auf seinem Rücken ihn trösten oder zurückhalten sollte, falls er die Kontrolle verlor.

»Dass du dem Parlament geschildert hast, woran wir in den vergangenen Monaten gearbeitet haben«, sagte Orion. »Es freut mich, zu sagen, dass sie es nicht besser hätten aufnehmen können. Selbst Nathaniel Halcyon, dessen Sohn auf der Anklagebank saß, war begeistert von den Maßnahmen, die ich ergriffen habe, um unser Reich zu schützen. Mir ist klar, dass das nicht deine Absicht war«, fügte er hinzu. »Du wolltest ihnen Angst machen, damit sie mich stürzen. Aber du hast das Unmögliche erreicht, mein Junge. Du hast die neun noblen Familien von meiner Mission überzeugt, den Greifstab zu finden und dem Vogelreich Macht und Ruhm zurückzubringen.«

Simon ließ sich aufs Sofa sinken. »Na, herzlichen Glückwunsch«, murmelte er schwach. Warum nur erreichte er immer genau das Gegenteil von dem, was er wollte? »Was machst du mit Malcolm?«

Orion zuckte mit der Schulter. »Der Sonnenuntergang ist ein hübscher Zeitpunkt für eine Hinrichtung, findest du nicht?«

»Sonnenuntergang?« Simon sprang auf. »*Heute?* Aber er hatte doch noch nicht mal einen Prozess!«

»Als Besucher hat er darauf auch kein Anrecht«, sagte Orion. »Und er hat bereits gestanden, gegen die Krone intrigiert zu haben, falls du es vergessen hast.«

»Ich auch!«, rief Simon. »Lässt du mich auch hinrichten?«

Sein Großvater legte den Kopf schief, als müsste er ernsthaft darüber nachdenken. »Vorerst nicht«, sagte er dann. »Es soll dir eine Lehre sein. Niemand treibt seine Spielchen mit mir, Simon. Es ist höchste Zeit, dass du lernst –«

In diesem Moment kam ein Mann in blauer Robe ins Zimmer gestürmt und wäre in seiner Eile beinahe gegen Orion geprallt. »Euer … Euer Hoheit, ich bitte um Verzeihung«, keuchte er und verbeugte sich hastig. »Ich muss sofort mit Euch sprechen.« Er warf einen Blick zum Sofa, wo Winter, Simon und seine Mutter saßen. »Unter vier Augen, wenn Ihr gestattet.«

Orions Gesicht verdüsterte sich. »Ich hoffe sehr, dass es wichtig ist«, knurrte er und folgte dem Berater in eins der angrenzenden Zimmer. Sobald die Tür geschlossen war, drehte Simon sich zu seiner Mutter und Winter um.

»Dazu wird es nicht kommen«, sagte er leise. »Es ist mir egal, wenn ich das Gefängnis stürmen und allein gegen jedes Mitglied des Schwarms kämpfen muss. Sie werden Malcolm nicht töten.«

»Simon –«, begann seine Mutter, doch Winter unterbrach sie.

»Ich bin dabei«, sagte sie fest. »Und wir müssen den anderen Bescheid geben. Ariana und Jam haben ihre Armeen zusammengezogen. Orion will kämpfen? Das kann er haben.«

»Danke«, sagte Simon leise und wandte sich dann an seine Mutter. »Was wolltest du sagen?«

Sie zögerte. »Malcolm würde nicht wollen, dass jemand sein Leben riskiert, um ihn zu retten. Er wusste, als er herkam, dass es riskant ist –«

»Das ist mir egal«, unterbrach Simon sie heftig. »Du kannst sagen, was du willst. Ich habe schon Darryl wegen dieser blöden Waffe verloren. Ich lasse mir nicht auch noch Malcolm wegnehmen.«

In diesem Augenblick sprang die Tür des angrenzenden Zimmers auf, und Orion kam breit grinsend heraus. »Großartige Neuigkeiten«, verkündete er. »Ich fürchte, die Hinrichtung muss verschoben werden.«

»Was ist los?«, fragte Simon und blickte argwöhnisch

zwischen Orion und seinem Berater hin und her. Wahrscheinlich war das wieder irgendein Trick. Doch Orions Grinsen wurde nur noch breiter.

»Sieht so aus«, sagte er heiter, »als hätten wir Celeste endlich gefunden.«

ZWANZIGSTES KAPITEL

Zum fliegenden Straussen

Eine Million Fragen schossen Simon durch den Kopf, eine drängender als die andere. Doch er wagte nicht, etwas zu sagen. Orion klatschte begeistert in die Hände.

Hätte er nicht das steife Bein, würde er vermutlich vor Freude ein Rad schlagen, dachte Simon.

»Ich werde heute Abend noch hinreisen, bevor sie merkt, dass wir sie gefunden haben«, sagte Orion zu seinem Berater. »Organisieren Sie das schnellste Transportmittel. So weit kann ich nicht fliegen.«

»Gewiss, Majestät«, antwortete der Berater. »Sonst noch etwas?«

»Lassen Sie sofort Perrin rufen«, sagte der Vogelherr. »Und Rowan. Ich brauche alle Einsatzkräfte. Wir haben nur diesen einen Versuch.«

Der Berater hastete hinaus, wobei er fast über seine eigenen Füße gestolpert wäre. Durch die offene Tür konnte Simon mehrere Mitglieder des Schwarms mit griffbereiten Waffen auf dem Flur stehen sehen. Alle blickten zu Simon.

»Wenn ihr mich jetzt entschuldigen würdet«, sagte Orion. »Das ist eine dringliche Angelegenheit. Ich wünsche noch einen schönen Nachmittag allerseits.«

Damit hinkte er durch die Tür, die hinter ihm zugestoßen und mit lautem Klirren abgeschlossen wurde.

»Du musst sofort zu Jam und Ariana«, sagte Winter, kaum dass Orion weg war. »Such das Gasthaus *Zum fliegenden Straußen*, etwa eine halbe Meile westlich vom Berg. Falls jemand nach dir fragt, lasse ich mir was einfallen.«

Simon nickte, doch bevor er sich ins Bad verziehen konnte, um zu animagieren, berührte seine Mutter ihn am Arm.

»Was ist?«, fragte er schärfer als beabsichtigt. Sie zog die Hand zurück. »Ich wollte nur sagen – sei vorsichtig. Orion hat überall Spitzel.«

»Ich weiß.« Er zögerte kurz, dann umarmte er sie. »Wenn du fliehen musst, dann tu es. Du kannst Winter in den Klauen tragen.«

»Orion wird uns nichts tun«, sagte seine Mutter, klang jedoch selbst nicht wirklich überzeugt. »Aber mach dir keine Sorgen. Ich werde nicht zulassen, dass ihr etwas passiert.«

Winter schnaubte verächtlich. »*Sie* wollen *mich* beschützen? Ich bin die mit dem Giftzahn!«

»Du hast aber nur Gift für ein paar Bisse«, wandte Simon ein. Sie zuckte die Schultern.

»Das wissen die ja nicht. Und jetzt mach endlich, bevor es zu spät ist.«

Mit einem nervösen Flattern im Bauch warf er ihnen einen letzten Blick zu, bevor er im Bad verschwand und die Tür hinter sich abschloss. Wenn jemand nach ihm fragte, konnten sie notfalls sagen, dass ihm wieder übel war. Und das wäre nicht mal gelogen – er hatte wirklich das Gefühl, sich gleich übergeben zu müssen.

Nachdem er in eine Fruchtfliege animagiert hatte, kroch er unter der Tür hindurch. Seine Mutter stand auf dem Balkon, die Schiebetür war geöffnet.

Eigentlich konnte er auch einfach direkt zu Malcolm fliegen und ihn befreien, dachte Simon. Niemand würde ihn aufhalten können. Doch so verlockend das auch war, er hatte keinen Plan. Er und seine Mutter konnten fliegen, für Malcolm aber war das unmöglich. Wenn er ihn aus Hawk Mountain fortbringen wollte, musste er ruhig und clever sein, und im Augenblick war er weder das eine noch das andere. Waghalsig und impulsiv vielleicht, aber so würde er seinen Onkel nicht retten.

Nachdem er sich das vor Augen gehalten hatte, flog er hinaus in den Wald.

Es war kein einfacher Flug. Ganze sechs Mal verwandelte er sich in ein anderes Insekt, von der Fruchtfliege zur Wespe, von der Wespe zur Libelle und wieder zurück. Erst als er am Fuß des Berges angekommen war, fühlte er sich sicher genug, um sich in einen Vogel zu verwandeln. Er hätte zwar alles für die Geschwindigkeit eines Adlers oder eines Wanderfalken gegeben, doch beide waren zu auffällig, sodass er sich missmutig in ein Rotkehlchen verwandelte.

Zu seinem Glück lagen auf der Westseite des Berges nur wenige kleine Dörfer. Das erste war nicht viel mehr als eine Ansammlung von Wohnwagen mit einem Geschäft für Wanderausrüstung, doch als er die Hauptstraße des nächsten Dorfs entlangflog, fiel sein Blick auf ein dreigeschossiges Haus mit einem Schild über der Tür: *Zum fliegenden Straußen*. Er landete hinterm Haus, suchte sich eine dunkle Ecke und verwandelte sich zurück in menschliche Gestalt. Jetzt erst merkte er, dass er noch seine königsblaue Robe trug. Schnell zog er sie aus, knüllte sie zusammen und stopfte sie hinter eine Mülltonne.

Die Rezeption des Hotels bestand nur aus einem winzigen Tisch, hinter dem eine Frau saß und in einer Zeitschrift blätterte. Simon näherte sich ihr vorsichtig und räusperte sich.

»Guten Tag«, sagte er, als die Frau aufblickte und ungeduldig mit der Zunge schnalzte. »Ich suche meine Tante mit meinem Cousin und meiner Cousine. Sie wohnen hier.«

»Name?«, fragte die Frau.

»Äh … Stone, glaube ich«, stammelte Simon. »Vielleicht sind sie auch unter dem Namen meines Onkels hier oder …«

»Zimmer acht«, sagte die Frau und verschwand wieder hinter ihrer Zeitschrift.

Simon rannte die Treppe hoch, auf der es leicht nach Schimmel roch. Er fand Zimmer acht und klopfte an die Tür. Er hätte einfach drunter durchkriechen sollen, dachte er, als die Sekunden vergingen und sich nichts tat. Sie hatten keine Zeit zu verlieren.

»Hallo?«, rief er und klopfte wieder. »Zia? Ariana? Jam? Ich bin's. Ich …«

Die Tür ging auf, und dahinter stand ein Mann mit Schnauzbart, den er noch nie im Leben gesehen hatte. Mit seinen tief liegenden Augen sah er Simon drohend an. »Wer bist du?«, fragte er harsch und verschränkte die Arme.

»Ich, äh … Ich bin Simon. Ist Zia da? Oder … Ariana oder Jam oder …«

»Wurde aber auch Zeit, dass du dich mal blicken lässt«, ertönte ein feines Stimmchen. Felix huschte zwischen den Füßen des Mannes hindurch und krabbelte an Simons Hose und Hemd hoch, bis er auf seiner Schulter saß. »Weißt du eigentlich, wie langweilig mir ist? In beiden Zimmern ist der Fernseher kaputt!«

»In diesem Kaff haben sie wahrscheinlich sowieso keinen Empfang«, sagte Zia, die hinter dem Mann aufgetaucht war. »Alles in Ordnung, Brutus, du musst Simon nicht zu Tode erschrecken. Er ist mein Neffe.«

»Und mein Freund«, rief Ariana. »Lass ihn rein.«

Zögernd trat der Mann beiseite. Simon hatte das Gefühl, er könnte seinen durchdringenden Blick regelrecht fühlen, und unterdrückte ein Schaudern.

Das Hotelzimmer war total überfüllt, und die Luft fühlte sich irgendwie sumpfig an. Auf den beiden großen Betten lagen ausgeblichene Tagesdecken. Das eine Bett war von mehreren offenen Koffern belegt, das andere von Jam, Dev und Ariana.

»Simon!« Ariana sprang auf und fiel ihm um den Hals, wobei sie beinahe versehentlich Felix von seiner Schulter geschubst hätte. Die kleine Maus wich grummelnd ein Stück zur Seite, um für Arianas Arm Platz zu machen. »Tut mir leid«, sagte sie. »Meine Bodyguards sind manchmal ein bisschen übereifrig.«

»Schon okay«, sagte Simon mit einem Seitenblick auf Brutus, der immer noch mit verschränkten Armen an der Tür stand. »Wir müssen reden.«

»Worüber?«, fragte sie und ließ ihn los. »Ist etwas passiert? Ich wäre heute Abend sowieso vorbeikommen.«

»Wärst du nicht!«, sagte Dev empört. »Simon, du weißt doch, dass es mein Job ist, auf sie aufzupassen. Das kann ich aber nicht, wenn du sie zu allen möglichen Tages- und Nachtzeiten zu euch kommen lässt.«

»Ich glaube nicht, dass irgendjemand Ariana etwas tun *lässt*«, sagte Simon und versuchte zu lächeln. Es klappte nicht.

Jam sah ihn beunruhigt an. »Was ist los?«, fragte er ohne Umschweife.

Simon lehnte sich an den alten Schreibtisch in der Ecke. »Es geht um Malcolm«, sagte er. »Orion hat ihn verhaften lassen. Eigentlich wollte er ihn heute Abend hinrichten lassen, aber –«

Zia japste nach Luft und schlug sich die Hand vor den Mund. »*Was?*«

»Er hat es verschoben«, sagte Simon schnell. »Der Schwarm hat Celeste und Nolan gefunden. Orion weiß, wo sie sind.«

Zia ließ sich auf die Bettkante sinken. »Warum hast du das nicht gleich gesagt?«, murmelte sie blass.

»Tut mir leid«, erwiderte Simon. »Ich weiß nicht, was ich tun soll. Winter, meine Mom und ich – wir stehen jetzt unter Hausarrest. Wir dürfen die Wohnung nicht verlassen. Aber heute Abend wird der Großteil des Schwarms

Orion begleiten. Wenn wir Malcolm retten wollen, müssen wir es jetzt tun.«

»Wir?«, fragte Dev mit hochgezogenen Augenbrauen. Ariana boxte ihm gegen den Arm.

»Was ist mit Celeste und Nolan?«, fragte sie. »Was glaubst du, was Orion mit ihnen vorhat?«

»Ich weiß es nicht«, gab Simon zu. Malcolm musste befreit werden, er durfte aber auch Nolan nicht im Stich lassen, ganz egal, was sein Bruder ihm angetan hatte. »Wenn es Orion gelingt, Celeste die Teile zu stehlen, und wenn er Nolan in seine Gewalt bekommt ...«

»Wird er die Waffe zusammensetzen und ihn töten«, sagte Jam leise und schüttelte den Kopf. »Hör zu, Simon. Du konzentrierst dich darauf, dass das nicht passiert, und wir kümmern uns um Malcolm, in Ordnung? Wir haben genug Soldaten, um den Palast aus dem Hinterhalt zu überfallen, vor allem, wenn der Schwarm mit Orion unterwegs ist.«

»Wenn wir in Hawk Mountain eindringen, wird das Vogelreich das als Kriegsakt ansehen«, gab Zia zu bedenken.

»Ich würde mal sagen, Orion hat seine Kriegserklärung schon gemacht, als er den Alpha des Säugerreichs verhaftet hat«, sagte Ariana düster. »Ich will ja auch nicht, dass irgendjemand dabei stirbt, aber –«

»*Niemand* stirbt«, sagte Simon entschieden. »Ihr tut,

was ihr tun müsst, um Malcolm da rauszuholen, aber ihr bringt niemanden um, okay? Das ist alles meine Schuld. Ich kann nicht …« Er verstummte. Er wollte nicht noch mehr Menschenleben auf dem Gewissen haben.

»Hast du einen Lageplan vom Palast?«, fragte Jam. »Oder eine Karte?«

»Sehe ich aus wie ein Anfänger?« Ariana griff unters Bett und zog ein großes Skizzenbuch hervor. Sie blätterte durch mehrere Pläne, die von Zeichnungen einzelner Zimmer bis hin zum Lageplan des gesamten Palasts reichten. »Nicht ganz maßstabsgetreu, aber es müsste gehen.«

Simon musterte verblüfft die Zeichnungen. »Wie hast du das gemacht?«, fragte er und fuhr mit dem Finger den Weg von seiner Wohnung zum Speisesaal nach. »Der ist perfekt.«

»Sie war viel unterwegs«, grummelte Dev.

»Und jetzt wissen wir auch, wofür«, sagte Ariana. »Na los, wir müssen uns konzentrieren.«

»Weißt du, wo sie Malcolm gefangen halten?«, fragte Jam und betrachtete den Gesamtlageplan.

»Vermutlich im sogenannten Käfig«, sagte Simon. »Winter hat gesagt, dass Orion dort alle Gefangenen unterbringt.«

Ariana zeigte auf den Bereich neben den Dienstbotenräumen in der nordwestlichen Ecke des Palasts. »Hier.

Liegt direkt am Stützbaum. Es wird nicht ganz leicht sein, da hinein- oder hinauszukommen, aber –«

»Ich könnte mich unbemerkt reinschleichen«, sagte Felix und sprang von Simons Schulter auf das Skizzenbuch.

»Du schleichst dich nirgendwo rein«, sagte Ariana fest. »Du willst doch nicht als Vogelfutter enden.«

Jam runzelte die Stirn. »Ariana hat recht. Für einen Animox mit Flügeln wäre es nicht schwer zu entkommen, wenn wir eine Öffnung schaffen könnten, aber Malcolm kann nicht fliegen. Haben wir auch eine Karte von der näheren Umgebung? Wie kommt man am schnellsten nach unten?«

»Springen«, witzelte Dev. Alle ignorierten ihn.

»Winter müsste es wissen«, sagte Simon. »Ich kenne nur den Besuchereingang.«

Ariana kaute auf ihrem Bleistift. »Dann brauchen wir ihre Hilfe. Wir können uns schon mal die Eckdaten überlegen, aber solange wir die Einzelheiten nicht kennen, planen wir quasi blind.«

Während sie einen groben Plan entwickelten und über Fluchtrouten und Angriffsstrategien diskutierten, bekam Simon immer mehr das Gefühl, dass es völlig unmöglich war – dass es zu viele Wachen und zu wenige Fluchtwege gab, um Malcolm zu befreien, ohne dass irgendjemand dabei ums Leben kam. Doch nach etwas mehr als einer

Stunde hatten sie einen Plan, der tatsächlich funktionieren konnte. Er war riskant, aber Jam glaubte, dass sie es mit etwas Glück schaffen konnten.

»Wir müssen uns nur noch überlegen, wie wir sie dazu bringen, Malcolm heute Nacht woanders unterzubringen«, sagte Ariana, als sie Simon zum Abschied umarmte. »Winter fällt bestimmt etwas ein.«

»Wir kümmern uns auch um deine Mom«, versprach Jam und klopfte ihm auf den Rücken. »Und du tust, was du tun musst, damit Orion die Teile nicht bekommt.«

Simon zögerte. »Vielleicht sollte ich lieber bei euch bleiben. Wenn ihr geschnappt werdet ...«

»Nein«, sagte Zia und umarmte ihn ebenfalls. »Wir schaffen das, Simon. Es wird alles gut gehen.«

So gern er ihr geglaubt hätte, wurde er das Gefühl nicht los, dass er einen unverzeihlichen Fehler beging. Es war lebensgefährlich, in den Palast einzudringen, ob der Schwarm da war oder nicht. Und Malcolm hatte Höhenangst – was, wenn er sich nicht mehr rühren konnte? Oder wenn jemand stürzte?

Zias Arme drückten ihn fester. »Wir haben uns schon aus schwierigeren Lagen herausgekämpft«, sagte sie leise, und als er nichts erwiderte, fügte sie hinzu: »Jetzt hör auf zu zweifeln und vertrau uns. Ich kontaktiere Leo. Du brauchst auch Verstärkung.«

Simon schüttelte den Kopf. »Mir wäre es lieber, wenn er bei euch ist.«

Sie nickte und ließ ihn endlich los. »Also gut. Tu, was auch immer du tun musst, um dich und deinen Bruder zu schützen, Simon. *Was auch immer du tun musst.*«

Er schluckte und zwang sich zu nicken. Was auch immer nötig war, welches Opfer er auch bringen musste, er würde Orion nicht gewinnen lassen. Diesmal nicht.

Kurze Zeit später kam Simon in den Palast zurück. Er war voller Angst vor dem Sonnenuntergang und zugleich voller Hoffnung, dass sie es vielleicht wirklich schaffen konnten. Nachdem er sich im Bad in menschliche Gestalt zurückverwandelt und die Tür wieder aufgeschlossen hatte, eilte er ins Wohnzimmer, wo seine Mutter unruhig auf und ab lief und Winter sich mit einem Buch auf dem Sofa zusammengerollt hatte und nervös mit dem Fuß wippte.

»Simon!«, sagte Winter, die ihn als Erste bemerkte. Sie sprang auf. »Geht es dir wieder besser?«

Verwirrt schüttelte er den Kopf. »Ich –«

»Dein Großvater hat sich Sorgen gemacht«, sagte seine Mutter und näherte sich ihm wie ein Raubtier seiner Beute. »Wir haben ihm gesagt, dass du Ruhe brauchst, aber er wollte unbedingt warten.«

Da erst sah Simon, dass Orion mit gefalteten Händen auf einem Sessel in der Ecke saß und ihn misstrauisch beäugte. »Oh«, sagte Simon wie benommen. Er wischte sich mit der Rückseite der Hand über den Mund, als hätte er eben noch gespuckt. »Was willst du?«

»Ich habe mich mit meinen Offizieren und Generälen beraten«, sagte Orion langsam. »Wir sind der Meinung, dass wir jemanden mitnehmen sollten, den Nolan kennt und dem er vertraut. Isabel wäre natürlich die ideale Person, aber ich dachte, dies wäre die perfekte Gelegenheit für dich, mir deine Loyalität zu beweisen, Simon.«

Winter schnaubte. »Ist dir plötzlich klar geworden, dass Nolan sich nicht freiwillig von dir abschlachten lassen wird?«

»Ich beabsichtige nichts in dieser Art«, sagte Orion ruhig und hob das Kinn. »Im besten Fall – sollten ihre Absichten gut sein – wird Celeste die Teile ohne Gegenwehr herausgeben, und Simon wird den Greifstab an Ort und Stelle zerstören können.«

Simon zog die Augenbrauen hoch. »Würdest du das wirklich zulassen?«

»Natürlich nicht«, sagte seine Mutter und verschränkte die Arme vor der Brust. »Er will nur, dass du mitkommst, damit Nolan keinen Aufstand macht. Orion weiß, dass die Mitglieder des Schwarms es gegen die Kräfte des Bestienkönigs nicht leicht haben werden.«

Orion seufzte. »Glaubt, was ihr wollt, aber mein Angebot ist aufrichtig. Es ist mein größter Wunsch, dass ihr mir eines Tages glauben werdet, wenn ich sage, dass ich unserer Welt den Frieden bringen will. Du willst wieder mit deinen Söhnen zusammen sein, Isabel, und ich werde mein Bestes tun, um das zu ermöglichen. Simon, du wünschst dir Frieden. Dann gib mir die Gelegenheit, Frieden zu stiften. Vielleicht ist schon morgen um diese Zeit der drohende Krieg abgewendet, und wir können endlich ohne Angst beieinander sein.«

Simon biss sich auf die Lippe. Er spürte die Furcht seiner Mutter und den warnenden Blick, den Winter ihm zuwarf, doch die Gelegenheit war zu gut, um sie verstreichen zu lassen. Auch wenn davon auszugehen war, dass Orion log – er musste da sein, um seinen Bruder zu beschützen. Wenn Orion ihm schon eine solche Chance bot, wäre er ein Idiot, sie nicht zu nutzen.

»Also gut«, sagte er. »Ich komme mit. Unter einer Bedingung.«

»Und die wäre?«, fragte Orion und neigte den Kopf.

»Du holst Malcolm aus dem Gefängnis. Bring ihn hierher. Halte ihn weiter gefangen, wenn es sein muss, aber behandle ihn so, wie es dem Alpha gebührt.«

Orion rümpfte die Nase. »Ich versichere dir, dass er es bequem hat.«

»Müssen die Gefangenen immer noch Eimer als Klo

benutzen?«, fragte Winter spitz. »Oder gibt es im Käfig mittlerweile richtige Toiletten?«

Simon starrte dem Vogelherrn in die Augen. »Du willst, dass Nolan dir folgt«, sagte er. »Und ich will, dass du Malcolm anständig behandelst. Entweder bekommen wir beide, was wir wollen, oder keiner. Wenn du nicht mitmachst, steht für dich wesentlich mehr auf dem Spiel als für mich.«

Es war kühn, doch Simon sah Orion weiter fest an. Der zog die Augen zusammen. Schließlich stieß er ein verächtliches Geräusch aus.

»Also gut, wenn das alles ist«, sagte er. »An seinem Urteil ändert das allerdings nichts.«

»Wenigstens kann er heute Nacht in einem bequemen Bett schlafen«, sagte Simon kurz. »Sobald er hier ist, komme ich mit.«

»Abgemacht«, sagte Orion und neigte kurz den Kopf. »Ich bin gleich zurück. Es versteht sich von selbst, dass das Leben deiner Familie in deinen Händen liegt. Solltest du mich betrügen oder deinem Bruder zur Flucht verhelfen …«

Er ließ den Satz in der Schwebe, doch Simon brauchte keine Erklärung. Wenn die Nacht nicht gut lief – wenn Orion nicht genau das bekam, was er wollte –, würden Malcolm, Winter und seine Mutter hingerichtet werden.

Doch dazu würde es nicht kommen! Jam und Ariana würden seinen Onkel befreien, und er würde Nolan beschützen. Und wenn die Sonne aufging, würde Simon endlich wissen, wo die fünf Teile des Greifstabs waren – und wer sie zusammensetzen würde.

Im Alleinflug

Die nächsten Stunden vergingen quälend langsam. Simon weihte seine Mutter und Winter in den Plan ein, den er mit Ariana, Jam, Zia und Dev entworfen hatte, und ging ihn wieder und wieder mit ihnen durch. Winter erkannte schnell die Schwachstellen, und Zweifel begannen die wenige Hoffnung zu zerfressen, die er hatte. Selbst wenn Orion sein Versprechen hielt und Malcolm für die Nacht aus dem Gefängnis ließ, gab es immer noch eine Million Dinge, die schiefgehen konnten, und Simon würde weit fort sein und nichts tun können.

Als die Sonne am Horizont versank, streckte er sich auf dem Parkettboden aus. Er hatte schreckliche Angst, dass Orion seinen Onkel trotzdem hinrichten lassen würde. Nichts band den Herrn der Vögel an sein Wort. Abgemacht oder nicht – wenn er wollte, konnte er Malcolm töten, und Simon würde erst davon erfahren, wenn es zu spät war. Die Minuten vergingen, und er wurde immer unruhiger, bis er überzeugt war, dass Orion genau das getan hatte. Dass dies nichts anderes als ein weiterer Trick gewesen war, mit dem er ihm Hoffnung gemacht hatte, um sie dann auf grausamste Art zu zerstören. Um alle zu vernichten, die er liebte, bis er niemanden mehr hatte.

Doch schließlich ertönten Schritte auf dem Gang. Simon sprang so schnell auf, dass ihm schwindlig wurde. Während er sich an der Tischkante abstützte, ging die Tür auf.

Vor ihm, in roter Robe und von Wachen umgeben, stand sein Onkel.

»Malcolm!«, rief Simon und stürzte zu ihm. Sein Onkel umarmte ihn fest, wobei die langen Ketten an seinen Handgelenken rasselten.

»Es geht dir gut«, murmelte er in Simons Haare. »Ich dachte schon, du hättest etwas Dummes gemacht, als Orion mich weggebracht hat.«

Er war kurz davor gewesen, aber das konnte Simon seinem Onkel jetzt schlecht sagen. »Geht es dir gut?«, fragte er nur und trat einen Schritt zurück, um ihn von oben bis unten zu mustern. Trotz der schweren Ketten stand Malcolm aufrecht da, und er hatte keine sichtbaren Verletzungen.

»Jetzt ja«, sagte er. »Der Geruch nach Hühnerkacke kann einem doch ganz schön zusetzen.«

Hinter ihm räusperte sich jemand. Die Mitglieder des Schwarms traten zur Seite, um Orion durchzulassen. Er hatte sich reisefertig gemacht und trug jetzt Wanderkleidung: eine Cargohose, eine leichte Jacke und Wanderstiefel, die seltsam an ihm aussahen. Simon hatte ihn bisher nur barfuß oder in eleganten Lederschuhen gesehen.

»Ich halte mich an meinen Teil der Abmachung«, sagte Orion. »Jetzt ist es an dir, dich an deinen zu halten, Simon. Wollen wir?«

»Abmachung?« Malcolms Miene verdunkelte sich. »Was für eine Abmachung?«

»Mom und Winter werden es dir erklären«, sagte Simon, während sein Großvater ihn zur Tür schob. »Vertrau ihnen, okay? Und vertrau mir.«

Seine Mutter versuchte, sich an den Wachen vorbeizudrängen, die sich vor sie gestellt hatten. »Ich will mich von meinem Sohn verabschieden. Simon – *Simon!*«

Er drehte sich zu ihr um, aber ein Mitglied des Schwarms schob ihn weiter. »Mom – mach dir keine Sorgen um mich!«, rief er und hoffte, dass das reichte. Doch als die Tür zufiel, hörte er sie noch immer seinen Namen rufen.

»Kopf hoch«, sagte Orion, legte Simon die Hand auf die Schulter und schob ihn den Gang entlang. »In ein paar Stunden hat sie dich zurück und deinen Bruder obendrein.«

Simon reckte den Hals, um zu sehen, wie viele Wachen vor der Gästewohnung stationiert waren, doch er und Orion waren ganz vom Schwarm umgeben, sodass er nichts anderes als grüne Roben sah. Er konnte nur hoffen, dass es nicht mehr waren, als Jam und Ariana erwarteten.

Sie verließen den Palast durch den Haupteingang und traten in die kühle Nachtluft. Auf der nächsten Plattform blieb Orion stehen. »Wir fliegen vom Fuß des Berges aus«, sagte er. »Kann ich mich darauf verlassen, dass du nichts tun wirst, was unser Vorhaben gefährdet?«

Simon nickte mit trockener Kehle. Am liebsten wäre er zurückgerannt und hätte dafür gesorgt, dass seine Familie sicher nach unten kam. Aber die Mitglieder des Schwarms begannen bereits zu animagieren, und Simon tat es ihnen gleich. Sobald alle ihr Gefieder hatten, erhob sich Orion in die Höhe und flog vorneweg über die Bäume in Richtung Tal. In der Luft hatte er eine Eleganz, die ihm völlig fehlte, wenn er auf festem Grund unterwegs war.

Als sie sich einer größeren Lichtung näherten, fiel Simons Blick auf etwas Großes, das er nicht erkennen konnte. Erst als sie sich bis auf wenige Hundert Meter genähert hatte, erkannte er, was er da sah.

Einen Helikopter.

Und auf den Zweigen der umstehenden Bäume hockte eine ganze Vogelarmee. Habichte, Falken, Adler – weitere Mitglieder des Schwarms, die auf ihren Anführer warteten. Es mussten Hunderte sein, schätzte Simon, vielleicht sogar tausend. Als Orion und er auf der Lichtung landeten und sich in menschliche Gestalt verwandelten, senkten die Soldaten respektvoll die Köpfe.

»Ihr seid informiert worden«, sagte Orion mit lauter Stimme. »Euch ist klar, was auf dem Spiel steht. Mein Enkel, Nolan Thorn, muss lebendig und unversehrt befreit werden. Celeste Thorn dagegen …« Er zuckte die Schultern. »Wir hoffen natürlich auf eine diplomatische Lösung, aber wenn sie Ärger macht, wisst ihr, was zu tun ist.«

In Simons Ohren dröhnte es, während er hinter seinem Großvater in den Helikopter stieg. Er verstand nicht ganz, warum es nötig war, tausend Mann mitzunehmen, wenn sie es nur mit Celeste und Nolan zu tun hatten. Waren die beiden in Begleitung anderer Mitglieder des Säugerreichs, die der ehemaligen Alpha noch immer treu ergeben waren und sie beschützten?

Als sich der Helikopter in den Himmel hob, begann Simons Magen zu rebellieren. Irgendetwas war falsch – grundfalsch –, und wenn er auch nicht benennen konnte, was genau ihn so störte, wurde er das Gefühl nicht los, dass er sich zum Komplizen bei einem schrecklichen Verbrechen machte.

Der Flug war quälend lang. Die Kopfhörer, die Simon gegen den Lärm tragen musste, waren schwer und drückten auf seinen Schädel, aber wenigstens konnte er so die Unterhaltung der Piloten mitanhören, während er nach unten auf die dunkle Welt blickte. Er hatte keine Ahnung, in welche Richtung sie flogen – vielleicht ja sogar nach Kanada. Je mehr Zeit verging, desto mehr sorgte er sich um die vielen kleinen Dinge, die in diesem Augenblick bei der Befreiungsaktion von Malcolm schiefgehen konnten.

Als der Helikopter schließlich tiefer sank, zwang er sich dazu, seine Angst und seine Sorgen beiseitezuschieben. Er hatte eine Aufgabe zu erledigen und durfte sich nicht ablenken lassen.

»Hier?«, fragte er, als er mit Orion den Helikopter verließ. Sie befanden sich auf einem Feld, das von dichtem Wald umgeben war, mit dunklen Bergkuppen im Hintergrund. Die Mitglieder des Schwarms landeten auf den Zweigen der umstehenden Bäume. Wie sie es geschafft hatten, so lange zu fliegen, ohne völlig erschöpft zu sein, war Simon schleierhaft.

Sein Großvater lachte leise. »Nicht ganz. Wir sind noch über eine Meile weit weg«, sagte er. »Wir wollen die Überraschung ja nicht verderben, nicht wahr?«

Simon zitterte und wünschte, er hätte sich einen Pullover übergezogen. Hier war es deutlich kälter als in Hawk Mountain. »Wo sind wir?«

»Vermont«, sagte Orion und breitete die Arme aus, als wolle er ihn willkommen heißen. »Ein kleiner, aber stolzer Bundesstaat voller Naturwunder. Normalerweise würde ich einen Besuch bei Tageslicht empfehlen, um die herrliche Landschaft zu genießen, aber unser Zeitplan gibt das im Augenblick leider nicht her.«

Nach diesen Worten animagierte er in einen Goldadler. Simon folgte ihm und hoffte mit aller Kraft, dass Celeste von Orions Ankunft erfahren hatte und Nolan rechtzeitig verstecken konnte. Wenn er auch nicht darauf vertrauen konnte, dass sie seinen Bruder schützte, so konnte er sich doch zumindest darauf verlassen, dass sie ihre eigenen Interessen schützte. Und dass sie alles tat, um zu verhindern, dass Orion bekam, was er wollte.

Auf leisen Flügeln flogen sie über die Bäume, Orion und Simon vorneweg und der Schwarm hinterher. Es war nicht weit, doch die Zeit schien stillzustehen, während sie durch die Nachtluft glitten, und Simon hatte das Gefühl, der Flug dauere ewig.

Schließlich hatte Orion gefunden, was er suchte, und alle schwenkten abwärts und landeten in den Bäumen. Ein Habicht erwartete sie auf einem kräftigen Ast. Als er Orion entdeckt hatte, neigte er ehrerbietig den Kopf.

»Majestät.« Zu Simons Überraschung war es Perrin, seine Stimme war unverkennbar. »Meine Einheit ist vor einer halben Stunde angekommen. Seither war alles ruhig.«

Simon spähte durch die Zweige. In der Finsternis war es schwer, überhaupt etwas zu erkennen, doch als seine Augen sich an die Dunkelheit gewöhnt hatten, entdeckte er die Umrisse eines kleinen Hauses inmitten hoher Pinien. Sein Herz hörte kurz auf zu schlagen.

»Das hatte ich um diese Zeit auch nicht anders erwartet«, sagte Orion. »Mögliche Ein- und Ausgänge?«

»Eine Tür und vier Fenster«, erwiderte Perrin umgehend. »Das Ostfenster gehört zum Zimmer des Jungen, Majestät.«

»Sehr gut«, erwiderte Orion. »Alle Einheiten in höchste Alarmbereitschaft. Es wird nicht mehr lange dauern.« Er drehte sich zu Simon um und sah ihn mit seinem gesunden Auge an. »Ich will, dass du deinen Bruder da rausholst, Simon. Nimm das rechte Fenster. Wenn wir Celeste angreifen, während er bei ihr ist, ist nicht abzusehen, ob sie ihm etwas antut.«

Ebenso wenig war abzusehen, was Orion Nolan antun würde, wenn er ihn in die Klauen bekam.

Simon holte tief Luft. »Was ist mit den Teilen des Greifstabs?«

»Sobald Nolan in Sicherheit ist, werde ich versuchen,

vernünftig mit Celeste zu reden«, sagte Orion. »Und jetzt geh, bevor sie merkt, dass wir da sind.«

Das Herz schlug Simon bis zum Hals, als er geräuschlos zwischen den Pinien hindurch zum Haus hinüberflog. Er landete auf dem Fensterbrett und spähte hinein. Das Zimmer war klein und karg, mit einer Kommode in der einen Ecke und einem winzigen Schreibtisch in der anderen. An der Wand gegenüber vom Fenster stand ein Bett, und in dem Bett lag sein Bruder.

Simon konnte kaum atmen. Der Augenblick war gekommen. Nach Wochen des Zweifelns und des Hoffens war er endlich da. Er hatte es sich unzählige Male vorgestellt – wie er Nolan fand und ihn zur Rede stellte, wie er ihn bat, das Richtige zu tun und Celeste zurückzulassen –, doch er hatte sich kein einziges Mal überlegt, was genau er zu ihm sagen würde.

Sein Bruder hatte ihn hintergangen. Er hatte die Teile gestohlen und damit alles zunichtegemacht, wofür Simon gekämpft hatte – nicht nur, um den Greifstab zu zerstören, sondern auch, um ihre Mutter zu retten. Als Simon seinen Bruder so im Bett liegen sah, stieg der Zorn wieder in ihm hoch.

Doch jetzt war nicht der richtige Moment, um wütend zu sein. Wenn er Nolan an den tausend Mitgliedern des Schwarms vorbeischmuggeln wollte, durfte er keine Energie verschwenden. Außerdem, wenn er ganz ehrlich war, war auch er nicht der beste Bruder gewesen. Er konnte Nolan nicht Fehler vorwerfen, die sie beide gemacht hatten.

Er klopfte mit dem Schnabel ans Fenster. Sein Bruder bewegte sich, und er klopfte wieder, diesmal etwas lauter. Nolan öffnete die Augen und zog sich die Bettdecke bis ans Kinn, als wolle er sich verstecken.

»Nolan«, sagte Simon, so laut er sich traute. »Nolan, ich bin's – mach auf.«

Sein Bruder schaute blinzelnd zum Fenster. »Simon?«, schien er zu fragen, auch wenn seine Stimme nicht durch die Scheibe drang. Simon nickte, und Nolan schlug die Decke zurück und eilte ans Fenster.

»Was machst du hier?«, flüsterte er und spähte an ihm vorbei auf die Pinien, die das Haus schützend umgaben. »Bist du allein?«

Simon hüpfte ins Zimmer, verwandelte sich in menschliche Gestalt und zog die Vorhänge vor. »Orion ist hier«, sagte er knapp. »Und so ziemlich der gesamte Schwarm.«

Nolans Augen weiteten sich. »Wir sind umzingelt?«

Kaum hatte Simon genickt, stürzte Nolan zur Tür. Doch Simon war schneller und versperrte ihm den Weg. »Hör mir zu«, flüsterte er. »Bitte – bevor du irgendetwas tust, hör zu, was ich zu sagen habe.«

»Was? Willst du etwa behaupten, dass Orion mich

nicht umbringen will?«, zischte Nolan. »Dass er nicht hier ist, um Celestes Teile zu stehlen?«

»Du meinst, *meine* Teile«, sagte Simon, doch als sich das Gesicht seines Zwillingsbruders verhärtete, holte er tief Luft und schob seinen Ärger beiseite. »Tut mir leid. Das ... das alles, meine ich. Dass ich dich nicht stärker einbezogen habe. Dass ich dir nicht vertraut habe. Dass ich dir das Gefühl gegeben habe, du müsstest mit jemandem davonlaufen, der dich töten will.«

»Sie will mich doch nicht töten«, sagte Nolan entrüstet. »Sie ist meine Großmutter!«

»Orion ist dein Großvater«, wandte Simon ein. »Trotzdem kann er es kaum erwarten, den Greifstab zu benutzen, um ... um ...«

Er brachte es nicht über sich, den Satz zu beenden. Nolan verzog das Gesicht. »Das ist etwas anderes. Orion hat mich nicht aufgezogen. Celeste war wie eine Mutter für mich, wenn unsere Mom nicht da war. Sie hat sich um mich gekümmert und mich beschützt. Sie ist immer für mich da gewesen.«

»Das heißt noch lange nicht, dass sie den Greifstab nicht benutzen wird, um dir deine Kräfte zu rauben, wenn sie die Chance dazu bekommt«, sagte Simon düster.

Nolan schüttelte den Kopf. »Ihre Familie hat die Nachfahren des Bestienkönigs über Jahrhunderte gedeckt. Alles, was sie getan hat – sogar, dass sie Mom auf die Suche nach den Teilen geschickt hat –, hat sie getan, um mich vor Orion zu schützen. Er hat unseren Dad getötet, und er ist die ganze Zeit hinter mir her gewesen.«

Simon war anderer Meinung, doch er merkte, dass Nolan von dem, was er sagte, fest überzeugt war und dass er ihn nicht davon würde abbringen können. »Hör zu«, sagte er leise. »Darüber können wir später noch sprechen, okay? Jetzt müssen wir erst mal hier raus, bevor der Schwarm zuschlägt.«

»Nicht ohne Celeste«, sagte Nolan stur. »Mir ist egal, was du sagst. Wenn ich ohne sie gehe, werden sie sie töten. Das kann ich nicht zulassen.«

»Ich …« Simon biss sich auf die Lippe. Sein Bruder hatte nicht unrecht. »Orion darf dich nicht kriegen. Das weißt du. Celeste würde das auch nicht wollen.«

»Schon klar, aber –«

»Es sind mindestens tausend, und wir sind nur zu zweit. Die Kräfte des Bestienkönigs werden sie nicht aufhalten, Nolan. Wenn du versuchst zu kämpfen, werden sie dich einfangen. Und sie werden Celeste töten und ihr die Teile abnehmen.«

Sein Bruder starrte ihn finster an. »Also – was schlägst du vor?«, fragte er. »Wie lautet dein großer Plan? Wegfliegen? Celeste und die Teile hier zurücklassen? Tu nicht so, als wärst du nicht auch wegen der Teile hier«, fügte er hinzu. »Du wärst fast dabei draufgegangen, als du nach den blöden Dingern gesucht hast. Du wirst sie doch jetzt nicht Orion überlassen.«

Simon öffnete den Mund und schloss ihn wieder. »Ich bin hergekommen, um dich hier rauszuholen«, sagte er schließlich. »Aber wenn ich dabei die Chance habe, die Teile zu bekommen und diesen ganzen Wahnsinn zu beenden, werde ich sie nutzen. Vielleicht … vielleicht schaffen wir es sogar auch, Celeste zu retten.« Er schwieg kurz. Es würde nicht leicht werden, aber den Versuch war er seinem Bruder schuldig. »Das kann ich aber nicht riskieren, wenn du hier bist. Du musst verschwinden. Flieg weg und nutze deine Kräfte, um dich vor dem Schwarm zu verstecken, bis die Lage wieder sicher ist. Wenn du weg bist, werde ich alles tun, um ihr zu helfen. Versprochen.«

Sein Bruder wandte den Blick ab und starrte in die Dunkelheit. Die Sekunden vergingen, und Simon war drauf und dran, die Geduld zu verlieren, als er endlich etwas erwiderte. »Der Schwarm beobachtet uns. Sie sehen doch, dass nur einer von uns das Haus verlässt.«

»Ich glaube, da kann ich helfen«, sagte eine leise Stimme.

Eine Amsel hüpfte durch einen Spalt im Vorhang, nahezu unsichtbar in der pechschwarzen Nacht. Einen Moment später stand ein schlanker Mann in einer abgewetzten schwarzen Lederjacke und mit grauen Strähnen im Haar vor ihnen. Leo.

Simon schnappte nach Luft. Mit seinem anderen Großvater hatte er nicht gerechnet. Doch bevor er etwas sagen konnte, war Nolan verschwunden, und an seiner Stelle stand ein junger Wolf.

»Weg von meinem Bruder«, knurrte er und schnappte nach Leos Knöcheln. Leo wich zurück und hob beschwichtigend die Hände.

»Ich bitte um Entschuldigung«, sagte er ruhig. »Ich dachte, Zia hätte mich angekündigt.«

»Was machst du denn hier?«, fragte Simon verblüfft. »Du solltest doch in Hawk Mountain sein.« Da erst merkte er, dass sein Bruder immer noch die Zähne fletschte, und stellte sich schnell vor ihn. »Nolan – hör auf. Er ist auf unserer Seite. Er ist … er ist …«

»Ich bin Leo Thorn«, sagte Leo leichthin. »Der Vater eures Vaters.«

Nolan wurde ganz still und legte die Ohren an. »Das ist eine Lüge.«

»Nein, ist es nicht«, sagte Simon. »Ich habe ihn in Kalifornien kennengelernt. Ich wollte es dir sagen, aber …«

»Aber ich habe darauf bestanden, dass er es nicht tut«, beendete Leo den Satz und musterte Nolan. »Zu dem Zeitpunkt erschien es mir vernünftiger, doch mittlerweile bereue ich die Entscheidung.«

Nolan knurrte und scharrte mit den Krallen auf dem Boden. »Du hast genau fünf Sekunden, es zu beweisen, sonst reiße ich dir den Hals auf.«

Leo zuckte die Schultern. »Na schön«, sagte er und verwandelte sich innerhalb eines Wimpernschlags in einen Wolf – in die gleiche Gestalt, die Nolan angenommen hatte. Um noch eins draufzusetzen, animagierte er anschließend in schneller Folge in eine Hauskatze, eine Schildkröte und eine Gottesanbeterin, bevor er die Gestalt eines Goldadlers annahm.

Mit eingezogenem Schwanz stolperte Nolan rückwärts, bis er gegen die Kommode stieß. »Was …?« Er sah Simon an. »Wie …?«

»Ich habe doch gesagt, dass ich der Vater eures Vaters bin«, sagte Leo geduldig. »Wie ihr ein Nachfahre des Bestienkönigs. Wenn Simon darauf besteht, Celestes Teile zu suchen, kann ich dich aus dem Haus begleiten, Nolan. Niemand wird den Unterschied bemerken.«

Auch wenn Nolan sah, dass es tatsächlich keinen Unterschied zwischen dem Goldadler gab, der vor ihm saß, und dem, in den Simon sich immer verwandelte, sagte er nichts. Er schüttelte nur mit großen Augen den Kopf. »Ich … ich kann meine Großmutter nicht allein lassen.«

»Wenn du bei Celeste bleibst, wird sie bei dem Versuch sterben, dich zu beschützen«, sagte Leo. »Aber wenn du mit mir kommst, gibst du ihr eine Chance, sich zu retten.«

Nolan schaute unentschlossen zwischen ihnen hin und her. »Simon …«

»Vertrau mir«, sagte Simon leise. »Bitte. Bevor es zu spät ist.«

Endlich nickte Nolan zögernd. Die Luft um ihn begann zu flimmern, und er animagierte in einen Wanderfalken. »So bin ich schneller«, murmelte er. »Falls sie uns jagen.«

»Gut mitgedacht«, sagte Leo freundlich und hüpfte zum Fenster. »Simon, wenn es brenzlig wird …«

»Ich weiß. Aber Orion wird mir nichts tun«, fügte er mit einem Hauch Bitterkeit hinzu. »Ob es ihm gefällt oder nicht, ich bin immer noch sein Erbe.«

Nolan räusperte sich. »Also, die Teile … Sie trägt sie immer bei sich. In der Tasche ihres Kleids. Wenn sie schläft, hängt das Kleid über dem Stuhl neben ihrem Bett.«

»Danke«, sagte Simon. Er wusste, was es seinen Bruder gekostet haben musste. »Ich werde ihr sagen, dass du in Sicherheit bist.«

»Lass nicht zu, dass ihr etwas passiert, ja?«, flehte Nolan. »Bitte.«

»Ich werde es versuchen«, sagte Simon leise. Versprechen konnte er nichts. Wenn Celeste wirklich Nolans

Wohlergehen am Herzen lag, hatte sie von Anfang an gewusst, welches Risiko sie einging. Und nun war sie hier – in einem Haus in der Wildnis, umzingelt von tausend Vögeln, die ihr Blut sehen wollten. Seine Möglichkeiten, ihr zu helfen, waren begrenzt.

Schließlich flogen Nolan und Leo zusammen durchs Fenster in die Dunkelheit und ließen Simon zurück. Er kniff die Augen zusammen und hoffte mit aller Kraft, dass niemand die Täuschung bemerkte und es den beiden gelingen würde, zu entkommen. Dann holte er tief Luft, öffnete die Tür einen Spalt und spähte hindurch.

Das Haus war nicht sehr groß – kaum größer als ihre Wohnung in Manhattan. Ein schmaler Flur trennte die winzige Küche vom Wohnzimmer, gegenüber von Nolans Zimmer lag eine weitere Tür und am Ende des Flurs eine dritte, vermutlich das Bad.

Bevor Simon Nolans Zimmer verließ, animagierte er in eine schwarze Katze. Es war nicht die beste Tarnung, aber sie erlaubte ihm, in der Dunkelheit zu sehen und sich geräuschlos zu bewegen. Lautlos schlich er über die alten Holzdielen und richtete den Blick auf die Tür am anderen Ende des Flurs. Wenn er sich in ein kleineres Tier verwandelte, konnte er unter der Tür hindurchkriechen und Celestes Kleid durchsuchen, ohne sie aufzuwecken. Und wenn er die Teile des Greifstabs hatte, konnte er durchs Fenster fliehen, zu Nolan und Leo stoßen und mit ihnen so schnell wie möglich zurück nach Hawk Mountain fliegen.

Doch seinem Gewissen gefiel dieser Plan nicht. Er musste Celeste eine Chance geben, sich zu verteidigen, Nolan zuliebe. Er würde sie wecken, bevor er wegflog, beschloss er. Sie würde ihm nicht folgen können, aber vielleicht würde sie Orions Kriegern entkommen. Mehr konnte er nicht für sie tun. Orion hatte das Haus umzingelt, und wenn sie sich weigerte, sich zu ergeben ...

»Guten Abend«, ertönte da eine wohlbekannte Stimme aus dem Wohnzimmer. »Wie schön, dich wiederzusehen, Simon.«

Celestes letzter Kampf

Simon blieb wie angewurzelt stehen und wagte kaum zu atmen.

Celeste saß in einem alten Lehnstuhl und hatte eine Armbrust auf dem Schoß. Simon hatte sie noch nie so zerzaust gesehen. Ihr sonst wie glatt gebügeltes silbernes Haar war zu einem unordentlichen Knoten gebunden. Sie musterte ihn mit einem kleinen Lächeln, als wären sie alte Freunde.

»Ich habe gehört, dass du mit Nolan gesprochen hast«, sagte sie. »Er ist weg, oder?«

Simon schluckte. Was sollte er antworten? Wenn er bejahte, wusste sie, dass auch er die Kräfte des Bestienkönigs besaß. Aber wenn nicht ...

»Keine Sorge«, sagte sie ruhig. »Ich weiß schon eine ganze Weile von deinen Fähigkeiten.«

Er schaute sie verblüfft an und ließ sich auf die Hinterbeine sinken. »Ja?«

»Ich habe es von Anfang an geahnt«, gab sie zu. »Und ich musste dich nicht allzu lange beobachten, um sicher zu sein. Du bist sehr viel unvorsichtiger, als du sein solltest, Simon.«

Er schlug mit dem Schwanz auf den Boden, bevor er sich zurück in menschliche Gestalt verwandelte. »Dann hast du doch schon fast, was du willst«, sagte er. »Drei Teile des Greifstabs und einen, dem du die Kräfte rauben kannst.«

Celeste legte den Kopf zur Seite. »Ich wünschte, ich könnte dich davon überzeugen, dass ich nicht das Monster bin, für das deine Mutter und dein Onkel mich halten.«

»Na ja, du hast nicht gerade viel getan, um ihre Einschätzung zu widerlegen«, sagte Simon und schlug einen weiten Bogen um sie zum Fenster. Draußen sah er nur die Pinien. »Du hast Nolan weggelockt. Du hast meine Mom gezwungen, die Teile für dich zu suchen. Du warst ... du warst richtig fies zu Darryl und Malcolm. Du hast mich verfolgt und versucht, mir die Teile wegzunehmen ...«

»Das habe ich«, sagte sie langsam. »Das alles und noch mehr. Aber ich hatte meine Gründe. Nolan ist mein Enkel. Ich wusste von Anfang an, dass es nur eine Frage der Zeit war, bis Orion ihn jagen würde. Von dir wusste ich nichts«, fügte sie hinzu. »Wenn ich es gewusst hätte, hätte ich jede mögliche Maßnahme ergriffen, um auch dich zu schützen. Aber ich wollte immer nur Orion daran hindern, Nolan etwas anzutun. Bei deinem Vater bin ich gescheitert. Bei deinem Bruder werde ich nicht scheitern. Meine Methoden waren bisweilen vielleicht etwas extrem, aber ich werde tun, was ich tun muss, um ihn zu beschützen. Und nun auch dich.«

Die Taschenuhr in seiner Hosentasche hatte sich deutlich erwärmt, und Simon machte vorsichtig einen Schritt auf sie zu. Sein Instinkt sagte ihm, dass sie log, aber er musste ihr zugutehalten, dass sie trotz aller Drohungen noch niemanden umgebracht hatte. Im Gegensatz zu Orion.

Aber sie hatte Malcolm herausgefordert, erinnerte er sich. Sie hatte seine Mutter und Darryl gefangen nehmen lassen. Keine ihrer Taten – keine einzige – war harmlos gewesen, und wenn sie noch so gute Gründe gehabt hatte. »Du hättest uns helfen können«, sagte er. »In Arizona hättest du Malcolm unterstützen können. In Michigan hättest du uns sagen können, was du vorhattest.«

»Das habe ich ja versucht«, sagte sie. »Hast du nicht die Briefe bekommen, die ich dir geschickt habe?«

»Doch«, sagte er knapp. »Aber das war nicht genug.«

Celeste lachte auf, ein befremdliches Geräusch in der Stille der Nacht. »Nein, das war es wohl nicht«, murmelte sie. »Nun gut. Ich werde mir nicht den Mund fusselig reden, um dich zu überzeugen. Wie viele sind da draußen?«

Es war nicht so, dass er ihr nicht glaubte. Doch selbst wenn sie die Wahrheit sagte, machte das die schrecklichen Dinge, die sie seiner Familie angetan hatte, nicht ungeschehen. »Tausend«, sagte er leise.

Sie schnalzte mit der Zunge. »Da kann ich mich wohl schlecht aus dem Staub machen«, sagte sie. »Ich fürchte allerdings, dass mein Tee nicht für alle reicht.«

Sie machte tatsächlich noch Witze. Simon schüttelte den Kopf. »Orion wird behaupten, dass er dir das Leben schenkt, wenn du ihm die Teile gibst«, sagte er. »Das ist eine Lüge. Er hat die anderen beiden Teile. Wenn er den Greifstab zusammengesetzt hat, wird er dich töten, genau wie er Darryl getötet hat.«

»Und er wird mir dabei meine Animox-Gestalt rauben.« Sie runzelte die Stirn. Der Gedanke schien sie mehr zu stören als der, dass Orion ihr das Leben nehmen könnte. »Das gefällt mir gar nicht.«

Sie holte etwas aus der Tasche ihres Kleids und hielt Simon die ausgestreckte Hand hin. In ihrer Handfläche lagen drei Teile des Greifstabs – genau die, die Simon über Monate hinweg in den anderen Reichen gesammelt hatte.

»Ich glaube, die gehören dir«, sagte sie. »Es tut mir

nur leid, dass ich dieses verflixte Ding nicht selbst zerstören kann.«

Simon trat vorsichtig näher. So richtig traute er der Sache nicht, doch sie legte ihm tatsächlich die drei Kristalle in die Hand. Sie fühlten sich heiß an. Seine Taschenuhr glühte jetzt regelrecht, und er schloss fassungslos die Finger um die Teile.

»Ich hätte sie gleich zurückschicken sollen, als Nolan damit ankam«, sagte sie kopfschüttelnd. »Ich hoffe, du machst ihm keine Vorwürfe. Er hat es gut gemeint.«

»Ich weiß«, sagte Simon heiser und ließ die Teile in seine Hosentasche gleiten. Sie brannten an seinem Bein. »Was wirst du jetzt tun?«

»Das, was ich schon immer getan habe«, erwiderte sie und hob ihre Armbrust. »Ich werde für meine Familie kämpfen. Und du, Simon …« Sie musterte ihn mit ihren durchdringenden blauen Augen. »Die Teile gehören jetzt dir. Tu, was du tun musst, um deinen Bruder zu retten.«

In diesem Augenblick klopfte es an die Tür. Simon fuhr zusammen und animagierte wieder in die schwarze Katze. »Du kannst fliehen«, sagte er schnell. »Vielleicht hast du noch eine Chance.«

»Ich fliehe nicht«, sagte sie würdevoll und erhob sich mit ihrer Armbrust. »Aber für dich ist es Zeit zu gehen, Simon. Finde deinen Bruder. Ich vertraue darauf, dass ihr gemeinsam das Unmögliche schafft.«

Wieder klopfte es, und er sah entsetzt zu, wie sie zur Tür ging. »Orion wird dich umbringen«, sagte er.

»Vielleicht«, erwiderte sie. »Vielleicht bin ich aber auch schneller als er.«

Sie öffnete die Tür, und Simon verzog sich in letzter Sekunde in den Flur. Er brachte es nicht über sich, zu gehen.

»Orion«, sagte Celeste kühl. »So eine Überraschung.«

»Du klingst nicht im Geringsten überrascht«, entgegnete der Herr der Vögel. »Ich muss schon sagen, ich hätte nie gedacht, dass du so primitiv hausen kannst.«

»Und ich hätte nie gedacht, dass du es wagen würdest, mir noch einmal unter die Augen zu treten«, gab Celeste zurück. »Aber deine Arroganz hat mich schon immer fasziniert. Warum du auch hier bist, spuck's aus, ich würde vor Sonnenaufgang gerne noch etwas Ruhe bekommen.«

Bei Orions Kichern sträubte sich Simon das Fell. »Schlau wie eh und je, meine Liebe. Kein Wunder, dass du dich an die Spitze deines Reichs durchgebissen hast. Ganz zufällig würde ich gerne meine zwei Teile des Greifstabs gegen deine Geisel eintauschen.«

Simon zog die Augenbrauen zusammen. Was sollte das jetzt? Orion wusste doch, dass Nolan nicht mehr da war. Er hatte ihn selbst wegfliegen sehen.

Doch dann verstand er. Orion wollte, dass Celeste ihn

angriff. Er ahnte nicht, dass sie von Nolans Verschwinden wusste, und ging davon aus, dass sie alles tun würde, um ihren schlafenden Enkel zu schützen. Er spielte ein Spiel, das er nur gewinnen konnte – und wenn sie ihm dabei einen Grund gab, sie zu töten, umso besser.

»Ich verstehe«, sagte Celeste langsam, als würde sie es ernsthaft in Erwägung ziehen. »Und was, wenn ich Nein sage?«

»Dann bleibt mir wohl nichts anderes übrig, als den Jungen zu befreien, was auch immer dazu nötig ist.«

Celeste seufzte. »Ich habe es satt, Orion. Ich habe dich und dein schlechtes Theater satt. Gib dir keine Mühe, hier ist kein Publikum. Wir wissen beide, dass du so oder so versuchen wirst, ihn mitzunehmen, und dass ich meinen Enkel bis zu meinem letzten Atemzug verteidigen werde.«

»Du hast kein Recht, ihn deinen Enkel zu nennen«, sagte Orion abfällig. »In euren Adern fließt nicht dasselbe Blut. Du hast ihn wie ein Schwein fürs Schlachtfest herangezogen, um ihn mit dem Greifstab zu töten.«

»Sag das noch mal«, erwiderte sie mit eisiger Stimme. »Ich liebe Nolan. Es spielt keine Rolle, dass wir nicht blutsverwandt sind. Ich liebe ihn, wie ich Luke und wie ich Darryl geliebt habe. Du erinnerst dich doch sicher, was mit ihnen passiert ist.«

Orion antwortete langsam, als koste er jedes Wort

aus. »Manchmal sind schreckliche Dinge notwendig – im Dienste des großen Ganzen, Celeste. Das weißt du so gut wie ich. Bereue ich, dass meine Taten notwendig waren? Sicher. Luke war schließlich mein Schwiegersohn und Darryl der geliebte Onkel meines Enkels. Aber bereue ich, dass ich getan habe, was ich tun musste, um mein Reich zu schützen?« Er hob die Hände. »Nein, ich bereue es nicht.«

Klirr.

Ein Dutzend Vögel sauste im Sturzflug gegen das Fenster. Glas splitterte. Celeste drehte sich überrumpelt um, während Orion animagierte. Er flog durch die zerbrochene Scheibe in den dunklen Nachthimmel und ließ Celeste mit Hunderten Mitgliedern des Schwarms zurück, die sich auf sie stürzten.

Ein drohendes Knurren schallte durchs Haus, Celeste hatte nun ebenfalls animagiert. Als die erste Vogelwelle sie traf, kämpfte die Wölfin mit Leibeskräften zurück, ihre Klauen und Reißzähne arbeiteten mit äußerster Präzision. Simon erkannte, dass er sie zum ersten Mal wahrhaftig kämpfen sah. Die anderen Scharmützel, die er erlebt hatte – zwischen ihr und Malcolm, ihr und Zia und selbst ihr und seinen Freunden –, waren nichts im Vergleich zu diesem Überlebenskampf.

Doch Simon konnte nichts tun, um ihr zu helfen. Er musste die Teile des Greifstabs in Sicherheit bringen und seinen Bruder finden. Er lief durch den Flur in Nolans Zimmer, animagierte in einen Goldadler und flog durch das offene Fenster, geradewegs in den gewaltigen Vogelsturm hinein, der die Hütte umkreiste.

Doch dann sah er noch etwas anderes: Hunderte Waldtiere, Säuger aller Art, die mit wildem Kriegsgeschrei auf das Häuschen zustürmten.

Celeste war nicht allein. Sie hatte den Titel der Alpha an Malcolm abtreten müssen, doch einige Mitglieder ihres Reichs hatten sie nicht vergessen. Erleichtert sah Simon zu, wie die Säuger die Vögel angriffen und sich das, was vor einer Minute noch ein Kampf von tausend gegen eine gewesen war, in eine Schlacht ebenbürtiger Gegner verwandelte.

So gern er geblieben wäre, er musste weiter. Celeste kämpfte, um ihm und Nolan Zeit zur Flucht zu verschaffen – ihre Mühe sollte nicht umsonst sein. Er brach aus dem Wirbel der Vögel aus und kreiste auf der Suche nach einem Wanderfalken und einem Goldadler über dem Wald.

Am liebsten hätte er die Gestalt einer Eule angenommen, um besser sehen zu können. Aber jetzt war nicht der richtige Moment, um Nolan zu offenbaren, dass auch er die Kräfte des Bestienkönigs besaß – sein Bruder würde sich zweifellos von dem Schock erholen müssen, dass er nicht der Einzige war. Wenn er Nolan überreden wollte, mit ihm zum *fliegenden Straußen* zurückzukehren, musste er sein Geheimnis noch eine Weile für sich behalten.

Doch so lange er auch über dem Wald kreiste, er konnte sie nicht finden. Je mehr Zeit verging, desto hoffnungsloser wurde er, und schließlich kehrte er zur Schlacht an der Waldhütte zurück. Sein Bruder liebte Celeste ebenso sehr, wie Simon Darryl geliebt hatte. Und Simon wusste genau, was er getan hätte, hätte er die Chance gehabt, seinem Onkel das Leben zu retten.

Er war nicht lange weg gewesen – höchstens zehn Minuten. Dennoch war der Waldboden bedeckt mit leblosen Säugern, Vögeln und Menschen. Der Anblick war entsetzlich. Simon konnte nicht sagen, wie viele von ihnen verletzt und wie viele verloren waren. Er landete wacklig auf einem hohen Ast und suchte panisch nach vertrauten Gesichtern.

Einige Kämpfe dauerten noch an, doch in weiten Teilen war die Schlacht bereits zum Erliegen gekommen. Schmerzensschreie tönten durch den Wald, und Simon flatterte von Ast zu Ast und wurde mit jeder Sekunde verzweifelter. Was, wenn sein Bruder oder Leo sich auch in die Schlacht gestürzt hatten?

»Du hast verloren, Celeste.« Orions Stimme drang hinter dem schützenden Pinienwäldchen hervor. Ohne nachzudenken, flog Simon darauf zu und landete auf einem Zweig. Durch die Nadeln konnte er einen Wolf erkennen, der auf der Seite lag und aus mehreren großen Wunden blutete. Vor dem Wolf stand Orion, wieder in menschlicher Gestalt, und hielt Celestes Armbrust.

»Ich habe nicht verloren.« Celestes Stimme war kratzig, doch trotz ihrer Verletzungen lächelte sie. »Du weißt nicht, was jetzt kommt.«

Orions Griff spannte sich um die Waffe. »Ich gebe dir eine letzte Chance, mir meinen Enkel zu überlassen.«

Ihr Lachen klang erstickt. »Damit du ihn töten kannst? Niemals. Du willst die Teile. Aber ich verspreche dir, dass du sie niemals finden wirst.«

»Das werden wir sehen.« Orion spannte die Armbrust, und Simons Gedanken überschlugen sich. Er musste etwas tun – Nolan würde es ihm nie verzeihen, wenn er tatenlos zusah, wie Orion Celeste tötete. Doch bevor er sich rühren konnte, brach ein dunkler Schatten aus dem Wäldchen hervor und stürzte sich auf Orion.

»Wag es nicht!«

Ein Schwarzbär versetzte dem Herrn der Vögel so einen heftigen Schlag, dass er mitsamt der Armbrust durch die Luft flog. Es war Nolan, erkannte Simon entsetzt. Sein Bruder würde Orion umbringen.

In diesem Augenblick stürzte mit schrillem Schrei ein Habicht aus dem Nachthimmel. Als seine Klauen den Waldboden berührten, verwandelte er sich in menschliche Gestalt, zog einen Bogen und richtete ihn direkt auf die Brust des Bären. Perrin.

Orion kicherte hämisch, während der Bär ihn mit den Pranken am Boden hielt. »Was für ein Vergnügen. Darauf freue ich mich schon seit Langem, Nolan.«

»Weg da, oder ich schieße, Junge«, sagte Perrin. Er hatte eine blutende Wunde an der Schulter, doch seine Hände waren ruhig.

»Er blufft«, knurrte Celeste. »Er wird dich nicht töten, Nolan. Sonst kann Orion dir nicht deine Kräfte stehlen.«

»Das stimmt«, sagte Orion, »aber ich kann so viele Animox töten wie nötig, um gleichermaßen mächtig zu werden.« Er wandte sich wieder an Nolan. »Ergib dich, mein Junge, dann lasse ich deine Großmutter leben.«

Der brüllte. Das Geräusch war so Furcht einflößend, dass Orion zusammenfuhr.

»Lass meine Großmutter gehen, dann lasse ich dich vielleicht leben«, gab Nolan zurück.

»Ach, so ist das«, sagte Orion spöttisch, doch Nolan lehnte sich auf seine Brust, bis er keuchte. »Du vergisst, Junge … dass du … umzingelt bist. Wenn du … mich tötest … gibt es für euch … kein Entkommen.«

»Schon möglich, aber du wärst trotzdem tot«, sagte Nolan und bleckte die Zähne. »Ich lasse dir dein Leben nur im Tausch gegen ihres.«

Während Orion röchelnd die Finger in die Erde grub,

musterte Simon mit hämmerndem Herzen die Pinie, hinter der Nolan sich zuvor versteckt hatte. Dort musste auch Leo sein – einsatzbereit, genau wie Simon. Wenn es darauf ankam, würden sie es leicht mit den verbliebenen Mitgliedern des Schwarms aufnehmen können. Die drei Nachkommen des Bestienkönigs konnten es mit jedem aufnehmen.

Doch zugleich wusste Simon, wie viel Leo geopfert hatte, um seine Identität geheim zu halten und alle glauben zu lassen, dass er tot sei. Über Jahre, vielleicht Jahrzehnte, hatte er im Verborgenen gelebt. Sogar seine Tochter hatte er nur selten gesehen. Er war von Ort zu Ort gereist, ohne feste Heimat, mit nur wenigen Freunden, ruhelos und mit nur einem Ziel: dafür zu sorgen, dass der Greifstab zerstört wurde.

Das alles würde er sicher nicht aufgeben, um Nolan zu schützen. Es lag also an Simon.

»Nun gut«, brachte Orion keuchend hervor. »Deine Großmutter ... darf ... gehen. Du ... musst bleiben.«

Nolan starrte Orion an, und nach langen Sekunden gab er ihn frei. »Sie ist verletzt«, sagte er, verwandelte sich in menschliche Gestalt und eilte zu Celeste. »Sie braucht einen Arzt.«

»Nolan, du musst hier weg«, flüsterte Celeste so leise, dass Simon sie selbst mit seinem ausgezeichneten Gehör kaum hören konnte.

»Ich lasse dich nicht allein«, widersprach Nolan, und Simon sah, dass er ihre Pfote nahm. »Er wird mir nichts tun.«

»Doch, wird er«, sagte sie. »Ich meine es ernst, mein lieber Junge. Hör wenigstens dieses eine Mal auf mich. Solange du in Sicherheit bist, geht es mir gut.«

Während sie sprachen, half Perrin Orion auf die Füße. Er klopfte sich die Piniennadeln ab, und Simon meinte, im schwachen Licht etwas glänzen zu sehen.

»Ich mache sie fertig«, flüsterte Nolan Celeste zu. »Die werden nicht wissen, wie ihnen geschieht.«

»Du sollst nichts anderes tun, als von hier zu verschwinden«, erwiderte sie, und ihre Stimme brach vor Verzweiflung. »Bitte, Nolan –«

In dieser Sekunde machte Orion einen Satz auf Nolan zu und schwenkte ein Jagdmesser. Einen entsetzlichen Augenblick lang dachte Simon, er hätte seinen Bruder erstochen, doch stattdessen schlang er von hinten die Arme um Nolan und presste die Klinge an seinen Hals.

»Wenn du animagierst, werde ich nicht zögern, dich von Ohr zu Ohr aufzuschlitzen«, sagte Orion mit vor Bosheit triefender Stimme. »So, Celeste, wo waren wir gerade?«

Simon wurde stocksteif. Sein Herz hämmerte so laut, dass er das Blut in seinen Adern rauschen hören konnte. Das konnte Orion nicht machen. Doch als er die irre Entschlossenheit in den Augen seines Großvaters sah, wusste er, dass er sich täuschte. Orion würde alles tun, um an die fehlenden Teile des Greifstabs zu kommen.

Celeste erhob sich wankend. »Diese Angelegenheit ist zwischen uns, nicht zwischen euch«, knurrte sie. »Lass den Jungen gehen.«

»Gib mir deine Teile«, sagte Orion. »Sonst kannst du einen weiteren deiner Jungen begraben.«

Mit einem wilden Fauchen sprang Celeste auf ihn zu, ihre Zähne waren gebleckt und ihre Augen voll Zorn. Doch bevor sie Orion erreicht hatte, zischte etwas durch die Luft, und ein Pfeil bohrte sich in ihre Schulter. Sie taumelte und stürzte zu Boden.

»Grandma!«, rief Nolan und rammte Orion den Ellbogen in den Bauch. Der Vogelherr verzog kaum das Gesicht.

»Das ist deine letzte Chance«, sagte er mit erhobener Stimme. »Wo sind die Teile, Celeste?«

»Ich habe sie nicht mehr«, fauchte sie. »Sie sind nicht mehr hier.«

Orion seufzte tief. »Schade, schade«, murmelte er. »Ich hatte gehofft, du würdest es uns etwas leichter machen.«

Er umfasste das Messer fester. Die Zeit schien stillzustehen, und in diesem endlosen Moment wusste Simon mit Sicherheit: Wenn er nicht sofort etwas tat, würde sein Bruder sterben.

»Halt!«, schrie er. Er flog von seinem Ast, landete mehrere Meter neben Celeste und verwandelte sich augenblicklich in menschliche Gestalt. Er zitterte vor Wut, und es kostete ihn die größte Selbstbeherrschung, um seinen Großvater nicht anzugreifen. Es wäre ein Leichtes gewesen, seine Kräfte zu nutzen, um den Herrn der Vögel in Stücke zu reißen, doch wenn er eine falsche Bewegung machte, wäre sein Bruder tot.

»Ah, Simon. Wie nett, dass du dich zu uns gesellst«, sagte Orion grimmig und drückte das Messer noch dichter an Nolans Hals. »Hast du vergessen, wie deine Aufgabe bei dieser Mission lautet?«

»Ich habe die anderen Teile«, sagte Simon heiser.

»Was zum Teufel machst du?«, fragte Nolan mit zusammengebissenen Zähnen, während Celeste ein warnendes Geheul ausstieß. Simon ignorierte die beiden.

»Ich habe genug von deinen Lügen«, sagte Orion und verlagerte das Gewicht auf sein gesundes Bein. »Wenn wir wieder in Hawk Mountain sind ...«

Simon wartete nicht ab, bis er ausgeredet hatte. Er zog die Teile aus der Tasche. Die drei Kristalle brannten wie Feuer, doch er hielt Orion die ausgestreckte Hand ruhig hin.

»Sie sind echt«, sagte er. »Wenn du Nolan gehen lässt, gebe ich sie dir.«

Orions Miene spiegelte erst Zweifel, dann Gier, und er kicherte boshaft. »Unglaublich. Du bist mir einer, mein Junge. Aber der Handel geht andersherum. Wenn du das Leben deines Bruders retten willst, leg die Teile auf den Boden und geh langsam zurück.«

Simon schüttelte den Kopf. »Erst lässt du ihn frei. Und Celeste auch«, fügte er hinzu.

»Celeste?« Orions grau melierte Augenbrauen schossen in die Höhe. »Du willst der Frau das Leben schenken, die deinen Bruder entführt hat und ihn töten wollte?«

»Sie wollte ihn nicht töten«, entgegnete Simon heftig. »Sie wollte verhindern, dass *du* ihn tötest!«

Schweigen. Orion musterte mit zusammengekniffenen Augen die Teile in Simons ausgestreckter Hand, als wolle er ihren Wert schätzen. Simon hielt die Hand ruhig und hoffte, dass sie ihn mehr lockten als die Befriedigung, Nolan und Celeste zu töten.

»Also gut«, sagte Orion schließlich. »Ich gebe Nolan frei und schenke Celeste das Leben – aber nur, weil du mein Enkel bist, Simon, und mir am Herzen liegst. Die Arbeit, die wir beide gemeinsam tun werden, wenn ich den Greifstab zusammengesetzt habe, wird alles verändern. Du wirst in einer Welt leben, in der sich jeder vor dir verneigt.«

»Ich will nicht, dass sich irgendjemand vor mir verneigt«, sagte Simon. »Ich will nur, dass mein Bruder am Leben bleibt.«

Orions Mund verzog sich zu einem boshaften Lächeln, dann stieß er Nolan von sich weg. »Geh«, sagte er. »Flieg fort. Der Schwarm wird dir nicht folgen.«

Kaum war Nolan frei, stolperte er zu der Wölfin am Boden. »Grandma –«

»Mein Liebling«, brachte Celeste mühsam hervor. Ihre Brust hob und senkte sich schwerfällig, während sie um Atem rang. »Ich liebe dich. Bitte – tu, was er sagt, und geh.«

Mit Tränen in den Augen kniete Nolan sich neben sie und küsste sie auf die Stirn. Dann verwandelte sich sein Körper in den eines Wanderfalken. Er schlug mit den Flügeln und verschwand zwischen den Bäumen.

Jetzt erst konnte Simon aufatmen. Was auch immer heute Nacht noch geschah, spielte keine Rolle mehr, denn sein Bruder war frei.

»Ich habe meinen Teil erfüllt«, sagte Orion und starrte gierig auf Simons Hand. »Jetzt ist es an dir.«

Simon schluckte. Langsam – so langsam, dass es sich anfühlte, als würde er sich gar nicht bewegen – legte er die Teile auf den Boden. Kaum war er zurückgewichen, machte Orion einen Satz nach vorn und schloss die Hände darum

»Danke, Simon«, sagte er heiser vor Erregung. »Du hast die richtige Entscheidung getroffen.«

Vorsichtig, als handelte es sich um kostbare Juwelen, ließ er die Kristalle in die Tasche seiner Jacke gleiten. Wenn er die glühende Hitze überhaupt bemerkte, so zeigte er es nicht. Er klopfte sich auf die Tasche und beugte sich mit einem leisen Pfiff vor, um Celestes Armbrust aufzuheben.

»Du musst jetzt gehen«, sagte Simon mit einem nervösen Blick auf die Armbrust. »So war die Abmachung.«

»Das stimmt«, erwiderte Orion gelassen und zog die Sehne zurück, um einen Pfeil zu spannen. »Aber so oft, wie du mich betrogen hast, Simon, fürchte ich, dass auch ich mein Wort nun brechen muss.«

Simon sah entsetzt zu, wie Orion die Armbrust an die Schulter hob und auf Celeste zielte. »Nicht«, schrie er. »Orion – *nein!*«

Aber es war zu spät. Ein unmenschlicher Schrei schallte durch die Luft, Orion löste den Abzug, und der Pfeil flog geradewegs auf Celeste zu.

Simon duckte sich instinktiv. Ein weiterer entsetzlicher Schrei drang durch die Nacht, und er hörte, dass etwas Schweres zu Boden fiel. Sein Herz klopfte bis zum Hals. Er blickte auf und riss den Mund auf.

Irgendwie hatte die verletzte Wölfin es geschafft, aufzustehen. Simon starrte sie an und suchte nach einer weiteren Wunde, konnte aber keine entdecken. Doch als er die Situation genauer erfasste, sah er, dass sie schützend über einer Gestalt stand, die am Boden lag, und das Blut gefror ihm in den Adern.

Nolan.

Trotz der Dunkelheit konnte Simon den roten Fleck auf Nolans Schlafanzugoberteil sehen, und die Wahrheit traf ihn wie ein Zementblock. Nolan war nicht weggeflogen. Er war in der Nähe geblieben und wie ein Idiot in die Schusslinie gesprungen, um Celeste vor dem Pfeil zu schützen.

Orion hielt noch immer die Armbrust, und sein Gesicht spiegelte Simons Entsetzen. »Nein«, flüsterte er und senkte den Köcher. »Nein!«

Doch Simon achtete nicht auf den Vogelherrn. Er sah nur seinen Bruder und meinte, irgendwo in der Ferne jemanden schreien zu hören. Erst als sein Hals zu schmerzen begann, merkte er, dass er es selbst war.

Aus dem Nichts zischte ein weiterer Pfeil durch die Luft und bohrte sich tief in Celestes Seite. Sie stand immer noch schützend über Nolan und bleckte die Zähne. Ein weiterer Pfeil traf sie und dann noch einer, bis sie zu Boden sank, die Pfoten über Nolan gelegt.

Simon konnte nicht denken. Er konnte nicht atmen. In diesem Moment gab es nur noch seine Trauer und Wut. Seine Hände formten sich zu Klauen, und der heiße

Knoten in seiner Brust platzte. Orion würde dafür zahlen – mit seinem Leben.

Doch bevor er animagieren konnte, traf ihn etwas Hartes am Hinterkopf, und er sank zu Boden. Das Letzte, was er sah, bevor ihm schwarz vor Augen wurde, war Orion, der mit blutgetränkten Händen über Nolan kniete.

DREIUNDZWANZIGSTES KAPITEL

Den Wölfen zum Frass

Als Simon wieder zu sich kam, hörte er leise Stimmen.

Sein Kopf hämmerte, und als er die Augen öffnete, sah er über sich die Sterne. Einen Moment lang hatte er keine Ahnung, wo er war oder was passiert war, doch dann fiel es ihm mit einem Schlag wieder ein.

Nolan.

Er setzte sich auf, und ihm wurde schwindlig. Er grub die Hände in die kalte Erde, ließ den Kopf zwischen die Knie sinken und wartete darauf, dass der Schwindel vorüberging.

Als das Gemurmel lauter und das Summen in seinem Kopf leiser wurde, konnte er zwei Stimmen ausmachen: die heisere Stimme von Leo Thorn und eine gequälte Stimme, die kaum zu verstehen war.

»… hast mir gefehlt«, sagte Leo. »Ich wünschte, ich hätte bleiben können.«

»Du musstest sie beschützen. So wie ich«, flüsterte die Stimme. Celeste. »Aber ich bin gescheitert. Ich habe sie im Stich gelassen.«

»Du hast sie nicht im Stich gelassen. *Ich* habe dich im Stich gelassen, indem ich gegangen bin. Ich habe dich so viele Male im Stich gelassen, wieder und wieder – ich habe dich den Wölfen zum Fraß vorgeworfen.«

»Du hast getan, was du für richtig gehalten hast. Genau wie ich.«

Simon hob langsam den Blick. Er saß im Schatten einer Pinie. Ein paar Meter weiter saß Leo auf dem Boden, hatte Celestes Kopf auf dem Schoß und strich ihr durch die silbernen Haare. Sie hatte sich in menschliche Gestalt zurückverwandelt.

Verwirrt öffnete Simon den Mund, um zu fragen, warum Leo keine Hilfe geholt hatte, doch als er Celeste genauer ansah, war die Antwort offensichtlich. Ihr Gesicht war bleich, und ihr Kleid war blutgetränkt. Sie war nicht mehr zu retten. Leo tat das Einzige, was er noch für sie tun konnte.

Simon schluckte mühsam. Die Stelle, an der sein Bruder gelegen hatte, war leer, und Orion und der Schwarm waren fort. Augenblicklich verstand er, was geschehen sein musste. Der Herr der Vögel hatte Celeste dem sicheren Tod überlassen und Nolan mitgenommen – Orion hatte also nicht nur die fünf Teile des Greifstabs, sondern auch den Erben des Bestienkönigs.

Simon wurde schlecht. Er hatte verloren. Er hatte es so entsetzlich vermasselt, dass es keine Hoffnung mehr gab. Wenn Orion den Greifstab noch nicht zusammengesetzt und die Kräfte des Bestienkönigs gestohlen hatte, dann konnte er es jeden Moment tun – wenn Nolan bis dahin überlebte.

»Erinnerst du dich noch an unseren See?«, murmelte Celeste. Ihre Finger lagen in Leos Hand. Sie schienen nicht bemerkt zu haben, dass Simon aufgewacht war. »Wo wir immer mit Mutter und Vater waren, als wir klein waren?«

»Aber natürlich«, sagte Leo. »Ich habe viele schöne Erinnerungen daran.«

»Weißt du noch, wie die Eichhörnchen immer dein Handtuch stibitzt haben, wenn wir schwimmen gegangen sind?«

»Lass mich raten«, sagte er mit einem kleinen Lächeln. »Das warst du.«

Ihr leises Lachen wurde zu einem rasselnden Husten. »Natürlich. Ich war auch der Dieb, der dir deine Süßigkeiten geklaut hat, und der Übeltäter, der in deine Bücher geschmiert hat.«

»Ich weiß«, murmelte er und strich ihr über die

Wange. »Aber was für eine Schwester wärst du denn gewesen, wenn du mich nicht ab und zu ein bisschen geärgert hättest?«

Die Sekunden vergingen in der Stille der Nacht, und Simon starrte zu Boden, ohne etwas zu sehen. Sein Herz war so schwer. Schließlich sprach Celeste mit gebrochener Stimme weiter. »Es tut mir so leid, Leo«, flüsterte sie. »Du hast mir Luke anvertraut, und ich konnte deinen Sohn nicht beschützen.«

»Der Einzige, dem irgendetwas leidtun muss, wird bald tot sein«, erwiderte Leo.

»Der Tag, an dem wir Luke begraben haben ... war der traurigste Tag meines Lebens«, murmelte sie. »Mir ist erst viel später klar geworden, dass ich dich an diesem Tag das letzte Mal gesehen habe.«

»Jetzt bin ich hier«, sagte er und strich ihr eine lose Strähne aus der Stirn. »Ich bin bei dir.«

»Du warst die ganze Zeit da, nicht wahr? Im Januar im Zoo ... als ich den Weißwangenkauz gesehen habe, wusste ich, dass du es warst. Der Weißwangenkauz ist seit hundert Jahren ausgestorben. Du musst ...« Der Husten schüttelte sie, und Leo rieb ihr den Rücken. »Du musst in Zukunft vorsichtiger sein.«

»Ich werde dran denken«, sagte er mit einem traurigen Lächeln.

Ein weiterer Moment verging, und Celeste seufzte.

»Du wirst tun, was auch immer du tun musst, um die beiden zu beschützen, ja?«

»Alles«, versprach Leo leise. »Und jetzt ruh dich aus. Es wird alles gut.«

Sie röchelte. »Sag ihnen, dass es mir leidtut. Ich wollte nie ...«

»Das werde ich«, sagte er heiser und mit Tränen in den Augen.

»Und Malcolm ...« Celeste hustete wieder. Es klang so schmerzhaft, dass Simon zusammenzuckte. »Sag ihm, dass ich ihn von ganzem Herzen liebe. Ganz gleich, was ich gesagt habe ... das muss er wissen.«

»Er weiß es. Ich verspreche dir, dass er es weiß.«

»Nein«, flüsterte sie. »Das glaube ich nicht.«

Und dann war nichts mehr zu hören als das Rascheln der Blätter im Wind.

Die Zeit verging. Vielleicht waren es Minuten, vielleicht auch Stunden. Irgendwann legte Leo Celeste so sanft ins Gras, dass Simon das Gefühl hatte, einen sehr privaten Moment zu beobachten. Leo legte die Hände auf ihre Arme und senkte schluchzend den Kopf.

Schließlich erhob er sich. Ohne ein Wort ging er in die Hütte und kam mit einer gefalteten Decke zurück. Sorgsam legte er sie über Celeste und rieb sich die Augen.

»Komm, Simon«, sagte er erschöpft. »Gehen wir nach Hause.«

»Ich weiß nicht, wo das ist«, murmelte Simon.

»Glücklicherweise weiß ich es.« Leo half ihm auf die Beine und legte ihm seinen starken Arm um die Schultern. »Kannst du fliegen?«

Simon war sich nicht sicher, trotzdem nickte er. Sein Kopf hämmerte immer noch. »Was wird mit ihr passieren?«, fragte er. Er brachte es nicht über sich, zur Decke hinüberzuschauen.

»Ich werde jemanden schicken, sobald du in Sicherheit bist«, sagte Leo. »Man wird sich um sie kümmern.«

»Hat sie … hat sie wirklich die ganze Zeit versucht, Nolan zu schützen?«, fragte er mit zitternder Stimme.

»Sie ist für ihn gestorben«, erwiderte Leo sanft. »Ich denke, das sagt alles.«

Gemeinsam animagierten sie in zwei Goldadler. Sie hoben sich in den dunklen Himmel, und Leos einsamer Schrei hallte durch die Nacht.

Am nächsten Morgen erwachte Simon von hellem Sonnenlicht, das in ein ihm unbekanntes, winziges Zimmer fiel. Sein Kopf tat weh, und er rieb sich die Beule am Hinterkopf. Immerhin war der Schmerz nicht mehr so schlimm wie in der Nacht.

»Das wurde aber auch Zeit.« Felix' aufgeregtes Stimmchen drang in sein Ohr, und Simon fuhr auf, nicht sicher, ob er noch träumte. Doch die braune Maus hockte tatsächlich neben ihm auf dem Kissen.

»Felix?«, murmelte er mit trockener Kehle. »Was machst du hier?«

»Was glaubst du denn?«, erwiderte sein kleiner Freund. Er schien sich alle Mühe zu geben, ruppig zu klingen, doch Simon sah die Sorge in seinen schwarzen Knopfaugen. »Deine Mom macht uns ganz verrückt. Alle fünf Minuten schaut sie nach dir.«

»Dann sag ihr am besten, dass er wach ist.« Winter ließ sich in den Stuhl neben Simons Bett sinken. Sie sah müde aus und hatte dunkle Ringe unter den Augen. Grummelnd huschte Felix unter der Tür hindurch und verschwand. Simon runzelte die Stirn.

»Meine Mom ist auch hier?«, fragte er verwirrt und setzte sich vorsichtig auf. »Wo sind wir? Was ist passiert?«

»Wir sind mitten im Nirgendwo«, sagte Winter missmutig. »Irgendein winziges Säugerkaff nördlich von New York, wo man nur zu Fuß hinkommt. Beaver Falls oder so ähnlich. Kannst du dir vorstellen, wie viel Spaß es macht, mitten in der Nacht durch den Wald zu stapfen, Simon? Glaub mir, es war kein Zuckerschlecken.«

Ein Säugerdorf. Nördlich von New York. Das bedeutete … »Konntet ihr Malcolm befreien?«, krächzte er. »Ist er –«

»Mir geht's bestens.« Sein Onkel erschien in der Tür. Er hielt ein Tablett in den Händen, und der Geruch von frischem Buttertoast stieg Simon in die Nase. »Du, mein Lieber, hast allerdings eine leichte Gehirnerschütterung abbekommen.«

»Malcolm!« Simon versuchte aufzustehen, doch ihm wurde schwarz vor Augen, und er schwankte.

»Würdest du das bitte bleiben lassen?«, sagte Winter und hielt ihn fest, bevor er vornüberkippte. »Ich schwöre dir, wenn ich Leo in die Finger kriege …«

»Leo hat getan, was er tun musste«, sagte Malcolm und stellte das Tablett auf dem kleinen Tisch ab. »Wenn er es nicht getan hätte, will ich mir gar nicht vorstellen, was Simon Orion angetan hätte – und was der Schwarm Simon angetan hätte.«

Langsam verdaute Simon ihre Worte und verband sie mit den verschwommenen Erinnerungen an die vergangene Nacht. Also hatte Leo ihn ausgeknockt. Aber warum? Eine Welle der Entrüstung überkam ihn. Warum hatte er ihn daran gehindert, seinen Bruder zu retten?

»Nolan«, stammelte er. »Er … er war verletzt! Und Celeste …«

»Ich weiß.« Malcolm setzte sich vorsichtig zu ihm auf die Bettkante und griff mit gesenktem Blick nach Simons Hand. »Leo hat uns alles erzählt. Ich habe mehrere Leute geschickt, um die Leiche meiner Mutter zu holen, und wir arbeiten mit Hochdruck daran, herauszufinden, wohin Orion Nolan gebracht hat.«

»Aber …« Simons Kehle wurde eng, als ihm der Anblick seines Bruders wieder vor Augen kam. »Es war entsetzlich, Malcolm. Grauenhaft. Ich weiß nicht, ob …«

Er konnte den Satz nicht beenden. Sein Onkel reichte ihm einen warmen Toast.

»Iss«, sagte er. »Dann fühlst du dich besser.«

Simon nahm einen Bissen, ohne etwas zu schmecken. Seine Gedanken kreisten um die Frage, was mit seinem Bruder geschehen war. Hatte er überlebt? Falls ja, würde es nicht lange dauern, bis Orion den Greifstab benutzte, um ihn zu töten. Wenn er noch lebte, dann tickte seine Uhr.

»Wir müssen ihn finden!«, rief er. »Orion hat alle Teile –«

»Iss«, unterbrach Malcolm ihn. »Zwei Scheiben Toast. Dann reden wir, in Ordnung?«

Simon wollte den Kopf schütteln, doch das fühlte sich an, als hätte er einen Presslufthammer darin. Er gab es auf und biss in sein Toastbrot. Es war selbst gebacken, dick und saftig, doch es hätte ebenso gut aus Sägemehl sein können. »Sind Jam und Ariana auch hier?«, fragte er kauend. »Sie haben bestimmt eine Idee, wie wir Nolan helfen können. Sie sind gut in so was.« Er schluckte. »Ich bin derjenige, der immer alles vermasselt.«

Winter verdrehte die Augen. »Ja, sie sind hier. Aber wenn du die Nummer weiter abziehen willst, sage ich ihnen, dass sie wieder gehen sollen. Im Selbstmitleid badest du besser alleine.«

Obwohl Simon eine Million Fragen hatte, hielt er den Mund und aß seinen Toast so schnell er konnte. Als er den letzten Bissen mit einem Schluck Milch hinuntergespült hatte, half Malcolm ihm aus dem Bett und führte ihn in ein winziges Bad mit freiliegenden Rohren, wo er sich das Gesicht wusch und den Mund ausspülte. Simon stellte fest, dass er sich auch allein auf den Beinen halten konnte, solange er keine schnellen Bewegungen machte.

Schließlich, als er eine Jeans und ein T-Shirt angezogen hatte, das zwei Nummern zu groß war, führte Malcolm ihn in einen Raum, der wie ein rustikales Konferenzzimmer aussah. An den Wänden standen ein paar Sofas, doch das dominierende Möbelstück war der lange Holztisch in der Mitte. Die bunt zusammengewürfelten Stühle waren zum Großteil besetzt. Einige der Leute kannte Simon – darunter Zia und Dev –, andere hatte er noch nie gesehen. Zu seiner Überraschung waren auch Mitglieder anderer Reiche da – Crocker aus dem Reptilienreich, der Spionagemeister aus dem Insekten- und Arachnidenreich und der General des Unterwasserreichs.

»Was machen die denn alle hier?«, fragte er Malcolm verblüfft. Die Anführer von vier der fünf Reiche saßen an einem Tisch, und soweit er das erkennen konnte, hatte noch niemand eine Schlägerei angefangen.

»Orion hat gedroht, den größten Krieg zu beginnen, den unsere Welt seit fünfhundert Jahren erlebt hat«, erklärte Malcolm leise. »Wenn es je an der Zeit war, unsere Streitigkeiten zu vergessen und zusammenzuarbeiten, dann jetzt.«

Ein Stuhl wurde laut quietschend zurückgeschoben, und Ariana stürzte auf ihn zu. »Simon! Es geht dir gut!«, rief sie und kam schlitternd vor ihm zum Stehen, bevor sie ihn fest umarmte. Sie musterte ihn argwöhnisch und fügte hinzu: »Es geht dir doch gut, oder?«

»Bestens«, sagte er und lächelte, so gut er konnte. »Nur ein bisschen Kopfschmerzen. Und … danke«, fügte er hinzu. »Für alles, was du in Hawk Mountain getan hast. Haben es alle gut überstanden?«

»Ein paar Mitglieder des Schwarms werden sich wohl noch eine Weile erholen müssen, aber wir haben alle rausgeholt, die wir haben wollten – und mehr«, sagte sie und deutete mit einem Nicken zur anderen Seite des Raums. Zu Simons Überraschung saßen dort Portia Gale und Rigel Halcyon mit Cordelia und Nash Alouette vor dem Kamin Sie spielten ihr verrücktes Kartenspiel. Allerdings schienen sie nicht ganz bei der Sache zu sein, denn sie schauten immer wieder zum Tisch hinüber.

»Winter meinte, sie könnten uns helfen, Orion zu stürzen«, erklärte Jam, der neben Ariana aufgetaucht war. »Wir haben gehört, was passiert ist«, fügte er mit gesenkter Stimme hinzu. »Hat Celeste dir wirklich die Teile gegeben?«

Simon nickte kläglich. »Und ich habe sie Orion auf dem Silbertablett serviert. Es tut mir so leid.« Laut ausgesprochen hörte es sich sogar noch schlimmer an, und er wandte den Blick ab, als er spürte, dass seine Kehle eng wurde.

»Du hast das Richtige getan«, sagte seine Mutter, die aus der angrenzenden Küche in den Raum trat. Obwohl Simon froh war, sie zu sehen – er war froh, sie alle hier zu sehen –, konnte er sich kein Lächeln abringen.

»Das glaube ich kaum«, murmelte er und starrte zu Boden. »Orion hat jetzt alle fünf Teile. Und er hat Nolan.«

»Du hattest keine Wahl.« Sie legte ihm den Arm um die Schultern. »Komm, mein Schatz, setz dich zu uns an den Tisch.«

Simon stellte sich darauf ein, einen Platz am Tischende zu bekommen, weit weg von den wichtigen Gesprächen, doch seine Mutter führte ihn zur Mitte des Tischs, gegenüber vom General und Crocker. Er setzte sich auf einen alten Holzstuhl mit abgewetztem rotem Polster, seine Mutter und Malcolm setzten sich rechts und links neben ihn. Was auch immer besprochen wurde, Simon war mittendrin.

»Gut zu sehen, dass du wieder auf den Beinen bist, Kleiner«, sagte Zia, die auf Malcolms anderer Seite saß. »Das Ei an deinem Hinterkopf ist ziemlich beeindruckend.«

Simon betastete seine Beule. »Danke.« Er entdeckte Leo auf einem der abgewetzten Sofas an der Wand, den Blick auf die angeschlagene Tasse in seinen Händen gerichtet. Simon verstand immer noch nicht, warum Leo ihn bewusstlos geschlagen hatte, und er war sich nicht sicher, ob er ihm verzeihen konnte. Vielleicht hätte sich der Schwarm auf ihn gestürzt, wenn er Orion angegriffen hätte, aber damit wäre er schon klargekommen. Außerdem wäre es das wert gewesen, um seinen Bruder zu beschützen.

Doch dann kam ihm ein anderer Gedanke. Leo war in menschlicher Gestalt hier. Er versteckte sich nicht als Spinne an der Wand oder strich als Katze herum. Er war da. Außerdem hatte Malcolm gesagt, er hätte ihnen alles berichtet. Hieß das, dass …

»Vielen Dank, dass Sie alle gekommen sind.« Simons Mutter erhob sich, und das Gemurmel im Raum ebbte ab. »Ich freue mich, dass so viele die weite Reise auf sich genommen haben. Dafür möchte ich Ihnen und euch ganz herzlich danken.«

»Genug des Geplänkels«, sagte der General ungeduldig. Neben ihm saß Rhode, Jams älteste Schwester, die wie ihr Vater wenig begeistert wirkte, hier zu sein. »Sagen Sie uns lieber, ob es stimmt, Isabel.«

»Würden Sie die Frage bitte präzisieren?«, erwiderte Simons Mutter und faltete die Hände.

»Hat Orion alle fünf Teile des Greifstabs in seinem Besitz?«

Ein Raunen ging durch den Raum. Obwohl Simons Mutter versuchte, das aufgeregte Getuschel zu übertönen, wurde es nur noch lauter, bis Malcolm sich sichtlich gereizt erhob.

»Könntet ihr alle mal die Klappe halten und sie ausreden lassen?«, blaffte er. Augenblicklich wurde es still. Auch Portia und ihre Freunde hoben neugierig die Köpfe.

»Danke«, sagte Simons Mutter und wandte sich wieder an den General. »Diese Frage ist nicht ganz leicht zu beantworten –«

»Er hat sie.« Alle Augen richteten sich auf Simon, der spürte, wie sein Gesicht heiß wurde. Nicht vor Verlegenheit, sondern aus Scham. »Er hatte zwei Teile, und ich habe ihm gestern Nacht die anderen drei gegeben.«

»*Wie bitte?*« Der General sprang auf, und am Tisch wurde es laut. »Er wollte meinen Bruder töten«, fügte Simon hastig hinzu.

»Nolan?«, fragte Rhode. »Was hat der damit zu tun?«

»*Könnt ihr mich bitte ausreden lassen?*«

Die Stimme von Simons Mutter hallte so laut durch den Saal, dass sogar der General seinen Mund wieder zuklappte, wenn auch sein Blick drohender war, als Worte es sein konnten.

»Orion hat die drei Teile an sich genommen, die in Simons Besitz waren, das ist richtig«, begann sie.

»Und was hatte ein Zwölfjähriger mit drei der gefährlichsten Gegenstände unserer Welt zu schaffen?«, fragte ein anderer Mann, den Simon nicht kannte, der aber, da er neben Crocker saß, sicher zum Rat der Reptilien gehörte.

»Ich habe sie gestohlen«, gab Simon zu. Er würde ehrlich sein. »Vom Reptilienreich, vom Unterwasserreich und vom Insekten- und Arachnidenreich.«

Der Spionagemeister räusperte sich. Eigentlich hatte er Simon das Teil des Insekten- und Arachnidenreichs freiwillig überlassen, doch nun war nicht der richtige Zeitpunkt, um ins Detail zu gehen.

»Isabel«, sagte der General mit leiser, aber drohender Stimme. »Wenn das wahr ist ...«

»Mein Sohn hat getan, was ich nicht tun konnte«,

unterbrach sie ihn heftig. »Er hat es getan, um Orion zuvorzukommen.«

»Tja, trotzdem sitzen wir jetzt hier«, sagte der Mann neben Crocker mit einer ausladenden Geste. »Sie und Ihr Sohn sind offensichtlich gescheitert, und jetzt muss die gesamte Welt der Animox dafür bezahlen.«

Simon biss die Zähne zusammen. »Ich hatte keine Wahl!«

»Man hat immer eine Wahl«, sagte der General steif. »Du hast dich für deinen Bruder entschieden und gegen die Leben zahlloser anderer.«

»Natürlich hat er das«, rief Jam, der in der Nähe der Küchentür saß. »Was hättest du denn an seiner Stelle gemacht? Hättest du zugelassen, dass Orion mich tötet?«

Die Miene des Generals verfinsterte sich. »Ich hätte es gar nicht erst so weit kommen lassen. Aber Tatsache ist, dass der Junge egoistisch gehandelt hat und wir jetzt dafür bezahlen müssen.«

»Es spielt keine Rolle, was Sie getan hätten oder nicht«, sagte Simons Mutter. »Es kommt darauf an, was wir jetzt tun.«

Doch Simon hörte sie kaum. Er schob seinen Stuhl zurück und stand auf. Mit gesenktem Kopf stürmte er aus dem Raum. Der General war nicht dabei gewesen – er wusste nicht, was auf dem Spiel gestanden hatte, und

Simon konnte es ihm nicht sagen, jedenfalls nicht, ohne die Fähigkeiten seines Bruders zu verraten. Doch Vernunft konnte die Welle aus Wut und Enttäuschung, die in ihm aufstieg, nicht bremsen. Er rannte in sein winziges Zimmer und knallte die Tür hinter sich zu.

Gerade als er auf die Matratze gesunken war und sich seinen hämmernden Kopf hielt, klopfte es leise an die Tür. »Simon?«

Es war seine Mutter.

»Schon gut«, murmelte er. »Lass mich einfach in Ruhe.«

Sie öffnete trotzdem die Tür, schlüpfte ins Zimmer und setzte sich zu ihm auf die Bettkante. »Es tut mir leid«, sagte sie.

Simon schüttelte den Kopf. »Der General hat ja recht. Es war egoistisch – und dumm. Ich habe Orion die Teile gegeben, damit er Nolan gehen lässt, aber ... ich habe nicht daran gedacht, dass Nolan nicht einfach so verschwinden würde. Ich habe nicht daran gedacht, dass er sich für unbesiegbar hält und alles tun würde, um Celeste zu beschützen.«

»Du hast getan, was du tun konntest«, sagte seine Mutter und rieb ihm den Rücken. »Für Nolans Entscheidungen trägst du nicht die Verantwortung.« Sie hielt inne, und Simon zog die Nase hoch. »Wir können die Vergangenheit nicht ändern, aber die Zukunft liegt in unserer Hand. Wir können ihn immer noch retten und Orion aufhalten.«

»Nein, können wir nicht.« Simon spürte einen Kloß im Hals, er war den Tränen nahe. »Orion hat den Greifstab bestimmt schon zusammengesetzt, und wenn er Nolan noch nicht getötet hat, dann ...«

»Hat er nicht und wird er nicht«, sagte seine Mutter mit erstaunlicher Ruhe. Simon sah sie düster an.

»Du hast ihn nicht gesehen, Mom. Du hast nicht gesehen, wie er Nolan angeschaut hat. Er ist ihm völlig egal. Ihn interessieren nur die Kräfte des Bestienkönigs.«

»Du hast recht. Nolan ist ihm egal«, stimmte seine Mutter geduldig zu. »Aber er wird ihn nicht töten, zumindest heute nicht – nicht ohne alle Teile des Greifstabs.«

»Aber er hat doch alle Teile – dank mir«, sagte Simon erstickt. Seine Mutter schüttelte den Kopf.

»Nein«, sagte sie lächelnd. »Er hat nur vier.«

VIERUNDZWANZIGSTES KAPITEL

Der verlorene Kristall

Simon starrte seine Mutter an. Er wagte kaum zu glauben, was er gehört hatte.

Er hat nur vier.

»Aber ... aber warum?«, stammelte er. »Die drei Teile, die ich gefunden habe – die waren echt. Sie sind heiß geworden – sie waren *echt*. Orion hatte von Anfang an das Teil des Vogelreichs. Und das Teil des Säugerreichs habe ich in meiner ersten Woche im L. A. G. E. R. gestohlen.«

»Das stimmt«, sagte seine Mutter. »Aber du hast nicht gewusst, dass ich vor dir das Teil des Säugerreichs entwendet habe.«

Simon blinzelte. »Wie bitte?«

Seine Mutter erhob sich. Obwohl das Zimmer winzig war, begann sie, nervös auf und ab zu laufen. »Damals wusste ich noch nicht, was passieren würde. Ich wusste nicht, dass Orion mich entführen würde und dass du über Nacht in dieses Chaos hineingeraten würdest. Aber ich wusste, dass ich unbedingt dafür sorgen musste, dass niemand alle fünf Teile findet. Deshalb bin ich letzten Sommer in Celestes Büro eingebrochen und habe ihren Kristall durch eine Fälschung ersetzt.«

Simon schüttelte fassungslos den Kopf. »Hat sie es gewusst?«

»Nein«, sagte seine Mutter. »Ich habe es nur deinem Onkel Darryl gesagt, und auch nur, weil ich wollte, dass du, falls mir etwas zustößt, eines Tages den Greifstab zerstören könntest.«

»Aber ... Darryl hat nie etwas erwähnt«, sagte Simon. »Er hat mir nie einen Hinweis gegeben oder so ...«

»Das musste er auch nicht«, erwiderte seine Mutter sanft. »Denk nach, Simon. Du weißt selbst, wo es ist.«

Vielleicht war es die Gehirnerschütterung, doch je schärfer er nachzudenken versuchte, desto schwerer fiel es ihm. Er hatte keine Ahnung, wo das Teil sein konnte – irgendwo in ihrer alten Wohnung? In dem Messer, das Darryl ihm geschenkt hatte?

Doch dann, als hätte jemand einen Schalter in seinem Kopf angeknipst, wusste er es.

Er schob die Hand in die Hosentasche, und eine Welle der Erleichterung überkam ihn, als seine Finger sich um die alte Taschenuhr schlossen, die seine Mutter ihm im letzten September gegeben hatte. Er zog die Uhr heraus und betrachtete das Wappen, das auf der Rückseite eingraviert war, den seltsam geformten Stern, der von fünf Tieren umgeben war: einem Wolf, einem Adler, einer Spinne, einem Delfin und einer Schlange.

Die Uhr hatte nie funktioniert. Egal wie lange er sie aufgezogen hatte, die Zeiger hatten sich nie von 8:25 Uhr und 14 Sekunden wegbewegt, und doch hatte seine Mutter von ihm verlangt, dass er sie immer bei sich trug. Das hatte er getan – wohin er auch gegangen war, hatte er die Taschenuhr seines Vaters mitgenommen. Und immer, wenn eins der Teile in der Nähe gewesen war, war sie so warm geworden, dass die Hitze beinahe unerträglich war. So, wie sich die Teile erhitzten, wenn sie einander nahe kamen.

»Wo?«, fragte er verwirrt. »Wie?«

Seine Mutter nahm ihm die Uhr ab und drehte das kleine Rädchen mehrmals in die falsche Richtung. Die Zeiger bewegten sich, bis sie auf 6:02 Uhr standen, dann gab seine Mutter ihm die Uhr zurück.

»2. Juni«, sagte sie. »Der Tag, an dem ihr zur Welt gekommen seid. Mach auf.«

Mit zitternden Fingern öffnete Simon den Schnappverschluss. Zu seinem Erstaunen öffnete sich nicht nur der Deckel, sondern auch das Ziffernblatt. Unter dem

Ziffernblatt lag, perfekt in das Gehäuse gebettet, ein einzelnes Kristallteil.

»Es war die ganze Zeit bei mir?«, fragte er, drehte den Kristall in der Hand und schob den Gedanken beiseite, wie oft er ihn schon beinahe verloren hätte.

»Die ganze Zeit«, sagte sie mit dem Anflug eines Lächelns.

Orion hatte also wirklich nicht alle fünf Teile. Überwältigt vor Erleichterung, schlang er die Arme um sie, und sie lachte und rieb ihm den Rücken.

»Ich dachte … Ich dachte, sie wäre … Ich weiß auch nicht. Etwas, das mir bei der Suche nach den Teilen helfen sollte«, sagte Simon. »Ich dachte, du hättest sie mir deshalb gegeben. Weil sie immer heiß geworden ist, wenn ich in die Nähe eines Teils gekommen bin.«

»Ich hatte keine Ahnung, dass die Teile heiß werden, wenn sie nah beieinander sind«, sagte seine Mutter. »Aber wie gut, dass es geholfen hat.«

»Es hat nicht nur geholfen«, murmelte er an ihrer Schulter. »Die Uhr hat die Teile gefunden.«

»*Du* hast sie gefunden«, widersprach sie. »Deine Hartnäckigkeit, deine Entschlossenheit, dein kluger Kopf und deine Kreativität – das alles war viel wichtiger als die Taschenuhr.«

Simon ließ sie zögernd los. »Wir müssen Nolan finden. Orion merkt vielleicht gar nicht, dass ihm ein Teil fehlt, und er könnte versuchen, ihn mit dem Greifstab zu töten.«

»Orion prüft immer alles ganz genau«, sagte seine Mutter. »Er wird deinen Bruder erst anrühren, wenn er sich sicher ist, dass die Waffe funktioniert.«

»Dann wird jemand anders sterben«, sagte Simon kläglich. »Das will ich genauso wenig.«

Seine Mutter öffnete den Mund, doch dann schloss sie ihn wieder, als hätte sie ihre Meinung geändert. »Ich auch nicht«, sagte sie und gab ihm einen Kuss auf den Scheitel. »Am besten ruhst du dich noch ein bisschen aus und …«

In diesem Moment ertönte ein eiliges Klopfen an der Tür. »Isabel«, sagte Malcolm auf dem Flur. »Rowan ist zurück.«

»Rowan?«, fragte Simon erstaunt, doch seine Mutter erklärte es nicht. Sie öffnete die Tür.

»Weiß er, wo sie sind?«, fragte sie so schnell, dass ihre Worte kaum zu verstehen waren. Jetzt erst sah Simon die Angst und Verzweiflung in ihren Augen, und er begriff, dass sie sich ihm zuliebe bemühte, Ruhe zu bewahren – in Wahrheit aber fürchtete sie sich ebenso wie er.

Malcolm nickte grimmig. »Er hat ihn in die alte Festung gebracht.«

Die Festung befand sich auf einer Insel vor der Küste von Neuengland und war früher einmal der Sitz der Leitenden Animox-Gesellschaft für Exzellenz und Relevanz gewesen, als das Vogelreich noch den Vorsitz über die Schule gehabt hatte. Es war naheliegend, dass Orion Nolan dorthin gebracht hatte. Er kannte die Festung vermutlich besser als jeder andere, und die Tatsache, dass es einmal der Regierungssitz des Bestienkönigs gewesen war, war natürlich ein besonders boshafter Seitenhieb.

Simons Mutter wurde blass, doch sie straffte die Schultern und holte tief Luft. »Dann haben wir jetzt genug zu tun. Wir müssen den General überzeugen, uns zu helfen. Ohne die Unterwasserarmee …«

»Das kann ich machen«, sagte Simon plötzlich. »Lasst mich noch einmal mit ihm reden. Und mit den anderen auch.«

Seine Mutter zögerte, doch schließlich nickte sie. »Denk daran, der General hat Angst«, sagte sie. »Und wenn man Angst hat, sagt man manchmal Dinge, die man nicht so meint.«

»Nein, man sagt die Wahrheit«, widersprach Simon. »Der General hat recht gehabt, aber er kennt nicht die ganze Geschichte. Wenn wir alle bitten, ihr Leben zu riskieren, um mit uns zu kämpfen, haben sie auch das Recht, zu erfahren, was wirklich los ist.«

Ohne auf die Zustimmung von seiner Mutter und Malcolm zu warten, steckte er die Taschenuhr mit dem fehlenden Teil in die Hosentasche und lief auf den Flur.

Seine Mutter eilte ihm nach und hielt ihn an der Schulter zurück.

»Simon ...«, begann sie, doch er schüttelte sie ab.

»Es muss sein«, sagte er. »Es ist wichtig.«

»Ich weiß.« Sie schwieg und blickte in Richtung des Besprechungsraums, wo die anderen auf sie warteten. »Aber sag ihnen nichts von dem falschen Kristall, in Ordnung? Ich vertraue allen, die hier sind, aber wenn Orion irgendwie davon erfährt ...«

Der Gedanke, die anderen anzulügen oder ihnen etwas zu verschweigen, widerstrebte Simon, doch sie hatte recht. Seine Mutter hatte das Geheimnis ein Jahr lang gehütet, und gerade deshalb schützte es nun Nolan vor dem sicheren Tod.

Er nickte kurz, dann wandte er sich ab und ging zurück zu den anderen, diesmal mit hoch erhobenem Kopf. Die Gespräche verstummten, als er ins Zimmer kam, und anstatt sich auf seinen Stuhl zu setzen, kletterte er auf den Tisch.

»Wir brauchen eure Hilfe«, sagte er rundheraus. Alle starrten ihn an, einige neugierig, andere skeptisch, doch er ließ sich nicht einschüchtern. »Mein Bruder ist nicht der Einzige, der in Gefahr ist. Ich bin es auch. Und ihr seid es auch. Und eure Familien und alle, die ihr kennt und liebt. Wenn wir nicht zusammenhalten, werden wir alle den Preis dafür bezahlen.«

Der General zog die Mundwinkel nach unten. »Selbst wenn wir wüssten, wo Orion ist –«

»Er ist in der alten Festung des Bestienkönigs«, sagte Rowan, der neben Winter am Kopfende des Tischs Platz genommen hatte und sich nun erhob. Er sah aus, als hätte er seit Tagen nicht geschlafen. »Er hat den Schwarm aus Hawk Mountain abgezogen und auf der Insel stationiert.«

»Den ganzen Schwarm?«, fragte Simons Mutter überrascht. »Das müssen doch Tausende Soldaten sein.«

Rowan nickte düster. »Sie sind bereit, Orion bis aufs Blut zu verteidigen. Er hat ihnen in den letzten Jahren eingetrichtert, dass die anderen Reiche das Vogelreich auslöschen wollen. Sie sind bestens auf euren Angriff vorbereitet.«

Simon atmete scharf ein. »Dann brauchen wir umso mehr die Unterstützung aller«, sagte er.

»Es wird Jahre dauern, bis Orion die Animox-Kräfte gestohlen hat, die er benötigt, um so mächtig zu werden wie der Bestienkönig«, wandte der General ein. »Und selbst mit dem Greifstab kann er die Festung nicht verlassen, ohne sein Leben zu riskieren. In der Zwischenzeit müssen wir die Insel belagern. Der Schwarm kann zwar fliegen, aber nicht viel tragen. Wenn sie versuchen, Lebensmittel und Ausrüstung für ihre Soldaten einzuschiffen, werden wir ihre Schiffe versenken.

Sie werden verhungern, bevor sie uns angreifen können.«

»Die Theorie ist nicht schlecht«, sagte Simons Mutter. »Aber sie wird nicht verhindern, dass Orions Macht wächst. Es werden nur weitere Mitglieder des Schwarms sterben, und die Überlebenden werden zu Fanatikern werden.«

»Aber so gewinnen wir Zeit, um eine Strategie zu entwickeln«, sagte Rhode. »Ihr sprecht ja über diesen Angriff, als würde er heute Nacht schon stattfinden.«

»Er muss so schnell stattfinden, wie die Armeen einsatzbereit sind«, sagte Simon.

Der General kniff die Augen zusammen und trommelte mit den Fingerkuppen auf den Tisch. »Du hast noch nicht mal einen Plan und willst, dass wir unser Leben riskieren, um deinen Bruder zu retten?«

»Es geht nicht nur darum, Nolan zu retten«, entgegnete Simon. »Es …«

Er hielt inne und wusste nicht, wie er weitersprechen sollte. Die Sache war so dringlich, dass er sie nicht in Worte fassen konnte, und selbst wenn er einen Weg fand, wusste er, dass der General nicht von seinem Standpunkt abrücken würde. Nolan spielte nur für Simons Familie und Freunde eine Rolle, und das war nicht genug.

Es gab nur eine Möglichkeit, es ihnen verständlich zu

machen. Simon holte tief Luft und animagierte in einen Wolf.

»Was zum Teufel machst du da?«, fragte der General erschrocken und schob seinen Stuhl zurück. Simon antwortete nicht. Stattdessen verwandelte er sich in einen Goldadler. Dann in eine Schildkröte. In eine Hummel, einen Spatz, einen Otter, einen Frosch und schließlich zurück in menschliche Gestalt.

Mittlerweile waren alle auf den Beinen. Einige reckten die Hälse, um besser sehen zu können, während andere zur Tür stürzten. Der General stolperte rückwärts und zog Rhode mit sich, bis sie an die Wand stießen. Die Einzigen, die weiter am Tisch sitzen blieben, waren die, die es gewusst hatten – die Menschen, denen Simon am meisten vertraute. Er fing den Blick seiner Mutter auf, und sie nickte ihm aufmunternd zu.

»Keine Sorge«, sagte er und hob die Hände. »Ich werde niemandem etwas tun. Ich schwöre es.«

Nash stand vom Sofa auf und klatschte in die Hände. »Das ist der reine Wahnsinn«, rief er.

»Wie?«, krächzte der Mann, der zu Crocker gehörte. Er war auf halbem Weg zur Tür und umklammerte die Lehne eines Stuhls, als wolle er ihn als Waffe benutzen. »Wie ist das möglich?«

»Der Bestienkönig hatte eine Tochter«, sagte Simons Mutter. Sie stieg nun ebenfalls auf den Tisch und stellte sich neben Simon. »Seine Kräfte wurden über Jahrhunderte von Generation zu Generation weitergegeben – bis zum heutigen Tag.«

»Seit der Niederlage des Bestienkönigs haben die Herrscher des Säugerreichs seinen Erben beschützt«, fügte Malcolm hinzu, der es nicht nötig hatte, auf Tische zu klettern, um von allen gehört zu werden. »Der oder die Alpha adoptiert das Kind und lehrt es, seine Kräfte zu kontrollieren. Mein Bruder Luke – der Vater von Simon und Nolan – hat die Kräfte des Bestienkönigs entwickelt, als er elf war.«

»Und geerbt hat er sie von mir.« Leo hatte sich erhoben. »Ich bin Leo Thorn. Celeste war meine Adoptivschwester, und ich bereue nicht, dass sie meinen Sohn Luke großgezogen hat. Mein Vater hat mich der Alphafamilie übergeben, als ich ein kleines Kind war, genau wie seine Mutter es mit ihm gemacht hat. Als Mitglieder der Alphafamilie konnten wir Teil der Gesellschaft sein. Wir wurden nicht ausgegrenzt, und wir hatten Freunde und Verwandte, die uns liebten und für die es keine Rolle spielte, wer oder was wir waren.« Er hielt inne und räusperte sich. »Macht ist für uns ein schmutziges Wort. Niemand von uns strebt danach. Seit fünfhundert Jahren ist es unser einziges Ziel, zu verhindern, dass der Greifstab je wieder zusammengesetzt wird und weiteres Unheil anrichtet.«

»Die Nachfahren des Bestienkönigs haben all diese Zeit überlebt?« Die Stimme des Generals bebte – ob vor Wut oder Angst, konnte Simon nicht sagen. »Und das Säugerreich hat das nicht nur geheim gehalten, sondern die Nachkommen auch noch selbst aufgezogen?«

Malcolm nickte würdevoll. »Dafür werde ich mich nicht entschuldigen. Mein Reich war das erste, das sich seinerzeit gegen die Regeln des Bestienkönigs aufgelehnt und den Widerstand gegen ihn begonnen hat. Meine Vorfahren wussten nicht, dass seine kleine Tochter seine Kräfte geerbt hatte, und haben sie bei sich aufgenommen. Als sie zum ersten Mal animagierte, hätten sie sie töten können, doch das haben sie nicht getan. Sie lehrten sie, mit ihren Kräften Gutes zu tun. Und niemals«, fügte er hinzu und musterte die Anwesenden reihum, »nicht ein Mal in diesen fünfhundert Jahren, hat ein Erbe des Bestienkönigs seine Macht missbraucht oder einen Krieg begonnen. Sie haben sich im Hintergrund gehalten, weil sie wussten, dass die fünf Reiche sich gegen sie erheben würden, ohne sich zu fragen, ob es richtig wäre.«

»Natürlich ist es richtig«, rief der Mann aus dem Reptilienreich. »Die drei sind eine Gefahr für uns alle!«

»Nein. Orion ist die Gefahr«, entgegnete Simon fest. »Wenn ihr nicht wollt, dass er dieselben Kräfte nutzt, um euch zu töten, müssen wir zusammenarbeiten.«

Rhode musterte ihn aufmerksam. Sie schüttelte die Hand ihres Vaters ab und trat zurück an den Tisch. »Was meinst du damit?«, fragte sie. »Warum erzählst du uns das gerade jetzt?«

»Weil …« Simon sah seine Mutter unsicher an, und sie nickte ihm zu. »Weil Nolan diese Kräfte auch hat. Und Orion es weiß.«

Im Nu schrien alle durcheinander, bis Simon nichts mehr verstehen konnte und sich am liebsten die Ohren zugehalten hätte. Da schrillte ein lauter Pfiff durch die Luft.

»Es reicht!«, rief Rhode, und alle wurden still. »Wir können uns streiten, oder wir können zuhören. Nur eins davon bringt uns weiter. Und da Orion ganz kurz davor ist, die Kräfte des Bestienkönigs zu erlangen, bin ich dafür, dass wir zuhören.«

»Woher sollen wir wissen, dass er den Greifstab nicht schon gegen den Jungen verwendet hat?«, fragte Crocker und linste durch seine dicke Hornbrille. Simon sah seine Mutter hilflos an. Wie sollte er die Frage beantworten, ohne zu verraten, dass Orion doch nicht alle fünf Teile hatte?

»Wir wissen es nicht«, antwortete Malcolm für ihn. »Wir können nur hoffen. Aber wenn er es getan hat …«

»Dann hat das Vogelreich *einen* Bestienkönig, und wir haben zwei«, schloss Simon mit einem Blick auf seinen

Großvater. Leo nickte. Auf diesen Moment hatte er sein Leben lang gewartet, und jetzt würde er kämpfen.

»Dann sind wir dabei«, sagte Crocker und erhob sich mithilfe seines Stocks. »Diese Schlacht betrifft uns ebenso wie euch. Wir werden nicht tatenlos zuschauen, wie Orion unsere Welt zerstört.«

»Mein Reich macht auch mit«, verkündete Ariana, die neben dem Spionagemeister saß. »Wir können die Insel befallen, bis Orion sich vor Stichen und Bissen nicht mehr rühren kann.«

»Dass das Säugerreich mitmacht, versteht sich wohl von selbst«, sagte Malcolm. »Ich werde nicht zulassen, dass meine Mutter und meine Brüder umsonst gestorben sind.«

»Ich habe bereits alle Säugergemeinden im Umkreis von tausend Meilen kontaktiert«, erklärte Zia und schob ihre Hand in Malcolms. »Sie sind schon unterwegs.«

Der General schürzte die Lippen. »Das ist ja alles schön und gut, aber es ändert nichts daran, dass wir gegen eine Armee bestens gerüsteter Soldaten antreten. Mein Reich wird vom Wasser aus nichts ausrichten können …«

»Dann kämpfen wir eben an Land, Sir«, sagte Jam. »Als Menschen.«

»Du hast noch nie gegen den Schwarm gekämpft«, fauchte der General ihn an. »Er ist unberechenbar.«

»Wir auch«, rief Ariana. »Genau wie die Säuger. Und die Reptilien. Und Ihre eigenen Kämpfer.«

»Wir haben keinen einzigen strategischen Vorteil«, explodierte der General. »Wenn wir angreifen, müssen sie einfach nur wegfliegen. Ohne Flügel können wir –«

In der Ecke des Raums räusperte sich Portia Gale. »Ich bitte vielmals um Entschuldigung«, sagte sie höflich. »Aber ich glaube, wir könnten vielleicht weiterhelfen.«

»Ach ja? Wer seid ihr überhaupt?«, polterte der General.

»Wir sind Mitglieder des Vogelreichs«, erklärte Cordelia. »Und unsere Familien hassen Orion ebenso sehr wie Sie.«

»Mein Vater ist Präsident des Parlaments«, fügte Rigel hinzu. »Seit Orion seine Pläne mit dem Greifstab angekündigt hat, sucht er Verbündete, um den Vogelherrn zu stürzen. Wenn wir unsere Familien kontaktieren dürften, könnten wir eine Vogeltruppe zur Verfügung stellen.«

»*Eine?*«, wiederholte der General. »Eine ist nicht gerade viel.«

Nash zuckte die Schultern. »Dafür sind wir ziemlich gut.«

Simon musste sich ein Grinsen verkneifen. »Da haben Sie Ihre Flugtruppe«, sagte er zum General. »Aber ohne das Unterwasserreich schaffen wir es nicht. Wenn wir den Greifstab ein für alle Mal zerstören wollen, müssen die fünf Reiche Seite an Seite kämpfen.«

Der General legte die Stirn in tiefe Falten. Doch bevor er ablehnen konnte, trat Rhode vor. »Wir sind dabei«, sagte sie. Als ihr Vater protestieren wollte, warf sie ihm einen scharfen Blick zu. »Wenn Sie kneifen wollen, General, dann bitte. Aber ich kneife nicht. Sie können mich vors Kriegsgericht stellen, wenn die Schlacht gewonnen ist.«

Der General schnaufte und ließ die Schultern sinken. »Na schön«, grummelte er. »Sieht so aus, als hätte ich keine Wahl.«

»Man hat immer eine Wahl«, zitierte Simon ihn. »Und Sie treffen gerade die richtige.«

Und damit setzten sich alle wieder an den Tisch, um die größte Schlacht zu planen, die die Welt der Animox seit fünfhundert Jahren erlebt hatte.

Die Armee der Animox

An diesem Abend konnte Simon nicht einschlafen. Wenn er die Augen schloss, sah er den Strand der Insel des Bestienkönigs vor sich – übersät mit den Leichen seiner Familie und seiner Freunde, die mit leeren Augen ins Nichts starrten. Seine Mutter, Malcolm, Nolan, Zia, Ariana, Jam, Winter, Leo – es ging immer weiter, bis Simon schließlich die Hoffnung aufgab, in dieser Nacht überhaupt noch zum Schlafen zu kommen.

Felix dagegen schlummerte friedlich neben ihm auf dem Kissen, und Simon brachte es nicht über sich, ihn zu wecken. Er nahm sich seine Wolldecke und schlich auf Zehenspitzen über den Flur. Dank seiner Beule am Hinterkopf hatte er ein eigenes Zimmer bekommen, alle anderen waren in Gruppenzimmern mit Stockbetten untergebracht. Es war nicht gerade ein Fünfsternehotel, aber es war das Beste, was Malcolm so kurzfristig hatte finden können.

Draußen in der kühlen Nachtluft standen zwei Mitglieder des Alpharudels Wache. Sie nickten Simon zu, und keiner von ihnen versuchte, ihn aufzuhalten, als er den Pfad einschlug, der zu einem kleinen See in der Nähe führte. Simon suchte sich einen Platz am Ufer und setzte sich in seine Decke gehüllt ins Gras.

Morgen sollte die Schlacht beginnen. Tagsüber würden sie an die Küste reisen. Dann hatten sie bis zum Abend Zeit, um ihre Soldaten zur Insel des Bestienkönigs zu bringen. Die Dunkelheit würde viele Mitglieder des Schwarms einschränken, den Kämpfern der anderen Reiche aber zum Teil einen Vorteil verschaffen. Allerdings wusste Simon nicht, wie viele Truppen genau ihnen zu Hilfe kommen würden und mit welchen Animox-Gestalten.

Er selbst würde nicht gegen den Schwarm kämpfen. Seine Aufgabe war es, Orion und die vier Teile des Greifstabs zu finden. Der Rest war in erster Linie Ablenkung, um Zeit zu gewinnen. Jedes einzelne verlorene Leben würde auf sein Konto gehen, wenn er nicht schnell genug war.

»Ist hier noch frei?«, fragte eine Stimme hinter ihm. Schnell drehte Simon sich um. Arianas Silhouette zeichnete sich im Mondlicht ab. In ihrem übergroßen Bademantel sah sie aus wie ein kleines Mädchen, das sich verkleidet hatte. Er lächelte – oder versuchte es zumindest. Das ging heute Abend gar nicht so leicht.

»Klar«, sagte er, hob einen Zipfel der Decke und rutschte ein Stück zur Seite. Sie ließ sich neben ihn fallen und sah ihn forschend an. »Du machst dir Sorgen.« Es war eine Feststellung, keine Frage.

Er zuckte die Schultern. »Ich will nur nicht …«

»Dass noch irgendjemand sterben muss«, beendete sie seinen Satz. »Ich weiß. Aber jeder, der morgen mit uns kommt, kennt das Risiko, Simon. Sie sind bereit, Opfer zu bringen, um ihre Familien zu schützen. Was auch immer passiert, du bist nicht allein dafür verantwortlich.«

»Warum fühlt es sich dann so an?«, fragte er kläglich. Sie musterte ihn einen Augenblick, dann legte sie den Arm um seine Schulter. Dass ihre Nähe ihn so wenig ablenkte, zeigte, wie besorgt er tatsächlich war.

»Es fühlt sich so an, weil von Anfang an alle Erwartungen auf dich gerichtet waren«, sagte sie. »Aber du vergisst, dass wir die ganze Zeit für dich da waren. Und wir sind es auch jetzt.«

»Genau das macht mir ja solche Sorgen«, murmelte er. In dem Moment hörten sie Schritte im Gras, und Winter und Jam kamen den Pfad entlang, beide mit dampfenden Tassen in den Händen.

»Ich hab gehört, wie du dich rausgeschlichen hast«,

sagte Winter und hielt Simon eine Tasse hin, die er dankbar entgegennahm. »Rumschleichen ist echt nicht deine Stärke.«

»Ich werde daran arbeiten«, sagte er, während Jam Ariana eine Tasse reichte. Simon trank einen Schluck. Heiße Schokolade.

»Könnt ihr auch nicht schlafen?«, fragte Jam und setzte sich neben Simon ins Gras. Simon schüttelte den Kopf. »Was, wenn wir verlieren?«

»Werden wir nicht«, sagte Ariana mit einer Zuversicht, um die Simon sie beneidete. »Selbst wenn wir diese Schlacht verlieren, verlieren wir nicht den Krieg. Am Ende gewinnen immer die Guten. Manchmal dauert es nur ein bisschen.«

Simon sah seine Freunde reihum an. Würden sie die nächsten vierundzwanzig Stunden überleben? Würde *er* sie überleben? »Danke«, sagte er leise. »Ich glaube nicht, dass ich es schon gesagt habe. Jedenfalls ... nicht oft genug. Danke, dass ihr da seid. Danke, dass ihr meine Freunde seid.«

»Danke, dass du *unser* Freund bist«, sagte Jam. »Bevor ich ins L. A. G. E. R. gekommen bin, habe ich mich wie ein Niemand gefühlt.«

»Ich war auch nicht gerade beliebt«, sagte Ariana grinsend. Winter verzog das Gesicht.

»Ich glaube, ich hatte überhaupt keine Freunde –

keine *echten* –, bis ich euch kennengelernt habe«, gab sie zu. »Alle haben mich insgeheim gehasst, weil ich Orion so nahestand.«

»Ich hatte auch keine Freunde«, sagte Simon. »Alle haben mich für einen Freak gehalten, weil ich mit Tieren reden konnte.«

»Du bist eben was Besonderes«, sagte Ariana. »Du wusstest es nur noch nicht.«

»Das sind wir alle«, sagte er. »Wahrscheinlich ist es ziemlich schwer, nicht besonders zu sein. Auf irgendeine Weise ist wohl jeder besonders.«

»Aber manche mehr als andere«, quiekte ein Stimmchen. Felix schlüpfte aus Winters Tasche und setzte sich auf Simons Knie. »Ich für meinen Teil freue mich schon darauf, wenn dieser dumme Krieg endlich vorbei ist. Ich bin es leid, an Orte geschleppt zu werden, an denen es keinen Fernseher gibt.«

»Wenn wir wieder im L. A. G. E. R. sind, werde ich Malcolm bitten, einen anzuschaffen«, versprach Simon und streichelte ihm das Fell. Felix streckte sich behaglich.

»Ich will auch wissen, wie diese Serie weitergeht, die du immer schaust – die mit dem Arzt, der ein halber Außerirdischer ist.«

»Ich hab doch gesagt, dass sie gut ist«, sagte Felix und rollte sich auf den Rücken, um sich den Bauch kraulen zu lassen. »Aber du glaubst mir ja nie.«

Sie nippten an ihrer heißen Schokolade, und der Mond spiegelte sich im See. Es war eine sternenklare Nacht, friedlich und kühl, und wenn Simon die Zeit hätte anhalten können, hätte er es getan. Doch irgendwann begann Jam zu gähnen und dann Winter. Schließlich auch noch Ariana, und irgendwann stimmte Simon selbst mit ein.

»Wir sollten ins Bett gehen«, sagte er zögernd. »Vielleicht können wir vor morgen doch noch ein bisschen schlafen.«

Winter starrte in ihre Tasse. »Alles wird gut, oder?«, sagte sie mit zitternder Stimme. »Ich meine ... Ariana, deine Leute passen doch auf, dass dir nichts passiert, ja? Jam, du hast den halben Schlachtplan entwickelt, dann wird ja wohl alles gut gehen. Felix, du hältst dich am besten ganz raus, und ich ... ich bin nicht so blöd, zu sterben. Und Simon ...«

Alle sahen ihn an. Simon erwiderte ihren Blick ernst.

»Ich habe mir mein Leben lang nichts anderes gewünscht als eine Familie«, sagte er. »Jetzt habe ich eine – meine Mom, Nolan, Malcolm, Zia, Leo ... aber vor allem euch. Und ich habe nicht vor zu sterben und ein ganzes Leben mit euch zu verpassen.«

Gemeinsam standen sie auf. Sie ließen den See zurück und gingen ins Haus, um noch ein paar Stunden zu schlafen, bevor der Tag kam, der über ihr Schicksal entscheiden sollte.

Die Reise an die Küste gestaltete sich nicht so unproblematisch, wie Simon erwartet hatte. Obwohl Malcolm genügend Fahrzeuge für alle organisiert hatte, mussten sie zuerst über eine Meile bis zur nächsten Straße wandern, und als sie endlich im Auto saßen, waren es immer noch sechs Stunden Fahrtzeit. Simon versuchte, sich zu entspannen, doch jedes Ruckeln erinnerte ihn daran, wohin sie fuhren und was sie dort erwartete. Er wünschte, er wäre geflogen.

Abgesehen von seiner Familie und seinen Freunden schienen alle einen großen Bogen um ihn zu machen – bis auf Rhode, die zu ihm, Jam und seiner Mutter ins Auto gestiegen war. Während sie über die Landstraße holperten, beugte sie sich über Jam, der in der Mitte saß, und musterte Simon neugierig.

»Hast du schon mal über die strategischen Vorteile deiner Kräfte nachgedacht?«, fragte sie. »Wenn du sie richtig einsetzt, könnten sie sehr nützlich sein.«

»Was du nicht sagst. Davor haben doch alle Angst«, sagte Jam und schob seine Schwester zurück auf ihren Platz. »Simon animagiert seit fast einem Jahr. Er weiß, was er tut.«

»Jam und Ariana haben mir gezeigt, wie man kämpft«, fügte Simon hinzu. »Ich bin nicht so gut wie sie, aber es müsste schon gehen.«

Rhode runzelte die Stirn. »Dann hast du dir hoffent-

lich über Orions Stärken und Schwächen Gedanken gemacht. Gestern Abend habe ich alles aufgeschrieben, was
ich über ihn weiß, auch seine körperlichen Einschrän-
kungen. Aber ich wusste nicht mehr, welches Auge er
verloren hat. Das rechte oder das linke?«

Ihre Liste verriet Simon nichts Neues, aber sie war
eine willkommene Ablenkung. In Abwesenheit des Generals war Rhode viel unbefangener, und ihre Fragen gingen über in die Erläuterung einer Kampfstrategie, über
die Simon noch nie nachgedacht hatte. Er versuchte, sich
alle Tricks zu merken, doch sie und Jam hatten so viele
Ideen, dass es ihm irgendwann zu viel wurde.

Als die Fahrt zu Ende war, hielt Jam ihn zurück, bevor
jeder seiner Wege ging – Jam mit den anderen Mitgliedern seines Reichs ins Wasser, Simon auf eins der Boote,
die ihn und die anderen Truppen zur Insel des Bestienkönigs bringen würden.

»Ich wollte es vor Rhode nicht ansprechen, aber …«
Jam zögerte. »Du versuchst immer, Leben zu retten, Simon.«

»Das klingt so, als wäre das etwas Schlechtes«, antwortete Simon und lächelte. Doch Jam runzelte die Stirn.
»Orion wird nicht versuchen, dich zu retten. Und auch
Nolan nicht. Vergiss das nicht, okay? Manchmal ist es
das Beste, wenn du dafür sorgst, dass dein Feind sich
selbst besiegt.«

Simon war nicht sicher, was er damit meinte, doch er nickte und umarmte ihn fest. »Pass auf dich auf. Und tu bloß nichts, was ich tun würde.«

»Die Gefahr ist gering«, sagte Jam grinsend, bevor er wieder ernst wurde. »Du bist mein bester Freund, Simon.«

»Und du bist meiner«, erwiderte Simon. »Das darfst du nur nicht Winter sagen … oder Felix.«

Jam prustete und rieb sich gleichzeitig die Augen hinter den Brillengläsern. »Wir sehen uns später, klar?«

»Klar«, sagte Simon.

Auf dem Schiff, das eher eine Art Fähre war, setzte Simon sich ganz nach hinten. Er sah seine Mutter und Malcolm mit ein paar anderen Leuten im vorderen Teil des Schiffs, und Ariana, die den Kopf in die Hände gestützt hatte und schon jetzt ziemlich blass um die Nase war. Dev saß neben ihr. Winter saß mit Rowan etwa in der Mitte der Sitzreihen und redete aufgeregt auf ihn ein.

Als das Schiff ablegte, schloss Simon die Augen und versuchte, den salzigen Geruch des Meeres zu genießen. Alles fühlte sich unwirklich an, wie im Traum. Wenn es das nur wäre, dachte er. In Träumen starb niemand wirklich.

Er spürte, dass sich jemand neben ihn setzte, und öffnete ein Auge. Leo lehnte sich auf seinem Sitz zurück, schraubte eine Thermoskanne auf und goss eine dampfende Flüssigkeit in einen Becher.

»Kaffee«, erklärte sein Großvater. »Ich werde einen wachen Kopf brauchen. Du übrigens auch.«

Simon schwieg und sah zu Ariana. Seit das Schiff sich bewegte, presste sie sich eine Hand vor den Mund.

»Du hättest mich Orion töten lassen sollen, als ich die Chance dazu hatte«, murmelte Simon.

Leo holte tief Luft und atmete langsam wieder aus. »Der Schwarm hätte dich in Stücke gerissen.«

»Aber Orion wäre jetzt tot.«

»Nolan auch«, sagte Leo. »Orion hatte einen Helikopter. Wir nicht. Nolan war zu schwer verletzt. Mir ist nichts anderes übrig geblieben, als dich aufzuhalten. Nur so konnte Nolan überleben. Außerdem wollte ich nicht, dass du für den Rest deines Lebens die Schuld mit dir herumträgst.«

Simon senkte den Blick. »Und warum hast du den anderen von deinen Kräften erzählt?«

Wenn Leo von der Frage überrumpelt war, so zeigte er es nicht. »Weil sie dir nicht getraut haben«, erwiderte er. »Du bist für sie eine Kuriosität. Etwas Fremdes. Das bist du immer noch und wirst es immer sein, aber wenigstens konnte ich zeigen, dass du nicht der Einzige bist. Außerdem«, fügte er hinzu, »bin ich der lebende Beweis, dass wir keinen Ärger machen.«

»Ja, es hat wohl zu ihrer Entscheidung beigetragen, uns zu helfen«, sagte Simon nachdenklich. »Zwei Bestienkönige sind stärker als einer.«

»Wir sind keine Bestienkönige«, entgegnete Leo leise und starrte auf seine Thermoskanne. »Wir sind es nie gewesen, und ich hoffe mit aller Kraft, dass du und dein Bruder es auch nie sein werdet. Wir sind Nachkommen des Bösen, und es liegt an uns, dafür zu sorgen, dass sich das Böse nie wieder erhebt. Ich habe lange Zeit im Verborgenen gelebt und auf diesen Moment gewartet – auf die Chance, den Greifstab zu zerstören. Darauf habe ich mein Leben lang hingearbeitet. Ich wollte den Moment nicht verpassen, nur um ein Geheimnis zu bewahren, das nach heute Nacht nichts mehr bedeuten wird.«

Ariana sprang auf und stürzte an die Reling. Simon hatte schon öfter erlebt, wie schlimm ihre Seekrankheit war, und wünschte, er könnte ihr helfen. Trotzdem blieb er sitzen. Ariana war nicht allein. Und von allen Leuten an Bord war Leo der Einzige, der wirklich wusste, was Simon bevorstand.

»Was, wenn ich es nicht schaffe?«, fasste er die Frage in Worte, die ihn schon die ganze Zeit quälte. »Was, wenn Orion gewinnt und ich … und ich …«

»Dann hast du es wenigstens versucht«, sagte Leo schlicht. »Mehr können wir im Leben nicht tun. Wir können nur alles geben und das Beste hoffen.«

»Aber Nolan ... und Mom ... und Malcolm ...«

»Sie werden weiterkämpfen«, sagte er. »So wie du weiterkämpfen wirst, wenn einem von ihnen etwas passiert.«

Bei diesem Gedanken drehte sich Simon der Magen um, und er überlegte kurz, ob er sich doch zu Ariana gesellen sollte. Aber dann konzentrierte er sich auf seine Familie. Zia stand jetzt neben Malcolm und hielt seine Hand. Leo folgte Simons Blick und gluckste leise.

»Schon witzig, wie das Schicksal manchmal spielt. Ich habe meine Zia noch nie so glücklich gesehen. Und darum geht es ja im Leben, oder nicht? Das Glück zu finden und es mit aller Kraft festzuhalten.« Er wies mit einem Nicken auf sie. »Beide haben im Leben schon vieles verloren. Sie haben es verdient, zur Abwechslung auch mal etwas zu gewinnen.«

»Wenn sie überleben«, sagte Simon tonlos, und Leos Gesicht wurde finster.

»Ja. Wenn sie überleben. Und selbst dann wird wohl jeder von uns heute Nacht mindestens einen Freund oder ein Familienmitglied verlieren. Aber manchmal ist das Ziel größer als wir selbst, und nichts ist größer, als für eine bessere Welt zu kämpfen, ganz gleich, wie sehr unser eigenes Unglück uns schmerzt.«

Simon schwieg. Das Schiff schaukelte vor und zurück, und die Sonne stand tief im Westen. Er legte schützend

eine Hand über die Augen. Leo dagegen drehte genuss-
voll das Gesicht in die Sonne. »Wenn das hier vorbei ist«,
sagte er, »musst du mir etwas versprechen.«

»Was?«, fragte Simon und beugte sich vor.

»Versprich mir, dass du dein Leben nicht im Schatten
verbringst, so wie ich«, sagte Leo. »Selbst wenn die Menschen Angst vor dir haben. Tu, was du kannst, um ihnen
die Angst zu nehmen und ihnen zu zeigen, wer du jenseits
deiner Kräfte bist. Du bist mehr als deine Fähigkeiten,
Simon – das sind wir alle. Aber du und dein Bruder, ihr
werdet hart kämpfen müssen, um den Makel eurer Herkunft zu überwinden. Du musst mir versprechen, dass du
niemals aufgibst. Du wirst die Menschen unermüdlich
darüber aufklären müssen, wer du wirklich bist, wieder und wieder, bis du wütend bist und es satthast, vor-
schnell verurteilt zu werden. Doch jeder Moment, in dem
du der Welt zeigst, wer du wirklich bist, ist ein Moment,
in dem du ihre Angst zerschlägst. Irgendwann, mit genug
Zeit und Geduld, wird ihre Angst verblassen, bis sie sich
selbst nicht mehr daran erinnern können.«

»Ich werd's versuchen«, versprach Simon. »Wenn ich
lebend von der Insel zurückkomme.«

»Das wirst du. Ich glaube an dich«, sagte Leo und
klopfte ihm auf den Rücken. »Du bist jetzt schon der
Mensch, der ich immer sein wollte, und das gibt mir mehr
Hoffnung für die Zukunft, als ich ausdrücken kann.«

Simon wollte das Gewicht dieser Hoffnung nicht tragen – er trug ja schon das Gewicht der ganzen Welt der Animox auf den Schultern. Trotzdem schenkte er Leo ein schwaches Lächeln, und gemeinsam sahen sie zu, wie die Sonne hinterm Horizont verschwand und der Abend in die Nacht überging.

Schließlich wurde das Schiff langsamer, und die Gespräche der Passagiere verstummten. Malcolm kam über den Mittelgang zu ihnen herüber. Trotz der Dunkelheit konnte Simon seine Anspannung erkennen.

»Als ich als Schüler im L. A. G. E. R. angefangen habe, hatte ich Angst, in der Grube zu kämpfen«, sagte er leise und ging neben Simon in die Knie. »Du wirst es nicht glauben, aber ich war ganz schön schmächtig, und mit zwei großen Brüdern, die quasi schon Legenden waren … na ja. Alle erwarteten, dass ich auch eine Legende wäre, aber ich war keine. Darryl hat vor den Kämpfen immer einen Satz zu mir gesagt, und ich glaube, den sollten wir beide heute Abend hören.« Er räusperte sich. »Egal was passiert, Kleiner, zeig ihnen deine …«

»Zähne«, stimmte Simon ein, und zum ersten Mal an diesem Tag gelang ihm ein echtes Lächeln. »Das hat er zu mir auch mal gesagt. Es hat mir eine Menge Ärger eingehandelt.«

Malcolm kicherte. »Das wundert mich nicht. Genau wie mir damals.«

Bevor Simon etwas erwidern konnte, kam Felix angehuscht und kletterte an seinem Hosenbein hoch. »Ich komme mit«, verkündete er. »Ihr könnt protestieren, so viel ihr wollt, aber ihr müsst wissen, dass ich euch trotzdem folge, also könnt ihr mich auch gleich mitnehmen.«

»Felix –«, setzte Simon an, doch die kleine Maus schüttelte energisch den Kopf.

»Keine Widerrede. Man kann nie wissen, wann man ein Paar Extrapfoten gebrauchen kann.«

»Und ich komme auch mit«, sagte eine Stimme hinter ihm – Winter. Neben ihr stand Rowan. »Ich kann mich zwar nicht in eine Million Tiere verwandeln, aber wenn es nötig ist, kann ich wenigstens ein bisschen Zeit für dich herausschlagen.«

Simon biss sich auf die Lippe. »Das kann ich nicht von dir verlangen, Winter.«

»Musst du auch nicht. Ich tue es, ob es dir passt oder nicht.« Sie sah Rowan an. »Und wir treffen uns in der Bibliothek. Du bist der Einzige, der herausfinden kann, wo sie Nolan versteckt halten.«

»Ich komme, so schnell ich kann«, versprach Rowan.

Die Flotte steuerte auf die Insel des Bestienkönigs zu. Schon aus der Ferne konnte Simon Hunderte Vögel erkennen, die in den Bäumen am Strand auf sie warteten. Die Angst ergriff ihn mit ihrer eisigen Klaue, legte sich um ihn und drückte fest zu. Doch nun waren sie hier, und es gab kein Zurück mehr.

Heute Nacht würde der Kampf um den Greifstab ein für alle Mal entschieden werden. Simon würde seinen Bruder retten – oder bei dem Versuch sterben.

Die Insel des Bestienkönigs

Da die Anlegestelle von Vögeln belagert war, fuhren die Schiffe so nah wie möglich an den Strand heran. Simon lief zu seiner Mutter und Malcolm an die Reling. Um sie herum platschte und spritzte es, als die Soldaten aller Reiche ins Wasser sprangen. Dann sah Simon, dass aus der Tiefe die unterschiedlichsten Meeresgeschöpfe hervorkamen und sie ans Ufer trugen.

Noch bevor die ersten Soldaten die felsige Küste erreicht hatten, griff der Schwarm an. Orions Kämpfer stürzten sich mit ohrenbetäubendem Geschrei und gefährlichen Sturzflügen auf die Ankömmlinge, und zu Simons Entsetzen schlug ihnen eine ganze Welle Pfeile entgegen, von denen einige im Wasser landeten, andere jedoch ihr Ziel trafen. Schmerzensschreie schallten durch die Dämmerung. Die Soldaten riefen sich Kommandos zu und wateten schneller an Land.

»Da müssen wir jetzt wohl durch«, sagte Zia, die hinter Simon stand. Sie umarmte ihren Vater fest und flüsterte ihm etwas ins Ohr, bevor sie sich zu Malcolm drehte und ihn auf die Wange küsste. »Wenn wir das hier überstehen, wirst du mich nie wieder los.«

»Ich hoffe, das ist ein Versprechen«, erwiderte Malcolm mit breitem Grinsen, bevor sie gemeinsam ins Wasser sprangen.

Die meisten Schiffe luden die Truppen vor der kleinen Bucht auf der Westseite der Insel ab, und Simon wusste, dass das nur einen einzigen Grund hatte: um den Schwarm von der Ostseite der Insel wegzulocken, wo sich ein geheimer Eingang in die Festung befand.

Seine Mutter nahm ihn am Ellbogen und ging vor ihm in die Hocke. »Tu, was auch immer du tun musst«, sagte sie leise und sah ihn so eindringlich an, als prägte sie sich mit aller Kraft seinen Anblick ein. »Ich hab dich lieb, Simon. Vergiss das nie.«

»Ich dich auch«, sagte er heiser und schlang die Arme um sie. Sie erwiderte die Umarmung und vergrub das Gesicht in seinen Haaren.

Und dann animagierte sie in einen Goldadler, schraubte sich in den violetten Himmel und war weg. Simon sah ihr nach, wie sie sich zu den anderen Kämpfern aus dem Vogelreich gesellte, die ihr Leben riskierten, um Orion zu stürzen. Er schob die Frage beiseite, wie die Säuger, Reptilien und Insekten Feind von Freund unterscheiden würden. Oder wie leicht seine Mutter als Goldadler zu erkennen war. Stattdessen drehte er sich zu Winter und konzentrierte sich auf die gigantische Aufgabe, die vor ihnen lag. »Ich kann nicht dich und Felix tragen«, sagte er. »Ich weiß wirklich nicht, wie ihr euch das –«

»Schon geregelt«, unterbrach Winter ihn und beugte sich über die Reling. »Nixie bringt mich rüber.«

»Nixie ist hier?« Überrascht schaute Simon nach unten. Aus dem dunklen Wasser kam ein weißer Hai an die Oberfläche – Nixie, eine von Jams großen Schwestern.

Winter winkte ihr zu. »Ich hasse Salzwasser«, murmelte sie dabei. »Meine Haare sind danach immer ganz verfilzt.«

Trotzdem hielt sie sich die Nase zu und sprang entschlossen über Bord. Als sie wieder aufgetaucht war und sich an Nixies Rückenflosse festklammerte, animagierte Simon in einen Wanderfalken.

»Bereit?«, fragte er Felix, der ihn mit großen Augen anstarrte.

»Du frisst mich doch nicht, oder?«, fragte der zurück. Simon sah seinen kleinen Freund spöttisch an, nahm ihn vorsichtig in die Klauen und hob sich in die Höhe.

Statt quer über die Insel zu fliegen, flog Simon am Ufer entlang, wobei er sich dicht über den Wellen hielt. Felix verharrte bewegungslos in seinen Klauen und murmelte ein Gebet vor sich hin, während in der Ferne das Kriegsgeschrei des Schwarms zu hören war. Wie lange würden die Kräfte der anderen vier Reiche den Soldaten des Vogelherrn standhalten können? Würde die Schlacht schon vorbei sein, bevor Simon die Festung erreicht hatte?

Als sie am Eingang der Höhle landeten, die Simon und seine Freunde letztes Jahr entdeckt hatten, erwartete Winter sie schon dort. »Nixie ist zurückgeschwommen, um Jam und dem General zu helfen«, sagte sie und wrang sich die nassen Haare aus, während Felix erleichtert den Boden küsste. »Los, lasst uns reingehen, bevor ich noch erfriere.«

Die Luft in der Höhle war klamm, und während sie über die feuchten Steine kletterten, hallte um sie herum das Plätschern von Wasser wider. Sie bewegten sich so schnell, wie es auf dem rutschigen Untergrund möglich war, und folgten dem Schein von Winters Taschenlampe durch die erdrückende Finsternis. Irgendwann überkam Simon eine sonderbare Ruhe. Panik würde ihn nicht weiterbringen. Wenn er seinen Bruder retten wollte – und alle, die für ihn kämpften –, brauchte er Mut und Entschlossenheit. Jetzt lag es an ihm, und er durfte – und würde – nicht scheitern.

Simon hatte den Weg durch die Höhle als endlos lang in Erinnerung, doch sie erreichten den geheimen Eingang unter der Festung schneller, als er erwartet hatte. Gemeinsam zogen Winter und er die rostige alte Tür auf und traten hindurch. Sie mussten ganze vier dunkle, modrige Kammern durchqueren, bevor sie ein kleines Studierzimmer erreichten. Dort hielt Simon inne und legte eine Hand auf den mit Büchern bedeckten Tisch.

Hier hatte er das Notizbuch seiner Mutter gefunden – in dem er von seiner außergewöhnlichen Herkunft erfahren hatte. »He, Felix«, sagte er. »Als wir am Einheitstag hergekommen sind, hast du von diesem Zimmer gewusst, oder? Und du hast gewusst, was ich dort finden würde.«

Felix setzte sich auf die Hinterbeine und zupfte an seinem Schwanz. »Ich weiß nicht, was du meinst«, sagte er entrüstet. »Ich kann doch nicht lesen!«

Doch dann verzog er schuldbewusst das Gesicht, und Simon nahm ihn kopfschüttelnd auf seine Schulter. »Du wärst ja ein noch schlechterer Spion als ich«, sagte er. Felix schnaubte beleidigt.

»Seid ihr zwei fertig?«, fragte Winter ungeduldig und

369

streckte den Kopf durch die nächste Tür. »Wir müssten dann mal eben einen Krieg gewinnen.«

Simon folgte ihr in die riesige Bibliothek, die tief unter der Festung lag. Die Regale waren staubiger denn je, und Felix nieste, als sie den Mittelgang entlangschlichen. Obwohl Simon nur ein Mal hier gewesen war, war ihm die Umgebung seltsam vertraut.

»Geht mal ein Stück zurück«, sagte er, als sie die Tür auf der anderen Seite erreichten, und setzte Felix auf Winters Schulter. Er drückte mit aller Kraft gegen die schwere Holztür und war erleichtert, dass sie sich bewegte, so lautstark die Angeln auch protestierten. Obwohl er gewusst hatte, was ihn erwartete, verließ ihn doch kurz der Mut, als er den Schutthaufen auf der anderen Seite sah – ein Teil des Gangs war eingestürzt, als sie im September hier gewesen waren.

Stirnrunzelnd musterte er das Geröll. »Es muss einen Weg geben.«

»Gibt es auch«, sagte ein Stimmchen. Und schon stand Ariana vor ihm. Sie trug schwarze Kleidung und einen Werkzeuggürtel voller Waffen und anderer Dinge, die Simon sich lieber nicht genau ansehen wollte.

»Was machst du denn hier?«, fragte er verblüfft. »Ist unsere Armee etwa schon bei der Festung?«

»Keine Ahnung«, erwiderte sie. »Felix hat mich mitgenommen.«

370

Simon sah die kleine Maus wütend an, die sich prompt in die Tasche von Winters Strickjacke verkroch.

»Dass Dev und der Spionagemeister uns umbringen werden, ist dir klar, ja?«, sagte er zu Ariana. »Wenn sie rausfinden, dass du hier bist –«

»Damit müssen sie leben – schließlich bin ich ihre Königin«, entgegnete sie. »So, und falls es dich interessiert, ich habe einen Weg gefunden, den wir nehmen können.«

Simon gefiel die Idee ganz und gar nicht, dass Ariana mit zu Orion kam, doch jetzt war nicht der richtige Moment, um sich mit ihr anzulegen. Er animagierte in eine Maus wie Felix, und zusammen mit der Wassermokassinotter, in die Winter sich verwandelt hatte, folgten sie der Schwarzen Witwe Ariana in das Labyrinth aus Steinen und Schutt.

Als sie erst einmal drin waren, stellte Simon fest, dass es unzählige Wege durch das Geröll gab, doch dass sie alle entweder plötzlich endeten oder zu eng wurden. Wenn man nicht aufpasste, konnte man sich für Stunden hier drin verlieren, doch Ariana schien tatsächlich genau zu wissen, wo es langging. Nach weniger als einer Minute krabbelten sie am Fuß der engen Wendeltreppe auf der anderen Seite wieder hervor, und sobald er nicht mehr von Steinen und Staub umgeben war, verwandelte Simon sich zurück in menschliche Gestalt. »Auf dem Rückweg nehmen wir aber den Haupteingang«, sagte er mit hämmerndem Herzen.

Und dann begannen sie den Aufstieg. Selbst mit Winters Taschenlampe stolperten sie auf den unebenen Stufen, bis sie schließlich vor einer dicken Steinmauer ankamen – eine Sackgasse.

»Ich mach das schon«, sagte Winter, stellte sich auf die Zehenspitzen und zog an einem der leeren Fackelhalter an der Wand. Die Mauer begann zu rumpeln, und Simon stellte sich schützend vor die anderen, als sie plötzlich aufschwang und hinter der Öffnung eine kleine Bibliothek sichtbar wurde.

Sie hatten es geschafft. Sie waren in der Festung. Winter knipste ihre Taschenlampe aus, und die Finsternis umschloss sie. Simon wagte sich ein paar Schritte in den Raum und lauschte angespannt. Die Bibliothek war nicht größer als ein Arbeitszimmer, und er tastete sich vorsichtig voran, um nirgendwo anzustoßen.

Plötzlich fiel hinter ihm etwas Schweres zu Boden, und Felix quiekte laut. »Mein Schwanz!«, brüllte er. »Du bist auf meinen Schwanz getreten!«

»Bin ich nicht!«, protestierte Winter. »Ich glaube, es ist ein Buch draufgefallen. Lass mich mal sehen.«

»Wenn ihr uns nicht umbringen wollt, dann seid sofort still!«, zischte Ariana wütend.

»Nicht mehr nötig«, sagte eine tiefe Männerstimme. Simon erstarrte, und augenblicklich wurde es hell.

Vor ihnen in der Tür, flankiert von zwei Wachen, stand Perrin.

Jagdinstinkt

Orions engster Vertrauter ließ den Blick durch den Raum schweifen und verzog den Mund zu einem zufriedenen Grinsen. Er hielt eine gespannte Armbrust in den Händen, und während die beiden Mitglieder des Schwarms Winter und Ariana überwältigten, richtete er die tödliche Waffe direkt auf Simon. »Dein Großvater wird sehr enttäuscht sein, von deinem Verrat zu hören«, sagte er. »Aber noch enttäuschter wird er von deinem frühen Ableben sein.«

Simons Herz hämmerte. Er trat ein Stück von seinen Freunden weg, um sie nicht unnötig zu gefährden. Gleichzeitig sah er aus dem Augenwinkel, wie Felix über den Teppich zu Perrin huschte. Sein Schwanz stand in einem sonderbaren Winkel ab.

»Sie dürfen mich nicht töten«, sagte Simon.

Perrin schloss die Finger fester um seine Waffe und hielt seinen stechenden Blick unverwandt auf Simon gerichtet. »Und warum nicht?«, fragte er, gerade als Felix ihn erreichte.

»Weil ich … etwas habe, was Orion braucht«, stammelte Simon. Langsam, ganz langsam kletterte Felix an Perrins Hosenbein hoch, vorsichtiger, als er bei Simon je gewesen war.

»Es ist wichtig«, fuhr er hastig fort. »Sehr wichtig. Wenn Sie uns gehen lassen, gebe ich es Ihnen. Und Sie müssen es dann –«

»Genug!«, zischte Perrin. »Ich werde deiner Mutter ausrichten, dass du mutig gekämpft hast. Es wird ihr ein kleiner Trost sein, wenn sie dich und deinen Bruder begräbt.«

»Heute wirst nur du begraben«, quiekte Felix, der an Perrins Ärmelende angekommen war. Bevor Perrin reagieren konnte, biss er ihm kräftig in die Hand, und im Raum brach Chaos aus.

»Uaah!«, schrie er und schleuderte Felix heftig an die Wand. Im selben Augenblick fiel seine Armbrust zu Boden und gab einen Pfeil in Simons Richtung ab.

»Felix!«, rief Simon. Im selben Moment schrie jemand laut auf. Simon wirbelte herum und sah, wie Winter zu Boden fiel und sich das Bein hielt – der Pfeil hatte sie in den Oberschenkel getroffen. Er wollte zu ihr, doch ein

Mitglied des Schwarms stellte sich ihm mit gespanntem Bogen in den Weg.

Simon dachte nicht lange nach. Im Bruchteil einer Sekunde animagierte er in einen Berglöwen, schnappte nach dem Bogen und zerbiss die Sehne. Der Mann riss die Augen auf und wich zurück, doch Simon stellte sich auf die Hinterbeine und drückte ihn zu Boden, bis Ariana mit ihrem Dolch neben ihm war.

Perrin, der immer noch in der Tür stand, begann zu lachen. »Ich wusste es«, gluckste er und hob die Armbrust auf, die neben dem reglosen Felix am Boden lag. »Ich wusste, dass du die Kräfte auch hast. Sonst hättest du mir nie entkommen können.«

»Du solltest dich nicht überschätzen, Vater.«

Der Leutnant drehte sich hastig um. Auf dem Gang stand Rowan, einen blutigen Pfeil in der Hand. Perrins plötzliche Anspannung schwand. »Das wurde aber auch Zeit«, grollte er. »Die Schlacht tobt schon seit einer halben Stunde.«

»Ich war von Anfang an dabei«, entgegnete Rowan. »Aber ich kämpfe nicht für dich und deinen Tyrannen. Das habe ich nie getan – das sollst du wissen.«

Perrin kniff die Augen zusammen. »So ist das also«, sagte er langsam. »Aber mein Sohn darf kein Verräter seines Volks sein.«

»Dann bin ich wohl nicht mehr dein Sohn«, entgegnete Rowan. Während er sprach, legte Perrin den Finger um den Abzug seiner Armbrust, und Simon machte sich sprungbereit.

Doch Rowan kam ihm zuvor. Mit einer schnellen Bewegung stieß er seinem Vater den blutigen Pfeil in den Hals. Verblüfft sank Perrin auf die Knie, und wieder fiel seine Armbrust zu Boden. Er hob die Hand und zog den Pfeil aus der Wunde, doch das sorgte nur dafür, dass diese umso stärker blutete. Noch während er vornüberkippte, eilte Rowan zu Winter.

»Geht es?«, fragte er und bückte sich, um den Pfeil in ihrem Bein zu inspizieren. Winter scheuchte ihn weg. Was sie gerade mitangesehen hatte, schien sie nicht sonderlich aus der Fassung zu bringen. »Dafür ist später noch Zeit. Wo ist Nolan?«

»Im Turm, südlich vom Thronsaal«, antwortete Rowan, doch Simon hörte kaum zu. Er verwandelte sich zurück in menschliche Gestalt und eilte in die Ecke neben der Tür.

»Felix?« Behutsam hob er den schlaffen Körper der kleinen Maus hoch. »Felix, komm schon, wach auf!«

Felix rührte sich nicht. Tränen traten Simon in die Augen, als er sich zu den anderen umdrehte. »Felix … braucht einen Arzt«, brachte er mit erstickter Stimme hervor. Winter öffnete die Hände, und er legte ihn vorsichtig hinein.

»Simon«, sagte Ariana leise und strich ihm über die Schulter. »Es tut mir leid.«

»Ich kümmere mich um ihn«, versprach Winter. Obwohl Felix und sie nicht gerade die besten Freunde gewesen waren, strich sie ihm sanft übers Fell. »Er wird der Erste in seiner Familie sein, der je beim Arzt war, versprochen. Aber jetzt müsst ihr deinen Bruder finden, Simon. Unsere Armee wird den Schwarm nicht ewig ablenken können.«

Simon nickte wortlos. Nach einem letzten Blick auf das kleine Fellbündel in Winters Händen rannte er zum Thronsaal, als könnte er seine Trauer zurücklassen, wenn er nur schnell genug lief.

Als er die große Flügeltür erreichte, hörte er Schritte hinter sich, und Ariana tauchte neben ihm auf. »Ich will dir helfen«, sagte sie. Simon zögerte. »Ich sollte …« Seine Stimme stockte, und er räusperte sich. »Ich sollte das lieber allein machen. Orion wird versuchen, dich umzubringen.«

»Dann animagiere ich eben«, entgegnete sie. »Dann sieht er mich nicht, und ich kann dir notfalls zu Hilfe kommen.«

Nachdem Simon widerstrebend genickt hatte, huschte sie in den Schatten der Mauer, während Simon in den Thronsaal lief. Die Vitrinen und historischen Ausstellungsstücke, die er bei seinem Besuch im September gesehen hatte, waren verschwunden, und der Saal lag groß und verlassen da. Mondlicht schien durch die hohen Fenster über ihm, und er entdeckte die Tür, die in den Turm führen musste – der einzige Turm, den der Schwarm bei seinem Angriff auf die Schule vor zehn Jahren nicht zerstört hatte. Simon rannte hinein, ohne sich die Mühe zu machen, leise zu sein.

Die schmale Wendeltreppe schien kein Ende zu nehmen, und während Simon sie hinaufhastete, raste sein Herz immer schneller. Als die Dunkelheit so dicht war, dass er die Hand vor den Augen nicht mehr erkennen konnte, stieß er gegen eine Mauer.

Nein – keine Mauer. Eine Tür. Er tastete nach der Klinke und drückte sie hinunter. Kühle Luft schlug ihm entgegen. Es roch nach Staub, und im Mondlicht, das durch die schmalen Fenster hereinfiel, konnte Simon die Umrisse einiger Möbel erkennen.

»Nolan?«, flüsterte er. »Nolan, bist du …«

»Simon?«

Die schwache Stimme seines Bruders ertönte am anderen Ende des Raums, wo ein schmales Bett an der Wand stand. Simon vergaß alle Vorsicht und rannte zu ihm.

»Nolan! Du lebst!« Er musterte seinen Bruder von oben bis unten. Selbst im Mondlicht konnte er erkennen, dass Nolan dunkle Ringe unter den Augen hatte und ungewohnt blass war. »Ist alles in Ordnung? Was ist passiert?«

Nolan setzte sich stöhnend auf. »Du solltest gar nicht hier sein«, sagte er und hielt sich die Seite. »Orion ...«

»Um den kümmere ich mich, wenn du in Sicherheit bist«, unterbrach Simon ihn. »Kannst du laufen?«

Als sein Bruder sich langsam bewegte, bemerkte Simon mehrere Kratzer an seinem Arm, tief genug für ein paar Tropfen Blut. Nolan schien das entsetzte Gesicht seines Bruders zu sehen, denn er stieß ein dumpfes Lachen aus.

»Er versucht, mir meine Kräfte zu rauben, seit er das dumme Ding zusammengesetzt hat«, murmelte er mit einem Blick über Simons Schulter. »Aber es klappt einfach nicht, stimmt's, Orion?«

Simon versteifte sich. Er folgte dem Blick seines Bruders, und zu seinem Entsetzen trat der Herr der Vögel aus dem Schatten hinter der Tür hervor. Er stützte sich mit der linken Hand schwer auf seinen Stock, doch in der anderen Hand hielt er ein Zepter mit einem fünfzackigen Kristallstern an der Spitze.

Der Greifstab.

»Hallo, Simon«, sagte Orion seelenruhig, als säßen sie auf seinem Balkon und bewunderten den Sonnenuntergang. »Ich habe mich schon gefragt, wann du hier auftauchen würdest. Ich hatte allerdings damit gerechnet, dass deine Mutter dich begleiten würde. Oder der Alpha.« Er schaute sich um. »Dein Onkel ist nicht hier, oder? Schade, er hätte so ein schönes Versuchskaninchen abgegeben.«

Simon dachte an Ariana, die irgendwo in der Nähe sein musste. »Er ist nicht da«, sagte er, während Orion näher kam. »Ich bin allein.«

»Auch gut.« Orion schwang den Greifstab, als wäre er ein Baseballschläger. »Es ist noch gar nicht so lange her, dass du mir ein Teil freiwillig gebracht hast. Erinnerst du dich?«

Natürlich erinnerte Simon sich an die Nacht im Sky Tower – die Nacht, in der Orion Darryl mit der Waffe erschlagen hatte, die er für den echten Greifstab gehalten hatte. Damals waren die Kristalle Fälschungen gewesen. »Lass meinen Bruder gehen«, sagte er mit zitternder Stimme. »Dann können wir darüber reden.«

»Hm. Nettes Angebot, aber ich fürchte, ich lehne ab.« Orion hinkte so nah an ihm vorbei, dass Simon die Hitze fühlen konnte, die von den Teilen des Greifstabs ausging. Der Kristall in seiner Tasche glühte schmerzhaft, doch er ließ sich nichts anmerken.

Orion blickte aus einem der schmalen Fenster zur Westseite der Insel, wo die Schlacht tobte. In der Ferne hörte Simon Kriegsgeschrei. Er zwang sich, das Geräusch auszublenden. Seine Aufgabe war hier.

»Ich hatte gehofft, dass ich Nolan nichts antun muss«, sagte Orion. »Schließlich ist er mein Enkel und liegt mir am Herzen. Aber nach meinen erfolglosen Versuchen fürchte ich, dass ich seine Kräfte nur aufnehmen kann, wenn ich dem Beispiel des Bestienkönigs folge und ihm mit dem Greifstab das Leben nehme.«

Simons Mund wurde trocken. Orion betrachtete den Kristallstern und schien eine der scharfen Spitzen an seinem Daumen zu testen. Er stand jetzt dicht bei Nolan – zu dicht. Wenn er den Greifstab ausstreckte, konnte er ihn mit Leichtigkeit erreichen.

»Ich würde meine Herrschaft nur ungern so beginnen«, fuhr Orion fort, »aber manche Dinge sind wohl unausweichlich – für das Allgemeinwohl.« Er richtete sein gesundes Auge auf Simon. »Ich gebe dir die Gelegenheit, dich von deinem Bruder zu verabschieden. Aber mach dich darauf gefasst, dass jeder Versuch, ihn zu schützen, auch deinen Tod zur Folge haben wird.«

Orion fuhr weiter mit dem Finger über die Spitze des Kristalls und warf ihm einen vielsagenden Blick zu. Simon starrte zurück und begriff endlich.

»Du weißt es«, sagte er langsam. Orion lächelte.

»Hast du es, mein Junge?«, fragte er und neigte den Kopf. »Vermutlich, wenn du hier bist. Schließlich willst du den Greifstab zerstören, und dafür brauchst du alle fünf Teile.«

»Was?«, fragte Nolan. »Wovon spricht er?«

»Jemand hat letztes Jahr den Kristall des Säugerreichs durch eine Fälschung ersetzt«, sagte Simon, ohne den Blick von seinem Großvater zu lösen. »Orion hat erst gestern Abend erkannt, dass er ein falsches Teil hat. Er hat gemerkt, dass sie heiß werden, wenn sie einander nahe kommen, und dass eins von ihnen kalt blieb.«

»Sehr gut«, sagte Orion und neigte den Kopf. »Wie schon gesagt, du warst immer der Cleverere von euch beiden. Und jetzt gib mir doch bitte den echten Kristall, dann werde ich darüber nachdenken, deinem Bruder das Leben zu schenken.«

Simon straffte die Schultern. »Nein!«

»Nein?« Orion zog eine Augenbraue hoch. »Wenn du auf deine Spinnenfreundin in der Ecke zählst, dann richte Ihrer Majestät aus, dass ich sie genau im Auge habe und dass jeder Versuch, mich anzugreifen, deinen Tod zur Folge haben wird. Glaub mir, wenn ich dich töten muss, um das Teil zu bekommen, werde ich es tun.«

»Das ist nicht nötig. Ich gebe dir das Teil. Unter einer Bedingung«, sagte Simon. »Du lässt Nolan gehen.«

Orion hüstelte spöttisch. »Mein lieber Junge, du weißt doch sicher, wie der Greifstab funktioniert, oder? Ich werde nicht Jahre meines Lebens damit verschwenden, mir die Kräfte anzueignen, wenn ich nur deinen Bruder brauche.«

»Dann …« Simon holte tief Luft. »Dann nimm mich.«

Und bevor einer von ihnen fragen konnte, was er damit meinte, animagierte er. Von einem Goldadler in einen Wolf, vom Wolf in den Berglöwen, in den er sich vor wenigen Minuten verwandelt hatte, und schließlich zurück in menschliche Gestalt.

Orion starrte ihn an, während Nolan den Mund aufriss. »Du kannst es auch?«, fragte er. »Das hast du mir nie gesagt!«

»Du hast mich doch so schon genug gehasst«, entgegnete Simon. »Ich wollte nicht, dass du mich deshalb auch noch hasst. Es tut mir leid.«

Nolan stand stöhnend auf. »Ich hasse dich nicht«, sagte er und stellte sich neben Simon. »Ich habe dich nie gehasst. Und ich werde nicht zulassen, dass Orion dir wehtut.«

»Nolan«, flehte Simon. »*Bitte.*«

»Nein«, sagte sein Bruder entschieden. »Du hast behauptet, du würdest es nicht ohne mich schaffen, weißt du noch? Das hier ist auch *mein* Kampf.«

»Ich …«, begann Simon, doch er wusste nicht, was er sagen sollte. In der Zwischenzeit schien Orion seine Verblüffung überwunden zu haben und blickte kichernd zwischen den beiden hin und her.

»Ui, was für eine interessante Wendung«, gluckste er.

»Du würdest tatsächlich deine Kräfte aufgeben, um deinen Bruder zu retten?«

»Ja«, sagten Simon und Nolan gleichzeitig. Sie sahen sich kurz überrascht an, dann schüttelte Simon den Kopf und konzentrierte sich wieder auf seinen Großvater. »*Ich* habe den Kristall, also musst du mit mir verhandeln. Das ist meine Bedingung: Wenn du ihn willst, musst du Nolan freilassen.«

»Tu das nicht«, flüsterte sein Bruder flehend, doch Simon blieb dabei. Der Herr der Vögel kratzte sich am Kinn und schien über das Angebot nachzudenken.

»Also gut«, sagte er schließlich. »Gib mir das Teil, dann lasse ich Nolan gehen.«

»Ich traue dir nicht«, sagte Simon.

»Ich dir auch nicht«, erwiderte Orion. »Das gleicht sich also aus. Nolan, stell dich doch neben die Tür zu Ihrer Majestät. Simon, wenn er außer Reichweite ist, gibst du mir den Kristall. Wenn ich mich von seiner Echtheit überzeugt habe, können Nolan und die Schwarze Witwenkönigin gehen.«

»Ich gehe nirgendwohin«, sagte Nolan trotzig, doch plötzlich erschien Ariana mit einem Dolch in der Hand.

»Bist du dir sicher, Simon?«, fragte sie. Er nickte benommen. »Ich bin mir sicher.«

Orion trat demonstrativ einen Schritt zur Seite und streckte die Hand aus. Simon starrte seine zerfurchte

Handfläche lange an, bevor er in die Tasche griff. Ohne auf die Einwände seines Bruders zu achten, nahm er den glühenden Kristall und legte ihn in die Hand seines Großvaters.

»Erfreulich heiß«, sagte Orion, als er die Finger darum schloss. »Und abgemacht ist abgemacht. Nolan, Majestät, Ihr könnt gehen.«

Nolan packte Simon am Ärmel. »Ich gehe nicht«, wiederholte er. »Nicht ohne meinen Bruder.«

Simon umarmte ihn. »Es tut mir leid«, flüsterte er. »Pass gut auf Mom auf, okay?«

»Nein«, sagte Nolan mit erstickter Stimme. »Simon, bitte –«

Doch Simon schubste ihn zu Ariana, und Nolan war so schwach, dass er stolperte. Als Ariana ihn auffing und zur Treppe zog, sagte er nichts mehr. Er hielt Simons Blick fest, und dann waren sie weg.

Endlich stand Simon dem Herrn der Vögel allein gegenüber.

Simon wich zurück, bis seine Beine gegen das Bett stießen, doch sein Großvater achtete gar nicht auf ihn. Er löste das gefälschte Teil des Säugerreichs vom Zepter und warf es achtlos zu Boden, wo es zersprang. Dann fügte er mit größter Ehrfurcht das echte Teil in den Greifstab ein.

Augenblicklich füllte blendendes Licht den Raum,

und Simon hob schützend eine Hand vor die Augen. Der Greifstab strahlte so hell wie die Sonne und glühte so heiß, dass die kühle Luft im Turmzimmer drückend wurde.

»Endlich«, lachte Orion. »*Endlich!*«

Simon ließ die Hand sinken. Es war unbestreitbar.

Nach beinahe fünfhundert Jahren war das Herz des Greifstabs wieder ganz.

Das Herz des Greifstabs

Simon hatte von Anfang an gewusst, dass dieser Schritt notwendig sein würde. Damit der Greifstab zerstört werden konnte, musste er komplett sein. Genau deshalb hatte er ja die Teile gesammelt – um sie selbst zusammenzusetzen und den fünfzackigen Kristallstern zu zerstören, in dem die Macht der Waffe lag. Er hatte sich den Moment immer wieder vorgestellt.

Doch nun setzte nicht er den Greifstab zusammen, sondern sein größter Feind. Der Herr der Vögel wog die Waffe in der Hand, während das gleißende Licht allmählich schwächer wurde. Simon spürte, dass sein Großvater ganz kurz davor war, ihm seine Kräfte zu stehlen – die Kräfte des Bestienkönigs. Orion würde bekommen, wonach er sein Leben lang gestrebt hatte.

»Wie wollen wir es machen?«, fragte Orion und sah

ihn über das Zepter hinweg prüfend an. »Vielleicht muss ich dich ja gar nicht töten. Aber setz dich lieber, ich kann mir vorstellen, dass es nicht ganz angenehm ist, einen so wichtigen Teil von dir zu verlieren. Nicht dass du ohnmächtig wirst und dir den Kopf stößt, mein Junge.«

Simon stieß ein bitteres Lachen aus. »Und wie willst du deinen Untertanen deine neuen Fähigkeiten erklären?«, fragte er. »Glaubst du nicht, dass sie sich noch erinnern, was das letzte Mal passiert ist, als ein Bestienkönig an der Macht war? Wirst du dann immer noch behaupten, dass es dem Wohle aller Animox dient?«

»Es dient ja auch dem Wohle aller Animox«, sagte Orion geduldig. »Mit diesen Kräften kann ich endlich alle fünf Reiche friedlich vereinen. Niemand wird mehr sinnlos in den nie enden wollenden Kriegen zwischen Vögeln und Säugern oder Reptilien und Unterwassergeschöpfen leiden müssen. Die Verluste, die wir über die Jahrhunderte hinnehmen mussten, sind unermesslich. Unter meiner Herrschaft werden wir endlich das geeinte Reich werden, das wir immer sein sollten.«

Während sein Großvater die Waffe bewunderte, rückte Simon zentimeterweise vom Bett ab. »Du kannst ein Reich nicht mit Angst und Schrecken regieren«, sagte er.

»Im Gegenteil, mein Junge. Ich habe mein Leben lang nichts anderes getan, seit meine Mutter gestorben ist und mir die Krone vermacht hat.«

»Ist das der Grund, warum ein Großteil der neun noblen Familien auf meiner Seite kämpft?«, fragte Simon, der nun beim Fenster angekommen war.

Orion schien diese Nachricht nicht zu überraschen. »Damit zwingen sie mich, sie zur Abschreckung für die anderen hart zu bestrafen«, sagte er ohne einen Hauch des Bedauerns. Er umfasste das Zepter mit beiden Händen und drehte sich zu Simon um. »Genau wie deine Mutter. Ihr Aufstand fordert nur unschuldige Leben. Ich denke mit Schrecken daran, welchen Preis uns diese Schlacht kosten wird.«

Simon sah sie – die kleine Drehung von Orions Schulter, bevor er den Greifstab schwang, und war vorbereitet. Er animagierte nicht. Er versuchte nicht, den Vogelherrn zu überwältigen. Stattdessen fing er Orions Arm ab, trat ihm fest in den Magen, riss ihm dabei den Stab aus der Hand und sprang aus dem Fenster in die klare Nacht.

In dem Augenblick, in dem nur noch Zentimeter zwischen ihm und dem Boden waren, verwandelte er sich in einen Wanderfalken und umklammerte den Greifstab fest mit den Klauen. Er war schwer – fast zu schwer für ihn, doch er wagte nicht, im Flug in etwas anderes zu animagieren. Während er hoch über die Insel flog, hörte er Orions Protestgeschrei, doch er drehte sich nicht um. Simon wusste genau, was er zu tun hatte, und er durfte keine Zeit verlieren.

Als die schroffen Felsen der Küste unter ihm lagen, öffnete er die Klauen und schaute zu, wie der Greifstab abwärts trudelte. Das würde das Ende sein. Das Ende dieses grausamen Kriegs, das Ende von allem, was seine Familie zerstört hatte. Die glühenden Kristalle würden zerschellen, und alles wäre vorbei.

Doch dann sah er mit unglaublicher Geschwindigkeit einen Goldadler heranrasen. Entsetzt musste er mitanschauen, wie Orion das Zepter Zentimeter über dem Boden auffing – und rettete.

Simon presste den Schnabel zusammen, drückte die Flügel an den Körper und sauste auf den Goldadler zu. Orion landete auf dem flachen Dach des Turms, und als Simon bei ihm ankam, hatte er sich bereits in menschliche Gestalt zurückverwandelt und hielt den Greifstab mit beiden Händen.

»Wacker, mein Junge«, keuchte er, und seine Brust hob und senkte sich mühsam. »Aber ich fürchte, du musst dich etwas mehr anstrengen, wenn du diesen Kampf gewinnen willst.«

Er schwang die Waffe. Simon wich instinktiv zurück. Sein Puls raste. Er durfte nicht aufgeben. Er musste einen Weg finden, den Greifstab zu zerstören, egal wie hoch der Preis war.

Und so nahm er all seinen Mut zusammen und flog steil am Turm hinunter. Der Herr der Vögel beugte sich zwischen zwei Zinnen hindurch und rief seinen Namen, doch Simon war schon außer Sichtweite. Er flog einmal um den Turm herum und landete lautlos hinter seinem Großvater.

Er hatte nur einen Versuch, und er wusste genau, welche Gestalt er annehmen musste. Er animagierte in einen Wolf und machte sich zum Angriff bereit, den Blick fest auf die Waffe in Orions Hand gerichtet. Dann sprang er mit aller Kraft auf den Vogelherrn zu, so hoch und so kraftvoll, dass es sich anfühlte, als würde er fliegen. Er bleckte die Zähne, reckte die Klauen und –

Als hätte Orion ihn erwartet, drehte er sich mit erhobenem Greifstab zu ihm um. Simon konnte nicht anhalten. Er war so schnell, dass sich die Kristallspitze unweigerlich in seine Brust bohren würde. Er würde sterben, und Orion würde die Kräfte des Bestienkönigs bekommen.

In dieser Sekunde jedoch geschah etwas Unerwartetes: Ein Gewirr aus schwarzem Fell und scharfen Zähnen schubste Orion um, und der Greifstab fiel zu Boden. Simon taumelte gegen eine Zinne, die einzige Grenze zwischen ihm und dem Abgrund. Benommen rappelte er sich auf und schüttelte die Wucht des Aufpralls ab.

»Orion«, knurrte der glänzende Jaguar, dessen Stimme Simon sofort erkannte. Leo. »Vor langer Zeit habe ich mir geschworen, dir den Hals aufzureißen und dich büßen zu lassen, was du meinem Sohn angetan hast. Ich finde, der Moment ist günstig.«

»*Du*«, knurrte Orion voller Abscheu. »Ich dachte, du bist tot.«

»Bedaure. Aber *du* wirst es bald sein.« Leo sprang nach vorn, doch irgendwie gelang es dem Vogelherrn, seinem Angriff auszuweichen und sich auf den Greifstab zu stürzen.

»Vorsicht!«, rief Simon. Orions Finger schlossen sich um das Zepter, und er versuchte, Leo mit dem scharfen Kristall zu treffen. Der blitzschnelle Jaguar wich ihm aus.

»Halt dich raus, Kleiner«, bellte Leo, doch Simon ignorierte ihn. Der Herr der Vögel war wieder auf den Beinen und lehnte sich an die Zinnen. Obwohl Simon und Leo ihn umstellt hatten, grinste er.

»Ein Familientreffen. Wie schön«, sagte er spöttisch. »Und du willst dich mir an Simons Stelle anbieten, Leo? Das ist ja nett. Hier gibt es neuerdings ja Bestienkönige in Hülle und Fülle.«

»Ich bin kein Bestienkönig«, knurrte der Jaguar. »Und nur ein Narr würde seine Seele dafür eintauschen.«

»Meine Seele? Seit wann interessiert dich meine Seele?«

Während seine Großväter herumzankten, nutzte Simon die Gelegenheit, sich auf Orions blinde Seite zu schleichen. Orion war ein hervorragender Kämpfer, doch wenn er Simon nicht kommen sah, konnte er ihn auch nicht aufhalten.

»Gib mir den Greifstab, dann lasse ich dich am Leben – wenn auch ungern«, sagte Leo. »Du siehst selbst, dass du keine Chance hast.«

»Ich fürchte, ich muss dein großzügiges Angebot ablehnen«, entgegnete Orion und hob das Zepter. »Ich wünschte, ich könnte dir auch ein Angebot machen – aber ich will dich einfach nur tot sehen.«

Simons Blut begann zu kochen, und bevor einer der beiden noch etwas sagen konnte, griff er an. Schnell und kraftvoll warf er Orion zu Boden und genoss sein schmerzerfülltes Stöhnen. Doch die Wucht des Aufpralls schleuderte den Greifstab nicht aus seiner Hand, wie er erwartet hatte. Simon wollte zurückweichen, aber Orion war schneller. Mit einer raschen Bewegung ließ er die Waffe nach vorn schnellen.

Simon erstarrte vor Schreck. Es gab kein Entkommen. Der Schlag war genau auf ihn gerichtet, er würde ihn treffen.

Doch zu Simons Entsetzen warf sich der Jaguar vor ihn und fing die scharfen Kristalle ab. Ein wütender Schrei drang durch die Luft, als Leo rückwärts wankte und das Licht des Greifstabs wieder blendend hell wurde.

»Leo!«, schrie Simon und stürzte zu dem Jaguar. Noch bevor er seinen Großvater erreicht hatte, geschah etwas Sonderbares: Der Jaguar verschwand, als würde er sich auflösen, und zurück blieb nur ein sehr menschlicher Leo. Er hatte zwei tiefe Wunden am Oberkörper, die stark bluteten. Es war keine normale Rückverwandlung. Es war eher so, als wäre der Jaguar vollständig verschwunden und hätte nur Leo zurückgelassen.

»Nein«, keuchte Leo. Er hielt sich die Brust und starrte über Simons Schulter. »*Nein!*«

Simon drehte sich um. Das Licht des Greifstabs hatte sich blutrot gefärbt. Orion kniete am Boden und starrte auf seine Hände.

»Endlich«, flüsterte er. Er ließ den Greifstab fallen und animagierte.

Doch statt seines üblichen Gefieders wuchs ihm graues Fell. An seinem Hinterteil erschien ein Schwanz, und sein Gesicht wurde zur Schnauze, bis schließlich ein grauer Wolf vor Simon stand, der den Kopf in die Höhe reckte.

»*Endlich!*«, heulte er, und seine Stimme schallte durch die Nacht.

Simon sank auf die Knie und stieß ein heiseres Jaulen aus. Orion hatte es geschafft. Er hatte die Kräfte des Bestienkönigs erlangt. Nach allem, wogegen Simon gekämpft hatte, nach allem, was er zu verhindern versucht hatte, war sein größter Albtraum wahr geworden und stand direkt vor ihm, bereit, die Welt zu unterwerfen.

»Mein Junge!«, sagte Orion überschwänglich. »Mein

Thronfolger. Schluss mit dieser sinnlosen Gewalt. Folge mir, und deine Freunde werden verschont. Seite an Seite werden wir beide unbesiegbar sein und die Welt der Animox in die Knie zwingen.«

Simons Nackenhaare richteten sich auf, und er knurrte. »Fällt dir wirklich nichts Besseres ein?«, fragte er und stürzte sich mit einem ohrenbetäubenden Gebrüll auf seinen Großvater, wobei er in der Luft in einen riesigen Braunbären animagierte.

Orion drehte sich um und verwandelte sich vom Wolf in einen rotorangen Tiger. Simon landete hart auf dem Dach, und die beiden begannen einander zu umkreisen, zwei tödliche Raubtiere auf der Jagd.

»Wäre es wirklich so schlimm?«, fragte Orion beschwörend. »Du und ich könnten gemeinsam die Welt der Animox regieren und mit unserer Macht das Leben der weniger Glücklichen leichter machen. Wir hätten die Macht, zu vereinen, was auseinandergerissen wurde. Niemand würde mehr diskriminiert werden, Mischblüter nicht länger ausgeschlossen ...«

Simon machte sich nicht die Mühe, darauf einzugehen. Er stürzte sich auf den Tiger, doch Orion wich geschickt aus.

»Stell es dir vor, Simon«, fuhr er unbeeindruckt fort. »Eine Welt, in der du und dein Bruder akzeptiert werdet – in der die ganze Familie wieder beisammen ist.

Willst du wirklich dein Leben aufgeben und das alles wegwerfen?«

Simon knurrte und animagierte im Bruchteil einer Sekunde in eine Wassermokassinotter. Er schlängelte sich über das Steindach, sein Körper war schlank, aber unglaublich stark, und mit entblößten Giftzähnen schnappte er nach Orion. Der Herr der Vögel wich zurück, doch Simon versuchte es wieder und wieder, bis der Tiger genug hatte. Orion knurrte und schlug mit der Pranke nach ihm.

»Es reicht«, grollte er. »Ich bin nicht hier, um Mätzchen zu machen.«

»Ich auch nicht.« Wieder animagierte Simon – diesmal in die vertraute Gestalt eines Goldadlers. Sein Bein blutete, und er hatte einen tiefen Kratzer am Bauch, doch er biss die Zähne zusammen, flog über den Tiger und landete neben dem Greifstab, den Orion schon vergessen zu haben schien.

Orion wirbelte herum, wobei er fast über seinen Schwanz gestolpert wäre. Mit seinem gesunden Auge starrte er Simon an. »Wag es nicht«, knurrte er. »Ich kann dir die Welt schenken.«

»Die will ich gar nicht haben«, entgegnete Simon, verwandelte sich zurück in menschliche Gestalt und griff nach dem Zepter.

Er hatte es gerade berührt, als der Tiger ihn rammte

und gegen die Zinnen stieß. Sein Hinterkopf prallte gegen die Mauer, genau da, wo Leo ihn gestern Abend getroffen hatte, und er sah nur noch Sterne.

»Dann gibt es wohl nichts mehr zu besprechen«, sagte Orion. Während Simon benommen zu Boden sank, hörte er, wie die Kristalle über den Stein schleiften. »Ich will dich nicht töten, Simon, aber wenn du so weitermachst, lässt du mir keine andere Wahl.«

Langsam wurden die Sterne weniger. Simon blinzelte. Orion stand in menschlicher Gestalt über ihm und hob den Greifstab. Simon schrie und rollte sich zur Seite. Orion knurrte.

»Ich dulde keinen Widerspruch, und Hochverrat schon gar nicht. Ergib dich oder stirb.«

Simon versuchte wegzukriechen, doch ihn überkam eine solche Übelkeit, dass er sich kaum rühren konnte. Die Welt erstarrte vor seinen Augen, und mit übermenschlicher Anstrengung zog er sich zwischen zwei Zinnen nach oben. Er sollte wegfliegen und sich irgendwo ausruhen, bis er –

Da fühlte er es. Es war nicht mehr als ein Kratzer an der Wange, den der Kristall hinterließ, als er ihn streifte, aber es war genug. Das verschwommene Bild vor seinen Augen wurde blutrot vom pulsierenden Licht des Greifstabs, und im selben Augenblick spürte Simon, dass ihm etwas von unbeschreiblicher Wichtigkeit genommen wurde. Der heiße Knoten in seiner Brust – der immer bei ihm war, wenn er ängstlich oder besorgt oder entschlossen war – löste sich in Luft auf, und das Unfassbare in ihm wurde kleiner und kleiner, bis es verschwunden war.

Das Blut lief ihm über die Wange, und er kniff die Augen zu. Orion musste nichts sagen – er wusste genau, was passiert war.

Seine Kräfte waren fort.

Schwanengesang

Die Nachtluft schien zu gefrieren. In Simons Ohren schrillte es, während seine Sicht endlich wieder klar wurde und ihn die Wucht dessen, was er verloren hatte, atemlos zurückließ.

Sie waren weg. Seine Kräfte hatten ihn verlassen.

»Ich wünschte, ich hätte es nicht tun müssen«, sagte Orion betrübt. »Wir hätten wunderbare Partner sein können, du und ich. Die mächtigsten Herrscher, die die Welt der Animox je gesehen hat. Aber du hast mich gezwungen, mein Junge – das siehst du doch ein, nicht wahr?«

Simon lehnte sich an die Zinne. Auf der anderen Seite lag Leo zusammengerollt am Boden. Er betrachtete seinen Großvater und suchte nach einem Anzeichen, dass er noch lebte, doch die Sekunden vergingen, ohne dass er etwas sah. Blinde Wut füllte ihn, kalt und tödlich, und wischte jede Unsicherheit weg.

»Niemand wird dir folgen«, sagte er leise. »Vielleicht hast du Macht, aber du wirst immer allein sein und niemanden haben, den du liebst und der dich liebt. Du bist ein schwarzes Loch aus Hass. Du tust nichts, als alle um dich herum zu verletzen, und jetzt wird es jeder wissen. Alle werden sehen, was für ein Monster du bist, und sie werden es nie vergessen, ganz egal, in wie viele Tiere du animagieren kannst.«

Orions Miene wurde hart, und er umfasste den Greifstab fester. »Die Leute werden mich lieben, wenn sie sehen, was ich für sie tue – wie ich die Welt zum Guten verändere.«

»Und wie viele Menschen willst du dafür noch umbringen?«, fragte Simon verächtlich. »Jeder, den du tötest – jeder, der heute Nacht stirbt –, hat eine Familie und Freunde, die dich ihr Leben lang hassen werden. Du wirst als Herrscher des Bösen in die Geschichte eingehen. Niemand wird dich je wieder lieben.«

Orion kniff die Augen zusammen und trat einen Schritt auf ihn zu. »Vielleicht«, sagte er. »Aber das kann dir egal sein, weil du es nicht mehr erleben wirst.«

Er hob den Greifstab, dessen Herz wie ein Leuchtturm in der Dunkelheit glühte, hoch in die Luft. Doch bevor er zuschlagen konnte, drang ein schauriges Geheul durch die Luft, und als Simon den Kopf wandte, stürzte sich ein Wolf so kraftvoll auf Orion, dass ihm der Greifstab aus der Hand fiel und über den Boden rollte.

»Wag es nicht!«, schrie der Wolf – Nolan, erkannte Simon entsetzt. Er hinkte, und Simon konnte eine tiefe Wunde in seiner Flanke sehen, doch er stellte sich dem Herrn der Vögel furchtlos entgegen.

»Hallo, Nolan«, sagte Orion. »Dann muss ich mich wohl erst um dich kümmern.«

Der Vogelherr animagierte in einen Grizzlybär, und das Gebrüll, das von der Turmspitze schallte, ließ Simon die Haare zu Berge stehen. Nolan sprang vorwärts und biss sich im Nackenfell des Bären fest. So verhakt, rangen die beiden miteinander und animagierten von Tier zu Tier.

Nie zuvor hatte Simon einen solchen Kampf gesehen. Binnen Sekunden verwandelte sich Nolan von einer Klapperschlange in einen Alligator und schnappte nach dem Bein des Bären. Orion animagierte in etwas Kleines, das Simon nicht sehen konnte, dann schrie der Alligator vor Schmerz auf, öffnete den Kiefer, und eine Wespe flog heraus. Kaum war er frei, animagierte Orion in einen Harpyienadler, und einen Moment später verfolgte Nolan ihn am Himmel und kämpfte als Rotschwanzbussard mit Schnabel und Klauen.

Es war ein Kampf von Bestienkönig gegen Bestienkönig. Bei jedem Schlag, dem Nolan auswich, zuckte Simon zusammen. Die Schreie der beiden Vögel hallten über die Insel, sie animagierten immer weiter und versuchten, einander zu Fall zu bringen. Während die Sekunden vergingen, schien Nolan jedoch immer schwächer zu werden. Verzweifelt schaute Simon sich um. Konnte er nicht irgendwie helfen? Doch ohne seine Kräfte war er machtlos.

Als sein Blick auf den Greifstab fiel, lichtete sich der Nebel in seinem Kopf. Für seinen Bruder konnte er nichts tun – aber er konnte die Welt der Animox retten.

Er stolperte vorwärts und hob die Waffe auf. Sie war leichter, als er erwartet hatte. Das Zepter war warm, brannte aber nicht auf der Haut wie die Kristalle. Mühsam kletterte er in die schmale Öffnung zwischen zwei Zinnen und blickte nach unten auf den felsigen Grund. Er musste ihn nur noch fallen lassen.

»Nein!«, schrie Orion. Simon fuhr so schnell herum, dass er beinahe das Gleichgewicht verloren hätte. Nolan streckte die Klauen nach dem Falken aus und versuchte, ihn zurückzuhalten. Orion wollte den Greifstab nicht aufgeben, wurde Simon klar. Obwohl er nun die Kräfte des Bestienkönigs besaß, brauchte er die Waffe als Druckmittel, um andere Animox zu unterwerfen – und sie mit Angst zu regieren. Simon beugte sich vor, um den Greifstab nach unten zu schleudern, doch in diesem Moment befreite sich Orion aus Nolans Griff. Während der zerrupfte Falke auf ihn zuraste, erkannte Simon, dass er nur eine Möglichkeit hatte.

Er hielt den Greifstab ganz fest. Er wusste, was er zu tun hatte.

Er sprang.

Die kalte Luft zischte um ihn herum, während er sich rasend schnell dem Boden näherte. Jeder seiner Instinkte befahl ihm zu animagieren, doch diesen Teil von ihm gab es nicht mehr. Er konnte nichts tun, um sich zu retten. Er schloss die Augen, verdrängte den Gedanken an den Aufprall und dachte an seine Familie und seine Freunde.

Wenn der Greifstab zerstört war, konnten sie Orion besiegen. Die Mitglieder der fünf Reiche, die sich ihnen noch nicht angeschlossen hatten, würden zu ihnen stoßen, und gemeinsam würden sie die Welt der Animox zurückerobern. Simons Tod würde nicht umsonst sein. Und alle, die er liebte – seine Mutter, Nolan, Malcolm, Winter, Ariana, Jam, Zia und alle anderen –, würden überleben.

Doch einen Wimpernschlag, nachdem er gesprungen war, fühlte er ein seltsames Zerren am Zepter. Er öffnete die Augen und sah den Falken, der sich an das andere Ende des Stabs klammerte und die Klauen um die Kristalle krallte.

»Er gehört mir!«, schrie Orion und flatterte wild, um

ihren Sturz zu verlangsamen. Aber Simon war viel zu schwer für ihn, und die Waffe schürfte ihm die Krallen auf, als er mit aller Kraft daran zog.

Dann, wenige Meter über dem Boden, wurde der Greifstab rot.

Simon spürte eine starke Hitzewelle, die seine Adern füllte wie Lava. Er fühlte jedoch keinen Schmerz, sondern nur Vollständigkeit, als alles, was er verloren hatte, wieder zurückkam und die Leere in ihm füllte. Gleichzeitig verschwand der Falke, und zurück blieb Orion.

»Da hast du ihn!«, rief Simon und ließ das Zepter los. Der heiße Knoten in seiner Brust platzte, sein Körper bekam Federn, sein Mund wurde zum Schnabel, und während der Boden immer näher kam, breitete Simon die Flügel aus und flog.

Da erst begriff Orion, was er getan hatte. Sein Auge weitete sich, und er öffnete den Mund, um zu schreien, doch bevor etwas herauskam, stürzte er auf die zerklüfteten Felsen. Einen Moment später schlug der Greifstab auf und zerbarst in tausend Stücke.

Ein unwahrscheinlich gleißendes Licht ging von den zerbrochenen Kristallen aus, als hätte es all die Jahre darauf gewartet, befreit zu werden. Es ließ den nächtlichen Himmel taghell erstrahlen, und schließlich explodierten die Kristallteile in einem regelrechten Feuerwerk über der Insel.

Als das Licht schließlich verblasste, flog Simon zur Turmspitze zurück, wo sein Bruder lag und keuchte.

»Nolan!«, schrie er. Er verwandelte sich in menschliche Gestalt, kniete sich neben ihn und betrachtete ihn von oben bis unten. »Bist du …«

»*Simon?*«, rief Nolan, setzte sich hastig auf und hielt sich die verletzte Seite. »Ich dachte … Du bist doch …«

»Orion hat sich an den Kristallen verletzt«, sagte Simon. Jetzt, da das Adrenalin nachließ, zitterten seine Hände. »Er wollte die Waffe retten und … und …«

Nolan schluchzte auf und schlang die Arme um seinen Bruder. »Du lebst!«, rief er mit bebenden Schultern. »*Du lebst!*«

Minuten später, als Simon Nolan in das kleine Bett im Turmzimmer half, polterte Malcolm mit Ariana und einem Dutzend Soldaten im Schlepptau zur Tür herein. Obwohl sein Onkel einige blutige Kratzer abbekommen hatte, schien er ansonsten unversehrt zu sein, und mit einem Aufschrei der Erleichterung schloss er Simon und Nolan fest in seine kräftigen Arme.

Während mehrere Mitglieder des Rudels auf die Turmspitze eilten, um sich um Leo zu kümmern, versuchte Simon zu erklären, was passiert war. Er konnte es kaum in Worte fassen, doch Malcolm ließ ihm Zeit. Schließlich führte Malcolm seine Neffen zurück in den Thronsaal, wo sich Hunderte Animox versammelt hatten. Simon nahm alles gedämpft und mit Echo wahr, als wäre er unter Wasser. Es fühlte sich eher nach einem Traum an als nach der Wirklichkeit.

Aber sie hatten es geschafft. Sie hatten es wirklich geschafft. Orion war tot, und der Greifstab war zerstört.

Simon lehnte sich an die Wand. Sein Kopf schmerzte, und die Welt um ihn herum begann sich zu drehen. Die Soldaten im Raum waren in den unterschiedlichsten Verfassungen – einige von ihnen ohne einen Knick in der Uniform, während andere reglos am Boden lagen und von Sanitätern versorgt wurden. Auf der gegenüberliegenden Seite des Saals sah er Rowan auf dem Boden sitzen, der einen Arm um Winter gelegt hatte. Neben ihnen lag Winters Strickjacke, die zu einem kleinen Nest zusammengerollt war.

Simon blinzelte die Tränen weg. Felix. Leo. Celeste. Es war vorbei, aber wie viele Leben hatte es gekostet? Wie viele hatten alles geopfert?

»Der Schwarm hat hart gekämpft, aber ohne Perrin hatten sie keine einheitliche Linie mehr«, berichtete Malcolm, während er Nolans Verletzungen untersuchte. »Von da an hatten wir leichtes Spiel. Und die letzten hartnäckigen Soldaten haben schließlich nach der Lichtshow aufgegeben.«

»Das war der Greifstab«, sagte Simon benommen. »Als er zerbrochen ist, ist er … explodiert oder so. Ist mit Mom alles in Ordnung? Hast du sie gesehen?«

»Noch nicht, Kleiner«, sagte sein Onkel. »Aber das muss nicht heißen, dass sie verletzt ist oder … Schlimmeres.«

Es musste aber auch nicht heißen, dass es ihr gut ging. Simon schwieg bedrückt. Er war zu erschöpft, um noch länger gegen seine Angst anzukämpfen.

»Ich gehe sie suchen«, sagte Ariana sanft. »Du bleibst hier, okay?«

Einen Augenblick später bahnte sich Jam einen Weg durch die Menge. Seine Brille hatte einen Sprung, und er trug den Arm in einer Schlinge. »Simon«, rief er und umarmte ihn, so gut es ging. »Nolan. Bin ich froh, dass es euch gut geht.«

Simon erwiderte die Umarmung und spürte eine Welle der Erleichterung. »Orion ist tot«, sagte er ohne Umschweife. »Und der Greifstab ist zerstört.«

»Ja, das haben wir uns gedacht«, erwiderte Jam und nickte. Doch sein Gesicht war traurig, und Simons Herz wurde schwer.

»Wer?«, fragte er nur. Jam starrte zu Boden. »Rhode«, brachte er heraus. »Sie … sie ist von einem Pfeil getroffen worden. Es … es ging ganz schnell. Der General meint, dass sie nicht leiden musste.«

Seine Augen füllten sich mit Tränen, und Simon wusste nicht, was er sagen sollte. Er drückte seinen Freund schweigend an sich. Sooft Jam sich auch über seine Schwester aufgeregt hatte, wusste Simon doch, wie sehr er sie geliebt hatte.

»Ich muss wieder zum Strand«, sagte Jam schwach. »Der General braucht mich. Ich ... ich wollte nur schauen, ob es euch gut geht.«

»Alles in Ordnung«, versicherte Simon erschöpft. »Es tut mir so leid, Jam.«

Jam schluckte mühsam. »Ich weiß«, sagte er und verschwand wieder in der Menge.

Während Malcolm Nolans Wunden verarztete, schaute er immer wieder suchend zum Eingang. Obwohl er nichts sagte, war klar, auf wen er wartete. Als Simon schließlich den wohlbekannten roten Schopf sichtete, tippte er seinen Onkel an und deutete mit dem Kinn zur Tür.

»Da seid ihr ja!« Zia kam auf sie zugestürzt. Sie hatte Kratzer im Gesicht und auf den Armen, doch davon abgesehen, schien es ihr gut zu gehen. »Ich habe Dev und dem Spionagemeister bei der Suche nach Ariana geholfen.«

Malcolm umarmte sie fest, und sie erwiderte die Umarmung. Als er sie endlich losließ, legte er ihr vorsichtig die Hände um die Schultern, als wollte er sie stützen.

»Leo war bei den Jungen auf dem Turm«, sagte er leise, und die Freude wich aus Zias Gesicht. »Das Rudel kümmert sich um ihn. Ich weiß nicht ... Ich weiß nicht, ob er ...«

Ohne ein weiteres Wort rannte Zia zum Turm. Als sie hinter der Tür zur Wendeltreppe verschwunden war, lehnte Simon den Kopf an die Wand und schloss die Augen. Er wusste, was sie erwartete.

Die Minuten dehnten sich zu Stunden. Obwohl sich immer mehr Truppen im Thronsaal versammelten, war Simons Mutter noch immer nicht aufgetaucht. Nachdem er Nolan verbunden hatte, kam sein Onkel zu ihm, doch Simon wehrte ab. »Mir geht's gut«, sagte er. »Schau lieber, ob du Mom findest. Bitte.«

Malcolm runzelte die Stirn. »Ich will euch nicht allein lassen«, sagte er. »Ariana wird sie finden.«

Simon wollte widersprechen, doch er hatte nicht die Kraft dazu. So starrten er und sein Bruder weiter schweigend zur Tür.

»Vielleicht hilft sie irgendjemandem«, sagte Nolan leise.

»Vielleicht«, echote Simon, der kaum noch zu hoffen wagte.

Da kam Zia aus dem Turm, gefolgt von zwei Mitgliedern des Alpharudels, die eine Trage zwischen sich hatten. Leo. Sie brachten ihn in eine Ecke des Raums, wo

Vanessa, die Sanitäterin des Rudels, zu ihnen stieß. Erst begriff Simon nicht, was sie machten, doch als Vanessa sich vorbeugte und etwas auf Leos Brust rieb, zählte sein erschöpftes Gehirn eins und eins zusammen.

Es war unmöglich, und doch war Leo am Leben.

»Malcolm.« Er zupfte seinen Onkel am Ärmel. »Schau!«

Sein Onkel drehte sich um und riss den Mund auf.

»Ihr zwei bleibt hier«, sagte er. »Das ist mein Ernst. Ihr rührt euch nicht von der Stelle.«

Damit eilte er in die Ecke, kniete sich neben Zia und legte ihr den Arm um die Schultern. Als Malcolm ihnen den Rücken zuwandte, erhob sich Simon mühsam auf die Füße und hielt Nolan die Hand hin.

»Wir finden jetzt Mom«, sagte er. »Wenn ihr irgendetwas passiert ist …«

»Simon«, sagte sein Bruder und starrte mit großen Augen in die Mitte des Saals. Simon folgte seinem Blick.

Mitten im Gewimmel stand Ariana mit gequältem Gesicht. Und auf sie stützte sich, mit blutigem Bein und zerzaustem Haar – ihre Mutter.

»Mom«, schrie Nolan. »Mom!«

Simon half Nolan auf die Beine, und gemeinsam liefen sie so schnell wie möglich durch den Raum. Als sie bei ihr waren, warf Nolan sich in ihre Arme. Er zitterte am ganzen Körper.

»Mom«, schluchzte er und klammerte sich an sie. »Ich dachte, ich würde dich nie wiedersehen!«

»Nolan«, murmelte sie und strich ihm durch die Haare. »Mein Nolan. Ich habe dich so vermisst.«

Verlegen blieb Simon stehen. Der Anblick seiner Mutter, die Nolan sanft im Arm wiegte, erinnerte ihn daran, dass sein Bruder bei ihr aufgewachsen war – im Gegensatz zu ihm. Sie war jeden Tag seines Lebens für ihn da gewesen, nicht nur ein- oder zweimal im Jahr. Und jetzt war Simon ein Eindringling in dieser kleinen Familie.

Ariana stellte sich neben ihn und nahm seine Hand. »Tu das nicht«, sagte sie leise. »Guck nicht so, als würdest du nicht dazugehören.«

»Aber ich gehöre nicht dazu«, murmelte er. »Nolan hat sie sein Leben lang gehabt. Und ich –«

»Du wirst sie für den Rest deines Lebens haben«, sagte sie. »Die zwei haben sich seit September nicht gesehen, das ist alles. Wenn sie mit ihrer Begrüßung fertig sind, gehst du zu ihnen. Kapiert?«

Simon wollte widersprechen, doch in diesem Moment blickte seine Mutter mit einem Lächeln zu ihm herüber. »Simon«, sagte sie leise. »Komm her.«

»Na los«, drängte Ariana und verpasste ihm einen kleinen Schubs. Zögernd setzte sich Simon in Bewegung.

Kaum war er in Reichweite, zog seine Mutter ihn an sich und umarmte sie beide. »Meine Jungs, endlich vereint«, sagte sie mit erstickter Stimme. »Ich kann euch gar nicht sagen, wie lange ich auf diesen Augenblick gewartet habe. Geht es euch gut?«

Simon spürte den Arm seines Bruders um seine Schulter und nickte. Er hatte einen Kloß im Hals. »Ja«, sagte er. Und trotz aller Verzweiflung, trotz der verlorenen Leben und auseinandergerissenen Familien erlaubte er sich endlich, daran zu glauben.

DREISSIGSTES KAPITEL

Vier Monate später

Am ersten Tag seines zweiten Schuljahrs in der Leitenden Animox-Gesellschaft für Exzellenz und Relevanz stand der dreizehnjährige Simon Thorn vor dem Badezimmerspiegel und betrachtete die Narbe auf seiner Wange.

Vor ihrem Einzug in den Sky Tower hatten er und seine Familie den Großteil des Sommers in Avalon verbracht, wo sie alle die bitter nötige Erholung genossen hatten. Die Sonne hatte Simons Haut gebräunt, doch die hellrote Linie war dadurch nur noch auffälliger geworden. Er fuhr mit dem Finger darüber und runzelte die Stirn. Selbst nach vier Monaten juckte sie noch.

»Du siehst gut aus«, sagte Malcolm, der in der offenen Tür erschienen war. »Richtig verwegen. Dieses Jahr legt sich keiner mit dir an.«

Simon ließ die Hand sinken. »Das ist es gar nicht«, sagte er. »Aber alle wissen, was auf der Insel des Bestienkönigs passiert ist. Sie wissen, was ... Nolan und ich können.«

»Das ist kein Geheimnis mehr«, gab sein Onkel zu. »Und ich will nicht behaupten, dass euch jeder dazu beglückwünschen wird. Aber alle wissen, dass du dein Leben aufs Spiel gesetzt hast, um die Welt der Animox zu retten. Manche Leute brauchen vielleicht ein bisschen länger, um euch zu akzeptieren, aber irgendwann werden sie es tun.«

»Und wenn nicht, sind sie bloß neidisch«, posaunte sein Bruder, der durch die gegenüberliegende Tür ins Badezimmer kam. Egal wo sie wohnten, Simon war anscheinend dazu verdammt, sein Leben lang das Bad mit seinem Bruder zu teilen. »Außerdem sieht sie cool aus. Ich hab nur ein paar blöde Kratzer am Arm.«

»Ein paar Narben können nie schaden«, sagte Malcolm grinsend, der bei der Schlacht selbst ein paar beeindruckende neue Exemplare davongetragen hatte. »Sie verraten allen, dass du überlebt und deinen Feind besiegt hast. Und dafür musst du dich nicht schämen.«

»Hm ja«, machte Simon und riss sich vom Spiegel los, um seinen Rucksack zu packen. Vielleicht würde die Narbe irgendwann verblassen, oder vielleicht würde er sie nach einer Weile selbst nicht mehr sehen – aber er würde nie vergessen, wie er sie bekommen hatte. »Hast du Frühstück gemacht oder Mom?«

»Deine Mom«, sagte Malcolm und schob Simon in den Flur. »Sie behauptet, ihr würdet heute alle eine anständige Portion Proteine brauchen, und Cornflakes wären da nicht das Richtige.«

Sie stiegen über die Wendeltreppe ins Atrium, wo die Sonne durch die Glaskuppel schien. Jetzt, da Isabel Thorn Herrscherin über das Vogelreich war, hatte sie das Penthouse im Sky Tower renovieren lassen und die wuchtigen Möbeln durch leichtere ersetzt, die besser zu einer Familie passten. Es fühlte sich noch nicht ganz nach zu Hause an, doch Simon war zuversichtlich, dass es das bald tun würde.

Seine Mutter stellte gerade einen Teller mit Würstchen und gebratenem Speck auf den Esszimmertisch, und er lief zu ihr und umarmte sie. »Guten Morgen«, sagte er und schaute zur Küche, wo noch weitere Teller warteten. »Kann ich dir helfen?«

»Nein, du frühstückst jetzt«, sagte sie und gab ihm einen Kuss auf die Stirn. »Sonst kommst du noch zu spät.«

»Zu spät kommen geht nicht, solange Malcolm noch hier ist«, sagte Simon und setzte sich Zia gegenüber, die Winter einen komplizierten Zopf flocht.

»Das Armband gefällt mir«, sagte seine Tante und

hielt kurz mit dem Flechten inne. »Ich habe gar nicht daran gedacht, dass ihr jetzt neue braucht.«

»Malcolm hat sie uns selbst gestalten lassen«, erklärte Simon und betrachtete seins. Jeder Schüler im L. A. G. E. R. trug ein Armband, an dem man seine Animox-Gestalt erkennen konnte, doch er und sein Bruder konnten nicht länger so tun, als würden sie in einen Adler oder einen Wolf animagieren. So zierte ihre neuen Armbänder ein Fünfeck mit fünf Punkten darin – einen für jedes Reich. Nolan hatte vorgeschlagen, den Stern des Bestienkönigs zu verwenden, doch Simon hatte darauf bestanden, die Vergangenheit ruhen zu lassen.

»Das Zeichen ist verwirrend«, sagte Winter und steckte sich eine Erdbeere in den Mund. »Keiner wird verstehen, was es bedeutet.«

»Hab ich auch gesagt«, grummelte Nolan, der sich neben Simon setzte und sich eine Scheibe gebratenen Speck nahm. Er musterte sein Armband. »Sieht aber trotzdem gut aus. Und wenn jemand fragt, was es heißen soll, zeige ich ihm einfach, was ich kann.«

»Kein Animagieren außerhalb der Grube!«, sagte Malcolm, der mit einem Stapel Toast aus der Küche kam. »Ich will dich nicht gleich am ersten Tag nachsitzen lassen, Nolan.«

Während sein Bruder sein Frühstück in sich hineinschaufelte, schaute Simon sich um. »Wo ist Leo?«, fragte er. Normalerweise stand er früher auf als sie alle.

»Oben«, antwortete Zia. »Er hat gesagt, er will mal in Ruhe seinen Kaffee trinken.«

Simon füllte zwei Teller und stieg die Glastreppe hinauf. Hier oben waren ein großer Schreibtisch, den seine Mutter nutzte, und eine sonnige Leseecke, in der Winter es sich oft gemütlich machte. Doch heute stand Leo mit seiner Tasse in der Hand am Rand der Glaskuppel und blickte über den Central Park.

Simon stellte die beiden Teller auf dem Schreibtisch ab und nahm sich eine Scheibe Toast. Während die anderen unten lachten, standen sein Großvater und er schweigend Seite an Seite und beobachteten die Tauben über der Stadt.

»Vermisst du es?«, fragte Simon schließlich. Leo schüttelte den Kopf. »Jetzt nicht mehr. Am Anfang schon, aber ich bin lieber ein Mensch und bei meiner Familie als der größte Verwandlungskünstler und allein.« Er sah Simon an, und sein faltiges Gesicht verzog sich zu einem Lächeln. »Großer Tag heute, was?«

»Hm ja.« Simon nahm einen großen Bissen von seinem Toast. Den Rest wickelte er in eine Serviette und steckte ihn in die Hosentasche. »Mom hat gesagt, dass du darüber nachdenkst, im L. A. G. E. R. Geschichte zu unterrichten.«

»Dieses Jahr nicht«, sagte Leo. »Vielleicht nächstes. Erst mal will ich einfach nur genießen, dass ihr alle bei mir seid.«

Mehrere Minuten standen sie schweigend da, bis Simons Mutter auf der Treppe erschien. »Mein Schatz«, sagte sie sanft. »Es ist Zeit.«

Simon umarmte Leo schnell, bevor er seiner Mutter nach unten folgte. Sein Magen schlug Purzelbäume, doch das störte ihn nicht. Die Dinge, die ihn in letzter Zeit nervös gemacht hatten, waren alle wesentlich unerfreulicher gewesen als der erste Schultag.

»Kommt Malcolm jetzt endlich?«, fragte Nolan ungeduldig. »Ich wollte mich vor Zoologie noch mit Garrett treffen.«

»Er verabschiedet sich noch von Zia«, sagte ihre Mutter. »Geht doch schon mal vor. Ihr seht euren Onkel dann später.«

So stiegen Simon, Nolan und Winter allein in den Fahrstuhl, der sie vierzig Stock tiefer in die Lobby brachte. An der Rezeption standen zwei Wachmänner des Vogelreichs, die sich tief vor ihnen verbeugten. Nolan seufzte. »Hoffentlich lässt Mom uns bald zur Schule fliegen«, sagte er. »Das ist jedenfalls sicherer, als die Straße zu überqueren.«

»Und ich muss dann alleine gehen, oder was?«, fragte Winter, als sie auf den Bürgersteig traten. Es war unangenehm schwül für einen Septembermorgen, und sie zog einen Fächer aus der Tasche. »Kommt schon, sonst schmilzt noch mein Lippenstift.«

Sie überquerten die Fifth Avenue und eilten die Straße entlang, bis sie zum Arsenal kamen – dem alten Gebäude am Central Park Zoo, in dem sich der geheime Eingang zum L. A. G. E. R. befand. Draußen auf den Stufen saßen Jam und Ariana und mampften Bagels.

»Da seid ihr ja endlich«, sagte Ariana und stand auf. »In zehn Minuten geht die Schule los.«

»Wir haben noch Zeit«, erwiderte Simon. »Malcolm ist selbst noch nicht da, da können wir ruhig ein bisschen trödeln.«

»Ich bin ziemlich sicher, dass der Captain das anders sieht«, sagte Jam und schaute besorgt auf seine Armbanduhr.

Winter zog die Augenbrauen hoch. »Stehst du jetzt nicht ein paar Dienstgrade höher als er?«

»Schon«, gab Jam zu, »aber nachsitzen lassen kann er mich trotzdem.«

»Also, ich geh jetzt rein«, sagte Nolan und lief weiter. »Bis später, ihr Loser!«

»*Loser?*« Winter stürmte ihm nach. »Für wen hältst du dich eigentlich? Du hast doch noch nicht mal Shakespeare gelesen!«

Ariana rümpfte die Nase. »Muss das schön sein bei

euch zu Hause«, sagte sie und warf den Rest ihres Bagels den Tauben hin.

Jam sah Simon forschend an. »Ist alles in Ordnung, Simon? Du siehst ein bisschen ... ich weiß auch nicht ... abwesend aus.«

Simon zuckte die Schultern und steckte die Hände in die Hosentaschen. »Ich bin nur ein bisschen nervös, glaube ich. Alles ist jetzt anders.«

»Du wirst dich dran gewöhnen«, sagte Ariana. »Das rede ich mir zumindest immer ein. Gestern ist eine neue Schülerin den ganzen Tag hinter mir hergerannt und hat mich ständig ›Hoheit‹ genannt. Irgendwann musste Dev sie vertreiben.«

Simon grinste. »Endlich macht er sich nützlich. Weißt du, was Nash mir erzählt hat, als er und Cordelia angekommen sind? Im Vogelreich nennen sie mich jetzt den ›Mörder des Bestienkönigs‹. Als wäre das eine Ehre.«

»Noch können wir sie wieder rauswerfen«, sagte Ariana. »Aus meinem Reich ist jedenfalls keiner begeistert, mit einem Haufen Vögel zusammenzuwohnen.«

»Aus meinem auch nicht«, fügte Jam hinzu.

»Ich weiß, ich weiß«, sagte Simon. »Aber dafür gibt es das L. A. G. E. R. doch überhaupt. Damit wir keine Angst mehr voreinander haben. Wenn wir Frieden wollen, müssen wir wenigstens versuchen, miteinander klarzukommen.«

Ariana knurrte etwas wenig Freundliches. »Na schön. Aber nur, weil ich dich so mag.«

Simon sah sie verdutzt an. »Ach ja?«, fragte er, und sein Gesicht wurde heiß. Ariana lachte, stellte sich auf die Zehenspitzen und küsste ihn auf die Wange. »Du bist komisch«, sagte sie. »Und jetzt los – sonst kommen wir wirklich zu spät.«

Simon schüttelte leicht benommen den Kopf. »Ich, äh … muss noch kurz was erledigen. Haltet mir einen Platz frei, okay?«

»Klar«, sagte Jam, der aufmerksam seinen Bagel betrachtete. Während er und Ariana ins Arsenal gingen, lief Simon daran vorbei zum Eingang des Central Park Zoos.

So früh am Morgen war der Zoo noch geschlossen, doch Simon suchte sich eine geschützte Ecke, animagierte in ein Rotkehlchen und flog zu dem kleinen Platz, wo die beiden Wolfsstatuen standen. Es war vielleicht nicht die beste Idee, zur allerersten Stunde zu spät zu kommen, aber manche Dinge waren einfach zu wichtig, als dass die Aussicht auf Nachsitzen ihn aufhalten konnte.

Er verwandelte sich zurück in menschliche Gestalt und strich mit der Hand über die Statue seines Vaters, bevor er sich der zweiten Statue zuwandte. Darryls Schnauze war gen Himmel gerichtet, und in diesem Moment wünschte sich Simon verzweifelt, der Wolf würde zum Leben erwachen, wenn auch nur für einen Augenblick.

»Es tut mir leid, dass ich gestern nicht da war«, sagte er. »Mom und Malcolm haben darauf bestanden mit uns ins Museum zu gehen. Ich wollte mich verdrücken, aber du weißt ja, wie sie sind.«

Es hatte ihn aber auch nicht wirklich gestört. In Wahrheit hätte er die Zeit mit seiner Familie gegen nichts in der Welt eingetauscht. Er wusste, dass es genau das gewesen war, wofür sein Onkel gekämpft hatte. Trotzdem hatte er Schuldgefühle, als er die Narbe auf Darryls steinerner Wange berührte. Egal wie groß seine Familie wurde, sie würde nie wieder komplett sein.

»Heute ist der erste Schultag«, sagte er leise. »Alle im L. A. G. E. R. wissen, was passiert ist. Viele von ihnen haben in der Schlacht geliebte Menschen verloren. Und ich ...« Er zögerte. »Ich habe Angst, dass sie mir die Schuld daran geben.«

Dieser Gedanke quälte ihn schon länger. Er hatte ihn seiner Familie absichtlich verschwiegen, weil er ihre gut gemeinten Beschwichtigungen nicht hören wollte. Doch hier bei Darryl konnte er frei reden. »Und es ist ja auch ihr gutes Recht«, fuhr er heiser fort. »Es ist ihr gutes Recht, mich zu hassen. Schließlich war ich es, der ihre Familienmitglieder gebeten hat, mit uns zu kämpfen. Ich war es, der das ganze Chaos angerichtet hat. Ich war es, der so lange gebraucht hat, dass unzählige Menschen sterben mussten ...«

»Und du warst es, der die Welt der Animox gerettet hat«, sagte eine Stimme hinter ihm – sie klang so sehr nach Darryl, dass Simon kurz dachte, er höre Gespenster. Doch es war Malcolm, der mit einem entschuldigenden Blick neben ihm auftauchte. »Ich habe dich in den Zoo fliegen sehen«, erklärte er. »Ich wollte nur sehen, ob alles okay ist.«

Simon zuckte die Schultern. *Okay* – das hatte er gelernt – war relativ. »Manchen Menschen wird es egal sein, was ich sonst noch getan habe«, murmelte er. »Sie werden mir nie verzeihen, dass ich ihre Familien habe sterben lassen.«

»Das mag sein«, gab Malcolm zu. »Aber du weißt, dass du getan hast, was du konntest, und alle anderen, die dir wichtig sind, wissen es auch. Manchmal ist es eben so.« Er klopfte Simon auf die Schulter. »Ich gebe dir noch eine Minute, ja?«

Simon nickte dankbar. Als sein Onkel weg war, griff er in die Hosentasche und holte die Serviette mit dem Rest seines Toastbrots heraus. Er kniete sich zwischen die Wölfe und streute die Krumen vor die Statue einer winzigen Maus auf den Boden. Sie war so klein, dass die meisten Besucher sie übersahen. Simon aber nicht.

»Morgen kommt wieder deine Lieblingsserie, Felix«, sagte er. »Ich wollte Winter überreden, sie mit mir zu schauen, aber sie behauptet, sie würde lieber Taubenkacke essen … Na ja, sie wird schon noch Gefallen daran finden«, fügte er hinzu. »So oder so, ich halte dich auf dem Laufenden.«

Er strich mit dem Finger über die steinerne Maus, vom Kopf bis zur Schwanzspitze. Dann stand er auf und trat einen Schritt zurück. Es war jetzt ein Jahr her – ein Jahr, seit seine Mutter entführt worden war, ein Jahr, seit er erfahren hatte, dass er einen Onkel und einen Zwillingsbruder hatte, von denen er nichts gewusst hatte, und ein Jahr, seit Darryl gestorben war. Doch die Trauer, die sein früheres Leben von seinem jetzigen trennte, fühlte sich nicht mehr ganz so tief an. Die Verbindungen, die beide Welten zusammenhielten – seine Mutter, seine Familie und seine Freunde –, überbrückten diese Kluft, und mit der Zeit hatten die Wunden begonnen zu heilen. Er würde immer von der unsichtbaren Narbe des Verlusts gezeichnet sein, aber er hatte endlich das Gefühl, dass er die Vergangenheit hinter sich lassen konnte.

»He«, sagte Malcolm sanft, »es ist Zeit zu gehen.«

Simon sah die drei Statuen ein letztes Mal lächelnd an. »Bis bald«, sagte er. Und dann folgte er seinem Onkel ins L. A. G. E. R., zu seinen Freunden und seiner Familie

und allen Ungewissheiten, die das neue Schuljahr bringen würde, bereit, das nächste Kapitel seines Lebens zu
beginnen.

Krieg der Tierwandler!

Aimée Carter
Animox. Das Heulen der Wölfe. Band 1
384 Seiten · Ab 10 Jahren
ISBN 978-3-7891-4623-7

Als Ratten seine Mutter entführen und sein Onkel sich in einen Wolf verwandelt, wird dem 12-jährigen Simon klar: Seine Familie zählt zu den sogenannten Animox – Menschen, die sich in mächtige Tiere verwandeln können. Und schon steckt er zusammen mit seinen Freunden mitten im erbitterten Krieg der fünf Königreiche der Animox!

Auch als eBook und Hörbuch

Weitere Informationen unter: **www.animox-buch.de,**
www.oetinger-audio.de und **www.oetinger.de**

Das Abenteuer geht weiter!

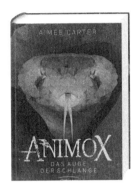  

Aimée Carter
**Animox. Das Auge
der Schlange. Band 2**
352 Seiten · ab 10 Jahren
ISBN 978-3-7891-4624-4

Aimée Carter
**Animox. Die Stadt
der Haie. Band 3**
352 Seiten · ab 10 Jahren
ISBN 978-3-7891-4625-1

Aimée Carter
**Animox. Der Biss der
Schwarzen Witwe. Band 4**
352 Seiten · ab 10 Jahren
ISBN 978-3-7891-0855-6

Simon ist ein Animox, ein Mensch, der sich in Tiere verwandeln kann. Er steckt mittendrin im Kampf der Tierreiche. Zusammen mit seinen Freunden begibt er sich auf die gefährliche Suche nach den verschollenen Stücken der Waffe des legendären Bestienkönigs. Diese Suche führt Simon mitten hinein in eine bedrohliche Schlangengrube und in die dunklen Tiefen des Pazifiks. Als sie in eine Sackgasse geraten, müssen sie die gefürchtete Herrscherin des Insektenreichs um Hilfe bitten: die Schwarze Witwenkönigin.

Auch als eBook und Hörbuch

Oetinger

Weitere Informationen unter: **www.animox-buch.de,**
www.oetinger-audio.de und **www.oetinger.de**

Fantastische Abenteuer
im Unterland

Von der Autorin der »Panem«-Bestseller-Trilogie

 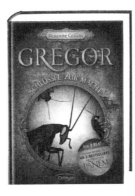

Suzanne Collins
Gregor und die graue
Prophezeiung
Band 1
ISBN 978-3-7891-3226-1

Suzanne Collins
Gregor und der
Schlüssel zur Macht
Band 2
ISBN 978-3-7891-3227-8

Suzanne Collins
Gregor und der Spiegel
der Wahrheit
Band 3
ISBN 978-3-7891-3228-5

Durch Zufall landet Gregor in dem geheimnisvollen Unterland, in dem Menschen, riesige sprechende Kakerlaken und Fledermäuse leben. Doch die Unterländer haben bereits auf ihn gewartet, denn sie sehen in ihm ihren Retter aus einer alten Prophezeiung. Damit beginnt das größte Abenteuer seines Lebens ...

Oetinger

Weitere Informationen unter:
www.oetinger.de